我的刑警往事

朱孝才 / 著

重庆出版集团 重庆出版社

图书在版编目(CIP)数据

我的刑警往事 / 朱孝才著. —重庆：重庆出版社，2017.4（2017.9重印）

ISBN 978-7-229-12313-0

Ⅰ.①我… Ⅱ.①朱… Ⅲ.①长篇小说—中国—当代 Ⅳ.①I247.5

中国版本图书馆CIP数据核字(2017)第113581号

我的刑警往事
WO DE XINGJING WANGSHI
朱孝才 著

责任编辑：别必亮　吴　昊
责任校对：何建云
装帧设计：彭平欣

重庆出版集团
重庆出版社 出版

重庆市南岸区南滨路162号1幢　邮政编码：400061　http://www.cqph.com
重庆出版社艺术设计有限公司制版
重庆俊蒲印务有限公司印刷
重庆出版集团图书发行有限公司发行
E-MAIL:fxchu@cqph.com　邮购电话：023-61520646
全国新华书店经销

开本：890mm×1240mm　1/32　印张：14.875　字数：330千
2017年4月第1版　2017年9月第2次印刷
ISBN 978-7-229-12313-0
定价：29.00元

如有印装质量问题，请向本集团图书发行有限公司调换：023-61520678

版权所有　侵权必究

生活底色　人性深度
——序《我的刑警往事》
陈　川

最初接触到的《我的刑警往事》，还是一部未完成的书稿。文本虽显杂乱，但独特的视角、扎实的叙事功底和对生活的艺术感悟，让我怦然心动，意识到这将是一部有分量的作品。一看作品署名，却陌生得很，便让同事联系上作者朱孝才，开始关注这部作品的写作。过了数月，作品的初稿发到了我的邮箱。读完之后，感觉正如我所期望的那样，有生活、有情怀、有深度，绝非泛泛之作。恰好孝才从万州来渝公干，顺便到我办公室作了些交流。后来又征询了本埠数位作家和资深编辑的意见，几经修改，现终将付梓。孝才要我写点什么置于卷首，我自己也觉得有话可说，便应允下来。

一部作品的优劣，不完全在于题材是否独特，更在于作者如何去把握和处理。《我的刑警往事》取材于作者的亲身经历，一起起案件本来就山重水复、波诡云谲，如果按照悬疑故事的模式叙写，自然不乏读者，甚至还可能行销于世。但作者没有停留在故事的层面，没有为题材本身所具备的离奇惊险所迷惑，而是努力探寻故事背后的意蕴，烛照人性的幽微。因此，丰赡而厚重便成为《我的刑警往事》有别于一般侦破故事的显著特点。在这部作品中，不论是描写警察，还是他们的对手，无不着力于刻画人物个性，表现人物感情，展现人性的复杂与诡异。

我国自古有性本善、性本恶之争，而西方基督教文化似乎更倾向于后者，所以才有原罪之说。但在《我的刑警往事》里，善恶并非泾渭分明，往往相互纠缠，此消彼长，人物形象因而丰满真实。作品主要表现了两类对立的特殊人群——警察和罪犯，在普通人眼里，他们的生活同样充满了戏剧性和神秘感。他们针锋相对，势不两立，其实同为有血有肉有感情的生命个体，本质上并无区别，只是在动物性和社会性之间摆动的幅度各不相同而已。一些罪犯尽管心狠手辣令人憎恶，但不乏讲义气重然诺的品质，有时甚至不经意间流露出天真与和善，犹如闪电乍现，照亮了阴暗心底里的一抹暖色。本书成功地塑造了一组当代人民警察的群像，他们有责任有担当，用忠诚和智慧守护着老百姓的安宁。作品没有把他们拔高为不食人间烟火的"英雄"，脱下警服也与常人无异，同样具有七情六欲。当面对死亡的威胁，有的也表现出恐惧和软弱，在舍生取义和苟且偷生之间作出艰难抉择；谁也不是金刚不坏之身，虚荣、贪欲之类的人性弱点同样蛰伏在他们体内，不时蠢动。就是警犬海啸和黑儿，其品性也是蚩妍并存。黑儿因血统不纯被另眼相看，便从小养成阴郁、隐忍、凶狠的性格，可神勇异常，读来让人喟叹不已；而海啸成名后的骄矜神态，岂不也是人类的写照，一笑之后不免陷入沉思？我欣赏作者的勇气，敢于把人性的本相赤裸裸地呈现给读者，不管崇高也罢，丑陋也罢，直抵人性深处。真实就是力量！作品的厚重便源自于此。当然，作者必然有自己的善恶标准，也必然要作出自己的道德评判。他没有失语，而是将这种评判蕴含在故事和人物之中，一股浩然正气始终在作品中激荡。

在我看来，《我的刑警往事》是带自传性和纪实性的文学作品，作者阅历的丰富成就了这部作品的丰富。毫无疑问，作者应该感谢生活的赐予。作品中的不少细节鲜活独特，有的甚至惊心动魄，是一个作家坐在书斋搜索枯肠也无法想到的。读罢作品，作者超群的记忆力给我留下深刻印象，不由得心生羡慕和钦佩。这是作家天赋的一种表现，如烟往事并未随风飘逝,有文学价值的形象、细节在头脑里如石刻般清晰,一旦需要,随时可以在文字中复活。当然,作家还应该是生活中的有心人,善于用文学的眼光观察生活,用悲悯的情怀感受生活,用绚烂之笔描绘生活。孝才便是如此,别人视而不见或者一笑了之的一句话、一个眼神、一个细小的动作,或许都成为他珍贵的写作资源,成为他作品中的重要构件。我们今天能读到这部形象生动而且充满汗味和烟酒气息的力作,理所当然要感谢作者对待生活用心用情的态度以及艺术地把握生活的能力。

作品以第一人称的叙述方式记录了作者的从警生涯,从步入警校到最后一次破案,时间跨度三十余年。如果事无巨细一一道来,恐怕谁也无法卒读。现在我们读到的作品之所以引人入胜,就是因为用材有取舍,着墨有轻重。"我"贯穿作品始终,既是叙述者,又是主人公。"我"注目何处,必然经过审慎筛选,表现了作者的审美趣味和艺术追求;所讲述的故事,想必都曾经震荡过作者心灵,引发过作者深思。唯其如此,才有可能获得读者的青睐与共鸣。

可以说,《我的刑警往事》是一部好读耐读的作品,除了内容的丰厚和情感的充沛之外,还应归功于作品叙述语言的精当。老实说,最初对这部尚未完成的作品充满期待,就是作者的语言功力让我感觉到他极有可能将故事讲得精彩。孝才显然深受古典文学的熏陶,文字简洁,叙述明白晓畅,表达到位,写人状物往往寥寥数笔便形象立现,深得传统白描手法的精髓。具备了这样的文字功底,只要视野打开,相信孝才还会有更好的作品奉献给读者。仅就这部作品而言,囿于真实经历,加之对自己的成长过程特别珍视,有的段落略嫌冗长,影响了整体结构。我不禁要想,如果抛开真实事件的局限而发挥想象写作虚构作品,孝才笔下的世界又将是一幅怎样的景象?

是为序。

回忆就像洋葱
每剥掉一层
都会露出一些
早已忘却的事情
层层剥落间泪湿衣襟

——〔德〕君特·格拉斯

目录

1/ 生活底色　人性深度
　　——序《我的刑警往事》/ 陈川

1/ 引子：有关荣誉的对话

19/ 第一章　　红卫山上红旗飘
　　　　　　　蜿蜒上山路　21
　　　　　　　少年壮志不言愁　31
　　　　　　　转山　46
　　　　　　　终将离开的红卫山　54

61/ 第二章　　沙河子光阴
　　　　　　　万县的乡野　63
　　　　　　　刑警队的老板凳们　79
　　　　　　　我的1983　89
　　　　　　　青涩　101

115/ 第三章　　从"狗公馆"到公安处大院
　　　　　　　成都西门外的"狗公馆"　117
　　　　　　　公安处大院　131
　　　　　　　海啸和黑儿　140
　　　　　　　大巴山：我的激情我的爱　154

177/ 第四章　3120：哥子、硬角儿、远方的云
　　　　　　　3120 的哥子们　179
　　　　　　　硬角儿　218
　　　　　　　天涯追捕　239

269/ 第五章　凌乱 1997
　　　　　　　沙市四码头　271
　　　　　　　雪苞山上一棵草　287
　　　　　　　风中红叶　316

337/ 第六章　黄水"1·17"：伤心之地的无望追踪
　　　　　　　剑门关外　339
　　　　　　　"2·10"：集团冲锋　363
　　　　　　　无望冲刺　383

413/ 第七章　冬至深寒：道别总艰难

463/ 向少年英雄的我学习致敬（代后记）

引子：有关荣誉的对话

离别二十年后，我第一次重返红卫山。

2001年夏天一个闷热的下午，广东佛山一座戒备森严的山庄里，公安部刑侦局召集四川、广东、重庆等六省市刑侦部门的各路精英，闭门研究追捕公安部A级通缉犯成瑞龙的行动方案。成瑞龙有"杀人狂魔"之称，流窜西南六省市，杀伤警民多人，屡次逃脱抓捕，为此，六地警方伤透了脑筋。

会开到中途，四川省厅刑侦处一位同志趸到我身后，要我借一步说话。原来，最高人民法院的死刑复核已经下达，曾经横跨川渝两省市疯狂作案的系列抢劫强奸杀人犯燕小七将在四川省的柳水县执行枪决。死刑命令下达前，燕小七向原审法院的主审法官提出要求，希望执行死刑前亲眼见见我本人。法院疑心燕小七还有什么重大余罪或者检举，便向柳水警方通报了这个情况。燕小七是万县人，在万县也有数起大案在身。和成瑞龙一样，燕小七有很高的反侦查技巧，川渝两地警察对他有长达近八年的追捕，我曾几次到柳水追捕过他。作为隐形对手，虽未曾谋面，却早已是神交已久。

"也奇了怪了！这家伙为啥单单要见我呢？"

凌晨两点，一架庞大的空客A320挟带着呼啸的气流和轻微的颠簸轰鸣着降落在成都双流国际机场的跑道上，飞机缓缓滑行，脚尖真真切切感觉到脚踏实地了，我心里还犯着嘀咕。四川正下着暴雨，省高院派来的一辆三菱越野车大开车灯，雪白的灯柱刺破密匝匝的雨幕沿成渝高速快速驶向柳水县城，车轮碾过积水哗哗作响，炫目的光带刺得我眼睛生疼。

五点不到，柳水县看守所到了。穿过一道道岗哨和铁门我被带到一间空荡荡的办公室，屋里早有几个法警和法官正有搭无搭地说着闲话。见我进门，两个看守把我径直带到隔壁一间囚室。囚室里潮气躏人，燕小七穿一身崭新的对襟短衫端坐在一把铁椅上，一个犯人蹲在地上正往他脚上使劲套一双青布圆口布鞋；一碗鸡蛋面搁在燕小七面前，像是扒了几口，早已没了热气。有人拖了把椅子放到燕小七对面差不多一米开外的地方，其余人便离开屋子，只留下一个看守和一个法官退到门边。燕小七一直盯着脚上的布鞋，试着蹬了蹬，脚镣便哗哗响了起来。我把椅子往前移了移，借挪椅子的声音提醒他我到了。果然，燕小七抬起头，煞白的脸掠过一丝笑意，只一咧嘴，就露出缺了几颗门牙的一眼黑洞来。我看看身后的法官，掏出一支烟点燃后塞到了燕小七的嘴里。燕小七贪婪地吸了两口，然后微微仰头任由烟雾一缕缕往他同样如黑洞般的鼻孔里钻。

"燕小七！你这出刀下留人的把戏，非要我做配角么？"我自个儿点上一支烟，微微含嘲道。

"嘿嘿！那倒不是。"燕小七邪性一笑，然后用舌头轻轻一顶，烟嘴倏地滑到一边的嘴角上了。他往前探了探身子说，"我罪大恶极，不杀不足以平民愤！只当我们也该见见面好了！想给你说件事，想来你会感兴趣……因为柳水的警察、法官不热心！"

"呃！"我沉吟一声猜出了几分，却做一副并不感兴趣的样子，懒洋洋道，"说吧！时辰不多！"

引子：有关荣誉的对话

燕小七停顿片刻，嘴角依然挂着那丝邪性的笑容。

"那年随你到清水来的那个警察不是车祸死的！"燕小七吐掉烟头，撇撇嘴说。兴许是见我并没感到太惊讶，燕小七咧嘴一笑，嘟囔道，"你也没兴趣么？倒也是，谁会在乎一个小警察的死呢？他好歹还是捞了个因公死亡……"

果不其然！燕小七要说的正是这事。我直勾勾打量着燕小七，直看到他脸上有一丝愧疚才问。

"说说看！他是不是牺牲在你手里的？"

"是的！"燕小七咽了口口水，重重地点点头。

七年前，我随一个川渝联合追捕组到柳水县抓捕燕小七。有线报说，燕小七化名"黄崩牙"在柳水县的关门岭一带给一些黑矿老板当杀手，手里有枪有炸药。追捕组里有竹溪县来的刑警殷勇。殷勇刚从警校毕业分到刑警大队做侦查员，说话做事斯斯文文，见着我这个大师兄也是毕恭毕敬的。我对殷勇的印象很深，原因是他也有过一条和我一样的不寻常的从警路。他父亲早年是区里的公安特派员，受他父亲影响才到警校读书的。他的母亲是中学美术老师，母亲一心是想让儿子读美院。殷勇打小跟母亲学习画画，进警校后无师自通学了一手由别人口述模拟画像的独门绝技，由于功底扎实，实战应用中竟能八九不离十。联合追捕组到柳水开展的第一项工作就是秘密到关门岭找几个见过这个黄崩牙的人，由殷勇模拟画出画像让受害人辨认，一经确认便迅速组织人马进山抓捕。燕小七十来岁离家出走，从此杳无音讯，我们手里只有一张他八九岁时的黑白照，模糊得不行。最大的特征是满口的龅牙，也正是这满口龅

我的刑警往事

牙让川渝两地的刑警最后下决心锁定了燕小七。关门岭在柳水县的襄河地界，沟大谷深，生人进去很容易让人起疑心，柳水警方只派了襄河派出所的副所长齐云带殷勇开了辆民用牌照车辆进山开展工作。齐云是警校治安专业毕业的，见习当年因为抗洪抢险表现特别突出罕见地立了二等功，名字被早早镌刻到了警校红卫山的英模墙上，他也是关门岭本地人，毕业后一直在襄河工作，进出关门岭不会让人太疑心。两人进关门岭后的第二天深夜，齐云伤痕累累让人抬回城里送医院抢救，从他断断续续的描述中得知：两人在关门岭找到了两个目击者，殷勇画好模拟像后沿山路原路返回车里。殷勇刚发动汽车，燕小七陡然出现在前方。狭路相逢，两人手无寸铁，燕小七手里却有一支仿五四式手枪。是时，尚未上车的齐云奋不顾身扑上去徒手和燕小七搏斗，扭打中一起跌落到几十米的沟谷里……柳水警方迅速调集大批警力冒雨进山搜索。天亮时分，搜索队伍在关门岭一处深谷发现了殷勇驾驶的那辆民用牌照车辆被完全烧毁，残骸中找到了差不多烧成炭块的殷勇……燕小七再次逃脱……齐云又一次成了英雄，而殷勇则可能是临阵脱逃车毁人亡。事后，警方一度疑窦丛生，我也曾到关门岭实地踏看了现场，终究没找出什么疑点也始终没想到怀疑齐云的说法。殷勇的遗体照他父亲的要求被就地火化，骨灰寄存在柳水公墓。明眼人一看便知道，老人家无法相信也无法接受这样一个结果。竹溪警方倒很爽快，决定按因公死亡让老头儿和他孙子享受应该有的优抚。倔强的老头儿却一口回绝，坚持要等殷勇的死真相大白了再谈这事。追捕再次失败，我在柳水的工作很快结束。我一直捱到殷勇火化那天才离开柳水，到

引子:有关荣誉的对话

殡仪馆送他最后一程。多年后我还清楚地记得那天的情景:步出吊唁厅,一边走出竹溪县来的十来个丧家,一个个悲悲戚戚的。头里一个小男孩儿,头上系了长长的白色孝帕,鼻涕拖得老长老长,手里捧着殷勇的遗像,歪歪扭扭走着。旁边一个瘦巴巴的老头用手拿捏着小男孩儿肩膀上的衣服,像是怕他跌倒一样。老头穿着没了领章的上白下蓝旧警服,略显浑浊的眼睛平静地望着前方。微风吹动他一头白发,凌乱而颤动着。老少两个的眼神都酷肖殷勇,该是殷勇的儿子和"老特派"了。后来断断续续得到的消息是,"老特派"带着孙子留在了柳水。老头儿在公墓附近的小学做了个不领工资的看门人,隔三岔五到柳水县局走走。从不追问案子进展,只到伙房讨口水喝。喝完扭头就走……

"好吧!说说你的版本。"我重又递了根烟给燕小七,耐着性子问。

"很简单!齐云对你们撒了谎!那个警察才是个不怕死的角色……"燕小七一副玩世不恭的样子说,"那天我从襄河一个'花子'家出来往关门岭走,我喝了点酒,带了把'黑星',还有四发子弹。走着走着,劈头撞上了齐云和那个警察。那个警察显然先认出了我,他只愣了一下便朝我扑了过来……在他扑倒我的刹那间我抽出枪朝他肚子开了一枪……那警察麻袋一样压在我身上一动不动了。我好不容易推开那警察,举起枪要对付那个齐云……齐云当时坐在车里,傻傻的没半点动弹,任凭我的枪顶着他的脑袋……"

"啥?!你是说齐云在车里压根儿没做任何反应?"我几乎是愠怒道。我相信这愤怒一半来自眼前这个燕小七蔑视和嘲讽的口吻,

我的刑警往事

一半来自对齐云贪生怕死的震惊。我的愠怒引得囚室里的看守和法官往这边靠了过来,也让我自己镇静了下来。门外已经有了更大的躁动声和警笛声,燕小七的日子不多了。我强压一下怒火,闷声问:"你为啥没开枪?"

"对一个吓坏了的人开枪?那不是我的风格!其实我想开也开不了,因为枪卡壳了!"燕小七又笑了起来。他的笑近乎是残忍的也是歇斯底里的,因为这时候几个武警拿着绳子进了囚室,有看守手里拿着脚镣和手铐的钥匙。时间不在我这边了,我得抓紧。我起身探过头,几乎是逼视着问道:"你凭啥证明你说的话是真的?!"

"哈哈哈哈!我没有证明!唯一能证明的不是你们这些警察的狗屁良心和勇气么?审讯时我向柳水警察招了供,承认我杀了那个警察,他们为啥不追究姓齐的责任?为啥不深问我为什么没杀那姓齐的?因为他们在乎的是他们的狗屁荣誉!抓了我杀了我你们警察就有得吹!不能因为另一个警察的贪生怕死给毁了……实际上你们这些警察包括你姓朱的狗屁都不是!老子至少还不怕死,敢作敢为!脑壳砍了碗口大个疤!二十年后又是条好汉……"燕小七让两个戴了墨镜口罩的高大武警一左一右架着站了起来,一个法警麻利地给他脖子上套上了锁喉绳,他一边配合一边狞笑着反诘我。他的声音因为身体的扭曲变得沙哑变形,进而狂躁和狰狞,说的话也是毫无章法的了。一个法官过来拍拍我肩膀,略显不耐烦地低声道:"算了算了!这种人,死到临头找话犯的,跟他较啥劲?他给你说的话给我们也都说过……齐云一口咬定,死无对证了!"

我怔了怔。就这点工夫,燕小七两脚不点地地让武警架出门去了。我还在愣神,一个脸上长了几颗麻子的看守过来示意我可以走了。走到门边,那个麻脸看守拍拍我肩膀,宽慰我一般说:"这个死猫脑壳,存心怄你气的!齐云应该撒了谎,我们都心知肚明……害你跑了趟冤枉路。"

"这个齐云现在在哪里?"我喃喃问道。

"齐云么?早不是啥英雄了!"麻脸看守撇撇嘴再望望我,不屑道,"人家现在可是柳水警察的No.1!警察中的大款,大款中的警察了!高速公路指挥部能找到他!"

新川黔高速公路从柳水市拦腰穿过,是国家投资的重点工程。为了圆柳水人高速梦,上上下下都很重视。县里成立了高速公路重点工程指挥部,指挥部又设立了保卫部,齐云在保卫部S段保卫组做驻场民警。我租了辆现代车,沿着工程车碾出的巨大辙印和源源不断的指示牌,找到S段不是件难事。

保卫组租住在一家外墙贴了瓷砖的农家小院,院子里空无一人。听得楼上一间屋子有响动,我便循着声音上去。屋子里家用电器一应俱全,几个人围了台电脑聚精会神玩着一种飙车游戏。玩家是个三级警督。有人问啥事,我说找齐云。问话的人便去拍了拍玩着游戏的一个人,原来他就是齐云。三十来岁,白白净净眉眼秀气,只牙齿因茶垢烟垢而发黄。齐云刚起身,还没离开桌子便很快有两个屁股同时挤到了凳子上。

到隔壁,屋里充斥着浓烈的烟酒味,四壁贴满了各种游戏和越野车的招贴画。齐云在饮水机上接了杯水自己喝了,问:"为殷勇的

我的刑警往事

事么?"我愣了愣,认真点点头说:"是的!我们就这儿谈谈好么?""这点屁事儿,边走边谈。"齐云嘟囔着脱警服,一副懒得商量的样子。齐云很快换好便衣,却是套怪里怪气的外国迷彩服,左臂上绣了美国国旗。见我盯着看,齐云指着美国国旗说:"现役美国海军陆战队军服,绝对正宗,我花三千块托人买的。"又问:"你一个人来的?"我嗯了下。

"你倒撒脱。"齐云继续嘟囔。他往嘴里塞了两块绿箭口香糖吧唧吧唧嚼着,随手抓了双皮手套,啪啪一拍道:"我们走。"下了楼,齐云看看我那辆现代,撇撇嘴说:"你那是婆娘开的,上我的车吧。"

我揶揄一笑。想这小子倒是个爽快人,不知说到正题还爽快不?思忖间附近响起一阵剧烈的轰鸣,随即,一辆宽大怪异的越野车猛地蹿了出来,号叫着停在我面前。我吓了一跳,犹豫着上了车。"哪找的这么台怪物?"我打量下齐云,问。"找山西一个煤炭老板买的。"齐云拍拍方向盘,说:"美国的悍马H2,可惜是民用版。"我释然,说:"呃!美国大兵就是坐着它,世界各地横冲直撞是吗?""你不喜欢美国人?"齐云从仪表盘下摸出一盒"万宝路",单手弹了根递给我,问。我推开万宝路,掏出自己的烟,说:"我喜欢好莱坞大片,尤其是二战片、西部片和越战片,美国人的好印象仅此而已。"

齐云自己叼了根万宝路,摸出个"ZIPPO"打火机,砰儿地弹开,点上火随手扔到仪表盘上。一轰油门,悍马车猛地向前一蹿,向满是泥浆、坑凹不平的施工区飞驰而去。齐云的人缘看上去不错，路边不时有戴安全帽的人在向他挥手。齐云懒得应答，偶尔挥挥手算是打招呼。开了一段路，悍马在路边一座已经坍塌了半边的房屋前停下。也不下车，齐云扯着嗓门喊："老五！王老五！"屋里旋即出来一个扮相不工不农的人，一张脸笑得稀烂。齐云骂道："王老五！你他妈的想用这半间茅厕屋发洋财是不？为啥还不搬？"

那个叫王老五的人赖着脸说："这不是屋前屋后还有些庄稼没收吗？齐组长，我们土里刨食的人，不比得你们吃商品粮的……"

齐云皱了眉头，点着王老五凑过来的鼻尖，一字一顿说："王老五！国家的钱也不是拿枪拿炮抢来的！饭吃饱了要晓得放碗，撑死了没人管的。限你两天之内从这里消失，不然，老子亲自开台挖挖机来给你推了，信不信？趁我现在心情好，搬了东西滚回土门安置点。我让工地格外再给你五吨水泥十吨沙，赶快把房子盖起来过年。行不？你要说半个不字，我立马走！"

王老五鸡啄米似的直点头，说："好好好。不用两天，擦黑你来看，我还在这里，你把我连同房子埋了。"齐云发动车要走，王老五紧赶几步说："齐组长，十吨水泥行不？"话音未落，悍马猛地一拱，轮子卷起的泥浆溅向王老五，王老五顿时成了个泥人。悍马骄横地奔跑在毛坯路上，耳边是车体颤抖的撕裂和风鸣声，宽大的车胎和石子挤压的唰唰声不绝于耳。齐云朗声说："基层就这样，什么事都得过打过揉，你们刑警队，针尖大一个眼儿，上纲上线了就是鸡蛋大一个窟窿。"

"你在暗示殷勇这事么？"我盯了眼齐云问。齐云反问："不是么？"我侧脸说："你既然提起了，我们说说这事怎样？"

我的刑警往事

齐云举了举手说:"等一下,我处理点私事再说。"悍马戛然停下,前面是一个偌大的碎石场。工地上人来车往,很是火热。齐云自顾下车往一排工棚走去,又过了一阵,几个工人毕恭毕敬把齐云送了出来。上了车,齐云轻描淡写说:"我自己开的石场。殷勇这事出了以后,我不再积极,两年下来我被免了职务,差点连饭碗也砸了。因祸得福,我被安排到了这里。我这人毛病多,但自我感觉有特点:脑子灵活,有经济头脑,人缘好。我八方筹钱搞了这个石场,高速路需要这个。等高速路修完,我也就盆满钵满了。不过,我工作不赖,人家搁不平拣不顺的事我齐云能。冲这点,施工方高兴呀!他们什么都不怕,就怕拖工期。工期就是金钱,就是他们的老命。我恰好解决了他们的问题。他们一高兴,拔根毛也比我们这些小警察的腰杆子粗啊。"

我微微一哂,说:"看得出来,你过得很滋润。"

"不管怎样!日子总还要一天天过吧?!"齐云点了支烟,苦笑道,"说说看!燕小七的话你信几分?"

"说实在,凭感觉我有六七分相信。"我望望齐云,认真说,"如果没这六七分,我不会来找你。坦率说,于情于理也轮不上我来问你的!"

"看来你和殷老辈子一样,老狗盘上肉摊子了。"齐云重重地咽了口口水,说,"换几年前,我不会给你说这个天大的秘密,现在无所谓了。我已经想好出路,不出半年我会自己炒了自己的鱿鱼……那天是我在开车,燕小七掏出手枪时,我第一时间想到的是逃跑!说实在,我们当时确实也没有更好的办法……燕小七开了枪,我开得更快了！慌乱中车子向悬崖冲去……我跳了车，殷勇没来得及跳车……燕小七撒了谎，他没杀殷勇……"

"可不可以这么说，逃跑或许不是殷勇的想法呢？"我盯着齐云的眼，好一阵又问，"或者这么说，在燕小七的枪口下是你这个曾经的功臣先畏惧了，事后还编出天大的谎话让殷勇替你受过？让殷老前辈和他孙子现在还在蒙羞？"

齐云哼了声，问："大师兄！你当过二十多年的刑警，你有过被人用枪指着脑袋的感觉吗？如果有，你想到过无谓的牺牲吗？"

我一字一顿说："我没有这样的经历。如果有，我决不会选择丢下同伴选择退却，更不会让人当我的面枪杀了自己的战友自己的同事，而自己选择贪生怕死，还用弥天大谎掩盖自己的懦弱和胆怯！"

"这么说，你是一定要相信燕小七的鬼话而不相信我的话啰？"齐云狠狠地拍了下方向盘，气咻咻说，"如果你这样说，我就没有什么好说的了。作为红卫山的同门师兄弟，我真怀疑你大老远的来，有什么别的企图了！"

"你错了！我没有任何企图，也不会糊涂到让燕小七牵着鼻子走的地步。"我淡淡说，"如果果真如燕小七对我说的那样，同为红卫山人，你应该还殷勇一个公道。如果他是壮烈牺牲的，和你一样，红卫山的英模墙上应该刻上殷勇的名字！你我都知道，警察的荣誉比生命还重要！我说的是有时候……"

"够了！老朱！别拿红卫山说事行不？"齐云突然涨红了脸，挥挥手嚷嚷道，"我他妈早不是啥红卫山人了！你对一个想脱了这身'老虎皮'的人说这些无用的话有意义吗？再说，柳水没管的事你这个八竿子打不着的人管啥闲事?"话没说完,悍马怒吼一声,朝来的方向狂奔回去。

傍晚,我在县城边寻了家小宾馆住下。天边烧起漫天的红霞,大街小巷红光灿烂,白天让齐云搞得灰溜溜的心情似乎也好了不少。我到路边一家超市买了点东西拎在手上,招手上了辆电麻木。说了去处,电麻木一路突突地驶出城区,沿一条清澈见底的小河逶迤而行。眼见路边有"柳水公墓2公里"的路牌,电麻木停了下来。付了钱,一路问到殷老特派的住处时,天已黑尽。

推开门,是一处老式的小四合院。天井里放了矮桌矮凳,扯了个台灯放上面。老汉穿一身洗得发白的橄榄绿警服,捧了本书凑在台灯前眯缝着眼看,殷勇的儿子坐一边昏暗处,手拿画笔在速写本上呼呼画着。我不好打搅,便放了东西,四下看看。旁边就是堂屋,正中放了天地君亲师的牌位,挂了些古旧的照片和炭精画像,一侧侧位有殷勇的遗像,一副漫不经心的样子打量着我。我一阵激灵,慌忙收回眼光,重新看爷孙俩做功课。一会儿,殷勇儿子收拾了本子,瞟我一眼进屋里去了。这小子早不是当年那个"鼻涕虫",修长的身板笔挺笔挺的,嘴上已经有了淡淡的茸毛了。老汉扯了根凳子过来,挨我坐了,喃喃道:"我认识你,当年在殡仪馆见过。好像是重庆警察吧?""是的!也算殷勇的哥子师兄吧!"我说。

老汉嗯了声:"那就是红卫山下来的学生了!这几年,来看殷勇最多的就是红卫山的同学了。""我来迟了!老前辈!"我抱歉地说,"我在柳水办事,想着该来看看您的。"

"谢谢你!"老汉认真看看我,叹口气说,"这下好了!燕小七抓了！我爷俩也该带着勇儿回竹溪啦！小齐在竹溪找了块好地，勇儿该入土为安了。"

"小齐？"我狐疑着问，"齐云么？"

"是的！"老汉拍拍我手背，欣慰道，"这么多年，全靠小齐替我爷孙俩打点一切！燕小七能最终栽在柳水也是小齐长期经营得手的一条线索。老汉我知足了。小伙子！感谢你来看我看殷勇，回到竹溪，这一页就彻底翻过去了。"

一丝愧疚掠过我心头，我不自觉地欠起身子，嗫嚅道："那我就放心了！我该回去了。"

老汉并不挽留，走到门口，老汉和我握手告别。待要松手时，老汉突然重又握紧了我的手，动情道："小伙子！我留在柳水，除了给勇儿讨个说法，重要的也是我想替勇儿完成他没能完成的最后一项任务！常言说：'日久他乡为故乡！'几年下来，我也喜欢上了柳水，把自己当半个柳水人了！亲不亲故乡人，我不好让小齐让柳水警察的荣誉让勇儿的死给毁了……所以，燕小七被抓后，我没去过问审讯的情况……和勇儿有关的所有人不都付出了代价么？小齐，这几年过得也很乱，不是吗？"说到最后，老汉的眼里闪出星芒一般的光点。

"谢谢老前辈！我知道了！"我也重重地回握住老汉的手，哽咽道，"您多保重！"

步出门上了公路，这才发现路上人车稀少。想想也没多远的路，便信步往县城方向走去。渐渐地，河边弥漫起夜雾，雾气越来越浓。走出几里路，后面射来一束车灯，听声音是台大功率摩托

我的刑警往事

车。我往路边靠了靠,微微侧身往后面扫了几扫。车越开越近,几乎能看见摩托车手头盔后面的眼睛了。摩托车没有减速的意思,雪白的车灯直射我眼睛,我忙拿手护住眼睛,那辆摩托车一轰油门,加速向我直冲过来。"不好!"我头皮一麻,斜身向路边一跃。摩托车呼啸着擦身而过,凉风呼地卷进我脖子里,背心顿时凉了。不及起身,那辆摩托一个急刹,掉转车头又冲了过来。我的右手本能地向腰间摸去,那儿并没有手枪,手枪留在佛山了。摩托车转眼间冲到眼前,我忙就地一滚,守门员一样向前一跃,跌落到路基上,待要起身还击时,摩托车却呼啸着跑开了……我站起身,摁住火辣辣的肩膀,牛一样大口大口喘气。四周漆黑一片,潮乎乎的空气钻进鼻子,我狠狠打了几个喷嚏。

一股恶气直冲脑门,忍不住想怒骂几句。正愤愤间,前面两道车灯蓦地射了过来。那辆悍马张扬地停在不远处。齐云嘴里叼着烟,看也不看打开车门。

我顿了顿,一咬牙,几步上前上了车。恨恨道:"齐云,你这演的又是哪一出戏呢?"

"抽支烟压压惊吧!"齐云看也不看递过万宝路,这次我没有拒绝。待我点上烟后,齐云吐掉嘴里的口香糖,冷冰冰道:"刚才你是不是觉得很恐怖,很无助,脑子里一片空白是不是?什么英雄啊烈士啊奖章啊通通都来不及想是不是?只剩下身体的本能对不?毛主席说得好哇!要知道梨子的滋味如何,得亲口尝一尝啊!"

我忍住怒火,瞪了齐云一眼说:"你是在让我体验被人用枪顶住脑袋的感觉是吗?遗憾的是,我还是下午那种回答!"

引子:有关荣誉的对话

齐云冷笑说:"师兄!其实在柳水我和你有过几回交集,终归我没和你交上朋友。知道为什么吗?案情通报会上第一眼见你我就不喜欢，[你和很多上了点年岁有些作为的师兄一个德行!看][你装模作]作,仿佛所有人就你们专业就你们敬业就你们[正义就你们][刑侦]。我在红卫山读书的时候是把你们这样的学长大师[兄当偶像崇拜的，现]在想来真是幼稚,真是可笑!"

我揶揄道:"齐云,你还好意思说你是红卫山弟子?你还算红卫山弟子么?"

"师兄,留点口水养精神吧!殷老伯应该给你说起过我吧?"齐云突然咧嘴嘿嘿一笑问道。不待我回答,他侧脸又问:"你有多少年没上红卫山了?"

"说来真是不凑巧,我有差不多二十年没回去了。"我认真答道。

"'久有凌云志,重上红卫山!'这儿有条近道可以直插成渝高速。不待天亮,我们可以重回红卫山!"齐云往嘴里再塞了两块绿箭,载着我们的悍马低吼一声,车灯箭一般射进漆黑的夜幕中去了……

天麻麻亮,悍马驶进了华灯闪闪的泸州市。齐云轻车熟路在车水马龙、高楼林立的闹市中寻到了四川省警官高等专科学校。我一脸惶惑,云里雾里找不着北。反复问了齐云,仍然不相信眼前这片水泥森林会是我魂牵梦绕的红卫山。

"师兄,你不要刻舟求剑,这儿早他妈不见山也不是山了。这儿是泸州市的江阳区,你要问红卫山,有人会把你当外星人!"齐云哐

我的刑警往事

当一声甩上车门,讥诮道。他随手从车上扯下件运动衫扔给我,趁我换衣服的当口,去到大门口。他和门口站岗的两个身着学员制服的同学比画了几下,两个学员便朝我们敬了个标准的军礼,做了个请进的手势。

一个多小时后,带着满满的遗憾和失落,我和齐云信步来到英模墙下。几个从红卫山走出去光荣牺牲了的烈士和公安部一二级英模浮雕旁镌刻着一排排功臣名单。姚建云、曾福兴、刘武、范洪友……齐云和几个人的名字列在一角,让几片肥硕翠绿的龟背竹叶子不经意地覆盖着。"想当年,我们听从一个共同的召唤集结在红卫山上,共同在一面旗帜下宣誓成为一名光荣的人民警察,谁会想到有人会留在这面冰冷的青石墙上,有人会早早倒在敌人的刀枪下,有人也早早倒在敌人的糖衣炮弹下呢。"我还在梦游般自言自语时,齐云几步过去,拂开龟背竹,从嘴里掏出口香糖,猛一下摁到了自己的名字上。

我和齐云沿着两排修剪得整整齐齐的红叶石楠和龙爪槐挟就的甬道往大门走去,间或有几棵高高大大的桉树挺立其间,枝叶繁茂、浓荫遮天。一丝悲凉游丝般爬上我的胸膛,这片高地上也只有这些桉树依稀还是二十年前的旧模样了!手抚桉树温润的树皮,喉咙也痒痒的了……突然,一缕阳光钻出云层,穿过桉树叶密密匝匝的空罅突兀射到我和齐云的脸上,我俩都给吓了一跳。

"燕小七说的没错!"齐云斜了我一眼,喃喃道,"燕小七逃走后,我把殷勇抱上车,他鲜红温暖的血沾满了我的双手……我疯了一般往沟外开,心里盘算着该怎样报告刚才发生的那一切。突然,车身一颠，车头向悬崖下冲去……我本能地跳下车，顺着崖坡滚了下去……当我苏醒过来，看着山下燃烧的车，我一下子有了主意……"

"我们不说这事了，好么？"我不落忍，拍了拍齐云的手臂，感觉一阵冰凉。我颤声说："燕小七一死，死无对证了！"

"不！"齐云点上一支烟，重浊道，"我没记错！燕小七射进殷勇胸膛的那颗子弹没有穿透，应该留在他的胸膛他的骨灰里了……那颗子弹可以帮他找回属于他的荣誉！像你说的那样，他的名字应该回到红卫山回到这面墙上！"

"这么多年都过去了，今天何苦呢？"我望着远方鳞次栉比的高楼，灰灰地问。

"在这里，在红卫山，我不想说假话！我已经迷失太久，只有红卫山能唤回我的灵魂！你呢？难道你没想起什么吗？"齐云同样迷茫地望着远方，淡淡地问。

"是啊！红卫山让我想起了什么？我又找回了什么呢？"我梦呓般问自己。

第一章

红卫山上红旗飘

蜿蜒上山路

红卫山上红旗飘

阶级敌人在磨刀

……

在川渝地区的任何一个公安局，一说这句"黑话"，你就能找到原四川省人民警察学校的同学，而且多半还是些说话算数的"头儿"。四川警校在泸州市的红卫山上，因而红卫山就成了四川警校的代名词。

红卫山是川渝地区警察的"黄埔"，一张警界通吃的名片。

泸州出产泸州老窖，泸州素有"酒城"之称；沱江、长江在此交汇，泸州人更愿意称自己的城市为"江城"。鲜为人知的是，在20世纪七八十年代，它还有另外一个别称叫"警察城"。这叫法来源于在这个当时只有十来万人口的小城里有西南地区屈指可数的两个警察学校：花园路的四川省公安学校和红卫山上的四川省人民警察学校。花园路培训在职民警，红卫山培养中专生，预备警察。一到周末，大街小巷大盖帽、红领章来来往往漂漂浮浮人头攒动，整一个警察嘉年华。外地城市实在很难见到这番景象，警察城实至名归。

红卫山在市郊西北九公里外，是泸州市的制高点，当地土著却管这山叫长庚宫。因为旧时山上有大片道观，道观形制与宫殿相仿而得名。长庚宫当时位列川南三大道观之首，香火旺盛时有山门数道，碧瓦飞甍，高阁矗天，气派很是不凡。长庚宫所以破败下去，根源在它特殊的地理位置上。

泸州市三面环水一面靠山，这山就是红卫山，古称珠屏山。冷兵器时代，湍急的长江、沱江是城市的天然屏障，珠屏山反倒成了防守的软肋。从蜀汉开始，统治者就开始在山上修筑城墙堡垒，到明崇祯年间逐渐形成一道北临沱江，南抵长江的长城。长城宛如一条穿透两江的巨龙，珠屏山是这道长城的隘口，取其形叫作龙透关。龙透关是陆上进入泸州城的唯一通道，素来为兵家必争之地。1921年，刘伯承领导泸州起义，率军在龙透关与刘湘的川军血战数昼夜，长庚宫受到重创；1932年"省门大战"，刘湘和刘文辉在龙透关展开攻防战，长庚宫被数颗炮弹击中，几座大殿毁于战火。新中国成立后，残破不堪的长庚宫被辟为四川省第三监狱，随后改做了公安学校。"文革"期间，泸州是四川武斗的重灾区，"红联站"、"红旗派"两大武斗派别动用除坦克、大炮以外的所有常规武器在龙透关一带血战数天，死伤无数。长庚宫至此荡然无存，地名也让红卫山这个打着红色烙印的称呼彻底取代了。

1980年8月的一天傍晚，十六岁的我带着一个乡下少年少小离家的凄惶和一大群怀揣不同梦想的伙伴挤在一辆挂军牌的军绿色敞篷卡车上，沿着坑坑洼洼的泥泞小道一路颠簸爬上红卫山的时候，扑面而来的是裹挟在毛毛细雨中湿漉漉的一幢幢粉墙碧瓦小平房，稀稀拉拉的桉树、毛竹，赘疣般废弃在山上的碉堡、岗楼和间或拉扯在其间的锈迹斑斑的铁丝网。别说龙透关、长庚宫没听说过，红卫山三个字也还是十分钟前才第一次听到。四川省人民警察学校这时候还没成立，我们的录取通知书写着四川省公安学校中专班，报名

第一章 红卫山上红旗飘

地址是泸州市花园路。警校学生管上警校叫"上山",这个山自然就是红卫山了。

我就这样懵懵懂懂莽莽撞撞上了山。

我是被一个人一把枪和一部电影带上红卫山,最终走上从警之路的。我家在川东铁峰山脉凤凰山下,早年叫作前卫公社红光大队。父母亲是村里为数不多识文断字的人,又都是50年代入党的老党员。还在童年,父亲已经是大队支书兼会计,母亲是大队妇女主任;大队代销点设在我家偏房,售货员由我妈兼着;高音喇叭架在院坝边的老核桃树上,来自北京的声音、公社大队的通知号召从这里发出。可以说,我的家就是村子的政治、经济、文化中心。其实,童年的我们并没有因此而快乐,反倒是无穷无尽的烦恼。没别的,下乡干部和上门办事的社员实在太多,让人心烦。大人说了,来者是客,是客就得招待吃饭,客人吃饱喝好是大事,我和兄弟姐妹的七张小肚皮反倒成了小事。所以记忆中常常是刚端起饭碗,客人一来就都得乖乖放下。如此牛吃马嚼,家里仅有的一点好吃的东西都让客人给吃光了。从母鸡屁股里刚落下的热乎乎的鸡蛋,到墙上挂的腊肉香肠,再到刚发芽的香椿果树上的果。那时候,我们眼里的客人就是跟我们抢饭吃的嘴,自然是能少来便少来,最好是不来。

唯一的例外,那就是偶尔来一次的公安特派员,他的到来,反而让我有了客好留不住的感觉。因为特派员一来,我就能看到那神物一样的东西——手枪了。

不知为什么,但凡是小男孩儿少有不喜欢枪的。少儿时代,当兵打仗几乎是每个小男孩儿绝对的美梦,一切与枪挂得上号的"武器"也都是每个小男孩儿的心爱之物。山里孩子穷，武器全是些就地取材的手工制品，粗陋到不行。小伙伴们还都不嫌弃，三五几个纠集一起，腰间系了麻绳，头上顶了葛藤、树叶编织的伪装帽，手里举着五花八门的"枪"四下冲啊杀的。没人笑话，反正都是"腰杆别个死耗子——冒充打猎人"。小时候就有个姓赵的重庆知青帮我拿块木板用锯子锯刨子刨铁丝烧红了钻孔，搞出一把像模像样的驳壳枪来，再用锅烟墨染黑桐油刷亮，学游击队长一样别在腰间，挽袖叉腰不可一世；也做一些可以打实弹的武器，最简单实用的就是弹弓，一个小树杈两根橡皮就能搞定。拿着它成天操练不息，到后来还真能指哪打哪弹无虚发，打下无数雀鸟野果。当这些都玩腻了就"想入非非"，想自己要是当了解放军，成天挎着枪站岗放哨冲锋陷阵那该是多么的威风哟！带来这种真实冲动的正是缘于这位偶尔来访的公安特派员。

那时候的区乡没有派出所，一个区只有一个公安特派员，胡子眉毛一把抓。老家所在的万县高梁区，特派员姓骆，大家都管他叫"骆特派"。骆特派身材魁梧、南人北相，酒量饭量烟瘾都很大，腰里别着的"五一式"手枪在我眼里也很大。枪被严严实实捂在金黄色的皮套里，只露出一截草绿色的枪绳和插在皮套上的通条。吃饭说话、下地干活都不离身。能看看他的枪，最好能摸一摸这枪成了我最大的渴望，也由此产生一种骆特派总是来得太少、走得太急的错觉。大人偶尔会讲起骆特派一些鸡零狗碎的琐事，在我心目中却是英雄传奇。

机会不期而来了。那年，我家代销点刚搬到村小不久。一天晚上，小偷翻墙揭瓦进了屋，店里的针头线脑、油盐酱醋给搬了个空，连一罐红苕糖也没留下。骆特派别了那把枪摸黑赶到村里。代销点里三层外三层围满了村民，都挤在石灰画出的线外看他如何破案。骆特派戴上手套，拿把电筒轻手轻脚进屋去，东照照西照照，还摸出一只放大镜把一张糖纸琢磨了半天。看完现场，他大手一挥，大声武气地说："社员们，都散了吧，我要回朱支书家睡瞌睡了。"大伙意犹未尽却也都散了。

　　第二天，学校留了我和七八个"根红苗正"的同学，其他都放假回家。正纳闷间，骆特派手里捧着一把红苕糖来了，笑眯眯把我们叫拢一块，一人手里放上两颗。看着我们都吃了，骆特派这才问："娃娃们！好吃不？"我们都答"好吃"。骆特派举着手里的糖纸说："那好！我们今天做个游戏。你们分头出去在路上找这样的糖纸，找到好多张纸回来在我这儿换好多糖。"一听有这种好事，我们轰一下作鸟兽散，四面八方找去了。不到一顿饭工夫，我们又都回来了。大家都是空手而归，只有我和另外一个同学运气好。我们在通往七队的路上找到十来张糖纸，最后一张还是在一家姓赵的屋后竹林里找到的。骆特派把糖纸拿放大镜下端详半晌，大手一挥，带着几个民兵直扑赵家，不一会儿就押着赵家大儿子，背着两背篼赃物回到学校。骆特派又笑眯眯地把我们几个喊到一块儿，一人手里给了把红苕糖。给到我时，我鼓起勇气说："我不要糖，我想摸摸你的手枪。"骆特派先愣了愣，随后朗声大笑，轻声对我说："先吃了糖再说。"

　　那天午饭后，骆特派把我叫到屋后的小树林，笑眯眯取下手枪，压上一粒金灿灿的子弹，然后把我的小手连同嵌有一颗黑色五星的枪把紧紧握在他那双温暖的大手掌里……

　　骆特派的这支枪让我激动了好久也幸福了好久，更成了播撒在我心田的一粒种子，一粒孳生幻梦的种子。在我艰涩困顿的童年，幻想能手握枪杆子当兵打仗，做警察抓坏人似乎是除了填饱肚子以外唯一能让我兴奋冲动的事，而恰好出现的那支骆特派的枪，特别是第一声枪响便成了影响我梦想与现实的精神启示录。

　　1977年，我初中毕业的那年冬天，中断11年的高考制度恢复了。我上高中那年，四川省公安学校开始招收中专生。我的幻梦有了通过发奋读书而变为现实的可能。

　　1979年的高考实行的是大中专分开考试分别录取。我无视父亲苦口婆心的劝告，没去考十拿九稳的中专，冒险报考了大专，结果以四分之差落榜。父亲气得吐血，甩一把锄头让我上山开荒，让我真真切切体验到"修地球"的苦楚后，才再次把我送到一所从1977年恢复高考后就一直打"光脚板"的中学"炒冷饭"。

　　学校在离家30多公里的烟包梁。读书苦，读住读更苦，苦不在读书本身而在饿着的肚子上。高中两年，正是身体发育的高峰期，睡觉翻身仿佛都能听到身体里一根根骨骼玉米拔节般的咔嚓声。与之形成鲜明对比的是，饥肠辘辘却又是那个年代农村住读生共同的梦魇。每周六一放学，我背着一只空背篼几乎是一路小跑着爬上两座山梁蹚过两条小河回到家，让母亲和大姐煮上一锅一切可以吃的东西塞进嘴里了，慢慢才会感觉到空落落的肠胃实实在在地重又回到自己的肚子里。在家里吃上两顿饱饭，第二天下午，还是那个空背篓，母亲雷打不动装上三五斤大米、十来斤红苕洋芋、一大瓶老咸菜。背着背篓，呼哧呼哧回到烟包梁，新一轮的胃肠煎熬就又开始了。两年高中一年复读下来，身高没长到一米六，体重不足九十斤，视力却下降到一点零以下。十六岁的我，俨然一个严重营养不良的乡下少年。

复读半年，课还是那些课，书还是那几本书，该读的读了，该背的背了，等待的不过是似有似无的运气。学校知道我底子，并不要求我每天去教室上课，任由我自行安排时间。学校附近有三个单位：6801职工医院也叫川东医院，军分区教导队和大修厂。三个单位隔三差五的露天电影，是我打发时光的好去处，几乎场场不落。

1980年的五一节晚上，我照例赶到教导队操场看电影。这天晚上放映的是峨眉电影制片厂最新拍摄的彩色遮幅式故事片《神圣的使命》。从第一幕主人公王公伯穿着上白下蓝的警服，站立在船头乘风破浪扑面而来的那一刹那开始，我就被雷轰电击般打蒙了。后面的剧情发展我一点都没记住，脑子里只反反复复反问自己一句话：可不可以去考公安学校？可不可以？可不可以？可不可以……

"不可以！"从老师到要好的同学那里我得到一致的回答。父亲更是为此火冒三丈。

没错，公安学校的招生简章说得明明白白：报考学生须年满十八岁，男生身高一米六五以上，体重五十公斤以内，视力一点零以上，无文身、疤痕、扁平足等等之类。"你的条件符合这里头哪一条哪一款？"父亲气急败坏，怒不可遏。

我的刑警往事

父亲的火气是有硬道理的。高考刚恢复那几年，每年的招生录取率不到百分之五，真正的千军万马过独木桥。尤其是农民子弟，每年的高考还意味着能不能跃出农门，端上铁饭碗吃商品粮，意义更是非同小可。像我们高粱这种小地方，别说大专，考上个中专就足以轰动十里八乡，让人眼珠子往地下掉，祖坟冒青烟了。谁都不敢轻易拿命运开玩笑的。

"难道你就这样放弃了么？"直到高考成绩已经下来，我还在这样千百次地问。虽然离大专分数线还是差了两分，但这个分数足以上四川省乃至全国任何一所除了公安学校这种有特殊限制的中专学校了。母亲开始悄悄准备我的行装，隔三差五已经有人来送礼贺喜。可本来的天大喜事，却因为我执意要填报公安学校而阴云密布。这天下午高粱区的文干就要带全区十来个幸运儿到县里填报志愿，母亲奉父亲之命押送我去县城，监督我填报除公安学校以外的一切学校。母亲知道我心思，只是并不多劝我。我赌气和母亲拉开一段路，任由母亲一边抹泪……既然我这颗少年的心已经被骆特派、王公伯激活，如果我不服从内心的召唤，等待我的无非也就一个循规蹈矩没有意义的未来，与其遗憾终生何不再赌上一把呢？即使输得血本无归，大不了也就回去"修地球"吧？

"妈！如果我不去公安学校读书，我考这个中专还有啥子意思呢？"我心一狠，闷声对母亲说。

几小时后，在县城沙河一小一间教室里，我在志愿书上从头到尾填上了"四川省公安学校中专班"。丢下笔走出教室，母亲还在操场边的树荫下抹泪唏嘘。一树蝉声聒噪不停，好似母亲烦躁无奈的心声吧？我心一颤，却不敢近前劝慰母亲。满眼是笑嘻嘻的同学和家长，而母亲是这里唯一满脸愁云的人。

陆陆续续有消息传来，志愿稳妥的同学拿到录取通知书了。村里已经传开，我填了不该填的学校，眼看银子化成水，煮熟的鸭子要飞。瓜田李下，村里人从旁边大路走过都轻手轻脚、细声细语，唯恐疑心说了闲话。难熬的日子最难熬，日子熬得差不多我也觉得快熬不住了，突然有一天晚上，公社公安员老徐跑到我家，一脸不知该是喜还是忧的样子。老徐说接到县公安局通知，要我本人第二天早上八点赶到地委二号楼，省公安厅有人等着政审。

"公安厅？！政审？！"在那个"文革"遗风还影影绰绰的年代，这几个字眼无异于晴天霹雳。若干年后我都还记得那个场景：父亲带着我连夜赶到万县市，一路上一言不发，我笃笃跟在后面，大气不敢出。大热的天，父亲却抄着手颓坐在地委门口一棵高大的棕榈树下，脸色更阴郁了。我站在他身边，第一次看到父亲头上有了几根白发，从前山一样的他此时显得那样的矮小和无助。我真的后悔了。

所谓二号楼，其实就是地委招待所。八点钟，父亲照着传达室说的房号，战战兢兢推开二楼一间房门。屋里的景象多少有些出人意料。省厅那个政审干部是个瘦小的老头儿，没穿警服，正在收拾东西，一副要出门的样子。抬眼见父亲和我进门，嘟囔了句："老朱你出去，我和小朱说两句话。"父亲愣了片刻，突然嗫嚅着开了腔："同志，我以我二十多年老党员的党性发誓，我这娃儿是个好娃儿哟！""呃?"老头儿定睛看了眼父亲，轻轻挥了挥手。只一挥，父亲就倒退着出去了。

屋里只剩下我和老头儿，安静得掉根针都能听到，相信门外的父亲肯定也能听到。老头儿埋头折一件白色的衬衣，头也不抬闷声问道："小朱，你成绩不错，特别是语文历史不错嘛！为啥要报公安校呢？"听口气倒好像我吃了暗亏一样。

"我想当公安抓坏人！"我赌气一样回答。

"呃?"老头儿重又抬起头打量了我一眼，低声说，"你这身体条件不行啊！身高、体重、视力，还有年龄……"

"读书苦，饭没吃饱，等我上学校吃好了，我还要长！"我腰杆一硬说。

"呵呵！"老头儿咧嘴一笑，突然上前一步拍了拍我的肩膀，把我拍到门边了才说，"好嘛！回去等到嘛！"

……

"就这两句?"

"就这两句。"

回到家，母亲祥林嫂一样向我和父亲盘问了千百回，也揣摩了千百回后，最后决定认命。高中是不能再上了，家里拖累大，再供不起。父亲带我到村小认门拜师，准备下半年当代课老师，教语文。八月的最后一天中午，我在村小和几个老师有搭无搭说着话。公社邮递员来了。"请客请客！"邮递员抽出一封挂号信递给我。

"四川省公安学校！"我一眼就瞅到了信封下的七个红色大字。

艳阳高照。我手拿信封沿着田间小路向家里飞奔而去。秋日的风热烘烘地摩挲着我的脸庞，我伸展双臂如鸟雀的翅膀，轻浮而灵动；田埂两旁稻花飘香，稻芒滑过脚踝手臂痒酥酥的；周遭杂花生树，蝗虫蟋蟀狂飞乱舞，蛙鸣蝉声不绝于耳，老屋屋顶飘出几缕袅袅炊烟……

老屋再见！泸州，我要来了！

少年壮志不言愁

1979年，中国第一部《刑法》、《刑事诉讼法》诞生，刑警作为独立的警种与治安分离，各省市自治区直辖市纷纷组建专业的刑警队序列。为适应这项重大变革，四川省公安厅决定，四川省公安学校新招录的80级250个学生清一色一个专业——刑事侦查。这意味着我们将是未来的刑警，未来的侦查员。

警校年年，芳草萋萋，烈火春风，向上而生。

踏上红卫山的当晚，一段破茧化蝶的过程其实就开始了。学员从四面八方聚来，有的甚至还远在甘孜阿坝凉山。在等待开学的一段时间，我们除了看电影还是看电影。我喜欢电影，正好乐在其中。电影全是与公安有关的反特片和警匪片，一场接一场，由不得你不把自己往警察这个角色上靠。这些电影分为两个时间段。"文革"前的有：《国庆十点钟》、《神秘的旅伴》、《寂静的山林》、《羊城暗哨》、《秘密图纸》、《山间铃响马帮来》……"文革"后几年拍摄的"伤痕"电影有：《戴手铐的旅客》、《405谋杀案》、《第十个弹孔》、《雾都茫茫》，当然还有那部把我带上红卫山的《神圣的使命》。自然，这些主人公的每一次亮相、每一次的举手投足对我们这些警界的后来者、明日之星都犹如电光石火，只一闪便能瞬间照亮我们荒芜、空洞的心灵深处。

电影看到差不多丢不了手的时候，终于在一个阳光明媚的上午，学校正式开学了。

开学仪式也没有什么特别之处，毫无繁文缛节。校长伍烈光，一个精瘦精瘦的小老头儿，他发表了一番还算热情洋溢的欢迎词。时间也不长，里面还夹杂些将来在学校学习生活的注意事项。好像他不是校长而是总务主任一样。校长前脚刚走，跟着就有老师上台讲《公安概论》。第一节，公安工作的方针和路线是"党委领导下的群众路线"。第二节，刑事侦查工作的方针是："依靠群众，抓住战机，积极侦查，及时破案。"印象最深的是，第一堂课老师就讲到周总理说："和平时期，国家安危，公安系于一半。军队是备而不用的，你们是天天要用的。"第一任公安部长罗瑞卿大将说："进了公安门，埋座公安坟！"人还在迷迷瞪瞪，却已是血脉偾张了。

下午由公安校本部来的一个操纯正普通话的老师讲反特反间谍，绝对的"高大上"。听说这讲课的老师在苏联留过学，更是格外的神秘肃然。讲了些啥，基本听不懂。还不让做笔记，说是保密。

中苏关系还没解冻，我们还在管苏联叫"苏修"，印象比美帝英帝还不如，这个老师讲的所谓反特反间谍其实就是反苏反台。听不懂自然记不全，只记得他讲到苏联特务机关，说契卡之父捷尔任斯基为苏联克格勃制定的"反动信条"是，"干净的双手、冷静的头脑和火热的心灵"。我心里却在想，这个苏修特务头子说的也没啥错吧，当个好刑警不也需要这几样东西吗？终不敢举手提出疑问。

晚上又看电影，不过这是一堂观摩课，有老师点评。电影是新编昆剧《十五贯》。剧情是这样的：肉铺老板尤葫芦借得十五贯本钱做买卖，开玩笑对女儿苏戌娟说是卖她的身价钱。苏戌娟信以为真，连夜离家出走。深夜，赌徒地痞娄阿鼠闯进尤家，杀死尤葫芦抢走十五贯钱。苏戌娟出逃后，与素不相识的布店伙计熊友兰同行。邻居发现产生怀疑，将两人扭送县衙见官，而熊身上正巧带钱十五贯。知县过于执认定苏戌娟勾结奸夫、盗钱杀父，判两人死罪。监斩官况钟发现疑点，力争缓斩。况钟亲自到现场勘查，又通过调查发现娄阿鼠可疑，便乔装成算命先生，巧妙套出娄阿鼠图财杀人的口供，带回县衙，升堂问罪，澄清了是非曲直。娄阿鼠伏法，苏、熊二人昭雪。

电影看完，老师让同学举手发言。我们哪看得出子丑寅卯？没一个敢举手。还是老师总结：一，公安人员要学习况钟注重调查研究、重事实、重证据、秉公执法，不要像过于执那样偏听偏信、走马观花；二，公安人员手里掌握着生杀予夺的权力，一定要慎之又慎。生杀予夺，这不是阎王爷的权力吗？冷不丁地我就有了这权力？忍不住打了个冷噤。

我的刑警往事

第一天就被灌了满肚子的迷魂汤，迷迷糊糊，晕晕花花。以后一段时间，课程大都这样一路开下来。没有花花草草、穿靴戴帽，一切直奔主题，让人应接不暇、眼花缭乱，却又天天翻新，让人满怀期待。就在这样的节奏中，不经意间，我们很快从青少年学生、社会青年不知不觉向一个未来的警察开始了渐变，也养成了那些年警校学生独有的精神气质：敬业守纪、荣誉至上、阳刚正气、责任担当。

一切都那么美好那么新鲜，只一样让人心烦，爱做梦尤其是白日梦。

刚上山那阵，分明上着课看着电影踢着正步，却突然就幻想自己成了王公伯、陈明辉，或是骆特派、况钟啥的。跟踪啊、抓捕啊、搏斗啊、受伤啊啥的，搞得自己脸红脖子粗，虚汗长流。夜深人静的时候，这些人又一个个鲜衣怒马、宛若天神，踏梦而来……我想扑过去跟上他们，他们却一掠而过、绝尘远去……往往一个激灵，悚然惊醒，好几次差点"月亮落土"。班长住我下铺，疑心我有夜游症，和我换了铺位。我也疑心自己得了啥病，写信告诉父母，父母来信说我是太紧张太兴奋了。我留心观察身边一些同学，尤其是那些和我差不多从乡下来的小不点儿。偶尔也见他们在发呆，没来由地涨红了脸。我相信，他们也一定是喝下红卫山这些"迷魂药"后短暂中了邪。

谢天谢地，在最初莽撞无知的日子，红卫山没有出现抢险救灾啥的，要不然十六岁的我一定会义无反顾冲上去，拼将一死也在所不惜的。

第一章 红卫山上红旗飘

迷糊大半月,略微缓过神,我开始打量红卫山,打量它所在的这座城市和山上的这群人。

说来丢丑,直到十六岁,我到过最远最大的城市就是万县市了。想到要去的泸州,必定是大码头,必将大开洋荤,心情激动,一路上只顾看车船外的远山近水,目不转睛。到重庆改乘火车从隆昌转客车到泸州,车过泸县沱江大桥,首先见到的是傍城而过的长江和依山而建的高楼低檐。天空欲雨还晴,一切都罩在灰蒙蒙、稠嘟嘟、湿漉漉的潮气中了。心里有些许失落,泸州实在就是小一号的万县市,一样晦涩的天空、一样的江城、一样的粉墙碧瓦。四川省公安学校本部所在的花园路是绝对的市中心,大门前是泸州最宽最长的街道,街道尽头一端是刚刚路过的泸县,又叫"小市"。四川著名的歇后语"泸州过泸县——小事(小市)一桩"就来源于此。从市区到红卫山,景象也与万县近郊差不多。道路泥泞不堪,坑坑洼洼,除了泸州医学院有大片虬枝盘曲、浓荫如盖的香樟树,以及红卫山腰片片柑橘林、桂圆树果实累累之外,景色真是乏善可陈。天气好的时候,从山顶极目远眺,沱江水黑黝黝死水一般没半点涟漪,长江也没有万县段那样的激流翻滚、波澜壮阔。两江江水懒洋洋流淌着,间或有孤零零的帆船和小火轮驶过,全然没有万县市江面帆樯林立百舸争流的繁忙景象。龙透关遗迹外山脉蜿蜒的尽头是泸州天然气化工厂和泸州天然气化工专科学校,那里高大的烟囱飘出味道怪怪的奶白色烟雾,终年不散。

招生简章说,学校实行封闭式半军事化管理,但水分太大。半

我的刑警往事

军事化没啥问题，封闭式却完全谈不上。学校的大小建筑全都杂乱无章地散落在山上，砖瓦房和村民的土坯房错落交织，学校自有的土地和村民的自留地犬牙交错。省第三监狱留下的几段围墙铁丝网只是象征性地把几座主要建筑和外界隔开了。警民混居，难免有些磕磕碰碰，更多发生的还是一些趣事和笑话。

警校有劳动课，所有土地按每个班级分配下去，由学校一个劳动老师垂直指挥，班里的劳动委员分发锄头、粪桶这些劳动工具，组织春耕夏种秋收冬藏。我们班的劳动委员是来自丰都县农村的谭晓东，按他的话说栽秧打谷犁田磨田样样拿得起放得下，两年下来，我们班油菜红苕的高产量足以证明他没有吹牛。好点的土地被村民长期蚕食鲸吞，早已是支离破碎。要命的是，村民长期霸占学校几座公厕，正是庄稼需要施肥的时候，好粪水早被他们挑到自家茅坑储存起来了，只留些肥不了地的"清汤寡水"给我们这些产出者用。"庄稼一枝花，全靠肥当家"，没办法，前两届的师兄们为保丰产丰收只有下山到医学院挑粪，受了不少医学院女生的白眼。好在我们这届学生"以学为主兼学别样"，对产量并没硬性要求，这才免了下山挑粪之苦。村民对霸占粪池并无半点愧疚，我们在操场草地上擒拿格斗挥汗如雨，他们挑着粪桶旁若无人扬长走过。我们懒得理论，甚至还巴心不得。第一次听说种地，都懒心无肠。城里同学嫌脏嫌累，农村同学想，我好不容易甩掉这把锄头，这不是要我走回头路受二遍罪吗？都不待见。别看劳动老师整一个老农形象，劳动课的重要性他可以上升到毛主席那儿去。"你们莫小看这劳动课。晓得毛主席50年代为什么要取消军衔么？毛主席说了，就是怕解放军军官们肩膀上扛了硬牌牌，为老百姓挑水、干活啥的不方便，影响军民鱼水情。你们将来是刑警是侦查员，侦查员不能下地干活，不能和老百姓打成一片，他们凭什么相信你们为你们提供情况？"劳动老师这样一说，我们汗颜了。

　　劳动课虽苦，可以说也不算一个问题。

　　我们这250个学生虽然来自巴山蜀水四面八方，但大都是吃过苦饿过饭的工农子弟。这当中有当过兵下过乡的，也有像谭晓东这样种过地代过课的，还有在馆子打过杂在工厂当过临工的，甚至毕业后有人自我揭发是结了婚生了小孩混上红卫山的。有出身富贵由北京吉普专门送上山的，也有贫困不如我者连路费都是靠卖猪卖粮食凑齐的。其中还不乏高人奇人。一个比我高不了两公分的大哥说他刚从部队复员，在广西边境和越南小霸闹摩擦时开枪打死过一个混混。我们都不相信，疑心他吹牛。不想没多久，学校请当时著名的哈尼族战斗英雄山达作报告，山达提出要见这个战友大哥，我们这才晓得人是不可貌相的。

　　一时间，红卫山上云蒸霞蔚，气象万千，歌声口号声响彻云天，龙骧虎跃，气势如虹，那架势好像什么苦和累都不在话下，一个个像打了鸡血一样的兴奋。我也不例外，心里铆足了劲准备着迎接将要开始的训练和学习。我们的亢奋、冲动和山上79级的学长们形成鲜明对比，他们的脸上明显写着不屑和讥诮，甚而有些吊诡和神秘，一副过来人等着瞧的样子。我狐疑满腹，却不好讨教，生怕招人笑话，倒是大哥一封信把我给点醒了。大哥十六岁不到谎报年龄到黑龙江珍宝岛当炮兵，吃苦流汗自不必说。见我给他写的信风云满纸牛气冲天，回信泼冷水，"你小子懂啥。新兵油水薄，底子差，让你们先尝尝甜头，长长肥膘，接下来军训，你哭都来不及了！"

大哥这一说，我若有所悟也隐隐担心起来。这么说来，当时那个面试的小老头担心的不是我的学习，恐怕是体能和军训了。

担心惶惑间，军体课和擒拿格斗训练开始了。警校有一大一小两个三合土铺成的操场，一次只能供两三个班级操练，其余的只有到我们男生宿舍楼下水塘边一块地势稍稍平坦的草坝上训练。草坝上铺了薄薄一层碾碎的煤渣，晴天煤尘飞溅，雨天煤水四溢，一天训练下来，一个个煤黑子一样。我们80级2班正好被安排在这个坝子上。这个坝子还有另外一个功能，它是泸州市的刑场。读书两年，这里执行过两次死刑。枪毙犯人后，我们就踏着犯人的脑浆血泊跑步，倒也没人呕吐犯晕，但也或许像我一样强打精神绷起的。

学校军体教研室主任姓梁，兼着射击教练，宽鼻大眼，话语铿锵，在部队做过营长；军体老师是一大一小、一男一女两个刘姓老师，个儿不高却都孔武有力。我们那阵管老师不叫教官，老师就是老师，班级也不叫什么区队、中队，军训就是军训，也不叫警训。这种叫法上的不同几乎是区别老红卫山人和新红卫山人的标志。军训第一课是站姿，看着简单却不啻为一记闷棍。老师喊："双腿绷直、收腹挺胸、双手并拢中指贴于裤缝……"然后掐表二十分钟计时，挨个前后检查，没掌握要领的拉出队列另开小灶。天偏偏又是大晴天，火辣辣的太阳照着，没一丝凉风。不出五分钟，汗水大颗大颗往下滴，渐渐就有人开始东倒西歪了。那年头，没有训练服一说，大家都把破旧一点的衣服穿上当训练服。我出门母亲给了一身新衣，都舍不得穿，就穿了条半新不旧的秋裤。裤子上没有裤缝，我纠结得不行。老师反反复复把我的中指往我腿上摁，摁一次我痒痒一次，一松手又不晓得该放哪儿了。想一想，烈日下，一群穿得花里胡哨的人东倒西歪，抖抖颤颤，那是多么滑稽的一幅场景呢！终于有人忍不住扑哧笑了，他一带头，全班就都笑了起来，结果是全班被罚多站半小时。半天下来，老师倒说了一句表扬的话："还好，你们今天没一个中暑的。"

老师解散两个字刚出口，男生们就忙不迭脱了衣服裤子往旁边的水塘里跳。警校只有一间有十来个喷头的澡堂，供教员和特殊时间的女生专用。寒来暑往，训练一结束，男生们都是往水龙头下和这个我们叫作"牛滚凼"的水塘里解决洗澡问题的。学校规定，每个人每天可以打一个五磅水瓶的开水，讲究一点的城里同学宁可不喝开水也要兑点热水洗洗头、抹抹身子。像我们这些农民子弟身子没那么金贵，啥洗还不是个洗？不洗也照样吃得下睡得香。我至今想象不出那些没在特殊时间的我的学姐学妹们是怎样应对这道难题的，每次看她们在下一节课站队的时候浑身上下总是喷喷香，全然没有我们男生那般臭烘烘的，实在不明白。

马马虎虎洗了身子，万难等到吃饭的号声，排队走到食堂门口，一个个像饿牢里放出的饿鬼一样慌慌张张扑向自己所在的那张桌子，狼吞虎咽起来。饭菜是好是坏这时候已经没人在乎了。那段时间，肚皮是骇人听闻的大。吃早饭时馒头我能吃五六个，还只算得上中号肚皮，比有的女生还不如。吃得多饿得快，学校规定只准吃不准带，肚皮大胆子大的人打起了歪主意。吃饭结束的哨声刚一响，闪电般往一左一右两个腋下各塞一个馒头，放下碗筷，走过值班老师身边，还有模有样甩起双手。课间休息溜回寝室，把馒头掰开，夹上一小撮白糖，就一盅子开水吞下，那个香甜劲儿又远非桌子上吃的可比了。军训刚开始，每天早上六点，起床号吹了半天，大都起不了床，双腿灌了铅一样抬不起来。老师、班长、军体委员催命一样把人吆喝起来再撵到草坝，受刑一样的新一天训练又开始了。站姿、队列还不算要命，要命的是擒拿格斗前的基本功——倒功。倒功相信是所有警校学生的梦魇。老师讲要领，前倒抬头收腹，后倒勾头挺腹，侧倒脚板主动扣地。越是怕倒下去摔得越痛，只有记住要领一咬牙一闭眼直挺挺扑倒下去，剩下的就交给地上的煤渣子了。如果要领掌握不好，怕痒怕痛，扭曲了身子倒下去，要么搞得手臂脚踝红肿几天，要么摔得岔了气，要人拍打几下一口气才又回了过来。就算要领掌握得再好，有时候煤渣子也会扎进皮肉，弄得血肉模糊。

更要命的是我比其他同学还要多受一份罪。我们组七个男生三个女生，练摔跤这些需要两人对练的实战技能，总有一个女生落单，摔其他男同学女同学吃力，那女生就只有和我对练。同时，老师也总是要找一个陪练做示范。教摔跤的是女刘老师，块头不大，算不上女汉子。摔男同学她吃力，于是只好摔我。每次我被她抓住从她背上直挺挺摔下来，又被她小鸡一样拎起来的时候，总有哄笑声一片，真想找个地缝儿钻进去。这还好说，毕竟她是老师我是学生，贴来靠去只是为了动作要领，没想别的。难的是和女同学对练，要练习就少不得贴身接触。我那时候还是个天地不醒的纯童子，每次和女同学肉嘟嘟的身体肌肤相亲就如同火中取栗，动作变形，惨状又非比一般。那些初懂男女之事的大男生背地里艳羡我不行，挤鼻子弄眼睛，像我得了好大便宜一样。其实，他们哪知道我其中的滋味呢？好在和女生对手也有好处，因为每次训练前总有女生以"身体不舒服"享受不训练的优待，而且这个"身体不舒服"的阵营一天比一天大了起来。老师当然知道其中有诈，也不点破。女生缺一个，自然我也跟着落了单，落了单的我也就可以像那些"身体不舒服"的女生一样袖手叉腰一边站着看热闹了。

军体、擒拿格斗这些野蛮的肢体课如此惨不忍睹，我就特别地厌倦。那个年代，警察尤其是刑警仿佛是和野蛮暴力、肢体冲突挂上钩的。警校学生大都崇尚以暴制暴，仿佛将来的一切都要靠拳脚、子弹说话，所以练起拳脚、射击来一个个格外地起劲卖力。没有沙袋，学校里零零星星、树皮不软不硬的桉树就倒了大霉，每天被无数人噼噼啪啪拳打脚踢，弄得皮开肉绽，一株株合抱粗的桉树都病恹恹的了。

当然，并不是所有的老师都把肢体课看得比啥都重要，梁老师就是这么样的一个人。刚上军体课不久，梁老师来我们操场巡查。那天正好练习前滚翻，一班人排成一长溜，朝一块稍稍平坦点的草地鱼贯前滚。轮到我，小刘老师护着，眼睛一闭，往前一滚，翻江倒海一般站起来，周围一片哄笑。我还没回过神，梁老师拎着我一只鞋过来。原来那一滚没滚出要领，倒把一只鞋给甩飞了。梁老师问了我的名字岁数，爱怜地拍拍我肩膀，给我也是给在场的每一个同学说了一席话。他说："军体课是个养成教育，总体目的是让大家养成团结协作的团队精神和一个警察的气质。红卫山不是少林寺、武当山，大家别指望能在警校学到铁布衫金钟罩这些刀枪不入的绝技。刑警要学会用脑子解决问题而不是单靠拳头枪杆子解决问题，不要总想着逞匹夫之勇，动不动用牺牲性命来战胜敌人。生命对任何人都只有一次。任何时候都要想到毛主席那句话：保存自己消灭敌人。换句话说是保护人民消灭罪犯。国家花钱培养我们，不是让我们随随便便一死了之的，牺牲只在万不得已必须用生命换取生命时才值当，否则就是无谓的牺牲。像这个小朱！身板瘦小，靠拳头体格是不能战胜罪犯的。军体课尽量学完，能学到啥程度学到啥程度，练练体质练练精气神是必需的。我强烈建议你将来不要轻易接近罪犯，用所谓的搏斗解决问题。那不是你的第一选项，更不是你的强项，你必须在两米之内拔出你的手枪，当罪犯的面推弹上膛，稍有反抗你要当机立断果断开枪。报告事后可以写，写不好还可以重来，但生命却不可以重来。"轮到他讲射击课，他又说了，"我不要求你们精准射击，把把十环，但我要要求你们出枪要快，开枪要果断，每一颗子弹要打在靶子上。打得准那是狙击手的事，打得中绝对是你们自己的事。真正遇上需要开枪的罪犯，千分之一秒可以决定你的生死，至于是打在脑门上还是屁股上并没有本质上的区别。你们还要记住一句话：都说枪是我们的第二生命！这话是错的！枪永远都是我们的第一生命！生死一瞬间，没有第二次。该开枪的时候，你们无须犹豫。"

这些野蛮的肢体课让我难堪让我厌倦，唯其如此，我就特别喜欢马克思哲学、中共党史、政治经济学这些副科课程。

机会来了。

我们这期刑侦专业开课不久，四川省公安学校中专部从花园路本部正式剥离，成立四川省人民警察学校的工作也开始了。红卫山的老师中弥漫着躁动不安的气息，那阵仗很像是暴雨前的雨燕和蜻蜓，无法掩饰风雨来临前的兴奋和焦虑，却又似乎束手无策。需要手把手教授的课程突然少了许多，理论课和课外阅读课陡然多了起来。

老师开处方似的开列了一大串书名任由我们自选自学。首先是《福尔摩斯探案集》，然后是日本推理小说、中国的《聊斋志异》等等。至于到哪儿去找，找来了会不会看，一时少有人过问了。

大家都还在崇拜暴力，没几个会真正去找这些课外书认认真真读几本的。也有例外，《福尔摩斯探案集》，人人都趋之如鹜。仿佛没看过这本书，算不得一个真正的未来刑警一样。我却大不以为然。按图索骥，我在警校图书馆借阅了很多的书，又早早去市图书馆办了个借书证，又在村代销点买了几本塑料壳子的笔记本作学习笔记。

首先看了《聊斋志异》。《聊斋志异》高中阶段看过一些片段，中学历史也有蒲松龄的介绍，无非说《聊斋志异》借古讽今，借鬼寄情，抨击科举制度的腐朽，反抗封建礼教的虚伪之类。和我们警察破案推理扯上关系，还第一次听说。全书借来细细一看，里面还真有不少精彩的破案故事。刚开始，老是被小说里香玉、秋容、小谢、小倩这些女鬼给诱惑了，忘了为什么而看《聊斋志异》。也难怪，书中女子一个个眉蹙春山眼颦秋水，或颦或笑，呼之欲出；又都似人非人，似魅非魅，摄人心魄，分明是为入我少年梦而生，摄我少年魂魄而来。有一阵看得太入神，白天恍恍惚惚，晚上老被尿憋醒。偏偏男生宿舍没厕所，只牛滚凼旁边有个茅房。从宿舍到茅房隔着四五十米一道斜坡，有一盏路灯昏黄地照着。灯泡只有十来瓦，孤零零挂在一根朽烂的木桩上，风一吹，灯盏摇来晃去，四下景物便有些阴森可怖了。半夜去茅房，周遭影影绰绰，灯光把我的身影拉得很长很长，仿佛书里那些鬼魅狐仙一个个也尾随而来，步摇珥簪披帛轻曳。满怀期待却又冷汗直沁汗毛倒竖，慌忙褪了裤子草草了事赶紧往回跑。担心走火入魔，咬牙下了好大定力终于迈过这道坎儿，心无旁鹜一一看完。梳理下来，其中最精彩的断案故事有几篇：《诗谳》、《折狱》、《太原狱》、《于中丞》和《胭脂》。最喜欢的是《诗谳》和《胭脂》。

  日本作家森村诚一的《人性的证明》在市图书馆里找到，捎带看了他写的《青春的证明》、《野性的证明》、《东京空港杀人案》。感觉后几部小说明显没有《人性的证明》那么精彩感人，或许是先入为主之故吧。又看了电影《人证》，是流着泪看完的，尤其是当主题歌《草帽歌》唱响，更是哭得抽抽搭搭的了。之前还看了日本电影《追捕》，真是过足了戏瘾。感觉日本人真是了不起，能写出这么好的书拍出这么好的电影。那时的中日关系正在蜜月期，日本是中国学习的绝对榜样。在图书馆还意外看到其他几本推理小说，记到笔记本里的有克里斯蒂的《东方快车上的谋杀案》，江户川乱步的《怪指纹》、《石榴之谜》。

　　警校图书室还看了些油印的内部资料。这些资料被装订成册，油渍斑斑，散发着刺鼻的油墨味儿和霉味儿。可以翻看不可以借走，给管理员说说可以抄写一些关键东西。里面也有不少货真价实的好东西，最有意思的是学校一个预审老师写的教学体验。大意是他在中央警校进修时，老师是北京市公安局预审处的老预审员，老师给他讲过一个有关审讯的故事：他们办理过一起投寄匿名信诽谤领导的案子，嫌疑人是一个在司法部从事文字检验的高级工程师。审讯这样的对手难度可想而知。但他老师硬是经过上百次的审讯，最后让那人彻底交代了罪行。这个人招供后，用他自己这段亲身经历写了一篇《受审百堂方认罪》的文章。他这样说：

　　"在我的心目中，审讯人员是可以分为这样四种类型的：第一类审讯人像耗子，东挖西找，寻根问底，他们往往不停地对小事情刨根问底，绕来绕去，想击破对手以图抽丝剥茧，摸清案情。但他们往往满足于小小的成功，不能把握整个审讯和案子的全局，甚至会被审讯的人牵着鼻子走。这类审讯人只得审讯的毛。第二类审讯人像老虎，来势凶猛，颇有气势，他们的讯问有起有伏，有张有弛，往往以势压人，初次接受审讯的人一般很难招架。但他们很难进入被审讯人的内心世界，而且往往使审讯陷入对立僵局。这类审讯人可得审讯的皮。第三类审讯人像猴子，聪明伶俐，善解人意，他们往往能进入被审讯人的内心与其交流，有针对性地攻其心志。但他们有时容易被对手左右，迷于对手设置的假象之中。这类审讯人能得审讯的骨。第四类审讯人像人，不温不火，把握全局，他们既能进入对方内心世界,也能根据案件事实和对手心理控制自己,在审讯中不是简单地让对手交代罪行,而是让被审讯人自己明辨是非,明确自己的处境和出路,把要我说变成我要说。这类审讯人才得审讯的神……"

似懂非懂,感觉倒比预审老师讲的好过许多。

转 山

紧张、懵懂的日子很快过去。军训结束后,我开始想家了。

第一次想家还是在上山后的第一天晚上。爬到铺上,打开铺盖卷,抖落下两张十元钞票。一定是母亲捆上被子前悄悄放进去的,心头一颤。钻进被窝,一股淡淡的皂角味儿混着太阳晒过的阳光味道直沁心脾。老家门前有棵皂角树,皂荚熟透的季节,母亲总要让我们几个男孩子爬上去摘下一些皂荚,然后拿木棒细细砸碎,用皂荚的碎末和着还稀罕的肥皂洗被子蚊帐这些厚重的物件。皂角是从小闻到大的被窝的味道,也是夜的味道家的味道,更是妈妈的味道呀!当初一接到录取通知,人还在老家心早已经蹦到泸州去了,满心是美好的憧憬和期待,眼里早没了父亲母亲。临别那天,母亲送我到万县市,她一直背着被子不肯撒手。黄昏时分到了码头,轮船已经靠泊江边,一坡百多步的石梯从港口一直延伸到江滩,我将从那里上船。十六年来第一次远离父母,自由自在的生活在等着,心一喜,走下石梯疾步向前。走没几步回头一望,母亲却没有紧跟上来。不知啥时候她已经把被子抱在怀里,一步一步慢慢往下走,她的视线被被子挡着又要看着我,好几次差不多都踩空了……我陡生怨气,恨不能上前一把夺了被子……直到上了山,到这时候才明白,母亲踩着的不是一级一级石梯,而是一个四十刚出头的母亲对少小离家的儿子一片一片渐渐揉碎的心啊!鼻子一酸,眼泪扑簌簌流了出来……不敢哭出声,捂住嘴任由潮乎乎的泪水和呼出的热气洇湿被窝。

一旦想家时间就难得打发。尤其是不再累不再苦,躺下睡不着的时候。

红卫山没有什么像样的夜生活,除了一周几天的晚自习,班会、讨论啥的就没什么可以打发时间的了。刚上山灌迷魂汤,一场接一场放电影,以为以后看电影会是家常便饭,哪知道那是专门从市电影公司请来放映的。开学后就只有十天半月才放上一场电影了。学校有一台当时算绝对奢侈的十八英寸日立电视,一到晚上七点,数百个脑袋会准时汇聚到那台电视机前。生活老师打开电源,扯上天线杆左摇右晃找图像。好不容易找到图像,常常也是雪花一片。那阵热播美国电视连续剧《加里森敢死队》,万人空巷。耳听得主题曲响起,图像却出不来,那个急人劲儿只差钻到电视机肚子里看个究竟了。有人忍不住上去帮忙摇天线,越帮越忙,下面的人就骂。有人瞎猫抓着死耗子，图像一下摇出来了，大家就鼓掌。加里森没看多久，突然停了，说是有教唆犯罪之嫌。我们替加里森打抱不平，老师说，老百姓发发牢骚可以，你们就不要跟着瞎起哄了，少播个加里森，将来你们会少好多敌人。这么一说，细细一想，心里平衡了。

我懒得看电视。个子矮，视力差，满眼的雪景，和听收音机别无二样。没啥去处就散步。红卫山野草闲花漫山遍野，小径野道纵横交错，足够容纳几百人走走看看，还不至于太单调。红卫山管散步叫"转山"。藏区来的同学对"转山"一说很抵触，在他们看来，围着像冈仁波齐这样的圣山念经磕头才叫转山呢。但若把红卫山当作四川警察的圣地和摇篮，这转山一说倒也恰如其分。

我习惯一个人转山，喜欢往偏僻无人却有草有树的山坡走，寻一角落背人处坐下，看看晚霞数数星星，翻翻闲书看看家信，觉得这样好打发时间。红卫山到处是这样的山坡，没啥大树，有的是夹竹桃刺槐山桃黄荆条这些似树非树的东西，苍耳子美人蕉、刺玫树莓随处可见。走走停停，总能找到些乐子。摘几朵美人蕉，掐掉花托，可以吮吸花蜜；树莓熟透了，小心扒开小刺，采一捧晶莹剔透的果子，再一颗颗丢嘴里吃下，酸酸甜甜，享受到不行。我最喜欢的去处是山顶背阴处一块望得见长江、沱江和泸州市的巨石，这儿荒草一片，少有人来。要攀上这石头，必须手脚并用爬到石头的侧下方，抓住一团蓑草猛一收腹盘腿才能够勉强上去。打小上山砍柴割草，一般攀岩不在话下。我用万县土话管这块石头叫"癞疙宝"，因为它长得实在像个大大的癞蛤蟆了。

　　转山常常也遇着尴尬事。常见的是在僻静处碰着三三两两抽烟喝酒的男同学，或是一对两对窃窃私语的男生女生。麻秆打狼两头怕，我怕的是疑心看着了不该看的东西，对方怕的是告状。警校纪律严格，抽烟喝酒谈恋爱轻则记过留级重则是要开除学籍的。一段时间，警校学生和山下三道桥附近的泸州化工专科学校的学生因为找女生或是喝酒的事打了几架，进而关系紧张，剑拔弩张。转山或是进城路上遇着似像非像红卫山的同学，拿不准的时候就对暗号："红卫山上红旗飘？""阶级敌人在磨刀。"呵呵，同学同学！你好你好！对不上便扭头开溜或是侧目而过。这暗号口口相传，一届接一届，最后成了警校学生标志性的切口。

　　我就是这时候有了密友陈君，还有了一个共同的宠物："秋秋"。

　　新学年开学后一个傍晚，我正端坐癞疙宝上发呆。癞疙宝下大片收割后的稻田，谷茬子黄澄澄的。墨绿色的沱江水缓缓流淌，云淡风轻。一棵红枫从癞疙宝半腰伸出一簇枝叶，叶子泛着醉心的红。夕晖从晚霞间星星点点泻下，红卫山镀上了一层金黄色的光晕。这是红卫山一年最惬意的时节。正醉心间，癞疙宝下突然响起一阵家鹅激烈的嘎嘎声。探身一看，下面水塘边，几只白鹅围着个穿海魂衫的精瘦家伙狂叫不已。家鹅恶比狗，海魂衫吓得不轻，步步后退，眼看要退到水塘里了。我慌忙翻身下去，赶到水塘边，寻根棍子把几只鹅给赶跑了。

　　家鹅赶跑，我想和海魂衫搭搭讪，他却几步挪到塘边，两手交替舀水细细洗刷起脚上一双猪皮皮鞋来。我没好气，正要离开，一

我的刑警往事

眼却瞥见了他满脑壳既粗且硬猪鬃般的黑发间竟然长着和我一样的两个旋儿。陡生好奇，我故意迭声吆喝道："喂！刚上山的吧？叫啥名字，谢谢都没句呀？"

海魂衫把头埋了半响，这才慢慢扭过头。看样子不过十八九岁，一张焦黄的油饼脸，两道粗黑的眉毛毫无过渡地扭结一起，和隆起的两个颧骨挤对着一对细细的眼睛，蒜头鼻下稀稀拉拉长着些茸茸的胡须，照样是又黑又粗。他盯了我一眼，抹了抹鼻子，重又扭头洗刷起他的皮鞋来，仿佛盯我那一眼已经是千恩万谢了。我一乐，嘻嘻一笑，大声调侃道："听说过没？'男人两旋儿，拆房卖砖'，犟拐拐呢！"海魂衫住了手，却再没扭头。我没了兴趣，转身走了。

再没两天，我们小组去到山下沱江边上室外课，课程是模拟现场照相。上课结束，组长拉老师一块儿抄江边小路去市里玩儿，让我带着两部相机走路回学校。上到坡顶，远远能见着癞疙宝了，听到附近有细微的叽咕声。啥人呀，荒山野岭的。我头皮发麻，下意识捂了捂胸前的相机。心里想着别遇上打劫啥的吧？还是忍不住循声找去。走没几步，那条海魂衫又出现在眼前。海魂衫背靠一棵刺柏树，手里捧着一本油印的教材正叽叽咕咕念经样背诵着。我干咳一声，海魂衫没回头，倒是一条毛茸茸的小狗猎猎着从他怀里钻出来，屁颠颠向我跑来。"哎呀！哪来的小狗？"我欢叫着蹲下去，双手迎向小狗，一下捧在了怀里。

"你还不是双旋儿，倒说我了。"海魂衫拍拍屁股上的草屑，咕哝说。

"莫犯话了！哪来的狗？取名儿没有？"我回头问，又自我介绍说，"80级2班的，我姓朱。"

"还没取呢！那家的狗崽。"海魂衫指了指前面不远一户农家说。

"就叫'秋秋'好了，秋天的秋！正好呢。"我不假思索说。

"你说秋秋就秋秋好了。"海魂衫咕哝着走了，头也不回说，"我晓得你！别人叫你'苏小妹'！喜欢在学报上写诗是吧？"

"你呢？我管你叫'海魂衫'行不？"我冲海魂衫背影喊道。他却并不回头。

我和海魂衫，也就是陈君就这样认识了。一摆谈，陈君来自川北的葛都县，比我还大一岁，和我一样也有着一条不比寻常的上山之路。他眼神不好，同学们管他叫"瞎子"。那段时间我正好在读《人性的证明》，我疑心陈君有着和《人性的证明》里那个叫栋居的侦探一样的心路历程。陈君出身寒俭，三岁不到，母亲受不了贫困煎熬跑了河南。不久"文革"开始，父亲又让武斗分子活活打死，他和有小儿麻痹的哥哥相依为命。十岁那年，哥哥下河抓鱼淹死了，陈君成了地地道道的孤儿。因为这一切，他从小饱受欺凌侮辱。按他话说，他填报警校进而死活要进刑侦专业的唯一动机很简单，就两个字：复仇。我心一沉，真这样的话，他的心理和《人性的证明》里那个叫栋居的刑警一样的灰暗了。《人性的证明》这样描写栋居："……刑警可以肩负着国家的权力去追捕罪犯。对于栋居来说，不管是罪犯还是仇敌，其实都是一回事，人能够在法律这个正当的名义之下，将人追得走投无路的职业就是警察……"陈君的这种心态让我有些害怕，接下来发生的两件事更是差点让我不再和他

我的刑警往事

交往了。中秋节晚上，学校聚餐，接着放假。学生大都聚在操场教室扎堆狂欢，还有人干脆下到市里或者三道桥快乐去了。我和陈君都不喜欢扎堆，不约而同又到了癞疙宝。那天晚上也怪，陈君特别的兴奋，不停地说话，还不知哪根筋犯了非要去摘癞疙宝下的几片枫叶做书签。也不等我劝说，他翻身下到石坎下，手抓那把蓑草晃晃悠悠荡到石缝边，硬生生掐断一根枫枝，捋下几片红叶来。要知道他的手要是稍稍一软，跌下去不死也得脱层皮的。他要有个三长两短，我这个学长咋说得清？我的些许不快很快消退，因为陈君实在是个不可多得的小伙伴。他从不来主动邀约我做这样做那样，总在去转山或下山的路上见着他。也不寒暄，径直闷头走路，该干啥干啥，从不多言多语。他的成绩很好，除了军体课稍稍差些以外，其他专业课理论课总排在年级前几位。也难怪，在红卫山，像他那样把专业当高考对待的有几个呢？他总在看书总在背书，嘴里老在嘀嘀咕咕，背诵的都是专业课里那些大段大段生涩枯燥的基础理论。他背他的，我该干嘛干嘛，互不干涉。遇着我烦心，挖苦他几句，他便拿他那招牌似的可怜巴巴的眼神瞪我，接着背他的。

只有和秋秋一起时，陈君才会有稀罕的笑，快活如花果山上的猴儿。秋秋的主人家也是村里的油坊，隔三岔五有人挑了油菜籽或是油茶籽来榨油。榨油的整个过程让我震撼让我着迷，以至后来只要听得有工人的号子声和油锤的撞击声就一定去秋秋家看看。油坊老板也是秋秋的主人是个独眼的鳏夫，头上常年包着块油腻腻的白布头帕，嘴上叼着根很少见放下的玉石嘴儿的旱烟杆儿。不敢近前和他说话，浑身的油烟儿汗馊味儿让人受不了。但这独眼的家伙分明又是个有力量有野性的汉子，在他的吆喝下，三五个光着上身只穿条短裤的男人喊着号子，手握木棒小步快跑将木棒一头的硕大油锤轰地撞向油榨，声声闷响中和着稻草的黑褐色的菜籽和油茶饼里就汩汩地流出了醉人的金黄色的油，油坊里长年累月弥漫着浓浓的油香。我和陈君去多了，独眼汉子偶尔也喊我们搭搭手，我们便使出吃奶的力气去撞油锤，每每不能得法。独眼汉子便粗鲁地嘲笑我们，指着我们裤裆大声讥笑说："这活路，那玩意儿甩不起来，力就没使上劲儿。没了那劲儿，管屎用啊！"我听了也就听了，丢了油锤溜一边逗秋秋去了。偏偏陈君不信这邪，一次次上手去撞，一次次让独眼汉子奚落。我带秋秋到附近麦地里玩儿，一会儿就玩儿疯了。正起劲时，听得榨油坊里大呼小叫起来，我忙扔下秋秋跑了回去。陈君让几个汉子扶着躺在油饼堆上，脸色煞白虚汗直流，嘴角糊着些呕吐物。一看就是用力过度，累瘫了。独眼汉子见我进门，没好气嚷嚷说："这二娃，蛮牛样犟！这活路我们还怕三分，他偏偏要斗这气，吓死人了！"我忙赔不是，让人好歹给陈君喂了些盐糖水。稍稍缓过劲儿，我搀扶他慌慌张张回学校。路上，我想数落几句，陈君却咧嘴一笑，说："朱哥！我刚才恍恍惚惚见着我妈了，很漂亮的！""见你妈个头！你再这样神神叨叨，我懒得和你玩儿了。"我骂了句陈君，头里走了。

有一阵，我再没和陈君玩儿，也没再去癞疙宝。陈君和学治安管理的女同乡小阙像是好上了一样，转山下山老见他们在一路，一起在癞疙宝上亲亲热热说着些啥，身边跟着已经渐渐长大的秋秋。我远远见着，也不近前，绕一边去了。警校严禁谈恋爱，一经确认不是开除也是要留校察看的。小阙长得高高瘦瘦,蓄着很短的短发,却留着齐眉的修剪得齐齐整整的刘海,扑棱着一对天地不醒的豆荚眼。一口川北话沙沙的,一身警服倒短不长,长相实在一般,真心说和陈君也是般配。想着该给他们提个醒,总也没机会。终于在一天我独自从山下回红卫山,前面走着小阙一个人,手里捏着根甘蔗,一路嚼着吐着甘蔗皮。我几步跟上去,说些闲话,我就说到陈君。小阙停住脚,拿眼上下看看我,大大咧咧道:"师兄!你宽心好了。瞎子呀?我只当他是红卫山的UFO好了!不过他的专业课是真正的好,没他这个外教,我的课程还真是过不了关呢!告诉你吧,与其说是和他玩,倒不如说是和秋秋玩。你不觉得有个秋秋,实在是件很快乐的事么?"

小阙一说,我倒是杞人忧天了。

终将离开的红卫山

我的十八岁生日是在荣昌县度过的。我们小组在县公安局刑警队实习。实习结束,就该是离开红卫山的日子了。

荣昌县在泸州以北百余里地,古称昌州,后因辖荣州、昌州两地而得名，兼有繁荣昌盛之意。县城所在地为昌元镇，小桥流水、青瓦粉墙，一座精致的小城。荣昌还有另一个很雅的名字"海棠香国"。古有诗文说，"天下海棠本无香，唯有昌州海棠香"。人说鲋鱼有刺，海棠无香，偏偏荣昌海棠有香气，倒也奇了。不过，我在荣昌没看到多少海棠，偶尔也见着一株两株的种在破脸盆、破瓦缸里，随便放在房前屋顶，任由风吹雨打，无人打理。凑近细闻，也没闻出啥特别的香味来。倒是"荣昌猪"闻名全川全国。那时所谓四川有三宝：川酒、川猪和川妹子。川猪的代表就是荣昌猪。

刑警队驻地在一处四合院内，古色古香，花草繁茂。院内有古井一口，井水甘冽。出门不远就是郊区农村，正是薅秧季节，一望无际的稻田上农民边薅秧边插科打诨，脚下哗哗溅起水花。"水满田畴稻叶齐，日光穿树晓烟低。"这样的小城让我流连、痴迷，甚至一度动了毕业后想办法分到荣昌的念头。

刑警队长姓梅，满脸麻子貌相凶悍，却是个古道热肠的人。一报到，梅队长就告诉我们，刑警队正在攻克一起重大案件：县水电局被盗一台日立21英寸彩色电视机，一个多月下来，案件侦破了无进展。有了我们这十来个"有生力量"，案子一定会有所突破。这么一说，我们一个个都感觉肩上有千斤重担一样。两个多月实习，围绕着这台价值一千来块的电视机查一些不痛不痒的线索，不免觉得枯燥乏味。一旦有新发的案子和现场，大家都抢着去。梅队长倒也善解人意，遇着有新鲜点的任务，总是安排几个学生跟着去。痕迹技术员叫邹西然，在红卫山短期培训过，所以格外热心。一天深夜，睡得正香，邹西然进来拍醒我们几个人。"走！有个杀人现场!"我和几个瞌睡浅的人一听,翻身坐起,三下两下穿好衣服跟他走了。

到现场一看,不过是具无名女尸。死者二十来岁,没有他杀迹象。略微失望,但也足够引起我们巨大兴趣了。一来是第一次面对一具实实在在的尸体,还是女尸;二来因为不是命案现场,我们可以近距离观摩,真实感受下现场气氛。邹西然让我们每个人根据现场勘查情况,现场写一篇勘查笔录。我对文字向来拿手,随着勘查尸检一步步走下来,笔录也写好了:

"1982年4月28日,荣昌县公安局刑警队接盘龙区石墙公社电话报称:该乡石墙村三社村民刘某某赶场路过五社时,发现路边有一具尸体。区特派员王某某已先期到达现场。刑警队副队长刘某某率侦查员、技术员和四川警校实习生于上午七时赶到现场。现场天气晴,风力一级,勘查以自然光辅以闪光灯进行。

"现场位于盘龙区石墙公社石墙村五社张某某承包地麦地里,小地名狗耳坪。尸体衣着完整,头向东南,半侧卧于麦地水沟中。死者女性,年约20—25岁,身长157cm,长发,穿米黄色上衣,藏青色长裤,黑色灯芯绒布鞋。双目微睁,瞳孔散大,双手呈半握拳状……"

邹西然现场做了点评,我和两个女生写得最好。不过按老师讲的五合要素,简明扼要叙述而已,虽不值一提还是暗自沾沾自喜,毕竟这是真刀真枪不是在教室里闭门造车呀!几个男生心不在焉,所以没写好。法医脱掉女子的衣服,年轻女子白白的胴体猛地暴露在眼前,晨光中麦苗掩映下女尸泛着绿幽幽的光晕。女子很安详,面容姣好，嘴角还挂着淡淡的笑意，熟睡一般。我们刹那间手足无措，口干舌燥，手心里汗涔涔的。记录的字也写得歪歪扭扭的了。

一天傍晚，正吃晚饭，梅队长跑来大声喊拿警棍，跟他走。我们情知有事，拽了警棍跟着他一口气跑到县电影院。这时的电影院已经成了"巴勒斯坦的加沙地带和约旦河西岸"，砖头石块横飞，百多号人混战在一起。原来这天电影院上演《少林寺》，票价高到离谱，甲座五角、乙座三角。还拿不到票。偏偏卖票窗口和入场通道都在一条狭窄的巷子里，有票的进不去，没票的堵在卖票口。渐渐演变成一场冲突，大打出手。我们二三十个穿了警服的和没穿警服的警察卷进去。倒也怪，刚才还喊打喊杀的百十来个人，轰地都作了鸟兽散。不到十分钟，电影院前，除了一地狼藉，空荡荡就剩我们这些警察了。事态平息后，电影院为感谢我们，特地给我们送了十来张《少林寺》的电影票。电影打得热闹打得精彩，后来引发了全国性的习武热，也招惹得本来就崇尚暴力美学的几个大哥们重拾拳脚，天天在四合院里拳来脚往操练不休。《少林寺》没在我心里掀起多大波澜，我本来就不喜欢拳脚功夫，自然也不去跟风逐流。除了完成分配的任务，我终日徜徉于昌元镇的大街小巷，看些风土人情，写一些不着边际的文字，倒也惬意无比。

总说毕业遥遥无期，转眼就各奔东西。

实习结束，毕业正式进入倒计时。该学的课程都已经学完，余下的时间只有一个大型活动：庆祝警校成立一周年校阅。我们成天待在新推平的一块操场上，随着雄壮的《解放军进行曲》踢正步。

我的刑警往事

未来的刑警之星齐聚一块操场，一个个神采飞扬，风云满脸，在尘土扬沙的操场上铆足了劲儿地踢腿，一切仿佛又回到刚上山那阵。

人人都开始有些恣意妄为了，我抓紧最后这点时间游历了泸州一些地方。除了红卫山，泸州市另有两座山也很有名。它们是泸州医学院附近的忠山和罗汉镇的大龙山。两座山都因为埋葬着上千武斗中死亡的红卫兵而闻名。忠山是红旗派墓地，大龙山是红联战墓地。这些当年为了一个共同效忠的对象而拼命厮杀在一起的两派红卫兵，死后各埋一处山头，遥不相应势不两立。忠山常去，警校的户外摄影课就是在忠山脚下现场讲解的。山顶高高矗立着一个纪念碑，碑身用毛体写有"为有牺牲多壮志，敢教日月换新天"。尚不知是为这些红卫兵还是为那些真的烈士所立。大龙山也有这样一个纪念碑，上书"革命烈士纪念碑"，字迹虽被凿去，仍依稀可辨。纪念碑顶有一个工农兵群体塑像，山脚望去，气氛肃然阴森。

我在两座山的荒冢间穿行，四下野草萋萋，山花烂漫，鸟虫啾唧。这些当年青涩如我的年轻人，生前壮怀激烈、视死如归，死后黄土一抔，荒草一丛。坟前墓碑上的"同志"、"烈士"都成了荒诞不经的笑谈。转而又没来头地想，正是这两座山和这些成百上千的"同志"、"烈士"让身后这座无名高地有了一个别样的名称"红卫山"，让我们成了别样的"红卫山人"呢！这么一想，我也不知道该不该对他们心存感念了。心头一灰，疾步离开。

红卫山开始笼罩了一片依依惜别之情。女生四合院门禁大开，男生女生可以零距离接触。我没有实在恋恋不舍的人，只有多去癞疙宝坐坐，向它告别。坐在上面，远眺长江，想明代状元杨升庵在泸州写下著名的《临江仙》："滚滚长江东逝水，浪花淘尽英雄。是非成败转头空。青山依旧在，几度夕阳红……"指不定就是在红卫山顶这样的放眼远眺，挥笔写就的吧？这么想着，想起红卫山上的点点滴滴，一丝不舍游丝般纠结心间，一时挥之不去。

信步下山，来到沱江边。不远处有人大声喊"苏小妹"。一看是二三十个一些认识一些叫不上名字的男生女生在江边野炊，汽水啤酒瓶满地都是。抹不开面子过去搭讪喝酒。喝没几口，几个男生心血来潮，说要像"恰同学少年"的毛泽东那样到中流击水，浪遏飞舟，横渡沱江！我不敢下水，和十来个女生留在岸边。男生刚游到江心，突然狂风大作，雷鸣电闪，转眼下起了瓢泼大雨。女生们吓得呼天抢地。那些男生却一往无前，迎着风浪继续奋力向前游去！游到对岸，他们欢呼着，手挽手齐声高唱："送战友，踏征程，默默无语两眼泪，耳边响起驼铃声……"又唱《红灯记》："临行喝妈一碗酒，浑身是胆雄赳赳，鸠山设宴和我交朋友，千杯万盏会应酬……"我们这边鼓掌欢呼，有女生起头，我们高声朗诵起高尔基的《海燕》："在苍茫的大海上，狂风卷集着乌云。在乌云和大海之间，海燕像黑色的闪电，在高傲地飞翔……这是勇敢的海燕，在怒吼的大海上，在闪电中间，高傲地飞翔；这是胜利的预言家在叫喊：让暴风雨来得更猛烈些吧！"……我们就这样唱啊！吼啊！任凭狂风暴雨抽打我们年轻的脸庞，直到嗓子嘶哑、筋疲力尽！

……

校阅结束后，真正的分别到来了。

散伙那天，合影、颁发毕业证、毕业典礼都在火辣辣的太阳下举行，搞得浑身汗巴巴的。一切仪式搞完，通通跳到"牛滚凼"里，有两个大胆女生也跟着跳进去，一时池塘大乱，嬉笑打闹声一片，水花水葫芦四下飞溅。晚餐是重头戏，学校组织了一批白酒，分到各个饭桌。饭前，老师提议大家举起酒杯，合唱《驼铃》。唱着唱着，歌声、哽咽声响成一片，那架势好像要把屋顶掀翻一样。唱完，一杯酒下肚，气氛就热闹起来。推杯换盏之间，一个个拿出事先准备好的笔记本，找老师找同学签名留念。饭堂成了一个闹哄哄的大集市，这一堆那一群的抱头揽腰痛哭欢笑。我溜边蹽出校区，信步走上山顶，远远看着癞疙宝，不敢近前。也没见着陈君，他总是没心没肺的。他要真来苦歪歪做缠绵状，我反倒别扭他也不是陈君了。听得饭堂方向山呼海啸了，这才往回走。

……饭堂又欢声一片了。大家手挽手围成一圈一圈，唱起《年轻的朋友来相会》："再过二十年，我们来相会，伟大的祖国该有多么美……"

我抽身离去。

我不知道该怎么对红卫山说再见，所以我没说再见就离开了。

当晚我留宿泸州开往重庆的红卫轮。天气溽热，我拖张席子到顶层甲板，赤膊躺了下去。泸州的今夜，星光灿烂，高高远远的红卫山，巍巍城墙剪影般的轮廓黑黝黝清晰可见。遥望良久，我沉沉睡去。

第二章

沙河子光阴

万县的乡野

苎溪河发源于铁峰山南麓，由北向南汇聚大小溪流流经万县北部大片丘陵后在万县市南门口注入长江。万县县城所在地沙河子，恰是苎溪河汇入长江的最后一道屏障和关门石。罗凼溪从沙河子穿城而过注入苎溪河，是苎溪河接纳的最后一条支流。万县公安局坐落在罗凼溪边，门前溪水潺潺，鱼虾畅游，清流石苔，闹中取静。罗凼溪上有一条石桥与对岸的县委县府和体育场相连。涨水季节，水漫石桥，得绕道物资局和玛钢厂那边的另一座石拱桥去到县城中心。国道318线穿城而过，汽车48队和汽车站在国道的万一桥边，迈过万一桥，理论上讲就是万县市了。万县市和万县，虽一字之差一桥之隔，气象却大不一般。传统上万县市人是城里人，万县人是农村人。万县市是地区所在地，辖下川东九县一市，四方来仪，洋盘得很。从沙河子到万县市，可以坐车，也可以"打旱"步行。坐车有两路公交，走路从玛钢厂出城到草街子，跨过古老的陆安桥，桥头便是万县市的营盘和三马路了。这段路只需半把小时，可也别小看这半把小时路程，要真从沙河子调到万县市，那可不亚于一个二万五千里长征。在万县市工作，天天是在城里上班，在沙河子工作，下乡可就是家常便饭了。

下乡更是刑警队侦查员的必修课、基本功。

我是和五班的小付、三班的小谭一起分到万县公安局的。我早料到要到沙河子工作，担心的只是怕没分到刑警队。还好，地区公

我的刑警往事

安处副处长，也是刚卸任的地区刑警大队大队长林昌高是我老家人。仰仗他"打招呼"，我和小付都顺利分到了刑警队。政工股长廖春海刚从部队转业，只比我们早到几个月，看了派遣书，哈哈一笑说："你们这些穷小子，刚毕业没啥钱。算你们上月底报的到，多领半个月工资，置身行头去。"

廖股长说的所谓行头其实就是下乡的必备之物。

当年有俗话："干部下乡有三宝：草帽、水壶和手表。"这老三件对下乡的公安也是自不必说的。1982年的万县，十三区一镇九十五个公社只有沙河镇、天城区成建制设了派出所，其他区基本上还是一区一特派员。大小案子一发，刑警队必须从沙河子赶往现场从勘查到破案"一套锣鼓打到底"。下乡讲的是走到哪儿黑，就在哪儿歇，没有住宾馆旅社一说。任务一到，挎起包包就走。包是发的军绿色挎包，讲究点的也无非是一个人造革的提包。侦查员不喜欢带提包，腾手腾脚不方便就都用挎包。"出门人一张帕，洗脸洗脚加洗胯"，一口搪瓷缸子喝水兼漱口，加一支四新牙膏一支牙刷一块香皂，洗漱用具齐了。侦查员另外的行头最重要。一个马粪纸壳压制的文件夹，一打笔录纸，一个印泥盒是标配。笔录纸要多带，除了记录，擦屁股也是必需的。还有清凉油、感冒药和电筒以备不时之需。赶夜路是常有的事，电池灯泡要备足。电池不要用杂牌，万县电池厂出的牛头、万光价廉物美。这些行头都值不了几个钱，袖珍半导体收音机那是要花点银子的。红灯、海燕这种牌子能用去小半月工资。还不得不买。乡下长夜难熬，听听音乐评书啥的，日子才好打发。我咬咬牙花八块钱买了只红灯牌袖珍收音机。那两年袁阔

第二章 沙河子光阴

成先生的长篇评书《三国演义》、《烈火金刚》播得正火,有他略微沙哑的嗓子为伴,下乡的艰辛疲惫却平添了些美好轻松。除了必要,下乡不要穿警服。那年头,穿警服下乡,必定引来围观尾随,像看动物一样。像我这样嘴上无毛的,还惹人怀疑,"这个公安,还是个娃儿,莫是穿了老汉的衣服出来骗人的哟?"最得体的着装是穿没有领章的军装。军装中性,既不脱离群众,又能让群众一眼看出你是干部相信你是好人。我习惯把警服的领章撕了,大盖帽塞挎包里,需要时拿四根发夹一左一右把红领章夹在衣领上,帽子一戴又是警察了。包里带两种烟,一种是自己抽的,重庆、山城、金穗、芒果啥的。再备一些给老乡联络感情,需要便宜一点的,不是看不起老乡,实在是工资有限。包产到户搞了几年,农村也开始富裕了,过去八分一包的经济,俗称的"八大锤"可以对付老乡,现在一般是拿不出手的了。换两毛左右的工农、皇城比较合适。包里放些糖果饼干是我的个人心得。实在赶不上饭口了可以敷衍下肚皮,另外的好处是到了谁家谁户,掏点出来塞给小娃娃,让大人看了舒坦,大人舒坦了才有饭吃有铺睡。最后,准备零钱零粮票至关重要。"不拿群众一针一线"是基本的群众纪律。干部下乡,一顿饭三两粮票一角钱是多年不变的铁规。吃完饭,不能胡子一抹走了。要没带零钱零票,直接给十元五元的大钞五斤十斤的粮票,别人会认为你没诚意,你也不好等着人家找零吧?遇着真心实意不要钱粮的人家,算你拣着便宜了。但一定得揣摩下是真不要还是假不要,弄不好前脚刚走,后脚就骂你告你,违反群众纪律可不是小事。所以,按顿数塞下钱粮撒腿就跑是王道。

我的刑警往事

让我心动的行头是工作证、手枪和手铐，这是警察的身份和标志。枪更是我打小许下的宏愿哟！证件有两个，红色塑料皮，印有四个烫金毛体小字："人民公安"。一个是公安人员工作证，一个是公安人员侦查证。我更喜欢用侦查证。里面有一行字注明："持本证行使公安侦查权，任何单位和个人不得阻拦和违抗。"这来头、这权力够吓人的了。侦查证不是每人都有，只有刑警队和一股的侦查员才够格领。一股是政治侦查股，神秘得很。手铐简单，一人一副，黄铜的，管够。万县俗话说送你一副金箍子，那是骂你被公安逮了的。手枪就复杂了。那年头，警察还没有统一的制式枪支。公安局的枪库整一个中外老枪、名枪博物馆。可以说，当年的公安局随便拉一车枪出来，换现在都是军迷眼中的圣物。刑警队有几支五一式五四式手枪，烤蓝已灰灰的了，还只能算枪库里的小字辈，队长、老侦查员才有资格配带。配枪要论资排辈，按辈分我分到了一支柯尔特手枪。柯尔特又大又沉，生生塞在瘦小的腰间，没几天腰杆磨破了一层皮。还不敢叫苦，硬撑着。刘国才队长大概觉得我腰间鼓鼓囊囊的实在有碍观瞻，让内勤换了支小巧玲珑的"枪牌"手枪给我。"枪牌"的由来是枪柄上刻有手枪图案，大名是勃朗宁1900式。苏联电影《列宁在1918年》，社会民主党人卡普兰刺杀列宁同志，1909年朝鲜义士安重根刺杀日本首相伊藤博文都是使用的这种枪。这够跩的了吧？不过，内勤也说了，这枪只有四发子弹，而且不知道能不能打响。当时可没想那么多，心里只想，有了这"硬火"，我就是骆特派一样真正的警察了。

一身这般行头，下了不少乡，走了不少路，吃了不少百家饭。

第二章 沙河子光阴

沙河子两年，印象最深的就是下乡了。

下乡我并不犯怵。山里农村长大，乡土人情是熟悉的。小时候见过无数下乡干部，哪些干部、哪种做派、逗不逗人喜欢，板凳打调坐，标准就出来了。

第一次下乡是和队里老王一起去的。天不亮接到任务：天生城下一个队长家的二十来根包谷被人砍了，马上去勘查现场。乍一听，疑心是听错了。二十来根包谷也要出现场？啥立案标准？不敢问。倒是老王说了："这是破坏生产，假若是报复队长，性质就更严重，劳教是够格的。"我骇然，带上海鸥相机准备随他出门。刚迈出门槛，老王却又止住步，抬头看看红霞满天的天空，抽身回屋取了把雨伞。见我没动弹，拍拍雨伞说："'出门看天色，进门看脸色'，'早烧霞等水烧茶，晚烧霞干死青蛙'。这天儿保准有雨。"我懵懵懂懂回屋拿了雨伞这才出门。我们从沙河子背后的小路一路往上爬，遇着岔路老王总要停下来找人问路，"莫嫌麻烦，侦查员鼻子底下就是路。走错一步步步走错。"老王说。这话不错，简单中富含人生哲理。翻上映水坪，路旁有座小小石龛，石龛里供着一个粗陋的土地爷。土地爷歪瓜裂枣，身上挂着几片红绸红布，面前放着几小碗菜油桐油。老王取下绸布，挑两张递给我。我纳闷，老王笑着说："这玩意儿，擦枪、擦皮鞋都好用。莫浪费了。"我只好收下。他把剩下的绸布红布淋上油，点火烧了，"封建迷信，发现了要制止的。"我暗自好笑。我们真成了太平洋的警察，管得宽了。要彻底，把土地庙扒拉了岂不万事大吉？这么一想，又怕了。小时候和母亲走路，见着土地爷，一向敬畏鬼神的母亲是要我们跪下磕头的。这还不算，再走了不到公把里路，一个中年汉子正往路边一棵高大挺拔的黄桷树上贴一张纸。老王两步并一步过去，劈手取下。我疑心是反动标语啥的，暗暗捏了捏枪。老王把纸递给我，一看，上面写着："小儿夜哭，请君念读，若是不哭，谢君万福。"又是迷信。老王掏出工作证在那汉子眼前晃了晃，那人立马诚惶诚恐。老王给那汉子好好上了一阵医学与迷信课，直到汉子鸡啄米般直点头了，这才手一挥放了行。

这样走走停停，到队长家已是响午时分。到现场一看，二三十根抽了穗的包谷被人横七竖八踩倒在地里。队长像是根本不相信公安局真会来一样，两手直搓局促得不行。不用吆喝，左邻右舍的人都围了过来看热闹。老王掏出笔记本，煞有介事一一询问。我拿了皮尺，按勘查程序，测方位，测距离，画现场草图。再拿相机拍概貌，足迹细目啥的。不一会儿，一盒胶卷三十六张就咔嚓完了。正要换胶卷，老王瞥见，直拿眼色示意我打住。我纳闷，还是停了手脚。

回来路上，老王半数落半奚落我道："你咋就当了真呢？这种事我们到了现场就达到目的了。一来表示公安重视，二来是个震慑。大队干部，难免得罪人，社员气头上踩几根包谷不算啥。你还真当犯罪现场勘查，浪费胶卷了不是？"

我反问："要真像你说的报复，破坏生产呢？"

老王讥诮道："你看见包谷地边那十来根柑橘树苗子没有？那人果真要报复，砍几根树苗子管多少钱了？"

我愕然，也释然。再看老王，面庞乌漆麻黑，心中却是明镜般亮堂呢！书本知识与现实一结合，差距还真的出来了。这样想着走着，不出几里路，一团乌云卷过，豆大的雨点铺天盖地落了下来。雨伞已抵挡不住风雨，老王带着我跌跌撞撞跑进路边一间废弃的水磨房躲雨。气没调匀，老王拍拍我肩膀，显摆道："我没说错吧？这天是一定要下雨的。"

"其实我也晓得这道理，只是没在意。"我给老王递上一支烟，嘀咕说，"初中有'农业基础知识'课，啥'日晕三更雨，月晕午时风'、'有雨山戴帽，无雨下河罩'这些农谚也是学过的。"

"呃？真的吗？"老王瞄我一眼，吐口唾沫说，"那你去把这书找出来，重新学学，胜过你在警校学的那些狗屁书本了。我们这些爬山转田坎的警察，用得上。"

我很快发现，老王说的那些让我很受伤的话倒也没啥大错。在农村县做一个刑警，吃透现场、条分缕析固然重要，更重要的是要嘴勤、腿勤、手勤、眼勤。尤其是嘴上功夫，所谓"见人说人话，见鬼说鬼话"最是绝招。要没这些功夫，别说破案抓人，混张床睡混口饭吃都成问题。在队里，不止一个人作古正经给我和小付上课："我们刑警是啥？这刑警的'刑'写成'刑'是'开刀'的意思，那得用拳头说话！写成'行'也行，那是要用脚走路的。拳脚是硬功夫，嘴皮子是软功夫，两样功夫是我们的打门锤，少一样也不行。"

我出身农村，四体也勤，五谷也能分辨，做得一般农活，没有

我的刑警往事

架子也没有包袱，但口痴言钝却是我打小的硬伤。正是这样，我见老王们在沙河子也都如我，不善言谈，一到乡下却像变了个人一样，田边地角，放下犁头又是耙，和农民们插科打诨、口角生风、一如故人。三两下混得酒饭、热被窝款待，要查的事情、要摸的情况捎带也轻松搞定。心里佩服得五体投地也感到有些自卑。依葫芦画瓢，我试着用他们的口气、做派去和农民们套近乎，舌灿莲花似的，效果却相差的不是一星半点。想向老王们讨教讨教，又不好开口。当年的公安局，院校毕业的正牌生稀少，稀少却不稀珍。在老王他们这些"老板凳"眼里，我们就是嘴上无毛办事不牢的"嫩毛头"。照本宣科可以，真刀真枪大大的不行。老嫩之间双方都有隔膜，互相看对方都不是好顺眼。刑警队过去一年两年才进一个把学生，势单力薄，早被老板凳们打磨得低眉顺眼、小媳妇儿似的。现在一下子进了两个警校生，看样子还都是一踩几头翘的主儿。牛吃南瓜不好下口，老板凳们便一个个做一副不惹不躲不冷不热的架势，一有机会总要看看笑话，挖苦挖苦。

终于有天，机会来了。我和小付被"狠狠"地教育了一回，记忆深刻。

报到没几天，罗凼乡发生一起命案，对于是情杀财杀仇杀还是自杀，大家莫衷一是。案件分析会上，大家争得面红耳赤。最后，分管刑侦的陈副局长慢条斯理说：财杀！他这一说，大家当下推翻了自家谬论，纷纷表态按财杀做工作。独我和小付引经据典固执己见说：情杀！副局长面有愠色，嘴里却说："现场讨论，冷口闭不得热汤，大家再议议再议议！"大家哪还会再议议？会场噤若寒蝉，场

第二章 沙河子光阴

面甚为尴尬。有个姓钟的老板凳,平素喜欢讲些七荤八素的段子、龙门阵,这会儿眼珠子一转,煞有介事对我和小付说:"两位高才生,你们脑瓜儿这么灵光,我讲个命案现场,你们判断下死亡原因吧。说半山腰发现一具尸体,说他是自杀的吧,头上有道明显的伤口;说他是他杀吧,分明又呈吊死状;说他是饿死的吧,皮囊里还揣着两个熟鸡蛋;说他是冷死的吧,他身上还披着一件毛皮大衣呢……你们说这人是怎么死的呢?"我和小付面面相觑不得要领。局长和在场人却笑得前仰后合,场面也活跃起来。讨论会结束,老钟这才压低嗓门挖苦我俩说:"就你们聪明。告诉你们吧,哪是什么死人,是你们裆下面夹着的那玩意儿啊!"

说归说,做归做。万县刑警队到底是个光荣的团队,连续五年重特大案件百分之百破获,队风很好。所以,老板凳们还不至于过分装怪使坏。其实,他们所要的不多,不过是要我们这些嫩毛头多给他们一些尊重罢了。我和小付很快分析出症结所在。

要学会和老乡套近乎,先得和老王老钟这些老板凳们打成一片。

讨这个巧,我和小付自有独门利器,利器是我们手里的烟。毕业那年,我大姐在天津结了婚,家境还算不错,时不时给我寄几条恒大牌香烟来。巧的是,小付的大哥在云南当兵,还是个不大不小的官儿,常常也给他寄些大重九、三七啥的香烟。这些烟在沙河子出手,绝对的高大上。我俩烟瘾不大,烟总有富余。眼瞅老王们在兜里掏烟,急忙麻利地奉上一支,老王们还在推三推四,呼一声火柴又划着了。遇着一同下乡,看四下无人,掏一包两包的烟塞给老王们。老王们自是一副同志间不要这样拉拉扯扯,下不为例的嗔怪状,心里却是很受用。吃人家的嘴软,拿人家的手短。一来二去,老王们当到背地地开始说我们的好话,和老乡打交道套近乎的窍门也肯指教了。

"小朱啊,你的问题出在哪儿你晓得不?你的问题是拿你不擅长的东西去和老乡拉关系,摆龙门阵。一看就是演戏,假!"终于有一天,在大溪磨刀滩边,老王吸一口恒大,讪笑着说。我等着他说下文,一副洗耳恭听的样子。老王说:"打比方说,我们刚才去的这户人家。你一去就抢人家的粪桶,抢了倒也没啥,还不会挑。走一路泼一路的。粪水在老乡眼里金贵得很,你泼一点他心痛得不行。他心里不痛快,有话就不想和你说了。"

我纳了闷,问:"难不成我啥也不做呀?"

"那倒不是。"老王往耳朵上夹好我再次递上的烟,说,"你没看到他家有个小娃娃正在写作业呀?换我,我会去教他做作业,给他两颗糖吃,拿你的手巾帮他把鼻涕擦了。当然,这些动作都要他爸爸妈妈看得到。农民嘛!对我们这些城里来的公安也没多大要求。要的是你真心看得起他,话说得巴皮巴肉点,他就能给你说掏心窝子的话。"

一语点醒梦中人。以后好一段时间,老王只要开口说你没看到啥啥啥的,我就知道他要点醒我啥的了。急忙做聆听状,只差没掏本子记录了。刑警队没有固定的搭档,老王换老张再换老李没个准头。如法炮制,一个个老王们也都拿下了。渐渐地可以相互开些不大不小不荤不素的玩笑,揪脸蛋扯耳朵的也敢了。先前来的师兄们疑心我们使了啥法术让这些老板凳这么的不见外,我们只笑,并不想交流这点心得。渐渐地,老王们也放下架子向我们讨教些他们不在行的东西。先是照相,他们就觉得我们很神奇。我们那时候在现场照完相回到沙河子,包包一放,先去暗室冲胶卷,再显影、定影、抛光,最后把照片搞出来了才回寝室。老王们想,你们他妈的岁数也不大,咋就能做这些精细活儿呢?全然不知,我们在警校学这东西就是将来指望这个讨生活的。老王们看出有便宜可占,三天两头要我们给拍个照、悄悄弄个全家福、翻拍个老照片啥的。我们也很享受这个过程,乐此不疲。所谓人不求人一般高,相互有求了,我们的胆儿也大了。看现场、讨论案子啥的,也开始有胆子嘲讽老王们不懂的东西。反正那时候的侦查员,没多少技术含量,靠的是人民民主专政的威力,良好的群众基础加上明里暗里的使用暴力。他们看我们拿马蹄镜看指纹、拿皮尺量脚印判断罪犯身高、用烟头化验血型,一切也新鲜。没出半年,有人突然说:"你这娃娃,看不出还是个全挂子呢!""全挂子"可是全能的意思。猛一听,消受不了,也吓得不轻。

一天,刘队长对我说:"小朱,你可以划单线了。""划单线"就是放单飞。让你划单线是相信你可以一个人出门,独立办案了。我疑心听错,想再确认确认。刘队长已经布置任务了。龙驹区一个叫马龙关的地方报了起拦路抢劫案,是真是假两不分明,需要查证一下。第一次单独下乡执行任务,激动是必须的了。行头检查了一遍又一遍,闹钟发条上了一次又一次,生怕第二天早上起不了床。

龙驹在江南,是318国道湖北进入四川的第一个镇子。从沙河子

我的刑警往事

到龙驹的客车早上五点发车,在水井湾轮渡码头赶第一班轮渡过长江。有车票没座位,我在车的最后一排占到一个位置。过道上的人前胸贴着后背挤在一起,汗臭味、鸡屎猪粪臭味、叶子烟味捂满车厢,间或有晕车的人哇啦哇啦往窗外喷吐,一路颠簸直到下午四点过才到了龙驹。到区公所和区特派员老严简单交换下情况,由他找了台手扶拖拉机突突突往马龙关开。天擦黑的时候,拖拉机手指指前面的村子,扔下我开走了。

村子叫枫香,名字很秀雅,果真能见着大片大片的枫叶和高大笔直的枫树。严特派介绍,我可以在大队支书或大队会计家过夜,究竟住哪家这是个问题。一问路,两家都在前方的山坳里,相距也不远。远远一望,会计家房前屋后柴垛整齐,屋檐下晾晒的被单、衣服也周正。相比之下,支书家倒还寒酸些,屋顶还盖着半边茅草。我决定就住会计家了。

会计三十来岁,精瘦精瘦,眼神透着一股子精明劲儿。我递过工作证,他嘴上说不用看,却拿工作证凑到油灯下过细看了。咧嘴一笑说:"恁小的公安,还真头一回见着。"灶屋里旋即出来一个大嫂,红扑扑的鹅蛋脸,大眼丰鼻,咧嘴一笑露出满口糯米般的白牙。身后探出个比大嫂小一号的红脸蛋,眼珠子滴溜溜往我身上扫。一定是会计的老婆和女儿了。我喊了大嫂,又拍拍小丫头脸蛋,掏出几颗糖果往她手里塞。小丫头拿眼看大嫂,大嫂说声:"叔叔给的,接到嘛!"小丫头这才接了糖果,一溜烟跑灶屋添柴烧火去了。"赶早不如赶巧,正要吃饭,我去加两样菜!"大嫂朗声笑着说。"大嫂,莫把小朱当外人。也不是一天两天的,就你家老腊肉,多加两片就行了。"我忙说。我这话传递两层意思，一来我可能得住几天，二来我进屋就已经闻到腊肉味儿了，说这话无非表明我不是个拘礼的人，也没把大嫂当外人。一眼看出，大嫂在当家，稳住了大嫂，一切都好说。吃完饭，我和会计在堂屋边抽烟边聊天，大队的社情环境、报案人的基本情况也知晓了大概。大嫂进进出出忙活着，一顿饭工夫，便喊我进一间偏屋歇息。偏屋已经拾掇好一张床，床前放好一盆洗脚水。不能过分客气，我脱了鞋袜烫脚，直说给大嫂添麻烦了。大嫂一边等着，大大方方道："朱同志城里来，不嫌我家寒碜就行呃。"待我抹干脚，大嫂倒了洗脚水，添了灯油才掩上门走了。被子、床单都是新洗过的，散发着熟悉的皂角香味，枕芯用稻谷壳填充，脑袋稍稍一动沙沙作响；夜深人静，老鼠在屋梁上窸窸窣窣走过，隔壁牛圈里老黄牛在扑哧扑哧地反刍；窗外下起了秋雨，檐滴扑簌簌打在肥硕的芭蕉叶上。蕉雨松风中，我睡得格外香甜。

天麻麻亮，还做着残梦，一股香气直往鼻孔里钻。隔壁灶屋，窸窸窣窣响着。一会儿，大嫂端着碗面条放到床头，面条上窝着两只煎得两面金黄的鸡蛋。大嫂脸上还是那略带歉意的大方的笑，"朱同志，喝碗开水。"那时下乡，老乡说给你弄碗开水那不是开水，一定是吃的了。或面条或荷包蛋，再不济也会是炒米糖水、阴米汤圆啥的。还不能客气，客气了老乡会认为你看不起人。我照例说添麻烦了，忙穿好衣服，坐床沿吃了。刚放碗，大嫂的洗脸水又端来了。

洗漱出来，天已大亮。四下望望全是青山，深青浅绿，笼雾含烟。近前却是田畴开阔，杂花生树，几棵高大挺拔的枫树森然如墨。环境这边独好,暗喜昨晚上选对了地方。小丫头和我混熟了,拿了本叫《鸡毛信》的小人书过来,怯生生望着我。我搂过小丫头,给她念了没几句,小丫头夸张地咯咯笑着。大嫂自是一脸的高兴。这样打发了一阵时间,会计把报案人喊来了。

报案人三十来岁,一脸猥琐,正眼不敢看人,只时不时偷瞄下大嫂。他说的抢劫现场在会计家两三里地外一个小地名叫"象鼻子卡梁"的垭口。从垭口隔河望去是湖北利川,一条盘山公路逶迤而上。"那儿叫九道拐,翻过九道拐是利川的谋道区。"会计指着那条公路介绍说。"谋道"我是听说过的。高中地理讲,号称植物活化石的世界上最大的水杉树就生长在那里。我问一句报案人答一句,案情清楚了。报案人五天前背了一窝猪崽儿去谋道赶场,卖了十五块三毛钱。买了七毛钱的叶子烟往回走,擦黑路过象鼻子卡梁。一个黑大汉钻出来,拿刀逼着他,用棕绳把他捆了,抢走了十四块六毛钱。黑大汉走远了,他才在石头上把绳子磨断了跑回家。报案人是个鳏夫,家里还有个瞎了眼的老娘。开始不敢说钱遭抢了,老娘追急了才向大队报的案。绳子就在报案人手里,我拿过绳子,看了断口。让他抬起手腕,手腕上还有一道一道的擦伤。我碰了碰,报案人负痛一般缩了缩手。

再回会计家做了笔录,报案人走了。大嫂望他背影唾了一口,嘀咕道:"信他话,除非石头开花马长角。"话里有话呀!会计直使眼色,大嫂不说了,样子还气咻咻的。待会计一边忙去了,我抽身问大嫂。大嫂快人快语,就说了个大概。这报案人小名拐子,平日里游手好闲,三十大几没讨着媳妇,和村里一个向寡妇好上了。偏偏向寡妇也是个好吃懒做的主儿，拐子就三天两头把家里东西拿了往她家跑。只要哪回手里没提东西，向寡妇连门都不会给他开。大嫂这一说，我更有底了。拐子说的那捆人的棕绳子我细细看了，虽然有磨痕，但断口紧要处却很整齐。拐子的手腕上有道道擦痕，都呈片块状，没有隔断，说明是在没有阻隔的情况下形成的。我要这点都看不出来，红卫山两年算白待了。问题是必须抓住拐子的把柄，拿到他的口供。不然，他一口咬定就是被抢了，你爱咋样咋样，下不了台的还是我。第一次单独执行任务，务求稳妥。

接下来两天，白天我在村子四处走走，找人问些不痛不痒的事，天擦黑便和会计溜到山坳顶上朝向寡妇家方向瞭望。第三天头上，向寡妇家的狗叫了。一会儿，屋顶飘出了炊烟。我和会计蹑手蹑脚摸到向寡妇家。推开门，拐子和向寡妇都傻了眼，慌慌张张把手里装了肉的碗往黑旮旯里塞。事先我和会计商量好，他和拐子说些盐咸醋酸的话，我拿电筒四下找寻。不一会儿，我在石磨底下找到一截棕绳。绳子一端被割断了，茬口和我手里的绳子严丝合缝。没等我开口，会计黑起脸说："拐子！吐泡口水舔转去，莫给朱公安找麻烦。不然，朱公安的金箍子是带起的哟。"

拐子哪敢犟嘴？捂着脸蹲下了。

辞别会计一家，我带拐子回区上处理。我没给拐子戴手铐，手铐一戴他这辈子再没脸见人了。会计一家三人送我到大路口，小丫头见我要走，哇哇大哭起来。走出两里路，还能听见哭声。

走过象鼻子卡梁，沿山脊逶迤而下。快到垭口，拐子突然停下，让我走前面，我警觉道："为啥？""防狗呢！"拐子殷勤说。"走

我的刑警往事

你的好了！我是怕狗的人么？"我抢白道。再走出一段路，拐子几步溜到一丛竹林，动手掰一根竹棍。我又警觉道："你想干啥？"拐子继续殷勤说："还是防狗呢！""莫耍花招！赶紧走。"我呵斥道。拐子可怜巴巴放下竹棍，悻悻地头里走了。

拐过一个山嘴，随着几声沉闷凶恶的低吼，树丛里一前一后突然蹿出两条大黄狗，刹那间，拐子一跺脚一声吼前头那条狗尾巴一夹往后缩了，后一条径直照我双脚冲来。我侧身一闪，脚下一滑跌落到身后的田塄下，左脚踝被一块尖利的石块划破一道长长的口子。我顾不上疼，下意识抽出手枪。抬头一看，拐子趴在田塄上，向我伸出了手。我愣了愣，还是伸出手握住他那双长满老茧的手。他只用力一扯，我便被他拽上了塄子。

我脚踝血流如注，两条狗早已不见踪影。正没主张，拐子一把把我摁在石板上，蹲下身对面坐下，不由分说卷起我裤腿，把我左脚夹在他双膝间，左手按住我脚腕，右手竖起两根手指，嘴里念念有词，"太阳出来一滴油，手执金鞭倒骑牛，三声喝令长江水，一指红门血不流。"也怪，没念几遍，血是真的不流了，感觉也不太痛了。

"拐子！你刚才使的啥妖法？"重又上路，我讪笑问。拐子苦歪歪的不肯说，我拉下脸唬道："你不说，见不着向寡妇了。"

"止血咒！迷信的。"拐子可怜巴巴说。

第二章 沙河子光阴

刑警队的老板凳们

万县刑警队二十来号人,老老少少挤在县局底楼一间大屋,办公开会、接待群众全在这里。其实也没多少公办、没多少会开,大都在下乡或是在下乡的路上,办公室倒像是旅社招待所和中转站。队长李中明,支气管炎肺气肿哮喘样样占齐,偏偏烟不离手,成天价咳嗽喘气吐痰,眼睛还不好,看啥东西都要眯缝着眼。要没人介绍,就活脱脱乡场上算命先生一个。李队长为人宽厚,面慈如佛,从没见他骂过一个人,说过一句重话。他走路轻脚轻手,总在你没有察觉时出现在你身前身后,直到你听到他风箱一样的喘气声和咳嗽声。"刑警队嘛! 一靠烟,二靠酒,三靠伙计搭把手! 熬到哪儿算哪儿! "遇着有人劝他少抽烟少喝酒,李队长总笑眯眯这样说。我到刑警队,内定带我的老师是刘队长,和李队长很少有交集,印象最深的就只有他的喘气声和咳嗽声了。

到刑警队第一个遇着的人是副队长老方,方少雄。

那天我和小付去刑警队报到,办公室没人。有人指了技术室的路。技术室在县局的公厕边,很简陋,常有办事的人走错路,把技术室当厕所了。我俩进门,老方正一人趴在桌上用一个缺了一个角的三角板画现场图。抬头望了眼我和小付,挥挥手说:"走错路了,厕所在旁边。"我和小付连忙递上恒大和大重九香烟。老方一一接过,像端详一件重要物证一样打量了好几眼,这才就着我们递过的火柴点上。脸上也和悦了不少。听说我俩是来报到的,笑得更灿烂了。他不笑不打紧，一笑，瘦巴巴的脸立马成了两个大括号，镶了金属的几颗大牙也显露无遗。"嘿嘿！你们来得正好，新生力量，我们正盼着呢！我姓方，方少雄，叫我老方吧。"老方忙不迭说。

老方在队里兼着技术员的活儿，案子还要上，担子重，早希望有人能替一下了。说正盼着我们，还真不是客套话。老方放下手里的活儿，领我们看了暗室、化验室啥的，那架势好像我们是分来做技术员一样。此时的我空腹高心，心思根本没在这间简陋的技术室里，假意嗯嗯着，心里想：你这点活儿不过小菜一碟，犯得着这么上心么？

没过多久，铁峰山下的三水煤厂伙食团被盗。罪犯撬门入室，盗走八百多元现金，一千多斤粮票。这是大案，几乎所有在队里的人都随刘队长、老方去了现场。我和老方负责拍照，他拿手动的海鸥135相机拍方位、概貌，我拿当时还很稀罕的能半自动测光的日本亚西卡相机拍现场中心和细目。我没把这现场放在眼里，按着警校所学咔嚓咔嚓一阵狂拍。然后一边看痕迹技术员提指纹、脚印，时不时还说上几句。老方照完，进到现场，光圈快门调了又调，再拍了十来张。我嘴上没说，心里却老大的不悦，"啥意思？小瞧人了不是？"

连夜赶回沙河子冲洗胶卷，用标准D72配方勾兑好显影液，先冲洗我照的那卷，顿时傻了眼。整个胶卷竟没有几张完整的影像，我疑心药水出了问题，瞥一眼老方那卷，分明又是好好的。我心凉半截，这才想起，现场中心长期烟熏火燎，土墙犹如一面面黑板，我却按白粉墙开光圈，又过度使用闪光灯，胶卷冲出来自然如塑料薄膜一样透明。这样的胶卷显出来的照片会和煤炭一样黑的。我傻了眼也没了言语。老方看看胶卷，啥也没说，只顾埋头捣鼓他那卷胶卷。我暗忖我这"处女秀"就这么搞砸了，挨他白眼也只有白受了。第二天赶回三水煤厂开现场讨论会，我强打精神坐一边，好不懊丧。墙上已贴好现场照片，没一张是我拍的。作为一个内行，我不得不佩服老方那些照片的水准。相比之下，我这个洋相可就出大了。讨论开始，老方拿根竹棍比画着介绍完现场环境，方位，然后说："中心、细目是小朱拍的，由他介绍吧！"我一下蒙了，压根儿没想到他会救我的场，一时语塞，结结巴巴说："还、还是方队长介绍好。"一屋人哄地笑了。老方这才接着说："小朱谦虚，我替他说嘛！"

　　老方是队里绝对的业务骨干，真正的"全挂子"。上上下下都服他，他叫干的事大家也都乐意去做。只一条不好，人太抠。老方老家在龙驹，爱人农转非进城，在一家常年不能正常发工资的厂子里上班。一男一女两娃儿正上中学，日子过得很是紧巴。每月工资一分不少交了爱人，烟钱只能在一天下乡的四毛钱补助里省。大家打堆，烟是轮流着散，轮老方，总溜一边儿去了。我们都理解他的困顿，偶尔给他塞个一包两包的，老方也不推却。老方农村亲戚多，常见他拿了盆盆钵钵到食堂买些肉啊菜的回家，一定是有亲戚上门了。亲戚来得多，老方手头更紧。

　　我调地区公安处没多久，听说老方病了，是肝癌。我心里发毛，想老方早几年黄皮寡瘦的，可能早就有了病根儿吧？我忙去医院看他。老方正半躺在床上看一本叫《霍元甲》的连环画，拿手指

我的刑警往事

蘸着口水一页一页翻。猛一眼看见我，丢下书要下床。我急忙伸手拦住他。我递烟给他，他拿鼻子下闻了闻，夹耳朵上了。说了些话，临走我掏了两包甲秀香烟给他。他嘿嘿笑着，塞枕头下了。送到走廊上，他突然情绪低落，小声说："小朱，未必我真的要遭他狗日的咒死啊?!"我愕然有顷，安慰说："莫信那些，你好好的，没事的。"老方说的那个狗日的叫张世清，是大溪公社的武装部长，参加过对越自卫还击，立过功。转业到地方后和公社的女广播员搞上了。为达到结婚目的，张世清趁农村结发妻子在长江边洗衣服的机会，把妻子推入长江淹死了。当时老方和地区公安处刑警大队的侦查员一起连审三天三夜，最后张世清面对铁一般的证据，招了供。1983年，张世清被执行枪决。我和老方负责刑场照相。临刑的早上，我们给他拍验明正身照，张世清冷不丁说："方少雄，我死了变个鬼也不放过你。"这话没人听见，我是听见了的。所以老方才有这一说。"你想哪去了？你这是让案子熬出来的毛病，多休息休息，养一阵就好了。身体好了，我们还有机会一起出现场呢！只是我再不能和你一起照相了。"我尽量一副轻松样说。我们握手告别，他的手很凉，鸡爪子一般，我不禁心酸。

　　转眼过了春节，传来老方已经病逝的消息，遗体告别仪式在"三根桩"火葬场举行。火葬场距离市区三公里，故名"三根桩"，万县人说去了"三根桩"就是死了的意思。刑警队的法医和殡仪馆的入殓师一起给老方换衣服、整理遗容。地区公安处破例下拨了一套毛料警服给万县，让生前没资格穿毛料制服的老方死后享受了这个待遇。老方已瘦成皮包骨，肚子却挺得老高，费了老大力气才把一颗颗金灿灿的扣子给扣上。整理旧警服时，从口袋里掉下半包皱巴巴的香烟。看到这半包烟，一屋人都哭了起来。

我心不落忍，没等追悼会结束，我独自走路回家。拐过石安洞，回头望去，"三根桩"上空飘起一团团淡淡的青烟，随着哀乐声袅袅升起，汇入了无边无际的湛蓝色天空……

我在万县受影响最大的人无疑是刘国才刘队长。

刘队长的名字和我的名字一样，土得掉渣。还应了名如其人那句话，刘队长的长相也普通、稀松，甚至有些寒酸。一米六几的个子，灰不拉几的土布衣服松松垮垮套在身上，晃晃荡荡的；烟卷总不离手，走路说话老佝偻着腰微微低着头，像地上老有他要寻找的东西一样。走路遇着他最好绕道走，要么不小心撞个满怀，要么冷不丁喊他一声吓他一跳。但绝不可以貌取人，以为他只是秕糠一斗，在侦查破案上他是真的有一手。我去万县刑警队报到前，林副处长特别叮嘱我，到万县后要好好拜刘队长为师，他可是下川东刑侦的一把刀。为慎重起见，林副处长写了张便条，大意是请刘队长从严要求小朱，多多指教，改日拜访之类的话。我不解进而有些不屑。一个县局刑警队的副队长和你林副处长相差也不小了，有必要这般客气么？

到沙河子小半月了，没见着刘队长的面。老在乡下办案，神龙见首不见尾。说到他，身边人大都闪烁其词、神色玄妙，甚而避之不及。越是这样，越发引起我的欲望和期待。大凡圣手高人，高古大隐，乖戾怪癖不合群不入流不足为奇，越琢磨越离谱。那一阵，

我的刑警往事

《少林寺》、《霍元甲》这些电影电视剧刮起的武侠风势焰熏天,喜欢看书的人都转向看金庸、古龙的《天龙八部》、《鹿鼎记》、《笑傲江湖》、《绝代双骄》啥的了,逢人见人要侃不出几个大侠几部秘籍几手功夫你就不是读书人了。我也不免俗,更何况我有喜欢做白日梦的"劣根儿",那些出神入化的大侠正迎合了我的趣味。毕业前,恶补了些金庸古龙,这时候就没来由地想:这个刘队长或许就是《笑傲江湖》里的世外高人风清扬,我是那只差点化的令狐冲。不不不!更有可能的是刘队长是《天龙八部》里的南海鳄神,我是那泡妞兴趣大于练功的段誉。半推半就做了他的徒弟,获得句"这小子真像我,学我南海一派武功,多半能青出于蓝"这样的夸赞。我这样瞎想着,只差没把刘队长想成无崖子,把自己七十余年的内力在一盏茶的工夫之间传给了虚竹。当然前提是我得是那个虚竹。那时候的我也是真心的好,竟然可以有这样的幻想。

然而,现实是残酷的,也总是在你最不现实的时候出现的。

我和刘队长在四十八槽一处开棺现场不期而遇。这是一起怀疑投敌敌畏致人死亡的命案,尸体已经掩埋深山三年多了。还在挖坟头,现场周围的树林里已经被围观群众里三层外三层围住了。墓坑挖开,棺材盖子慢慢撬开,强烈的腐臭味四下扩散。逐臭而来的苍蝇铺天盖地蜂拥而来,为赶走苍蝇也为了压压熏天的臭气,墓坑周围燃起几大堆松枝,烟瘴弥漫乱作一团。这天只有我一个人照相,紧赶慢赶爬上四十八槽时,墓坑已经打开。我喘着粗气,还要尽力不让臭气往鼻子里钻,掏出水壶想要喝口水,烟雾中钻出一个半大老头儿,伸手扯下我水壶,随手往旁边一丢,埋汰道:"卵子夹大了

第二章 沙河子光阴

还是咋的？这才赶拢？到了吧过场还多。"我不晓得这老头儿是何方神圣，晓得的是他来头一定不小，只好赶紧打开勘查箱，准备拍照。尸体已经半白骨化，软组织腐烂成肉泥肉酱，尸水横溢。开棺检验是所有法医、照相的梦魇，我和法医戴着两层口罩，刺鼻的恶臭还是直往鼻孔里钻。围观人群早已远远散开，墓坑周围除了拼了命飞舞的苍蝇就只有这老头儿了。我站在墓坑边，屏住呼吸，端起相机拍了起来。法医下到坑底，拿小勺在死者胃部附近提取胃内容残渣。我正要走开，那老头儿拿手搡了我一下，大声道："你那腿脚有多金贵呀？下到尸体跟前，拍近照！"口气又硬又冲，不容半点商量。我想着该申辩申辩，法医附耳道："刘国才！"我还在狐疑，刘队长已弯腰从法医手里接过胃内容，口罩也不戴凑鼻子跟前闻去了。见他这般专业敬业，我陡生敬意，手一撑，跳进坟坑里了。

回沙河子路上，趁跟前无人，我把林副处长写的便条双手递给刘队长。刘队长好像并不想避讳，看看便条，随手扬了扬，沙沙地说："这个林大队长！高看我了！"声音不大不小，不无炫耀。一车人都拿眼瞅我，一下子把我搞得扢陧不安，像偷偷开了一个天大的后门一般。

其实，没人想走这个后门的。在刑警队，李队长银发朗目，善气迎人，一团和气；刘队长却总给人一副借人陈谷子还了耗子屎一般，不苟言笑，满脸不悦。只有在破了案、抓了人后才能偶尔看到他一丝久违的笑容。问题是，刑警队破案抓贼总在路上，哪有个尽头？所以他的笑脸就少之又少，埋汰人甚至骂人的话却常常挂在嘴上。常见他夹着烟慢慢踱步，或石化了一般坐着蹲着做长考状。他

我的刑警往事

这种走火入魔的生活方式很难让人适应，跟他下过乡、蹲过点的人没第二次愿意和他出门的。我因了林副处长的引荐信，或许队上有计划，自然成了他稍微固定的跟班儿。

我领教他的乖戾怪癖是从挨他的骂开始的。1983年五一节刚过，我俩去江南龙泉山侦破一起入室抢劫案，案子不大不小。按理说，勘查完现场、分析完案子，刘队长是不需要留下来泡在这样的案子上的。他留下来的唯一原因是这儿实在太偏僻太艰苦，他不忍心让别人留下自己拍屁股走人。现场方圆十来里少有人家，吃住在一个小煤厂的一间四壁透风的茅草屋里，几天下来全身就长满了虱子蛇蚤。我刚刚可以"划单线儿"，又暗藏野心，自然不会在他面前说半个不字半个苦字的。恼火的是他家常便饭般没头没脑没半点情面的臭骂。每天一大早，刚一睁开眼，他就像开罚单一样列出一长串当天要查证的线索和需要调查的对象扔给我。正是麦收季节，"麦熟一响，谷熟一夜"，麦收如救火。家家户户忙着抢收抢种，找个调查对象真是千难万难。我撒开脚丫子如烟熏火燎般在山间小道、村村寨寨跑上一整天，常常还得靠打火把才能赶回煤厂向他汇报。稍不如意，他就会阴阳怪气张嘴开骂。好不容易扒上几口冷饭，饭碗一放，他又递上一摞指纹、一个马蹄镜，我就又趴在煤油灯下一一比对起来。我看指纹时，他总会在一旁一支接一支地猛抽劣质香烟，大声咳嗽大声喘气，不时在"罚单"上记上几笔。我在他制造的"毒气室"里看完指纹，他必然用审视小偷般的眼光看我半响，疑心罪犯就在其中我却没那能耐看出来。在这个荒野茅屋里，我因为他而度日若年，战战兢兢，从警时的少年壮志、想找他偷师学艺的野心被一点点销蚀殆尽。有天晚上,我照例摸黑回煤厂。刚端上一碗冷火秋烟的饭菜,刘队长突然把我取回来的一份笔录往桌上啪地一拍,大声斥骂道:"你还有脸吃饭呀?你看你问的这个人,明摆起在撒谎嘛!马上给我找两个旁证来!"我端着碗吃也不是放也不是,恨不得脚底下找个缝儿钻进去。煤厂炊事员不落忍,嗫嚅着想劝两句。刘队长返身就找电筒,一副你不去我就去的架势。一股怨气直冲脑门,我把饭碗重重一放,拉开门迎着漆黑的山路往山外的村子里跑去……

那天晚上,我赌气没回煤厂,借宿在一户农家。天麻麻亮,我摸出村子,爬上山梁。眼前是一片密密匝匝的草地,草地尽头就是煤厂了。煤窑流出的水形成一条小溪穿过草地流向我刚住过的村子,两只翠鸟没完没了地在溪边啄洗着漂亮的羽毛。我突然有种冲动,想大喊一声:我他妈的还不如这两只笨鸟呢!正惆怅间,蓦然见溪边一块石头上,刘队长泥菩萨一般坐在上面,怀里拢着支电筒,一口口吸着烟。山风吹乱他的头发,宛若风中秋苇……抬眼见我,他咧嘴笑了……只一笑,我暗暗发誓,以后再不能这样和刘队长赌气了。

和刘队长待久了,渐渐地还是收获了不少为警为人之道。说到警察这职业,他每每说:"干刑警这行,别指望升官发财,只要这辈子一不被你的敌人杀死、二不被你身边的人整死、三不被金钱美女害死,安安生生做到退休,你就烧高香了。"说到警察待遇,他也说了:"庄公游玩去城西,瞧见他人骑马我骑驴,又见一个推小车的汉子,比上不足比下有余!是哪条虫钻哪根木,人比人比死人的!"说到不贪不占,他又说了:"不要看别人贪了占了就以为你也做得,莫这样想。别人偷一碗盐吃了没事,你兴许尝一调羹就遭捉到起了。这跟运气没关系,关键是不能这么做。"这些道道倒也如醍醐灌顶,日久弥新。但终归没有收获到我希望的真经。终于有件案子大获全胜,队上大摆庆功宴,借着我和他都多喝了几杯的机会,我一个劲地恭维,还用上了"川东一把刀"啥的,目的是想讨点诀窍。"啥'川东一把刀'呃?瞎吹的。搞上几十年,瞎猫也能撞上几只死耗子。不过是多想、多听、多做……"刘队长不吃这个套,朗声笑着说。刘队长的低姿态让我大感不解,进而疑窦丛生,以致到后来我都不觉得他真有什么高招了。直到多年后我才悟出点道道来。如果还拿武侠来说事的话,像他这样的积年高手,我结识他的时候他早过了动不动就和人斗剑论掌、飞沙走石的境界,削竹为剑、拈花一笑才是他应有的做派。只是我当时惘然,慧根浅薄,感悟不到。

　　第二年,我离开沙河子。临走头天晚上,刘队长到我宿舍,破例打了几个哈哈。除了工作话题,他是个木讷的人。我因为心怀鬼胎,也没啥话说,我俩就互相敬烟闷头抽烟。捱到出门,他突然扭头说:"小朱!其实你很适合当侦查员。侦查员嘛!感觉很重要,你的感觉就很好,悟性也高。可惜了!哪天回来,我还带你。"我暗自好笑,一个曾经把我骂得一无是处、两年没教我两招的人居然说我感觉好悟性高,岂不是笑话么?我含混着敷衍过去。送他出门,望着他瘦小佝偻的后背渐渐消失在走道尽头,心里又像打翻了五味瓶似的。

我的1983

1983年的夏天出奇地热，一场危机随着早早到来的热浪突兀而至。一夜之间，沙河子街头突然出现了二王的通缉令。这是新中国成立以来出现的第一张悬赏通缉令。别说老百姓新鲜，连刘队长这样的老公安也是大姑娘上轿头一回。

……

《关于追捕持枪杀人犯王宗坊、王宗玮的通告》

……

……王宗坊、王宗玮二犯连续行凶作恶，危害社会治安，至今尚未捕获归案。为了迅速缉拿归案，依法惩处，特发布通告如下：全体公民都有协助公安机关维护社会治安的义务。任何人凡提供二犯线索查证属实的，奖励人民币五百元；提供二犯线索和确切藏身地点，使公安机关能将二犯抓获归案的，奖励人民币一千元，提供二犯线索并协助公安机关抓获的，奖励人民币二千元……公安部1983年5月

……

观者如潮。公安部、二千元，每一个字眼都让人浮想联翩、啧啧称奇。也有很多人摇头叹息、痛心疾首。人民民主专政这么多年，第一次听说要靠悬赏抓坏人，这不是回到万恶的旧社会了么？世风日下，江河不古呃！

二王刮起的这一股黑色旋风随着通缉令日晒雨淋模糊了字迹云

淡风轻。不久,二王在江西广昌被围剿部队击毙,这股旋风更是消失得无影无踪了。

八月初,我去龙驹镇查破一起盗窃案,住在区公所招待所。傍晚,严特派让我跟他去附近的铁匠铺,说是让我见一个人。铺子关了门,简陋的屋子散发着浓浓的煤烟味儿和生铁铁锈淡淡的酸甜。严特派喂了几声,后院踅出一个上身脱得光溜溜的汉子,怀里抱了几块废铁,见着我们,放也不是抱也不是,只拿眼滴溜溜往我身上瞅。他的眼眶子很小,眼皮子却很厚实,耷拉在一对黄焦焦的眉毛下,像要把两个小眼睛给生生封住了一样,微微一笑,倒像是哭了。这人叫湛大田,家在附近的灯塔村,平日里有些小偷小摸的坏习惯。两天前趁夜里停电,爬上附近菜地一根电线杆,剪断电线想拿去卖钱。不巧有人路过,心一慌,丢下电线头子跑回了家。第二天天不亮,菜地那家的女人拿点锄去菜地挖菜,点锄挖在通了电的电线上,锄头反弹打中她的太阳穴,当场竟死了。湛大田一看死了人,二话没说,打起铺盖卷到了镇上,找到严特派投案自首。严特派的意思是等我忙完手头的事,回沙河子的时候顺便把他带到收容所关了,材料留着以后慢慢取。湛大田在镇上闲着没事,成天价在区公所隔壁的铁匠铺帮忙打铁,专等我有空了带他走。那几天,我每每从铁匠铺走过,湛大田必得凑过来,双手垂下,肃立如仪,怯生生问:"朱公安!我们啥时候走?"那架势恰像一个赶大人路走亲戚的小娃娃。问多了,我难免不悦,没好气说:"你以为是上馆子下茶馆呀?想去就去想走就走哇?"湛大田立马噤声,脸涨得通红。下次路过,照样还问。

第二章 沙河子光阴

没过几天，区公所文书通知我明天赶回沙河子参加紧急会，不能缺席。我忙收拾了行头到铁匠铺找到湛大田。湛大田一听可以走了，高高兴兴丢了铁锤，卷起铺盖卷屁颠颠随我直奔车站。掌灯时分，车到江南陈家坝，长江轮渡停了。没办法，只好在江边找了个客栈住下。我们同住一屋，想这人到底是犯了法的，我又带着枪，还是把他铐上为好。我掏出手铐，湛大田愣了愣，乖乖伸出了手。我把他铐在床头木方上，枪塞自己枕头下，倒头便睡。夜里，湛大田老在动弹，手铐哗哗直响，搞得我不耐烦。湛大田嗫嚅道："朱公安，你把铐子给我解了，我不得跑。要跑，我就不来了不是？"我想想也是这个道理，便起身给他把铐子解开，这样我们两人都睡了个囫囵觉。

天蒙蒙亮，睁眼一看，湛大田早坐在床沿上等我起床了。见我醒来，挤出一丝殷勤的笑。过江到沙河子，我把他交给了收容所，临走时湛大田直说谢谢。傍晚，县公安局几十人排队到县委礼堂开会，会议是以三干会名义开的。三干是县区乡三级干部的简称，没有重大事情是不会这样开会的。

大会上，县委书记宣布了中共中央《关于严厉打击刑事犯罪活动的决定》。严打一说，第一次听到。

按上级统一部署，严打分三个战役三年完成。第一战役第一仗是集中抓捕一批浮在面上的犯罪分子，这一仗最关键声势也最大。三干会一结束，万县一百多个公安政法干警，三百多个区乡干部、基干民兵、治保积极分子分数十个抓捕小组分头行动，两天内完成

我的刑警往事

任务。会上群情激昂，出门清风雅静。各小组悄悄分发手电筒、绳子、枪械，连夜出发。

我的任务是到武陵区的燕山公社抓捕一个姓何的拐卖妇女犯和一个姓秦的抢劫犯。凌晨一点，武陵行动组二十来人乘坐一辆县里调来的解放牌卡车从沙河子出发摸黑赶到区里。一下车，天边已有了鱼肚白。我直奔江边，已经有条机动打鱼船等在那里。二话不说，装上我往下游燕山公社开。燕山公社接到通知，派了公社的公安员等在江边。为保密也为了兵贵神速，我决定先去远一点的村子抓捕那个姓何的罪犯。事先我看了地图，姓何的住的村子紧挨石柱县，小地名"狮子老爷"，从地图上看，应该也不远。走出几里地，我向公安员说了来意。公安员面露难色。原来，从公社到狮子老爷，说来只有十来里路，却是一座几乎笔直的大山和羊肠小路。万县俗话"望见屋，走得哭"，照常走单边也要爬三四个小时。但事已至此，没有回头路可走了。公安员还算麻溜，趁着走路空隙，找了两根竹棍当手杖。爬到中午时分，路越来越陡，腿也越来越软，山顶的垭口已远远在望却又遥不可及。公安员边喘气边说："朱公安，莫看山顶，越看越远。咱们爬着走，难看点，但松活些。"我学他的样子，狗一样往上爬，下午一点过，硬生生爬上了山顶。

山顶有块平地，我俩就地一躺，筋疲力尽，连划火柴点烟的力都没有了。连抽两支烟后，稍稍缓过劲儿来。公安员站起来，想寻个人家问路。正张望间，见不远处山坡上，一男一女两个人边砍柴边有句无句拌嘴。公安员扯起喉咙喊道："你两个莫吵了，过来我们问个事。"那男人像是得了大赦一样，提了柴刀屁颠颠跑过来。那人

第二章 沙河子光阴

来到跟前，盘腿坐下来。接过我递过的烟，乐呵呵抽了起来。公安员闷声问："这是几队呀？"那人答："五队嘛！您没来过？"我和公安员对了下眼。再看眼前这人，岁数和姓何的也差不多。顿时都警觉起来。公安员也是个老油条了，漫不经心说："几年前来过，记不得路了。你叫啥名字呃？"那人大大咧咧报了个名字。

正是我们要抓的人！一股热血轰一声直冲脑门。万难沉住气。直觉告诉我，这人要是现在拔腿就跑或是提起柴刀砍我们，我们只有吃亏的份儿。公安员开始紧张起来，说话也有些前言不搭后语了。夜长梦多，我悄悄摸出那支勃朗宁，猛地掏出来对准姓何的脑袋，趁他愣神的一刹那，迅速起身踢开那把柴刀，另一只手掏出手铐扔到他脚下。"我们是公安局的，自己把自己铐上吧！"我闷声说。

麻烦还不算完。"上山脚发软，下山脚打战。"上山还可以手脚并用，下山就只能靠一步一步挪了。还带着个罪犯。要是他冷不丁往荆棘林里一蹿，煮熟的鸭子飞了岂不前功尽弃？再说，山高坡陡，这家伙要和我们玩命，我们还真没啥胜算呢！灵机一动，我让姓何的站住，掏出随身带着的清凉油，抠了点抹在他的左眼下。警告说："小子！莫要花样儿。你这点事也就三两年的事儿，要是霸蛮耍滑，吃亏的可是你自己哟！"这清凉油一抹，姓何的只能使劲眯着右眼走路，左眼被清凉油熏得直流泪，要想撒开腿跑门儿都没有。姓何的哪晓得我来这一手，只有小心翼翼走路的份儿。

下到山脚，两腿直哆嗦。眼看太阳偏西，还要去另一个村子抓那姓秦的。我急得不行。公安员找到附近的队长，一人弄了几只荷包蛋草草吃下，腿脚才有了点感觉。一问队长，真是天助我也。从

我的刑警往事

这里有条小路通姓秦的那个村，也就一个来小时路程。一商量，事到如今，只有冒险把姓何的寄放在队长家，直奔那个村子抓了姓秦的再说。队长一听，胸膛拍得梆梆直响，姓何的听说还有人垫背，也赌咒发誓说不会跑。由不得我信还是不信，我和公安员放下姓何的拔腿就走。

太阳刚下山，我们赶到姓秦的村子。一问，姓秦的到附近不远的亲戚家奔丧去了。循着唢呐、锣鼓声我们往那家走。走过几道田坎，大片竹林中出现一户人家。刚到竹林边，听得房子另一头的竹林里哗啦啦一阵脚步声，一个人影兔子一般往前蹿。我情知不妙，掏出勃朗宁就追了过去。追过竹林，看见一个人风一样沿着一道山脊飞跑。一定是姓秦的了。我紧追上去，心里却在想一个问题：我该不该开枪？这枪能不能打响？眼看姓秦的要拐过山嘴了。我一拉枪栓，立马感觉到子弹推进膛里的轻微颤动。我照着姓秦的背影直接扣动了扳机。"砰"一声响过，我一脚踏空，跌落到路边坎下，接着是一阵目眩的翻滚。恍惚中，我下意识护住手上的枪，直到被一块石头挡住。

我缓过神来，公安员也跌跌撞撞下到坎下来了。抬头一望，倒吸了口凉气。我滚下来的地方，前后都有一道几丈高的石崖，多几步少几步我的小命就悬了。我顾不得这些，忙问打着姓秦的没有。公安员摇了摇头。我气得不行，又无可奈何。这才检查枪支，一看，枪膛里还有两发子弹。我纳闷，明明只开了一枪，怎么就只剩两发子弹了呢？抖抖衣服才发现，腰间靠系皮带的地方有一个小眼，还有火药灼伤的黑灰。我再次被吓着了。八成滚落下来的时

第二章 沙河子光阴

候,只想着护枪,无意走了火。还好,没伤着自己。

这家伙差点要了我的小命,我恨得牙痒。上到山脊,我和公安员二话不说就往回走。走出山口天已全黑。我和公安员杀了个回马枪,摸到秦家附近的草丛里躲了起来。夜里快十二点,姓秦的也摸回来了。到得门边,大大咧咧吆喝婆娘开门。门一打开,姓秦的才迈进一只脚,我和公安员几个箭步冲过去,我手里的枪抵在他脑门上了……

摸黑接上姓何的,远远往燕山公社走去。天边泛起鱼肚白,掐指头一算,我们已经连续奔走近二十个小时了。第一仗的截止时间是早上八点,我们已经提前完成任务。一股豪气充溢胸间,疲惫劳顿一扫而光。打鱼船还停在江边,重新捆了姓何的和姓秦的,往小舱里塞了,匆匆往区里赶。

武陵区是万县的大区,靠山临江,有小万县之称,历来是万县一个治安乱点。这次行动,武陵区的阵仗也非比一般。我押着两个家伙回武陵,镇子早已是熙熙攘攘、人潮涌动,躁动兴奋的人群把一条条街巷堵得水泄不通。好不容易挤到区公所。区公所这会儿屠宰场一样的乱。四面八方抓来的人在这儿被卸掉手铐,跪在地上,由民兵拿麻绳像粽子一样反捆起来,然后往地下室丢。狭小的地下室里,抓来的人像柴垛一样码放在一堆,尿臭汗臭味儿熏得人眼睛都睁不开,毒气室一般。特派员老李腰扎武装带,斜挎一支驳壳枪,腰间足足系了四个弹夹,整一个游击队长形象,特别的威风。老李土生土长武陵人,族姓里辈分也高。早年区里还没设派出所,里里外外就他一个人。他为人敦厚,辖区的混混儿、二流子大都不拿他当回事。遇到麻烦，老李只有拿老辈子这身份做功课、拿言语，个中憋屈哪有不记在心里的呢？

中午时分，各行动小组都陆陆续续回到区公所，该抓的几乎都没漏网。县里再调来两台卡车，犯人被拉出来，脖子挂上写了罪名姓名的硬纸壳牌子一个个往卡车上拽。车队驶出武陵镇，欢呼声、鼓掌声响成一片。按计划，下午三点各区乡行动组在沙河子会齐，车队在沙河大桥头编队。第一辆车是宣传车，车上的高音喇叭反复播放中共中央《关于严厉打击刑事犯罪活动的决定》和全国人大常委会《关于严惩严重危害社会治安的犯罪分子的决定》；紧跟着的是一卡车荷枪实弹的武警，车头上架着一挺机枪；后面是一二十台装满犯人和警察的卡车。车队浩浩荡荡穿过万县市，从校场坝出城驶向万县的另一个治安乱点天城区。长蛇一般的车队在乡间小路逶迤而行，滚滚黄尘漫天飞舞，高音喇叭声、警笛声、发动机轰鸣声不绝于耳，沿途百姓夹道观看，那场面真是够大够威严的了。只是苦了我们这些游行的民警。一天一夜狂奔，没合一下眼，再这么颠簸一天，没水喝没饭吃，鼻子嗓子眼堵满灰尘，疲态狼狈可想而知。到底年轻，又被这震撼人心的场面感染着，还是挺了下来。

天黑时分，车队终于回到沙河子，依次进入收容所。县里组织的民兵接手犯人，我们被人搀扶下车，拖着灌了铅的腿脚回到局里。一进宿舍，人完全瘫软。一头栽倒在床上，昏死一般睡了。

醒来已经是第二天中午。一身警服洗干净了晾在走廊里，头发和脸也是清清爽爽的。煤油炉上咕噜咕噜炖着一小锅鸡汤，肉香四溢。正纳闷，母亲拿了瓶橙酒笑吟吟回来了。原来，母亲叫上几个

第二章 沙河子光阴

老姊妹到沙河子看热闹,原本想看看我,"一车一车警察灰扑扑的,只剩两个眼睛在转,没认出来你。"母亲说,"这阵仗,斗争恶霸地主、镇压反革命那阵都没这么热闹。"

我顾不上说话,腹内空空,胃像针扎一样。接过鸡汤呼呼吹了几下,龇牙咧嘴喝了起来。母亲给我倒上一碗酒,爱怜地说:"啥叫睡得像死猪?你就是。脱衣服换衣服,洗头洗脸,蔫哒哒的,凭你咋盘都不晓得。"说了没几句,抹起了眼泪。

我一直在纠结,该不该报告我开了枪,子弹少了两颗的事。全队上下忙成了一锅粥,老寻不着李队长的影子。终于碰上,李队长沉吟一下说:"这事你和我晓得就行了。忙你的事去,写报告很麻烦的。"从警第一枪,就这么压下,再没向人说起也没人问起了。

第一仗打完,看守所收容所人满为患,全局上下都在忙着消化战果,刑警队的侦查员干脆就吃住在两所了。我和以工代干的民警小罗一组,我们需要在两个星期内完成三起盗窃两起伤害案件的嫌疑人审讯和起诉。审讯室办公室早没了空地儿,我俩就在看守所的猪圈旁找了间杂屋,搭了块豁牙咧嘴的案板做办公桌。白天审讯,晚上取证,困了往案板上一躺胡乱打个盹儿。这样没日没夜地干了十来天,好歹跟上了进度。

傍晚,押嫌疑人去看守所关了。随手挠挠头皮,这才发觉一头乱发已经又脏又长,手一抹也净是酸馊味儿了。踌躇间,见院坝有一列犯人正排队理光头。有个光头戴了只油腻腻的口罩套了件脏兮兮的蓝布大褂,拿手推子有模有样地剃着别人的光头,剃完一个往

我的刑警往事

那人手里拍一块火柴盒大小的肥皂指旁边的水龙头洗了。不管三七二十一，我踱步过去，一屁股坐到凳子上。那理发的光头愣了愣，突然扯了口罩，惊呼道："哎呀！朱公安！是你呀！"接着贴上前，笑吟吟道："是我！湛大田呀！"我仄脸一看，果真是湛大田。头发没了，倒比在龙驹精神多了，脸上还是满满的殷勤，只是白净了不少。我并不想和他多说话，指指头发，嘟囔道："一样，推个精光。""这哪行呢？我得把我看家的本事使出来，好好给您剃个寸头。"湛大田前后端详了我的头和脸，重又戴了口罩，细细给我推起头发来。他的手脚很轻，推子篦过发丝痒痒的，没一阵眼皮一耷竟睡意蒙眬了。恍惚中，湛大田拿剃刀给我把胡须轻轻刮了，半搀我到水龙头下洗了头。凉水一浇，我有了精神。抹抹头发，齐齐整整的。湛大田半垂了手，做错事一般望着我。我心生怜悯，随手抽了支烟递给湛大田，湛大田拿褂子擦擦手，接过烟吸了没两口往鞋底摁灭揣兜里了。我没了兴致，抬脚往外走。

"朱公安！"湛大田突然紧跟一步喊道，待我停下拿眼望他，他嗫嚅道，"朱公安！您面善，我哪天上山了，我想求您帮我一个忙的……"

"嗯嗯！再说再说……"我皱皱眉头，含混不清说。

没过多久，县里要开公判大会，公开宣判和枪决一部分罪犯。李队长安排老方、伟哥和我照相。头天晚上，我和老方、伟哥几乎一宿未睡。我们的任务是第二天凌晨为死刑犯拍临刑前的验明照和枪决后的正身照，同时将公判大会和执行死刑的场面拍下来供宣传和档案用。我们把相机胶卷检查了一遍又一遍，还是怕搞砸了这历

第二章 沙河子光阴

史性的场面。最后决定由老方主拍，我和伟哥副拍，准备两套冲洗胶卷的药水，一套搞砸了上第二套。

第二天凌晨三点，我们提前到看守所。法院的法官和法警已先期到达，死刑判决已宣读完毕。这天要枪毙的有三个人，为首的就是杀人犯张世清。看守和法警拉出一个死刑犯，先让他坐着，看守用手锤、錾子和扳手把犯人的脚镣拿掉。脚镣笨重又有些年头了，拿掉它很费时费力。拿掉一个，我们便让他起身拍半身照和全身照。张世清穿了身军干服，拍照时要老方给他系好风纪扣，并说了那句让老方耿耿于怀的话。

公判大会在沙河子体育馆进行，全场武装戒严，气氛肃杀。法院院长一一宣判，喊一个押一个上来。先宣判的是一些来"陪斩"的重刑犯，湛大田也在其中。会场上溽热难耐，湛大田让两个民兵架着，腿脚却在瑟瑟发抖。可能是一宿没睡吧？兔子一般的红眼睛嵌在惨白的脸上，让人瘆得慌。那架势，好像他不是陪斩倒是来领死的一样。不一会，三个死刑犯被一一押上台来。宣判一个，武警就将死刑犯脖子下的纸牌子翻过来，露出打了红叉的名字。宣判完毕，院长宣布："以上罪犯不杀不足以平民愤，将他们押赴刑场，执行枪决！"会场外面便拉起警报，场内的人开始往门口拥。我拎起相机赶忙往刑车旁跑，匆忙间瞥见湛大田让两个民兵几乎是半拖半拽着上了囚车。

公判大会结束后，我和小罗留看守所审理几个第一仗漏网的案犯。一夜之间，关押的罪犯被送往省内各大监狱，重刑犯由专列押送到遥远的新疆服刑。看守所十室九空，一下子冷清了许多。一

我的刑警往事

天,我和小罗刚从审讯室出门,一场瓢泼大雨不期而至,我俩慌忙跑一边食堂的屋檐下躲雨。炊事员老汪系了围裙灶边切菜,见到我俩,隔着雨幕问我们哪个是刑警队小朱,有人给小朱留了东西放这儿呢。我狐疑着去到伙房,老汪拿脚尖从角落里踢过两个装电池的纸盒子。纸盒里满满装着黏黏的膏泥一样的东西,很像是熬化后凝结的腊猪油。

"别看了,是两坨肥皂!那个会剃头的犯人放这儿的!"老汪嘴一撇,不屑道,"零零碎碎拣来熬的!送新疆前死活让我转给你,说你会帮他转的。"

"帮他转?转给谁?"湛大田那张殷勤的脸眼前晃了下,我忙问老汪。

"转给他老娘!"老汪的脸上掠过一丝悲悯,再踢了踢纸盒子,说,"他老娘和他单过,年轻时在铁匠铺帮工,双眼让煤烟给熏了个半瞎,屋里缺肥皂,每年都要他爬树摘皂角。他这一走,没人摘皂角了。这家伙,倒是个勤快人!孝心也好。只是这破玩意儿,哪个会真的就转给他老娘!"边说边把盒子往角落里踢。

"别动!交给我吧。"我止住老王,上前拾起了纸盒。

"你还真要转给他老娘啊?!"走出看守所大门,小罗嘀咕道。

"受人之托忠人之事!哪天去龙驹,顺道带去好了。"我淡淡说。

第二章 沙河子光阴

青 涩

刚进沙河子，我有了第一次恋爱。

警校两年，全没有男女概念，更谈不上谈恋爱。教育和经历严重影响了我的青春期，也严重影响了我的恋爱观。当恋爱作为一种选项可以选择时，我是茫然无措的。最早的恋爱观还是受"老冤家"——电影的影响。《甜蜜的事业》、《小字辈》、《待到满山红叶时》、《天云山传奇》这几部影响最大。问题是那个年代的电影总是和家国情怀紧紧相连，电影肩负的教化责任太重，爱情题材也不例外，诲淫诲盗是绝对错误和反动也是严加禁止的。也没有纯粹的爱情电影，总要往人生、奋斗甚至爱国等大处上靠。这样一来，我对恋爱的认识最暧昧最接地气的也只停留在《甜蜜的事业》里李秀明和她那傻傻的男朋友双双趴在草地，翘脚托腮做憧憬状的印象上。还好，当年的少男少女虽然人心澄澈，但爱情的种子却总能在不经意间陡然萌发。"爱上你，只因为那天阳光正好，我恰好回头，看见你恰好穿了一件我喜欢的白衬衫。"这种事真的可以发生。

初恋是高中同学玉淑，比我低一年级，那一年级的学霸。玉淑的强项是数学，语文则不尽如人意，和我正好相反。我"炒冷饭"大半年，和她有一年交集。高粱中学苦于几年没人考上大学中专，对我和玉淑就有了"甘蔗难得两头甜"的遗憾。班主任一次开玩笑说："要是你和玉淑能合二为一，考个大学那是坛子头捉乌龟，手到擒来。"话者无意，我却是第一次对这个学妹有了印象，进而也胡思乱想，要果真能合二为一，语文、数学比翼齐飞，还真是无往不利了。

这念头也就说说想想而已，当年恓惶如风中寒蝉，哪有更多非分之想呢？

警校一年后，大弟美丞来信说，玉淑考上了万县师专，上了大学。没多在意。印象中，玉淑眉清目秀、娇小玲珑，也是农家出身。如今考上大学，于她于家于学校该是一件大喜事了。

毕业那年暑假，玉淑和另一个女同学突然到老家来看同了学的大弟和二姐。正是洋槐花盛开的时节，玉米抽穗了，桐籽结果了；油菜籽沉甸甸铺展在大片大片的斜坡上，稻子正张狂地在梯田里疯长。玉淑穿一身白底蓝花的衣裙，直直的刘海紧贴在汗涔涔的额头上，扑簌簌的双眸星一样闪着。两年不见，越发清妍昳丽，俊秀清纯，当下心跳如鼓，说话张罗也乱了方寸。母亲更是把持不住，看看玉淑，又看看我，扫来扫去，窃喜之情溢于言表。几个同学见面，原本该打打闹闹，喜笑颜开的，倒因为我和玉淑的不自在略显拘谨了。吃过午饭，我有事随玉淑她们下山去沙河子。换上警服一亮相，玉淑的脸绯红了。从村口走路到烟包梁坐车，我们有搭无搭说些不着边际的话，原来很长的路显得好短好短。分手的时候，我们不约而同伸出了手，拉拉手，她便走了。

分手后，该不该给她写封信一度成了我的一道大难题。终于，在一次喝了几口酒后，我借着酒胆摊开信纸给她写了封信。信写得倒短不长，很含蓄地表达了爱慕之情，结尾用了句李白的诗，"长风破浪会有时，直挂云帆济沧海"。我私下想，若她读懂我的试探之心

第二章 沙河子光阴

当情书看最好,假若她根本无心,这最后一句也当是励志共勉无伤我大雅吧。忐忐忑忑几天后,我当是没了结果,玉淑却回信了。

那段时间,我徘徊流连在万县的乡野,苦是一定的。但怀揣一封玉淑的来信或是我写好了还没给她寄出的信,总能步履轻盈,从容安泰。多少次跑完一天山路,趁别人熟睡,躲铺盖窝里揿亮电筒看玉淑的信,点上房东家的煤油灯铺开笔录纸给玉淑写信,也曾牵着房东家小女孩儿的手,翻山越岭去找乡里的邮递员,只为让玉淑能看到一片我亲手采下的齐岳山红叶。在沙河子的时间总是很短,我们会借这个机会聊聊天,散散步,也不过说说她的学校我的故乡,偏偏她还老有人陪着,不是妹妹就是闺密,说的话反倒没信上说的那么好、那么多了。临别时手挥目送,终是难舍。一次恰逢周末,她一个人来宿舍。说完话,我送她回学校,不约而同想到从沙河子走路去营盘。到了营盘也不坐车,沿三马路溜达到岔街子。又再走,从西山公园旁边小路上吊岩坪。师专在吊岩坪上,万县人戏称师专为"吊大",来源正在此处。小路两旁是大片大片的玉米地,玉米正扬花抽穗。大热的天,我俩气喘吁吁。我戴了顶草帽,推来推去,干脆都不戴。爬上吊岩坪,我俩都顶了满头满脸的玉米花子。相视大笑。我眼瞅玉淑汗涔涔的脸上有几粒细小的穗花,连唇上细密的汗毛上也有。勇气一鼓,拿手替她掸了。玉淑脸一红,转身跑开了。我疑心犯了天大的错,不敢跟上。玉淑回头挥挥手,咯咯笑了:"回去吧,朱公安!"

我傻傻笑着,目送她走出玉米林子,朝学校走去。

我们就这样信来信往,时不时见回面,谈着除了情和爱以外的

我的刑警往事

一切话题,彼此又把对方看作是相爱的人。浑然不知的是,我们其实是开始了一场注定没有结果的没有人看好的所谓恋爱,甚至在一些人的眼里简直就是离经叛道。有人说,初恋是男人一生都无法解开的魔咒。我不确定,玉淑是从一开始就知道结果还一直勉强着还是如我从一开始就真的啥都不明白呢?总之,我所知道的是,我们这样懵懵懂懂自我迷醉地交往着,全然没有看到周遭那些玄妙、诡异的眼神。全然不知道,恋爱从来都不是两个人之间的小事。我们这种封闭式的自欺欺人一般的恋爱从一开始就不被人看好,这注定是我们致命的美丽的和弱不禁风的宿命。宿命像一张大网,我们孤立地困在中央,脆弱而可笑。然而这宿命即使像一杯毒酒,初恋的人也总是要一饮而尽,甘之若饴的。

那年代谈过恋爱的人都知道,那时候,条件稍稍优越点的城里姑娘找对象有三个条件:一米七高,大学文化,城市户口。三个条件我一条不占。何况玉淑是大学生,我是中专生,理论上讲我们是掉了个个儿,这是我的致命伤也是我们之间无法迈过的坎儿。结局是必然的,不管我们有多执拗,有多不舍,终究是摆脱不了的。没人能真正主宰自己的爱情和命运。终于,在严打后的一个炎热的下午,我接到了玉淑的绝交信。虽然把结果沙盘推演般预演了好多遍,到真的发生时我还是手足无措四顾茫然。

我在鱼背山驷步河边接到玉淑的来信,那是封委婉的断交信。那个月,我一直在一个叫甑子坝的小村查破一起耕牛被盗案。村子很秀美,美到让我一度乐而忘忧流连忘返。村子占着一片平缓的坡地,田畈地头漫山遍野都是年岁不小的油茶树。正是茶花盛开时节，红白兼有的花瓣纷纷扬扬飘落下来，驷步河变成了一条流动的花溪。河滩上蓼蒿、菖蒲、苍耳子长得茂盛，麻柳、巴茅和芦苇成片成林，最是清幽。

我和房东的小女儿成了好朋友。小姑娘五岁多点，长着一对扑闪闪的大眼睛，喜欢没来由地笑，因为一笑脸上就有了一对小酒窝。我和她喜欢做一种叫"撕儿"的游戏。游戏是找一种叫"撕儿草"的草花，然后猜我们将来生儿还是生女。撕儿草长在田边地角，纤细的有三个棱角的草梗托着一蓬花不像花果不像果的花蕊。掐掉花蕊和根须，我俩一人捏住一端，小心撕开。草根从中间破开，总会有一两根小丝粘连着。如果粘连着的小丝呈"N"字状，那你猜想的人会生个儿子，如果呈"口"字状那就是女儿了。小姑娘总想将来能生个儿子，偏偏老是口字，便不停地撕。真撕成了N字，自己又不是很有信心，还是要继续撕下去。那天我查完线索，和小姑娘撕了好几根撕儿草后，小姑娘才奖赏似的摸出那封玉淑写给我的信。我坐在驷步河边一块石头上读信，潮气躺人。天色已黄昏，夕阳映霞抹铁水般的红云刺得我睁不开眼。放下信，心里七撬八裂，人也虚冷无力的了。小姑娘不知道我接到的是封什么样的信，趴我膝盖上拿她那双大眼睛讨好般看我。我拍拍她的脸，没来由地嘀咕了一句："你为啥不是玉淑孃孃呢？"放下信，我一件件脱掉衣裤，一个猛子扎进附近的水潭中，发泄般在水里扑腾着、拍打着，像要甩掉身上叮咬着的千万只牛虻一般，直到两手麻木，针扎样刺痛，小姑娘大呼小叫起来。

夜里，我在房东家发起了高烧。在夹头夹脑高烧两天后，大脑

我的刑警往事

一片空白,也出奇的管用了。反反复复吟出一首诗来:

>……
>谁的手在夏日的斜阳里挥呀挥
>谁的笑脸在晨风里缘起花蕾
>谁的眼让我在乡野里来来回回
>谁的蝴蝶在微启的窗棂前翩翩地飞
>
>你簪发间的是谁采的蔷薇
>谁把我衣襟润成湿湿的伤悲
>谁在我的远方说着再见
>我在谁手心写下无名的语醉
>
>是谁让谁守着这夜的黑
>是谁在梦里唤着谁的子规
>不便高声语,倚门嗅青梅
>……

誊好诗,想寄给玉淑。最终还是在点燃一支烟时,凑近火苗烧着了。火苗一点点熄灭,我心如死灰。

驷步河回来,县局弥漫着怪怪的气息。

严打第一战役第二仗结束后,因为暴露出一些问题,上面要复

第二章 沙河子光阴

查一些案件、处理一些过头做法的传言甚嚣尘上。领导逢会逢人都说这是造谣，是一些别有用心的人为翻案造舆论。人说风过无影，谣言无籽，但无风不起浪，脑子活泛的人是知进退懂取舍的。

我失着恋，眼界也还没多高。不是脑子活不活泛的事，而是压根儿没想到那一层。

春节刚过，我被派到龙古乡，任务是办法制学习班。第一仗、第二仗过后，整个社会被一片肃杀之气笼罩着。一些人开始感觉到仅靠这种暴风骤雨似的运动不能解决社会治安的一些根本性顽症，一些"气死公安，难倒法院"的小偷小摸、赌博白吃等违法人员在严打斗争中并没有受到打击和处理，一旦风头过去，还会卷土重来，进而借着出头老大关的关杀的杀而让自己顺势坐大。于是就有了针对性集中整治一个地区治安顽疾的法制学习班。

龙古乡是万县传统的小偷扒手之乡，尤以周家村为甚。这些强盗扒手以师徒关系为纽带，传、扒、转、销一条龙，横行于西起万县的武陵、龙古、郭村，忠县汝溪、野鹤场，东至万县市高峰、"一碗水"、龙宝场的公路沿线。逢场吃"洋火钱"，上车"撵滚子"，天黑"吃灯花儿"、"翻茅打顶"，搞得沿线百姓怨声载道。"这帮人，早就该整了。他们赶得上土地爷了，天晴吃羊头，下雨吃猪头。早些年，这些家伙还遵守祖师爷传下来的规矩：孤老寡妇家不偷、学校土地庙不偷、丧家道士不偷、郎中船老大不偷，中规中矩。现如今，啥都要偷，啥都敢偷。前年偷岩口小学，没偷着东西，连门口的牌子都扛回去做柴烧了。真是强盗进屋，灰都要捞一把了。"龙古乡公安员向我们介绍敌情社情，如数家珍。他口头说的这些规矩是

我的刑警往事

强盗扒手行走江湖口口相传的保命秘诀。比如说，郎中船老大不偷，那是因为强盗四处流窜，难免要靠船老大撑船渡水；失手被人逮住一顿暴打或者逃跑摔下沟坎，流血挂彩是常事，就要靠郎中疗伤调理了。如今江河日下，哪还讲这些？

"盗亦有道，这帮人规矩都不讲了，确实可恨。"我初来乍到，不好多说，敷衍道。同来的是刑警队一个金牙老哥子，三闷棍打不出个屁来，事儿没办明白几件，偏偏端一副县里人的架子，这会儿更是高深莫测一言不发。

龙古一带的强盗扒手挂得上号的大都在第一仗、第二仗给逮进去了。这期法制学习班，学习对象是那些有嫌疑但没拿到证据，或者是替人销过赃藏过东西的人，更多的是早几年被抓过这次没再送进去的人。一句话，水塘里几网拉过后剩下的小鱼小虾。为了避免死灰复燃，这些人是值得学习学习的。学习的前提是这些人必须承认干过坏事，否则谈何学习二字？

"俗话说，强盗钢口硬，确实不错。这帮人说了，如果我们是强盗扒手，去年严打就该把我们弄进去，没把我们弄进去就说明我们是好人，是好人我们学啥法律？眼下春耕大忙季节，耽搁了农时哪个负责？"公安员介绍说。

"这么说，我们是牛吃南瓜无处下口啰？"我反问道。从接触这个公安员开始，我就看出这又是一个眼眨眉毛动的人，乌龟有肉肚子头，点子肯定有。跑乡下这么长时间，我算是看出一条，高手真的在基层。像眼前这个公安员，一套一套的，再看队上这个老哥子，一句话不说，让我这个嫩毛头出面周旋，倒比这公安员不如了。

第二章 沙河子光阴

说这些话的时候,我们坐在公社礼堂兼电影院的放映间。从小放映孔往礼堂看,二三十个被通知来的学员三五一堆或蹲或坐在一条条宽板凳上,东倒西歪,嬉笑打闹,全然没把看守他们的民兵放在眼里。他们知道县里今天要派人来,故意做出这些姿态也是在向我们示威啊!我暗自吸了口凉气。县局的要求很明确,进学习班的人必须承认自己有违法行为,写出保证书,登记建档。若这样僵持下去,如何交差?我的隐忧让老哥子的面无表情刺激成愠怒,忍不住问他拿主意。老哥子这才嘴里含了根骨头似的含混不清说:"你们扯,你们扯,我闹肚子,出去找点药。"话没落音,人已经溜出门了。

早料到这人会耍滑头,一股无名火起,我咬牙对公安员说:"晓得你有点子,有什么高见说说看?"

公安员咽了口口水说:"是这样的。这帮人看起这么大一堆,实际上分两坨。一坨是周鸡公的徒子徒孙,一坨是晏老绵的徒弟。晏老绵给抓进去了,周鸡公早几年得了肺气肿,出不了门,这次滑掉了。朱公安你懂,强盗扒手是又要打又要诓的……"

"你的意思是周鸡公这坨人服诓,晏老绵这坨人服打,是不?"我不能让公安员处处占了先,便抢先说。

公安员莞尔一笑说:"朱公安看起嫩相,老到得很啰。"

我和公安员谈得入港,一支烟没抽完,点子就有了。

……

我们去"拜访"周鸡公,周鸡公因为一手偷鸡摸鸭的"绝活"名声在外。我没见识过,有心想看看。周鸡公家正好用竹篱笆围了

我的刑警往事

个鸭圈，养着十来只鸭子。公安员说了来意，周鸡公倒不避讳，马上答应演示一下。只见他破风箱般喘着气踱到鸭笼前，突然闪电般伸出手，一只鸭就被掐住脖子拎了出来，而其他鸭子一点也没惊着。还没等我们看清楚，他飞快将手里一根细麻绳往鸭脚鸭嘴一绕一缠，顺手一扔，一只鸭就无声无息地抛在我脚下了……

"我刚才用的是最简单的'封嘴法'，这法子最适合取成群的鹅鸭，要的是一个快字。鸡鹅鸭的毛病是爱伸脖子，动手就在它伸脖子那一眨眼的工夫，接着摁住喉咙，不然它会叫。特别是鹅，不但爱叫，还咬人，那就要用上'点穴断翅'、'金袍倒挂'这些功夫了。我老啦，手脚不灵便啦。"周鸡公卖弄完手艺，喘得不行。

"周鸡公，你手脚倒还利索，我们见识你本事了。你晓得的，这次政府给你是格外宽大了的。晏老绵可是进去了的哟。"不能由着周鸡公显摆，我重浊道。

"哑巴吃汤圆，我心里有数有数。"周鸡公泄气说。

接下来的事好办多了。周鸡公摸黑来到公社，喊两个大徒弟到跟前嘀咕了几句。第二天，十来个学员都一一交代了一起两起说得出找不见的小偷小摸，交了三块五块的罚款，我和公安员给他们录了笔录照了相建了档案，让他们散了。晏老绵一伙就没这么撇脱了，眼看周鸡公的人放了，还一个个死猪不怕开水烫的样子。看守他们的民兵早不耐烦，公安员稍稍递个眼色便挑了两个刺儿头，拖放映间一顿"教育"。两相比较，好汉不吃眼前亏，晏老绵那帮人也纷纷缴械投降了。

学习班办完那天，我正好二十岁，也不知咋的让公安员知道了。"朱公安,你这是个大日子,得做个生。正好学习班还有点伙食尾子,我们宰半只羊,蒸几笼羊肉扣碗,晚上喝台酒怎样?"公安员兴冲冲说。我还在犹豫,公安员再说:"民兵些也辛苦,只当大家打个平伙,我请示了公社书记,就这么定了。"

公安员这一说,我不好再拒绝。恭敬不如从命,由他们办去,只让公安员去把老哥子请来。自打开班,老哥子一直没露啥面,在卫生院输着液,偶尔到礼堂走走看看,和学员哼哼唧唧几句。两不相扰,我也乐见他不插手。其实,在公安局,在刑警队,这样的老哥子也不在少数。本事不大脾气大,耍小聪明使绊子上眼药样样在行。先来的师兄们大都被他们收拾得服服帖帖,偏偏我和小付们不服这个周,常常针尖对麦芒的,倒也没把我们怎么样。一麻痹,麻烦找上门来了。

晚上,等到快开席了,老哥子还没到场。一会儿,公安员来了,气鼓鼓说:"这老同志!三请四揖不肯来。得!这下干脆找不着人了。"我也是年少轻狂,见大家都坐着了,公社书记也来了,不好再等,便说我们开整好了。酒喝到后半夜,回宿舍一看,老哥子留了张纸条,说是回沙河子看病去了。

第二天,我也回了沙河子,前脚刚进门,李队长后脚找我来了。

寒暄没几句,李队长拿出封检举信。信写得歪歪扭扭,却字字带着杀气。内容是我在龙古的斑斑劣迹。包庇强盗头子周鸡公、刑讯逼供打人骂人、用罚款吃吃喝喝……看着看着,字里行间隐隐浮现出老哥子晦涩空漠的脸,一股火气直冲脑门,万难忍住才没有发作。李队长收起信，脸上还是挂着一如既往的笑，沙沙地说："这事大可不必放在心上，我们队领导心里有数。干公安的，一辈子不被人告几状还叫公安？有人告你说明你还在做事，啥事不做啥事做不来的人就没人告了。以后注意点，遇事多商量。"

不说最后一句话还不当紧，这句话一说，我忍不住了，闷声道："李队长！我熬更守夜地干，还不如抄起手告刁状的了？"

"你看看？"李队长拍拍我肩膀，讪笑说，"我明白你明白，有些事是看破不能说破的，明白不？"

我气鼓鼓问："李队长！看来我得补上一堂修养课啰？明摆着他是在告我刁状，我还得赔上笑脸感谢他啦？"

"话不能这么说。"李队长倾了倾身子，依旧和颜悦色，语气却重了不少。他说："小朱啊！俗话说：'凡事留一线，日后好相见。'这事算你没做错，也还是要高姿态。你们从学校门出来到单位门，我们大家都还有个互相适应的过程。老同志嘛！总是有些这样那样的小毛病，只要你多将就点，别人也不会轻易使绊子是不？年轻人学会咽口水，学会夹起尾巴做人，学会说话留几分，总是有好处。你们将来的路还很长，学点为人处世的技巧没坏处。"

我哪听得进去这些话？只当李队长不替我主持公道，心里有气，干脆一言不发。李队长拢拢大衣，咳着嗽走了。

李队长刚走，廖股长来了。进门也是哈哈笑着，打趣道："他妈的你这小子，人家回来搞汇报，你他妈的回来睡大觉。我今天要来敲打敲打你。"

我情知廖股长也是来说这事的，甩手不打笑脸人，何况人家是政工领导呢？勉难挤出一丝笑，气鼓鼓说："横竖是砧板上的一块肉，想咋割咋割好了。"

廖股长坐下来和我天南地北聊了起来，不聊不打紧，他老家就在我们村子下面的范家坪。参军前上山砍柴挑煤啥的还从我家旁边过路呢。聊出这层关系，话题便多了。说着说着，廖股长把该说的话也传递给了我。他的话啥都受用，提到谈恋爱不能影响工作，恋爱失败了情绪不能带到工作中，我不乐意了。想这又是谁在上这眼药呢？一股剜心般的凉意唰地传遍了全身。年少气盛，不会掩饰，脸挂不住嘴上也嘟嘟囔囔了。廖股长绝对一番好意，只是他说到了我的短处戳到我的痛处了。告状不过是受一时委屈，龙门能跳，狗洞能钻，这点气我能咽下。玉淑却是我心底最敏感最脆弱的一根神经。每当有人触动这根神经，不管是别人还是我自己，都会引发出内心一股不可遏制的伤感，然后把自己淹没在烦躁、郁闷、惆怅的潮水中……我在这潮水中扑腾、挣扎，呛了几口水后，进而发现生活和现实是如此的突兀而险峻。我想逃避了。

身边老有人来谈心解闷，我有些烦了。干脆一个人出门，信步从草街子往市里走。郊外春意盎然，暖风和煦、水碧花红，苎溪河浮碧流翠，虫鸣鸟唧，我却内心郁结无法排解，想找人喝两杯了。

那天傍晚，我和几个警校同学在地区公安处招待所的一间寝室里喝酒聊天。他们也在郁闷，一个个祸事临头的样子。原来，省厅给万县地区分了两头警犬两个警犬训练员名额。条件是二十五岁以下中专以上文化程度有一定工作经验，匡算到具体人，席间诸君正好合适。一个名额已经有人认领，就是比我们矮一级的何大华。还得有一个人去。可但凡有点理想抱负的人谁会去干这个猪不拱狗不啃的狗倌儿呢？在座几位都是红卫山上的佼佼者，正是踌躇满志大展宏图之时，要摊上这事，落下一步可就步步跟不上了。喝着说着，一个个像约好似的停了杯箸，都拿眼看我。我揶揄道："咋啦？合着你们一个个奋发有为，一飞冲天，非要我土里刨食是不？不关我事不关我事！"嘴上说着，心里却打起了小九九。秋秋的身影也在这个醉醺醺的时候没来由地在我眼前活蹦乱跳起来，挥之不去。

我是可以借这个机会离开沙河子，暂避一时的呀！何况我还是很喜欢狗的呀！

……几天后，我的决定还没来得及在周遭引起轩然大波时，我已经离开沙河子去往成都了。那是一个下了场春雨后春寒料峭的早上，我拎了上红卫山时提的那口红木箱，一个人站在沙河子尽头的路边等地区公安处的车，满心是义无反顾的决绝。上车后，我头也没回一下。车一路向西，远山近水，如洗如漱，一派清新。车过分水镇，万县就在身后了。车从一片桐籽林下驶过，一朵娇艳的桐花簌地飘进车窗落在我怀里。拈花在手，清清淡淡的香息钻进鼻孔，我不禁黯然神伤……

人生如棋，落子无悔；青山白水，后会有期。

第三章

从"狗公馆"到公安处大院

第三章　从"狗公馆"到公安处大院

成都西门外的"狗公馆"

"文革"十年，砸烂公检法，警犬被列为反动的"镜头、笔头、狗头"三头办案之一被批倒批臭，全国警犬被造反派杀光炖汤几乎损失殆尽。警犬得以香火残存并枯木逢春与两个伟人有关。1970年周恩来总理在第十五次全国公安工作会议上指出，前十七年公安工作毛主席革命路线占主导地位，大多数公安干警是好的或比较好的，要求恢复公安工作的优良传统和专门业务。根据周总理的指示，公安部通知："沿边沿海和偏僻地区，如斗争需要，可以用一点警犬。"警犬得以保留下一点可怜的火种。1979年小平同志访美发现，美国特工每检查一个地方都要使用警犬，印象深刻。回国的飞机上，小平同志问随行负责警卫任务的公安部副部长凌云同志，我们的警犬怎样了？凌云如实汇报后，小平同志当即批示公安部要迅速恢复警犬工作。有小平同志的指示，公安部迅速成立沈阳、南昌和昆明警犬基地，组建南京警犬研究所，还不惜血本从联邦德国用外汇马克购买回一批享誉全球的德国牧羊犬作为中国警犬未来的主力犬种。这期间培养的驯犬员和警犬成了"文革"后恢复警犬工作的种子部队，我和小何有幸成了其中的一员。

四川警犬配属于公安部昆明警犬基地，成都市公安局刑警大队警犬队是四川警犬的代训基地。我和小何的任务是到成都警犬队学习，学成回来后恢复万县地区九县一市的警犬工作。

成都警犬队在成都市西门外的营门口，紧挨成灌（成都至灌

我的刑警往事

县）公路和九里堤苗圃，附近有成都市第四人民医院和省煤炭机械厂，警犬队在这两家食堂搭伙。警犬队的门牌号码很冗长，邮件须写"成都市西门外营门口茶店子互利西一村54号"方能顺利收递。警犬队是一个四合院，同时兼做成都市公安局刑警大队的停尸房，凶杀案的死者和无名尸体占着两间屋子。推开一扇风雨剥蚀的布满铜泡钉的大铁门，一片砖坪小院上有几幢小楼和平房。小楼住人，平房住犬，密密匝匝的杂草从砖坪缝儿里钻出来，整个院坝就绿茵茵一片了。院子一角有一口小池塘，池塘里漂浮着茂盛的水浮莲，开着粉紫色的花，青蛙在花间蹿上蹿下，蛙声从早到晚呱呱着，一刻也不消停。都江堰一条灌渠从后院哗哗流过，灌渠那边是阡陌纵横的菜畦稻田和苗圃，那是我们训练、遛犬和散步的好去处。队长姓伍，带一头德国牧羊犬，名义上是队长，当家管事的却总是两个老驯犬员，一个姓胡一个姓刘，他们也是我们的指导老师。警犬队周围的人管警犬队叫"狗公馆"，管这里进进出出的老少爷们包括我们这些学员统统叫"某某大爷。"据说这四合院旧时是成都某位袍哥大爷的公馆，大爷一说由此而来。附近人口口相传，懒怠改口。成都人懒散闲适，由此可见一斑。

我们这批从四川各地选拔来的驯犬员一共有二十来人，部队有三五个。说是选拔，有些拔高也有些掩人耳目。其实就两种：选拔来和被选拔来的。选拔来的一般是为了调动、转正，抑或犯了小错误暂避风头自愿来的，当然也有真心喜欢狗的人。像小何这样被指派来的人占到多数。人到齐后发现，上过红卫山的有四个人。互相一介绍，马上搂肩捶背，他乡遇故交一样，亲热得不行。问起我和小何是如何来的，我们一说，大都取笑我们。"我是'谁似东坡老，白首忘机'，想散淡两年。"我自我解嘲自我圆场说。"苏小妹，你他妈不是失恋便是挨了处分，啥白首忘机哟。"来自红卫山的雷洪斌一语中的。雷洪斌从涪陵来，我倒没问他是如何被选拔来的。总之像毛主席他老人家说的那样："为了一个共同的革命目标走到一起来了。"彼此恰都像天涯沦落人，抱团取暖，团结得很。

这么一看，真正有志献身警犬事业的人并不多。驯犬员有很多绰号，"狗班长"、"狗倌儿"、"狗司令"，像是部队的炊事员、饲养员一样，不是正经打仗的兵。大凡有点上进心的年轻人是不屑于主动请缨的。难怪我那几个公安处的师兄师弟要怂恿我报名，以方便解脱自己。好在大家都既来之则安之，也没见哪个怨天尤人，情绪低落。相反，配发的犬一上手，一个个粗脚笨手的家伙都仿佛被这些毛茸茸的家伙触到了心里最柔软的部分，陡然间柔情似水、爱怜有加了。

"文革"前我国的警犬品种很杂，有苏联、东德的警犬，大黑背，高大凶猛，分狼青、枯草黄等毛色；也有日本留下来的军犬和从朝鲜引进的狼犬，黑背狼青，个头不大但凶猛灵活。更多的是一些来源不明、血统不清的本地犬和杂交犬。我们四川片区这次配发的犬种是公安部前两年才从西德引进的德国牧羊犬和昆明狼种犬杂交的后代。德国牧羊犬（俗称黑背）刚到中国，对中国的地理气候特别是南方夏季的高温高湿很不适应，工作能力比在祖籍地显著下降，加上中国的防疫卫生较德国也有天壤之别，一些中国闻所未闻、本地犬很少染上的犬细小病毒、犬瘟热等疾病也是连连发生。

我的刑警往事

聪明的人就想到了杂交。我们川东地区将要分配的十只小犬是由昆明警犬基地的德国牧羊犬公犬"海洛"与胡老师喂养的昆明犬母犬"虎花"杂交后产下的。十只犬断奶不久，一个个虎头虎脑、憨态可掬。按繁殖序列，分别以海字打头取名，如海啸、海狼、海青、海浪等。我随胡老师去犬舍看过小犬，一眼就看上了那头叫海啸的公犬，名字长相都让我中意。暗暗想，要是我能分到这头犬就好了。

为公平起见，分配犬是用抓阄方式决定的。真是天遂人愿，我还真的一下抓到了海啸，小何抓到了一头叫海浪的母犬。那天是1984年的4月25日，我的幸运日。

狗，一种让人一旦拥有就无法抛弃割舍的动物，对此我体会尤其的深。想我原本伤心人一个，一腔郁闷如裂帛，远走他乡，自我放逐，到这狗公馆不过是想暂避一时，权且栖身。不承想一干就是差不多十年，把人生最宝贵的年华奉献给了警犬，有了一段别样的不可复制的光荣人生。这都因为狗……

5月17日　阴

5点40进犬舍，海啸精神尚可。观察大便仍稀溏，恶臭，但比较昨天稍淡。冲洗犬舍，来苏尔消毒，喂葡萄糖水半盅子。带出门到苗圃散步，兴奋。竹林遇山羊两只，敢近前。爱啃食木棍、石子之类硬物，疑是换乳齿。7点回犬舍，喂牛肝稀饭半盆，自加生鸡蛋2个，鱼肝油5滴。10点50理论课结束，进犬舍未见海啸大小便。散放约20分钟后拉大便，稍干。大悦。到伙房寻得猪棒骨一根，放犬舍让海啸啃咬。下午6点掉乳齿一根，观察口腔，已掉六七根。试戴脖圈，欣然接受。再喜……

……

5月24日　晴

6点进犬舍，海啸精神萎靡。摸鼻镜干涩，偏热，眼结膜偏红，有眼屎。急量体温，39度。没散放，直接喂庆大霉素、土霉素各5颗。海啸不食，捣碎后添加在奶粉、稀饭中，舔食少许。下午精神状态还是不好，兽医看后称并无大碍，轻微感冒和肠炎。似信非信。晚饭为高压锅焖压排骨，青菜碎加稀饭。自加鸡蛋一只，奶粉三勺，左旋咪唑两粒。散放一个小时，精神稍好。按胡大爷指点喂穿心莲五颗，葡萄糖水灌服。晚21时闻听得有雷声，担心海啸淋雨。抱海啸回宿舍，拴于床脚。一宿竟安睡，并没吵闹。

……

6月7日　晴

5点50进犬舍，海啸大便正常。精神尚可，墙角留有铺板碎屑，当是磨牙所致。观察乳齿全部换完，恒齿长出5根又3根半，欣然。去苗圃散放，见鹅群，吠叫，足见胆量增大。丢塑料实心球于草丛，能顺利拣回，如是者多次，十有六七能寻回。大悦。早饭加鱼肝油、维丁胶钙适量，鸡蛋3个，海啸吃净。下午15时带去茶馆，看书，晒太阳。17时回犬舍，喂水小盆，再寻棒骨一根放于犬舍。晚饭食量仍可。大喜。

……

6月19日　阴

自己感冒，高烧。6点半进犬舍，未见海啸大小便。大华介绍海

我的刑警往事

啸昨晚食量尚可，饭后散放未见异常。带海啸到四医院附近菜地散放，蹲几次后方拉出大便，观察似有结燥。啃食草叶，干呕。回犬舍后，喂乳酶生7颗，复合维生素5颗，早饭食欲仍可，自加鱼肝油时多放了近十滴以便通肠，另加赖氨酸一小袋。下午自己高烧仍然未退，寻诊所打针吃药，睡下。海啸交大华代为看管，嘱晚饭时再添加大剂量鱼肝油，生鸡蛋2个。晚20时许，到犬舍看海啸，摇头摆尾，似是久别重逢，两个月调养没白费，足堪宽慰。虽头痛仍欣然不禁⋯⋯

若干年后翻检旧物，长大成人的宝贝丫头看到我当年写的一大本养育海啸的日志，顿时醋劲大发，嚷嚷着说："老爸！养我也没见你记一篇日记，倒是喂这个海啸，点点滴滴记得这么详细。郁闷！郁闷呃！"我莞尔，心里说，"狗丫头，吃你的大头醋吧！我那时候真是把海啸当儿子养的。"不敢当丫头面说出口，说出来那是要惹大麻烦的。

海啸出生在2月20日，和我的生日差了五天。刚拿到手，也就小猫样大小，眼神步态间已经透出德国牧羊犬的剽悍威猛和中国昆明犬的俊秀顺从。头疼的是病多。别看这些小警犬一个个长得虎头虎脑，体质却孱弱得很，甚至可以用弱不禁风来形容。接手第一天，喜欢得不行，带出门走了公把里路，路上舔了几口堰沟里的水，回来当晚就上吐下泻，半夜输上了液。警犬队兽医是地道成都人，满口成都腔，把我狠狠数落了一顿："你瓜呀？你当是你家的土狗哇？娇气得很！我的哥老倌！你就把它当你一个早产的娃娃养好了。"话糙理端，我长了记性，开始记日志。一天一记，几点起床进犬舍、海啸的大小便性状，几点遛犬，几点进食，吃的什么，食欲食量如何，喝水多少毫升，添加什么辅食，吃什么药，排了几次大小便、性状如何，量了几次体温体重，温度多少体重多少，遛弯时反应如何，几点回犬舍睡觉，睡眠如何，等等。一天的流水加自己一些鸡零狗碎的事，两本账记下来也不下于一两百字，大半年下来满满记了两大本。翻看这些日志，还真是愧对丫头。要是给她也这么记上几本，她还能从中感受到父母的关爱和细心，我也能和她妈从中回味带孩子时的美好幸福时光。一条狗能记住这些么？想想又觉得值当，两本流水账对我来说是有温度有愉悦的，折射出我在成都和海啸一起度过的那段悠闲惬意乐而忘忧的美好时光。也还别说，宝贝丫头降生后，很多时候我真是像带小时候的海啸那样在带，只是没了记育儿日记的好心性了。

训练一头警犬的第一步也是最重要的一步就是培养与犬的良好的亲和关系，这是接下来的基本科目和使用科目的基础。警犬不同于手里的手枪、照相机、警车，你是唯一可以驾驭和主宰它的人，简单说其他东西是你个人说了算，它是机械地执行你的操作。而犬是有血有肉有灵性的动物，是一个有高级思维可以独立思考的生命，如果你只把它当成一个简单的工具，和它不能良好互动，互相之间七撬八裂，那你和你的这头警犬就算废了。所以，把它当成一个不说话的搭档、伙伴那是必需的。

初学驯犬也可笑。亲和关系变成了一场育儿大战、一场比谁的犬膘肥体壮的竞赛。鱼肝油、钙片、赖氨酸、鸡蛋、牛奶一股脑儿往犬食里加，哪一天哪一顿没好好吃食，焦愁得热锅上蚂蚁一样，

我的刑警往事

恨不能趴盆里替它吃几口。最怕的还是生病。幼犬抵抗力弱，加上基因作用，三天两头有犬病倒。一有犬躺倒，大家就感觉世界末日来了，犬舍冲了又冲，来苏尔、酒精喷了一遍又一遍。七月初，过去在中国很少检出的犬细小病毒在警犬队发作。除了几头如虎花那样的正宗国产犬外，有外国血统的犬全部感染上。海啸是第一批倒下的，生命垂危，狗公馆笼罩着一片死亡的气息。事件惊动了省厅和成都市防疫站。为了抢救这批警犬，动用了成都市动物园抢救大熊猫小组的全部专家。大概熊猫也是犬科动物吧？专家们如法炮制，死马当活马医，大部分还都抢救了过来。有两头犬没能挺过，带犬的人抱着死犬死不撒手，婆娘一般哭得昏天黑地。海啸差不多是最后挺过来的几头犬之一，我真是夜不解带陪了三天两夜。专家撤离警犬队时，有人无意中说起市面上有一种澳大利亚出产的畜用丙种球蛋白，打一针可以增强犬的免疫力。当即去市里八方找寻，终于在骡马市找到。一问，38块钱一支，顶一个月工资了。当时我正攒钱想买一把三十来块钱的吉他，一咬牙，把买吉他的钱买了支丙种球蛋白。也怪，这一针打下去，接下来几个月，海啸还真没再生过啥大病，和我的感情也好多了。

过了七八月份，海啸已出落成一个大小伙子了。体重达到九十斤，和我差不多重了，稍一亲热能把我直接扑倒。接下来的基本科目和追踪、鉴别、扑咬、搜索等工作犬必需的训练科目也顺风顺水。海啸这么省心，我得以给自己一点时间享受享受成都的繁华和闲适，而当初为着她而逃离沙河子的玉淑，倒是很少想起了。夜深人静时，偶尔也想起过她，只是再没了剜心扯肺的痛。三毛说："感谢你赠我一场空欢喜，我们有过的美好回忆，让泪水染得模糊不清了。偶尔想起，记忆犹新，就像当初，我爱你，没有什么目的，只是爱你。"说得真好。

人说"少不进川"。说的是四川乃天府之国富庶丰饶之地，美女如云为温柔之乡，年少进川会被美女迷住忘了父母，柔美闲适的生活会让人没了创业进取之心。小时忍饥挨饿，对这句言子很不感冒，认为同为天府之国，我们过的日子也没让人觉得有多美好哇？到了成都才发觉真是此言不虚，疑心这"川"不过是成都的代名词，与其他川人没啥干连。闲和慢是成都独特的城市性格和标签，是成都人的灵魂和精髓。和泸州人说话嘴里老含着"入"字一样，成都人嘴里老含着个"安"字，不分男女，"安"字总要搁嘴里拖上一拍半拍。不像我们川东人，说话像打快板一样。快人说快语，慢人说慢话，这就是差距。成都人的闲和慢最先是从狗公馆的大爷们身上体验到的。不管多忙多累，大爷们的茶杯茶碗总少不了。一天训练下来，澡可以不洗饭可以等会儿吃，茶是要喝，龙门阵是要摆的。摸准这个脾气，我们就钻这个空子。书本里课堂上学不来的诀窍花招就从茶杯酒杯头找。夕阳西下，三五几个凑了份子给大爷们下套，沏上一壶好茶，摆上香烟、花生米、沙胡豆，提一塑料壶到公路边等散装啤酒罐车经过，打上一壶"绿叶"牌啤酒回狗公馆。简单、随意、价钱不贵。茶和着酒几杯下肚，大爷们酒酣耳热、面带酡色了，不用问，只提个话头子，没一个不高腔显摆的，有啥高招说啥高招，你只管长记性好了！

我的刑警往事

我是个吃货,到哪儿总想着吃。成都的吃真是"好吃不贵",精致实在。连我们搭伙的两家食堂,大锅菜也做得小炒一般,道道精彩。最喜欢的是两个食堂做的盐煎肉、黄豆烧肉、韭黄肉丝、豆豉鱼豆瓣鱼这些下饭菜。煤机厂食堂印象最深,每天有免费的凉拌莴笋丝。红亮亮的红油淋在翠绿的笋丝上,点缀些黑的豆豉红的泡椒碎,摆在食堂一角,爱夹多少夹多少。放我们万县,打死也不相信这是不要钱的。安顿下来熟悉环境后,我们开始去城里吃馆子。春熙路那阵还见得着灰黑灰黑的瓦屋和白粉墙,钟水饺、龙抄手、陈麻婆豆腐、夫妻肺片、麻辣兔头挨个尝,吃得肚子滚圆了,去看场电影或回西门喝喝茶,充其量也就三五块钱的事儿。西门外茶馆比比皆是,大都沿那条都江堰灌渠和一条条机耕道两边开着。没有幌子也没有招牌,讲究一点的也就西门车站对过一家茶馆,门口有副对联"长嘴铜壶篾竹椅,矮脚方凳盖碗茶",虽显气派,生意却并不咋样。人气旺的是那些在沟渠边道路旁竹林芭蕉夹竹桃下随意支几张桌子、几只竹躺椅,架一眼老虎灶的茶馆。茶水滚滚,天地悠悠,树影婆娑,人声嗡嗡嘤嘤,惬意无比。

我最喜欢的是九里堤苗圃边一家十来张桌子的茶馆,没有招牌,连幌子也没一个。茶馆外是一大片荒芜的土地,几丛茂盛的夹竹桃终年开着艳红的花,蛙声一片,虫鸣呢喃。到这儿来的大都是些白发老者,老腔老调喃喃细语,不像其他茶馆那样蜂巢似的喧闹。也没那些掏耳朵、看手相的人打搅。带海啸到茶馆落座,让海啸趴在脚边,找老板娘要一碗"三花",一碟椒盐胡豆,捧一本闲书,一坐半天,七窍通泰。困了,把书翻着往脸上一扣,尽管睡好了。在这儿,茶是钱,水是钱,椒盐胡豆花生米是钱,只有时间不算钱,你尽可随便消费。也可以喝酒,茶馆备有猪头肉、卤牛肉、咸鸭蛋几样下酒菜,拿小碟子盛着;酒是高粱酒,装在一个硕大的土陶大缸里,柜台上放着竹提子和土碗。遇有要小酌几碗的,自拿自取,结账时自报提数,老板从不疑问。成都多雨,碰上雨天,我懒得回狗公馆,也会要了猪头肉,喝上一碗两碗的。"莲花池外少行人,野店苔痕深一寸。浊酒一杯天过午,木香花湿雨沉沉。"雨中小酌,倒和汪曾祺老先生一首小诗的意境相投。

一天,读着李劼人的《死水微澜》,看到《在天回镇》一章:"……就在成都与新都之间,刚好二十里处,在锦田绣错的旷野中,位置了一个不算大也不算小的镇市……这镇市是成都北门外有名的天回镇。"二十里处?不由心血来潮,何不去天回镇看看?兴许能看到风流贤惠的蔡大嫂呢!说走就走,带海啸一路向天回镇问去,走到一半就折返了。不为别的,实在是一路的小吃和小饭馆太诱人了。吃饱喝足,哪还有心思看蔡大嫂呢?

在狗公馆,要没这一群活蹦乱跳生龙活虎的狗,还真没啥乐趣。

大爷们成天忙着他们的慢生活,除了该讲的课,该手把手调教调教我们或者我们的狗,不太乐意和我们多说啥话。当然,三五几天我们凑份子请他们喝酒吃茶除外。海啸、海浪的犬舍隔壁住着胡老师的老犬大林。大林有十五六岁,相当于人已是百岁高龄。大林已垂垂老矣,三天两头摇摇晃晃起来吃点东西喝点水,大部分时间都昏昏沉沉睡着。我去海啸犬舍,总要顺便到大林的犬舍里,给它

我的刑警往事

冲冲屎尿，梳梳毛发，天气好的时候把它挪到草坪上晒晒太阳。胡老师住在犬舍外一幢平房，六十岁的人了，腰不弯背不驼的，娶了个三十多岁的阿姨，还生了个孙子辈的小女孩儿。他是山东人，名字怪怪的叫胡威管。新中国成立前胡老师流浪到成都，被旧警察局收留下来喂狗养马，新中国成立后顺势成了警犬训练员。他不识字，只自己的名字可以一笔一画写下来。据他讲，早几年大林还能跑能跳的，自从被公安部抽到新疆罗布泊搜寻失踪的科学家彭加木回来后，身体就一天不如一天了。他说的话我信。也真是狗如其人，他现在带的虎花也有七八岁了，每年雷打不动下一窝小崽，多则十只八只，少的也有五六只。下完崽，照样训练照样工作，真是奇迹。胡老师长得秋风黑脸，对人却是非常和气，一张嘴露出满口久经烟熏茶渍后黑黑的牙齿和牙龈，嘴唇像两块乌黑的板栗壳，整个人醇厚深沉如深秋的土地。

警犬队有一台彩电，那一年正放着国产电视连续剧《今夜有暴风雪》和日本电视连续剧《血疑》，看完当晚的一集或两集就没啥事干。学员们有的买了钓竿到附近河塘钓鱼，有的到茶馆学会了打川牌。我除了看书，便跟着胡老师侍弄他的花园。花园紧挨围墙，靠屋檐是一排排盆盆钵钵，种着些时新花草，金心吊兰、文竹、三色堇、含羞草、美人蕉，都是些好养的大路货色。诱人的是胡老师有块自留地，从他家后院一直铺排到灌渠边，疏疏朗朗全是高高大大的木本花卉，成双成对栽着。有两株碗口大的山茶花，花开时千朵万朵同时绽放，锦云一片，煞是爱人；再有两株紫薇，树高丈余，满树繁花，如火如荼。紫薇又叫"痒痒树"，没事时我喜欢拿手指轻

第三章 从"狗公馆"到公安处大院

挠树干,枝条果真微微晃动,花枝乱颤。最稀罕的是一盆昙花。昙花种在一口粗大的瓦瓮里,安放在紫薇树下,大串大串肥硕翠绿的叶片沉甸甸的被细心绑在一根根竹枝上,叶片边缘上爬满了一个个圆鼓鼓的花骨朵。早听说昙花又叫月下佳丽、夜会草、鬼仔花……"昙花一现,只为韦陀",甚为凄美妖艳。往昔孤陋,这还是第一次见着真的昙花,对它的开放满是期待。

"就这几天的客了。"胡老师看出我心思,见怪不惊说。他管花叫"客",花开了是"客来了",花谢了是"客走了",细细一想,好有诗意。一天晚上,我正熟睡,胡老师摇醒了我。我揉揉眼,马上猜出了什么,急忙穿了衣服往昙花边跑。胡老师自顾回家,留我一人守在昙花前。皎月如钩,月光水银泻地般泼洒在昙花上,白皙丰腴的花骨朵一个个颤巍巍抖动着渐渐膨胀开来,一小丛雪白的花瓣儿探出头来,一片两片,娇嫩欲滴我见犹怜。还在惊喜间,一大团花蕊簌地绽放出来,温润如玉、洁白如雪,一根根娇嫩的蕊芯上金黄色的花粉烟一般飘散出来,暗香袭人,妙不可言!紧接着,一朵两朵,不到一个小时,整树昙花逐一绽放,像一只只高洁的仙鹤扑棱着翅膀掉落在我的面前,撼人心魄,心跳如鼓!我无法挪动脚步,直到露水打湿我的头发,花瓣依次像绢扇一样一一收紧,再不打开。

第二天再看昙花,叶片上只有一团团枯萎的花苞,仿佛昨晚啥也没发生一样。没过几天,我见大林突然有了精神,时不时溜出犬舍在附近的竹林、草丛里漫步徘徊。我兴冲冲跑去告诉胡老师,胡老师正慢腾腾沏他的罐罐茶。罐罐茶是甘肃陇南一带缺水的地方农

我的刑警往事

民喝茶的一种习惯，不知为啥胡老师学会了。胡老师有一个漆黑的生铁罐，瓷缸大小。他往铁罐里放上一把又粗又黑树叶一般的茶，倒上清水，放火上煎熬。茶叶煮沸一阵，差不多快熬干了才把茶水滗出来。每次只有一小口，又苦又涩。胡老师听我说罢，乐呵呵递我一杯。我抿一口，顿时满嘴麻木针扎一样。少顷又苦尽甘来，满嘴生津。想再讨一口，胡老师却自己小口啜了。

"这两天把门儿留着，是时候了。"胡老师抹抹嘴角，说了句云里雾里的话。

第二天早上，我在犬舍没见着大林。寻到灌渠一边的竹林，胡老师正拿铁锹挖一个坑。近前一看，大林已躺在竹林边咽气了。我帮胡老师挖好坑，胡老师把大林抱到坑里，一锹锹往坑里刨土……

"记住！小朱！聪明的狗是不会死在家里的。它得归山！"做完这一切，胡老师叨咕一句，头也不回回到家，继续熬他的罐罐茶。秋天，埋葬大林的竹林开出一大片石蒜，似火如血，红得让人瞠目。石蒜又名彼岸花，曼珠沙华。花开无叶，叶生无花。在花界中，曼珠沙华和昙花一样，也是极凄美的。

第三章　从"狗公馆"到公安处大院

公安处大院

年底，我和小何带着海啸和海浪回到万县。不久我被调入地区公安处，成了市里人。

地区公安处位于营盘和和平广场之间，门牌是和平路119号。大门正面一条小巷直通三马路和福星桥、校场坝。大院不小，除了地区公安处外，还驻有四川省第二检察分院和武警万县地区支队机关，大门斜对面一路之隔的是万县地区第二中级人民法院。几个强力部门鸡犬之声相闻，办起事来很是方便。

从公安处大门上大院有一道三十来度的斜坡，鹅卵石铺成，车况差或是技术差的司机和车很难一脚油爬上去。上到坡顶迎面是一个圆形的花坛，花坛里种着大蔸大蔸的栀子花、海棠、山茶花、罗汉松和紫薇，栽种无序却年头不浅，四季花开不断，郁郁葱葱；花坛对面是公安处主楼，主楼掩映在几棵硕大的法国梧桐树下，一楼一底，灰瓦青砖，楼道和地面是猩红色的木漆地板。院子里几幢同样墙瓦的独立平房分别是俱乐部、食堂、预审科、劳改科等单位。大院西侧是后期修建的刑警大队技术室和供单身汉过渡的"单身汉楼"。东侧是拖家带口的干部住的"红房子"，因全由红砖砌成而得名，大院子女大都从这里一点点长大。从单身汉楼到红房子，直线距离不过三五十米，却是院里人大半生人生历程的缩影。

我和小何还在成都狗公馆的时候，公安处在单身汉楼与武警支队之间修建了警犬室，在技术室后面修建了训练场。两个单身汉和

我的刑警往事

两条狗独居一个一楼一底的小院，让隔壁等着分房的单身汉或是结了婚还杂居在单身汉楼的人艳羡不已。

海啸和海浪的到来让公安处大院沸腾一片。从处长到大队长、科长再到家属，来看两条警犬的人来了一拨又一拨。刑警大队潘光鑫大队长、张骏副大队长干脆让我们带了海啸、海浪在大院表演了些坐卧立叫这些基本科目，我临时把一个训练用的实心球扔进停在院里的一辆解放牌大卡车车厢里，海啸一跃而起，爬上近两米高的挡板，衔下小球，博得满场一片惊呼。当天晚上，潘大队长余兴未尽，让人开了大队那辆美军二战时用过的军用吉普，带着我们和海啸、海浪到太白岩打靶场、西山公园五洲池、体育馆这些治安乱点巡逻了一圈。吓得那一阵出没于那一带的小流氓、小强盗、流浪汉四下逃窜，好一段时间不敢再去。

我们很快成了公安处大院和郊区太白岩、天生城、三湾一带常去训练的地方的一道风景，主角儿永远是俊秀剽悍的海啸、海浪，邋里邋遢瘦不拉叽的我和小何倒成了配角和陪衬。不过，海啸、海浪刮起的这股旋风没有持续多久，公安处大院很快归于常态。到底是管着下面九县一市公安局的大机关，这点定力和内涵还是有的。

公安处大院给我的最初印象不过是大了几号的万县公安局，办公区家属区混在一起，球场、食堂、公厕、小礼堂甚至猪圈啥的都没多大区别。时间久了才发现气象大不相同。

公安处大院在万县市地市级机关中最响亮的招牌是它的篮球队。那几年要调入公安处，打一手好篮球写一笔好字是绝对的敲门

第三章　从"狗公馆"到公安处大院

砖和打门锤。我还在成都狗公馆训练，突然接到一封由小何转来的信，让我给潘大队长亲笔写封信汇报下工作。我虽狐疑，还是照着写了。内容自然是字斟句酌，字也比平日写得工整。后来才知道，正是我这几笔字才让公安处领导拍板把我迅速调进公安处的。听说这事，我暗自好笑，这么选人还真有些买椟还珠的味道了。

公安处篮球队因为人才济济，球队在万县地区真是战无不胜，还一度是四川省前卫体协篮球比赛的冠军。唯其如此，公安处的篮球场便风云际会，每天欢呼声加油声不断。很多球队和球员跑到这儿来根本没想着要打赢一场比赛，只是想一睹公安处球队莽哥、小龙、赞新们的尊容，就近讨教一个两个动作。球场也没分个上班下班，反正是有人登门，随便拉几个出去就打。遇着有点看头的，处长科长也会放下手里的工作到球场边看看。球队球员才是公安处真正的宠儿，海啸、海浪不过是浮云。没过多久，我们带海啸、海浪去球场看打球，旁边人都懒得瞟几眼了。

单身汉楼旁边是公安处的公厕，公厕外一棵茂密的法国梧桐下是一处三合土嵌成的小坝子。每天我们会早早起床在这里遛犬、训练，不期然和大院干部们的一桩糗事撞了车。大院都是五六十年代修的老房子，没有卫生间，家家户户都备着一个搪瓷痰盂解决内急，拖家带口的还要备下夜壶才够用。每天倒痰盂夜壶是件很麻烦也很纠结的事，多少在外头威风八面喝五吆六的人在这件事上都要折腰丢份儿。过去天不亮，从处长副处长到一般干部都悄悄端了痰盂夜壶溜出来，趁四下无人蹑进厕所倒了秽物，唰唰几下洗刷干净匆匆回家，风雨无阻。路上要劈头碰见了啥人，互相之间断然不会

我的刑警往事

寒暄打招呼，实在抹不过去了也顶多含混几声各走各路，相安无事，互不揭短。这下好了，我们成天价在坝子上张牙舞爪龙腾虎跃的，干部们绕不开躲不掉。加上我们起得早，打乱了他们的生物钟，过去的节奏潜规则乱了套。常常三五几个端了痰盂夜壶的人撞了车，干脆放下痰盂夜壶互相递了烟，边看我们训练边说些不咸不淡的话。最后大概是处领导觉得这道风景实在不雅，力排众议把红房子边的猪圈拆了重修了一个厕所，这才解决了大问题。毕竟几头肥猪只是饱口腹之欲，倒痰盂夜壶事关面子架子，含糊不得。家属院和办公区混搭一起，这种糗事并不鲜见，也平添些乐趣。饭口上，常有某个干部的家属在楼下扯起喉咙不耐烦喊："某某吃饭了，未必还要拿八抬大轿来抬你呀？"正上着班，有干部急匆匆跑回家，原因可能是炖锅里的汤潽出来了。常常有婆娘在大院鸡一声鹅一声地骂男人，男人的脾气却格外的好，并不还嘴。公安处大院从上到下大都是"耙耳朵"，剩下耳朵不耙的也是"别个怕老婆，我老婆不怕我"的角色，"大哥莫说二哥，麻子点点一样多"，都不把糗事当糗事。

清贫年月，日子不是过而是熬。和沙河子一样，公安处大院里也常年弥漫着熬日子的味道。大门右边是公安处招待所，县里上来的人大都住在这儿。县里人实诚，到处里来一般是要带些土特产来的。忠县的豆腐乳乌羊老白干、云阳的水口面桃片糕、开县的广柑红橘、城口的香菌、梁平的柚子，公家送的私人拿的都要在招待所中转。送礼收礼的都不太避讳，一点小意思上不了纲上不了线。到了年底，大院的后勤和沙河子的后勤一样，也要到各县采购年货回来分发。我刚到公安处那年春节，大院从忠县一个水库拉了一车大草鱼回来，一条条小孩般大小，动用锯子一条条锯开，一堆堆码放在操场上，从处长到民警一家家按堆抓阄往家扛。警犬室是家属们来得多的地方，因为我们有一台日立牌冰箱，还是带双门的。冰箱是刑警大队办理刁守谦投机倒把案时收缴的赃物，绝对的稀罕物件。哪家有一时吃不了的肉啊鸡蛋啥的都往我们这儿送，还有家属兑了橘子水蜂糖水啥的拿来急冻成冰糕。为保证海啸和海浪的营养，公安处动用关系搞到两张回民食品证，凭证可以到肉联厂买到稀罕的牛羊肉。海啸、海浪也奇了怪，对这些没啥嚼头的牛羊肉并不感冒，偏偏喜欢杂肺猪肝筒子骨这样的硬货。不能浪费，我和小何就拿这些东西去讨大院那些阿姨大姐的好，任由她们拿了食品证买牛羊肉去。凭着这点小恩惠，家属们也乐意给我们当媒人，我和小何也都顺利找到了对象，解决了我们的个人难题。

刑警大队在主楼二楼，占着东侧的半边楼层。大队长、内勤、会议室占去多半，侦查员都挤在一间大屋里。刑警大队虽然早两年才从治安科分离，却是公安处除政治处以外最跩的科室，连历届内勤都慢慢熬成了处和科室的领导，地位之高可见一斑。没进过刑警队不算得真正进公安，这话是那些年公安中广为流传的口头禅，也是有识之士的共识。

公安处大院领风气之先的也绝对是刑警大队的侦查员们。侦查员走南闯北见多识广，说话做事举手投足总给人一种少见而多怪你还在这样他们已经那样的感觉。张骏副大队长和老周、老邓、华哥

我的刑警往事

几个老侦查员又是其中最牛的牛人，潇洒前卫，新潮到不行。他们戴卡西欧电子表，用气体打火机，抽老刀、大前门这些本地市面上少见的烟。开会聊天，时不时冒出几句天南地北的方言和笑话，让人忍俊不禁。一段时间他们穿有背帘的米色风衣，系纯毛围巾，戴软尼毡帽，一水儿的许文强装扮。他们带的包从军绿色挎包到猪腰子小包再到大哥大包再回到皮质挎包，总走在别人的前头。我们还在用配发的制式枪套时他们不晓得从哪儿已经搞到了美式腋下枪套，当我们搞到这种方便大方的腋下枪套时，他们裤脚一撩，手枪已经插在脚腕上了。也难怪，当年一般的侦查员还在挤客车轮船拖拉机的时候，他们就已经在办理刁守谦、牟其中、"2·6"专案这样通天的特大经济案件了。上北京下广东飞机来飞机去，去公安部汇报、秦城监狱审人像走沙河子一样，不服气都不行。他们的新潮常常给人以错觉，以为一个个只是玩花活的主儿，其实他们都是时而空中鸟时而林中豹的那种人，角色跨度大雅俗共赏，天生的侦查员。万县地区那几年的每一起大要案件都有他们的身影，刁守谦和后来名震全国的牟其中这样的投机倒把案还不算，经济犯罪案子再大还上不得台面。城口石新平、梁平万学红、万县张世清杀人案这些载入万县地区乃至四川省公安史册的案件，他们都是主力侦查员。这些案子一个个峰回路转、百转千回，没把金刚钻是揽不下这瓷器活的。

分管这样一群弄潮儿的处领导是副处长何风清，运斤如风的刑侦高手。他的很多招数让我想起刘队长，却比刘队长更有高度深度，本人也更有亲和力和号召力。潘大队长也是个不苟言笑的人，儒雅中带着尖锐。这样两个领导率领下的刑警大队，队风反倒比好多县刑警队更随和亲和，亦庄亦谐张弛有度。毛主席的"团结紧张严肃活泼"体现得淋漓尽致。

我初来乍到时很是忐忑，以为大机关必得低首下心，好生做几年"小媳妇"。谁知道，第一次开会便是要我"交喜钱"。原来，刑警大队有个专门的"喜事委员会"，主席一般由两个内勤担任，收支两条线。每次会前或会后，大家先自报喜事。谁谁小孩上了重点学校、谁谁立功受奖了、谁谁谈了朋友生了孩子，反正一切能和"喜"字沾上点边儿的事都要主动申报，按喜气大小向喜事基金缴纳一定数额的"喜钱"，喜事委员会入账管理。若不主动申报，一经有人举报确认是要加倍缴纳的。当喜事基金有了相当数额，且人马齐整，就找地方打平伙。从潘大队长到我这样的新丁一视同仁。我从县局调到公安处，自然是大喜事，大家一起哄，依质论价交了二十块钱。这简单的一起哄，我就融入了这个大家庭。后来几年，海啸破了几个案子，我立了功，获得"新长征突击手"光荣称号，交的喜钱还真是不少。我交过的最多喜钱是三百元。那是1990年我由八一电影制片厂推荐，获得广电部优秀电影剧本奖，我得了一万元奖金和一部佳能相机的奖励。这个奖含金量太高，且没有参照物。喜事委员会不好定夺，让我凭大气交喜钱。我一时兴起，直接交了三百块钱。大家都说我耿直，我也乐于享受这个团结和谐的氛围。

其实，刑警大队一年到头各忙各的，凑齐打平伙的机会并不多，能到个十之八九算是大团圆了。往往是喜事委员会焦眉愁眼向大队领导报告，喜钱太多该消消肿了。也难怪，刑警大队是公安处

我的刑警往事

的主力军,尖刀和拳头,立功受奖稀松平常,喜事连连,偏偏一个二个都猴儿样精,别人的一点喜庆事都给榨得油干水尽,基金爆满也就正常了。大队领导当然要想法让大家聚齐打堆。人一聚拢,刑警大队的另一项活动也正式登场了。啥活动?是曾经闻名九县一市警界的"选酒常委"。选举很公正,老少男女无欺。每人上桌三杯酒是铁规,然后一杯一杯接着喝,想喝则喝不喝退席,直到最后剩下的五个还在喝还能喝的人便是"酒常委",五个酒常委最后接受全体同志祝贺,大家共饮一杯酒,这届酒常委就正式产生了。要选上酒常委可不是件容易的事,我第一次选上酒常委可是喝了一斤半"尖庄"才勉勉强强挤进前五的。我当选的那届酒常委是刑警大队公认的实力最强大的一届,计有后来做了刑总副总队长的杨国民、华哥、胖哥等几个重量级人物,他们的酒量早已声名远播,相比之下,我充其量不过是突然杀出来的一匹黑马。其实,选这酒常委也是大队领导的无奈之举。那年头酒饭之局虽少,来来往往人来客去却很多,口腹之欲是一种待遇,领导喊这个不喊那个容易伤了和气。为求一碗水端平,民主选举最公道。有了酒常委,既能把客人的酒陪好,又少了挑来选去的麻烦,一举两得。我那时也是少年心性,每年都要去竞选,每年也能勉强选上。后来酒饭成了伤心之物大家都不想喝不想吃的时候,我却已经酒名在外,想推几杯都不行,肠胃因此遭了不少罪,受了老婆孩子不少的批评白眼。"一个鸡蛋吃不饱,一个名声背到老。"悔不当初。

"不赚伙计钱"是刑警大队每个人常挂在嘴边的一句话。公安处大院的卫生是分片包干到科室队的,旮旯角落没有死角。刑警大队的卫生区域是单身汉楼、技术室门前一大片场院。场院上有十来根同样有些年头的苦楝树，常年掉着硬币大小的树叶，不知名的小虫下雨般排着不知名的黏糊糊的液体。一天不打扫三五次就又脏又滑。大队没有排班也没有制度，哪个有空哪个拿了笤帚箩筐就扫，场院常年保持着清洁干爽，很不容易。每天清晨，总有人提早到办公室提了各家各户的热水瓶到招待所锅炉房打回滚烫的开水，提早把楼梯间办公室卫生打扫干净。一切都是那么自然，那么从容。大家都想着一个朴素简单的道理：你不做这些事别人就得做，你多做点别人就少做点，吃亏赚钱反正都是一家人。简单的道理换到任务上那就是流血流汗生死考验。地区公安处治下的那些年，印象最深的是涉枪案件特别的多。那时候似乎阶级斗争还没有完全结束，长短武器各个公社的武装部、一般单位的保卫部门都有。枪库简陋、管理混乱，动不动就有人把枪拖出来，杀人的杀人、吓人的吓人、玩耍的玩耍。公安处大院经常哨声警报声大作，我们也拖了枪，戴上钢盔、穿了防弹衣匆匆出门。到了现场，和平日里洒扫庭除一样，没见着人自己往后退把别人往前头顶的。

　　蓬生麻中，不扶自直。我能在人生的黄金年代忝列这个团队一员，实在是幸甚幸甚！

海啸和黑儿

相当长一段时间,海啸是公安处大院乃至万县市绝对的大明星。1989年一部电视剧《警犬海啸》让海啸成了万县市家喻户晓的名狗。这是万县地区最早由本地人编剧、本地人出演在本地实景拍摄的电视剧,主角"海啸"也由海啸亲自出演。主要场景在万县市的西山公园、王家坡、太白岩,万县的大周,巫山的大昌古镇一带。导演是峨眉电影制片厂著名导演毛玉勤,剧组摄像、制片、拟音等职员几乎囊括了《神圣的使命》的原班人马。公安处全体总动员,为这部电视剧制作出力出人。我和陈赞新、武小勇、吴中明等还出演了男二三号角色。剧组每到一处都刮起了一股警犬热或者是海啸热,观者如潮。大家最想看的稀奇除了女主角就是海啸了。

其实在此之前,海啸已经小有名气了。海啸长大后,完美体现了德国牧羊犬和中国昆明犬的杂交优势。它的头型、体型完全是一组SV(德国牧羊犬协会)德国牧羊犬的标准数据,毛色不是德国牧羊犬经典的黑背黄腹,而是中国昆明犬的草黄,身材也比一般德国牧羊犬高大,眼睛却是德国牧羊犬的淡蓝色。它蹲坐着剽悍威猛、肃杀凛然,奔跑起来,像一道金色的闪电,俊美飘逸。它的性格也完美糅合了德国牧羊犬温驯、忠诚、亲和和中国昆明犬胆大凶猛、忍耐坚韧的习性,静若处子,动若脱兔。1986年,四川省公安厅刑侦处举行全省警犬考核大比武,海啸的体貌得到所有专家的一致夸赞。胡老师作为专家参加了大比武,两年后见到海啸,也是啧啧称

第三章 从"狗公馆"到公安处大院

好。也不无遗憾说:"海啸要是尾巴再好点就十全十美了。"确实,我也早看出,海啸的尾巴是它的硬伤。外行看不出来,苛刻一点细心一点的内行人是能看到这个瑕疵的。海啸的尾巴不是德国牧羊犬最优美的"军刀"状,而更像一枝硕大的高粱穗子。

从成都回来后,海啸、海浪很快适应了川东地区的气候和环境,第二年春天我们又一起在三合监狱搞了三个多月的封闭训练。当年夏天,海啸完成了它作为一头优秀警犬的处女秀。六月底的一天,万县分水区的荆竹村发生一起盗窃案,罪犯掰断一老汉家的窗户木条翻窗进去盗走一口小木箱,小木箱里装着老汉一生的积蓄。现场周围没有更多住户,只有老汉三个儿子的房子呈品字形分布在老汉家三五百米开外的山坡上。老汉的大儿子小儿子对老汉都孝顺有加,唯独二儿子与老汉长期龃龉不断,互不待见。我和海啸赶到现场时已是深夜,老汉如见救星,捶胸顿足哭诉说:"神狗啊!就是我那老二搞的,你去给我咬死他呀!"先期到达的侦查员也认为老二可疑,只需让我把海啸带到他家直接把钱搜出来就行了。我没有答应他们的要求。我让海啸仔细闻了那根被掰断的木条,海啸嗅闻后很兴奋,在房前屋后埋头闻了好几圈后径直向老大家方向跑去。我紧紧跟上,侦查员们却不敢相信自己的眼睛,愣在原处等海啸"回心转意"。我和海啸到了老大家,海啸直接来到门前拿爪子把门板刨得呼呼作响。老大开了门,海啸闻闻老大的裤管,接着开始搜索屋子。老大开始还是一副泰然自若的样子,但当海啸搜到他家放泡菜坛子的小屋时,老大明显紧张起来。我暗暗摸了摸腰间的手枪,向跟上来的侦查员递了个眼色。海啸在小屋里突然呜呜叫了起来,我

我的刑警往事

跟进去一看，海啸正半趴在一个坛子前用爪子刨挖底下的湿土。我和一个侦查员过去搬开坛子，一处新挖的地面露了出来。海啸刨开泥土，一个小木箱露了出来。

初战告捷并没让海啸一战成名，而让它名声大噪的是另一起凶杀案。

1987年7月，万县孙家乡五通村发生一起杀人案。一个五十多岁的钟姓老太婆被人勒死，三十多元钱被抢。我和海啸到现场的时候已经是第二天夜里，现场已经勘查完毕，尸体也已经解剖。为了保证海啸顺利追踪，专门留了厨房没动。厨房灶头上有一只剩了小半碗米饭的土碗，分析是罪犯偷吃剩饭时留下的。海啸闻了土碗后，在现场周围寻找突破口，很快在附近竹林里衔出一根小竹棍。然后沿通往梁平县方向的大路快步跑去，追出近十里路后在一间茅草屋前停了下来。海啸等我和侦查员跟上来后，开始朝屋里叫起来。我和侦查员见木门反锁，便卸下门板，让海啸进去搜索。屋里没人，海啸跳上一张乱得狗窝一样的床上，从枕头边叼了盒火柴，跳下来蹲在我面前，像是说，这人就是罪犯了。访问得知，房主人叫夏克友，一个老单身汉。

第二天，县公安局传唤了夏克友，夏克友自然是百般抵赖。紧接着情况急转直下，有人说海啸在竹林里衔出的那根竹棍是解剖死者尸体时法医用过的，可能是沾染了血腥味让海啸有了兴趣。更让人沮丧的是，夏克友的指纹与土碗上的指纹不一致，紧急将指纹从梁平机场坐飞机送省厅检验，结果还是不一致。夏克友被立即释放，海啸和我受到空前的质疑。专案组在村里进行了半年多的侦查,矛头最终还是指向了夏克友。这时候才有人想起,土碗上的指纹并没有用死者钟老太的指纹去排除,没有排除的原因是尸检时并没有提取钟老太的指纹。没办法,是相信指纹还是相信海啸?只好开棺,再提取钟老太的指纹。比对结果,土碗上的指纹是钟老太的。专案组再次抓捕夏克友,几经波折,夏克友交代了作案过程:当晚,他潜入钟老太家,见锅里窝着碗热饭,便用抹布端起饭碗扒了几口。接着去卧室偷得三十多块钱,见钟老太熟睡,想上床奸污。钟老太惊醒后反抗,夏克友将她掐昏后用背带绳将其勒死。出门后,担心附近狗咬,顺手扯了根竹棍防身。走没多远,把竹棍丢在路边回了家。这个案子作为经典案例在西南政法学院学报《侦查》和南京警犬研究所《警犬》杂志上进行了讨论。海啸在圈内出了名。它的照片和案例开始频频出现在一些报纸杂志和照相馆的橱窗和影展上,声名远播,红极一时。

1988年春,我带海啸和黑儿去城口以战代训。在城口,我以海啸为原型写下了电视剧《警犬海啸》和中篇小说《军犬秋秋的仇恨》,两部作品让我开始了近十年的文学创作,让我的人生轨迹画了条诡异的弧线,也让我收获了格外的快乐和光荣。这不得不感谢海啸。

《警犬海啸》最初也就一部简单的类似于《警犬卡尔》的电视剧。第二年7月,峨眉电影制片厂准备投拍这部电视剧。我和峨影文学部主任赵尔寰在温江县的省文化厅创作基地改写剧本时,万县地区发生了震惊全国的"7·12"案件。巫溪县武警中队战士龙会川、李本明先后在武装部和县中队枪械库抢走五四式手枪一支、五六式

我的刑警往事

冲锋枪两支，子弹557发、手榴弹20枚，劫持县法院的一辆吉普车向开县方向逃窜，沿途杀害无辜群众十多人。地区公安处和武警支队组织公安、武警将两个罪犯拦截围堵在巫溪县金盆乡的一片玉米地里，通过一场激烈的枪战最后将两人击毙。海浪和另外一头警犬参加了战斗，我因为到了峨影，和海啸没能赶上这场惊心动魄的战斗。地区公安处卿恒处长到省厅汇报战斗过程，特地找到我和赵主任，要求我将这场战斗写进剧本。于是就出现了海啸最后在一次战斗中为歼灭持枪歹徒，掩护战友，嘴含炸药包与歹徒同归于尽的场面。我的第一个影视剧本因此搞得面目全非，却成就了海啸的更大光荣。

电视剧播出后，反响非常强烈，也不期彻底改变了海啸，最终让它大红大紫一番后又黯然退出了警犬队伍。

和海啸相比，我更愿意说说我的另一头警犬黑儿。它一生籍籍无名、命途多舛，从生到死充满悲剧。人生种种，世间种种，也难如此契合。

四川各地开始恢复警犬工作后，各地纷纷筹建警犬队，犬源一时非常紧张。一些地区靠蛮干搞起了警犬基地，用一些来路不明的犬种忽悠那些求犬若渴的兄弟县市，当时的内江地区就搞了这么个野犬基地。开县公安局私下派人到内江训练警犬，结果闹出了一件让人哭笑不得的事情。他们训练的一头叫"灰狼"的昆明犬母犬乘人不备溜出了基地，四下寻找不见踪迹。三天后灰狼自己回来了。正当基地松口气的时候，灰狼的肚子却一天天大了起来，一检查怀

第三章 从"狗公馆"到公安处大院

上崽儿了。纸包不住火，事情被反映到省厅和万县地区，地区责成开县分管刑侦的副局长周头儿和我去内江处理这事。我和周头儿到了内江，了解情况后，把驯犬员送回开县，我带这头偷情养汉的灰狼回地区公安处。处领导的意思很明确，家丑不可外扬，等合适的时间把灰狼处理了。如何处理，语焉不详。

灰狼被临时关在潮湿肮脏的隔离间里，有顿无顿吃些警犬队剩下的饭食，没人在意它肚子里还有一群小生灵。每当有人路过或者给它扔进点饭食，灰狼总要从门缝里探出头把尾巴甩得呼呼直响，一副可怜巴巴的样子。平添麻烦，我心里有气，很少搭理它。一天早上，我从隔离间路过，突然听到一阵低微的狺狺声，却没有看见灰狼。狐疑一阵，我推开臭气熏天的屋门。开灯一看，灰狼已经死了，但它那血淋淋、尚有余温的腹部和四肢却紧紧地拢着七个幼崽，每只幼崽都被咬断了脐带、舔干了羊水。我惊呆了。灰狼失血而死，却用生命的最后一息完成了一个母亲应该做的一切！我被强烈震撼了。一个念头涌上心头，我该替灰狼养大这些小狗。

然而，这一切几乎是不可能的。

一头警犬，需要名贵的血统、翔实的繁殖谱系，而这几个小东西却是一群不知父亲是何物的野种！要让它们步入警犬的行列，无异于把一个奴隶的私生子擢升为贵族子弟。好说歹说，出于我们地区犬源也是捉襟见肘的唯一原因，潘大队长决定留下两只观察观察，其余五只就地"处理"。不能送人，免省笑话。这是一次很艰难也很痛苦的选择！我抱起一只放下，抱起另一只又放下。最后，一咬牙，随便抓起一公一母两只幼崽儿出了隔离间。另外五只幼崽和

我的刑警往事

灰狼一道被人装进麻布口袋在公安处后院围墙下掩埋了。

两个小东西生来命贱，名字自然也不能取得太响亮。我和小何见它们灰白的皮毛上长着大块大块的黑斑就信口唤作"黑儿"、"黑妹"了。它们没有档案、没有户口，也没有肉食供应，全靠警犬队挤一点钱买一些少得可怜的牛奶、鸡蛋、鱼肝油喂养。它们一天天长大食量也开始大得惊人，我们就只好天天用米汤掺兑着牛奶稀饭喂这两张嘴。为了让它们吃饱，我和郊外那些牛奶场、屠宰场的老板们交上了朋友。出于好奇也出于同情，他们也隔三岔五送些过期变质的牛奶、下水杂碎之类的东西给我们。这样，黑儿黑妹倒还没挨着啥饿，海啸、海浪们的伙食也改善不少。随着它们一天天长大，我惊奇地发现，除了它们的后腿、尾型有一些家犬的痕迹外，头型、嗅觉、体质，更重要的是气质和灰狼一般无二。遗憾的是，它们出生时没按惯例注射必需的疫苗，四个月大时，黑妹染上犬瘟热死了。

黑儿转眼长大了。七个月大时，已经出落成一头剽悍的昆明狼种犬，身上的白毛完全褪尽，留下一身漆黑的皮毛，一个地地道道的黑儿了。可是它的身世和血统仍然受到人们和犬们的歧视和偏见。万县地区的警犬当时已发展到二十来头，德国牧羊犬、法国犬占去多半，次一点的也是海啸这样的"混血儿"。名字也洋气，啥"卡姆"、"马克"、"佐尔格"等等。相比之下，黑儿从形容到名字就很猥琐。亲历过养狗的人都知道，狗绝对是聪明的也是势利的，在这点上和人是没有区别的。所以警犬队这些"洋鬼子"和"准洋鬼子"大概也认为和黑儿这样一个"乡巴佬"、"私生子"吃住在一起是奇耻大辱，常常瞅空子一齐欺负它。小小年纪，黑儿还不懂得也没有力气反抗，被咬得遍体鳞伤的也只有躲进我的怀里瑟瑟发抖。但它的眼神从没畏惧、怯懦，反倒闪着仇视、不屈的光。正因为这点点光，让我对黑儿抱有始终如一的信心，我认定它将来会成为一头出色的警犬。

我的一举一动让海啸感觉到了危机。

海啸正值英年，如日中天，压根儿没把黑儿放在眼里。平心而论，和黑儿相比，我更喜欢海啸。毕竟它给我这样一个狗倌儿带来了少有的殊荣和风光。这种偏爱，明眼人一眼就能看出来，相信海啸也能看出来我对他的偏爱。但问题是海啸似乎并不准备让另一个家伙分享我半点宠爱，在它骄傲高贵的眼里，一头野种来分享主人对它的爱，简直是是可忍孰不可忍的事情。出于对我的敬畏，表面上海啸对黑儿只是嗤之以鼻不屑一顾，暗地里却想着哪天能置黑儿于死地。匪夷所思的事终于发生了。黑儿五个月大的一天，海啸趁我不注意溜出犬室，也不知从哪儿叼来一根肉骨头来到隔壁黑儿的犬室门口，摇头摆尾放在铁栏边。黑儿毕竟单纯，见海啸大哥今天这么慷慨，也摇着尾巴踱到门口，隔着铁栅栏伸出嘴想叼住骨头。哪知道刚伸出半个脑袋，海啸突然露出凶相，一口叼住黑儿的脖子使劲撕咬。我听到黑儿的惨叫声跑过来，呵斥开海啸时，黑儿的脖子已被活生生撕掉一大块肉皮，鲜血直流，再晚一步，黑儿就没命了。

有海啸带头，其他的犬就更加肆无忌惮地攻击黑儿了。黑儿屡受欺负，脾气开始变得狂躁起来。我琢磨长此以往不是办法，就又

我的刑警往事

把黑儿送到灰狼曾经住过的隔离间。不想,我因此铸成大错。

隔离间设在训练场后面的院墙边,原来是刑警大队法医室喂养实验兔子用的兔笼,阴暗潮湿,少有人来往。随着黑儿渐渐长大,我奇怪地发现,除了我它对任何人任何犬以至任何环境都持怀疑、敌视和不信任的态度,甚至除了我不吃任何人投喂的食物。那年12月,城口县武装部备用仓库被三个中学生盗走七九微冲两支,子弹三千多发,我带海啸去城口县追捕,四五天后才回来。刚进门,有人告诉我:"快去看看你那条杂种吧!几天不吃东西了。"我以为黑儿生了什么病,急忙往隔离间跑。远远一看,黑儿正费力把头伸出铁栅栏,用干燥的舌头一点点舔着屋檐上滴落下来的雨水,面前就放着一大盆杂碎,杂碎已经发馊发臭,它却瘦得皮包骨了。我喉咙一硬,几步过去放出黑儿。黑儿踉踉跄跄走出来,湿漉漉的脑袋蹭着我的裤管,可怜巴巴望着我,轻声哼哼着。"你他妈的是畜生还是人啊,你耍啥子脾气嘛!是畜生饿了不晓得吃啊?"我又气又疼,返身去附近馆子买了一斤米饭,烧了一大盆猪肝汤回来。汤饭还热得烫手,黑儿却一头扎进盆里,咚咚一阵吃得干干净净。它真是饿坏了。

后来黑儿的孤僻、暴戾更加不可收拾。"扑咬"训练,胆子再大的助训员也惧怕它眼里射出的凶光和那种让人毛骨悚然的咆哮。有几次,警犬队其他犬到隔离室附近方便时被它咬得体无完肤,尤其是那些过去欺负过它的犬,海啸也不例外。更让我难堪和恼怒的是,黑儿几次咬伤大院过往的警察和小孩,以至于大院怨声载道、谈"黑"色变。但是,黑儿对我的绝对忠诚,训练中表现出的绝顶

第三章 从"狗公馆"到公安处大院

聪慧让我欣慰。我一味地迁就着它，把它这种变态简单归咎于从小受到歧视和偏见引起的逆反心理，全然不知人们对它的积怨最终会演变成致命悲剧。

黑儿才刚满一岁零两个月就顺利通过了刑侦犬的全部科目考试，而且各项成绩均为一级。然而，上报省厅的报告却迟迟因为没有户口档案得不到批准，它只是警犬队一头没有正式名分的黑警犬。但黑儿的骄人战绩却让包括海啸、海浪在内的所有警犬逊色。它草根一个，从来不知道吃苦为何物，长期随我超负荷辗转于辖区各县追踪、搜捕罪犯却从不知疲倦。别的犬出现场吃不惯山区农村少油寡肉的玉米粥、洋芋坨，出发时我们总要带上午餐肉、肉松混在饭食里，黑儿却总能像土狗一样把那些粗糙的食物吃得干干净净。别的犬爬山越岭三五公里就要人拽着往前走，遇到险滩陡谷，还得我们背着、抱着，而黑儿总是健步如飞，拉带着我轻松跋涉……它总不让我操心费神，像一个听话懂事的穷人家孩子，默默地给我一次次的幸福和愉悦，从不向我索取什么。

黑儿辛辛苦苦破获的案子追捕到的罪犯都被平摊到海啸和其他警犬的功劳簿上了，它多次立下的战功并没有赢来人们对它的喜爱甚至是起码的承认。多年后，我还痴痴地怪着黑儿：黑儿，你就是上苍派来惩罚我这个驯犬人的，要不你为何对别人不可理喻的冷漠却对我一往情深，单单又在我享受到欢乐和喜悦后又如惊鸿飘萍般离我远去，给我留下一生的怅然和痛苦呢？

1990年初春，我带黑儿去川鄂交界的中山乡追捕一个流窜犯。那天，天出奇的黑，黑儿嗅过罪犯留下的脚印后撒腿往湖北的建南

我的刑警往事

方向追去，我紧紧跟上。跑出现场不到两公里，随行的侦查员都被我们远远甩掉了。我一手握枪一手握手电筒在羊肠小道上快步跟着黑儿。前面出现一个鹰嘴般的悬崖，小路正好从鹰嘴里穿过，我紧跑几步想和黑儿靠近点，突然我的手电筒倏地灭了，就在这一刹那，我来不及停住，一脚踏空，我喊了声"黑儿"便一头扎到崖坎下了……好在崖坎并不高，我还没来得及起身，黑儿纵身一跳，从崖坎顶上飞扑下来，重重地摔在我身边。我情知黑儿是发现我摔下来，也不寻路，直接跳下来了。我摸摸黑儿，想唤它带路上坎，继续追踪。从来不叫痛的黑儿哼了哼，呜咽着趴了下去。我连忙换了灯泡，揪亮电筒，顿时傻眼了。一根小树杈子生生地扎入到黑儿的耳道内，鲜血汩汩地流了出来……随后赶来的侦查员七手八脚把我和黑儿弄上小路，黑儿坚持着再追出十来里路，直到鲜血糊满了它的嘴巴和鼻子。黑儿实在追不下去了，负痛地哼哼着躺了下来。我和它被人从湖北紧急拉回了万县。

黑儿的暴戾怪癖再次让它吃了大亏。没有兽医敢近前给它检查，打针输液，我虽然尽全力给它治疗，最终保住了性命，但它从此落下了严重的耳炎，终日流脓流血。耳道的痒痛让黑儿更加暴躁，以致最后没法正常工作了。我知道领导一旦知道黑儿的病情后会是一个什么样的结局在等着它，所以一直隐瞒着，内心却一点点在滴着血。

祸不单行，几乎同时海啸也出事了。

《警犬海啸》拍摄期间，为保证顺利完成拍摄，海啸暂时让主演

第三章 从"狗公馆"到公安处大院

和剧组带着。剧组美女如云,海啸成天在脂粉堆里被宝贝一样搂来抱去,吃香的喝辣的,两个月下来,海啸彻底变了。再回到警犬队,海啸吃东西开始挑肥拣瘦,工作起来总是懒洋洋打不起精神,稍稍累一点饿一点就朝我哼哼唧唧的。最让我不能接受的是,它开始对我不理不睬,大院里来来往往的陌生人特别是姑娘美女只要一喊"海啸",它便摇头摆尾迎上去,大献殷勤。弄得我好没面子。这还不算完,我到底忘了胡老师曾经的教诲,警犬是不能随便吃香的喝辣的。剧组两个月,海啸的肠胃吃坏了,还莫名其妙染上了严重的鼻窦炎。嗅觉是警犬的命门,没了嗅觉它就是土狗一条。当年年度考核,海啸的追踪、鉴别没一样达到指标。黑儿的户口仍没解决,我让病中的黑儿顶替海啸参加考核,让海啸顶了黑儿挣下的一个合格名额,两条犬才又都拖了大半年。但随着海啸和黑儿的病情一天天加重,纸最终是包不住火的了。

"必须处理掉海啸和黑儿!"领导和我谈话后,严肃地说。好在我早有打算,海啸和黑儿有了个好的去处。

万县市一马路一带,无人不知胡德兴"胡祥娃"的大名,我管他叫"祥哥"。祥哥师传一手徒手接骨正骨的绝活,为人仗义疏财,小诊所求医问药的人络绎不绝。他喜欢养狗,我带海啸刚回万县市他就上门自报家门,讨些驯狗养狗的窍门。警犬队训练量大,人犬骨折脱臼啥的常有发生,找他也是经常的。一来二去,我们成了好朋友。祥哥在电池厂后门外的长江边有幢三层小楼,把海啸和黑儿送他那儿养老再好不过。才一说,祥哥求之不得。

海啸和黑儿就这样离开了警犬队,开始了"平民"生活。我心

我的刑警往事

纠结得慌，想去看看它们又怕见着了难分难舍，也想让它们尽快适应新生活，忍了两个月才去祥哥家看它们。它们被养在祥哥家的天楼上，祥哥新砌了两间舒适的犬房，四周繁花似锦，比警犬队条件好多了。一上楼，我看到不可思议的一幕。黑儿端坐在一丛茶花下，海啸站在一边，伸出长长的舌头在舔舐黑儿发炎的耳道，黑儿乖乖坐着一动不动，嘴里发出舒适的哼哼声……天涯沦落，丧家失主，两个昔日的"仇人"如今成了相依为命的朋友了。见我来了，海啸又是蹦又是跳的，黑儿却是一脸的沉静，眼神如深潭一般望着我，幽深而邃远。这是黑儿留给我最后的样子。

接下来半年多，我一直没找到合适的犬接海啸和黑儿的班，刑警大队指派我去云南选犬。深秋的云南，蓝天碧海，白云如絮，辗转几个警犬、军犬基地都没有选到合适的犬，我的心情如同冬日寒鸦。急火攻心，我躺在昆明警犬基地招待所的床上发起了高烧。昏睡中，我仿佛被裹挟在一片广袤无边的云山雾沼中上下沉浮，身不由己……云海深处出现了黑儿，我呼喊着"黑儿黑儿"拼命想追上它，黑儿却飞奔而去……

我病恹恹地回到家，祥哥当晚来看我，眼睛红红的。就在前几天，万县市由公安牵头开展了一次大规模灭犬运动。打狗队接群众举报，到祥哥家抓海啸和黑儿，祥哥向打狗队说了它们的身世。打狗队只同意留下海啸，它的名声实在太大了。黑儿没有任何检疫和户口证明必须带走。祥哥找到负责的两个公安苦苦哀求，两个公安死不松口。祥哥性情中人，哪咽得下这口气，咕哝了句："它也是为你们公安出过力的狗，俗话说'养狗有恩，打狗有报'，你们会有报

第三章 从"狗公馆"到公安处大院

应的。"就这句气话，黑儿更是在劫难逃了。祥哥又说，抓黑儿走的时候，一向刚烈的黑儿出奇的温顺，没半点反抗。直到被关进铁笼，甩上卡车，黑儿始终没叫一声，连祥哥也没多看一眼……

哎，黑儿，未必你是万念俱灰，但求一死么?! 假若这样，倒也遂你的心愿了。我叹口气，反倒安慰起祥哥来。

听祥哥说黑儿是和一些野狗一块儿被带到市郊鸭子沟水鬼岩下乱棒打死的，那地方我也曾去训练过，现在是不敢去更不忍心去了。来年春天，细雨霏霏，我憋不住叫上祥哥去鸭子沟看看。鸭子沟是天生城下一个小山涧，有条泥泞不堪的机耕道和公路相通。我和祥哥深一脚浅一脚好不容易走到沟底，稀泥早已磕满一脚一身。溪边有处平坦的草地，铁线草绿茵茵的。祥哥指着那片铁线草说，黑儿就是在那儿被打死的。一道飞瀑从水鬼岩上飞溅下来冲击起大团大团湿漉漉的雾气，鸭子沟沉浸在一片潮湿、阴冷的寂寥中，要不是萋萋的草丛中还点缀着一种红宝石一般晶莹剔透的花果，这儿实在是太清冷了……那是一颗颗蛇莓。蛇莓是一种野花，开在春末，初夏挂果，传说毒蛇喜欢在它的果子上吐唾沫，乡下人干脆叫它蛇泡儿了……蛇莓没有芒刺，没有花瓣，火辣辣、热烈烈，一个个圆圆多汁的小球，血浸一样的红和艳。它只开在这种阴冷潮湿的角落之地，当它冒着雨雾开放的时候，就像给一片阴冷、寂寞的草地上突然撒下了大把大把的红宝石。我的心被狠狠地刺了一下。当年在成都狗公馆，胡老师埋葬大林的竹林，也是这样诡异地开满了红艳艳的曼珠沙华！

不敢久留，匆匆开了两个肉罐头放到蛇莓丛中，逃也似的走了。

我的刑警往事

从鸭子沟回来，我彻底放弃了继续找犬的念头，相隔快十年后重新做起了侦查员。终日忙忙碌碌，祥哥那儿去得越来越少。偶尔去趟他家，海啸早已经被移到楼下他的诊所里。和大林一样，衰老的海啸已经很少有力气站起来了。见着我也只摇摇尾巴，翻眼看看，接着就沉沉睡去……1994年元旦刚过，我在巫山县接到祥哥的电话，急巴巴说海啸不见了，到处找没找着。我平静说，不用找了，它归山了。祥哥恍然。没过两天他告诉我，前天有人在两公里外的长江边乱石中看到一只大狗的遗体，顺手拖进江水里，顺流漂走了……

海啸、黑儿各死其所，人间的大悲大喜也不过尔尔。灵会无期，徒唤奈何！

大巴山：我的激情我的爱

1988年是我的本命年，我带海啸和黑儿到地处大巴山腹地的城口工作、训练，在这儿我开始了一段写作的生活，也收获了一段刻骨铭心一辈子的爱。悠悠我心，再无伊人。

城口我是神往已久的。20世纪80年代，文学梦是大多年轻人共同的梦。我在成都西门外狗公馆训练时，成都出了个叫黄放的文学青年，他写了部中篇小说叫《猎神，走出山谷》，影响很大，后来被峨眉电影制片厂拍成了同名电影。说实在，虽然是黄放本人改编，但电影却拍得很一般，在我看来，就是一部狗尾续貂之作。那年头的电影就是这样，无改不欢，成也使然败也使然。像李存葆的《高山下的花环》，竟有两个厂两个导演两个主演演绎的两个版本，都没有突破原著的影响。但《猎神，走出山谷》作为一部小说无疑是成功的。我问过很多同龄的文学爱好者，大都还记得它。

《猎神，走出山谷》的故事发生地便是城口，小说对大巴山风土人情有很多精彩的描写，让我很是痴迷。

那年的5月，正是"岭上开遍映山红"的时节，我受邀带海啸、黑儿去城口。一来压压黑儿的野性，二来让海啸给城口的一头新训的警犬做做示范。城口县局的张大举局长到公安处开会，顺道带我进去。当时进城口有两条路，一条从开县经温泉、北泉翻越雪宝山、三排山到城口县城；一条是《猎神，走出山谷》描写的道，从达县、万源翻越八台山，沿当年张国焘、徐向前建立的川陕革命根据地腹地大竹河到城口。论理我们要走前一条道，虽然险峻曲折，但相对近些，且都在万县地区辖区，进退有据。张局长礼节性征求我的意见，我却毫不迟疑选了后一条道。

即使有《猎神，走出山谷》这碗醇香的浓酒垫底，我还是被城口雄浑的山水深深迷醉。汽车沿大竹河边逶迤而行，随后盘旋而上，直达八台山顶。抬眼望去，莽莽苍苍的大巴山犹如一群群一队队黑压压硕大无朋的骏马，从车窗外远远的地平线上一路狂奔而来。群山苍莽连绵、壁立千仞,或昂首嘶风,或奋蹄扬尾,弄得我的心也像踏春的马驹,怦怦直跳。要不是同车坐着城口的同行,要不是还要保持地区来的人那份矜持,我一定得扑下车去,对山长啸一声:"你好吗,大巴山?"

风尘仆仆赶到县城葛城镇,安顿好海啸、黑儿,吃饭寒暄完毕已是深夜,倒床上酣然睡去。第二天,天还没亮,我还是被一阵阵清脆的鸟叫鸡鸣声给吵醒了。我有个不算好不算坏的习惯,那还是红卫山上养成的。除非宿醉,不然一定是早早起来,绝不赖床的。

县局为我在办公楼二楼专门收拾了一间房子,房间不大,但拾掇得很亮堂,连一道道木地板缝儿也给挑剔得干干净净的。推开两扇带搭扣的木格窗,眼前是大片大片收割后的麦地,麦茬子黄澄澄的,一群群鸟儿叽叽喳喳忙着觅食嬉闹,我只轻轻挥了挥手,鸟儿们便扑簌簌飞走了。麦地的尽头是一块插满秧苗的稻田,几只白鸭嬉戏着游来游去,嘎嘎叫着。一棵齐窗高的海棠树伸过一簇枝叶,叶子泛着醉心的绿。一股清新的山风夹着淡淡的柴火味儿扑面而来,洗心漱肺。只这一扇窗户已让我陶醉,风尘尽洗。索性穿上衣服,信步踱出公安局大门。

大门外是一座小山岗,岗上高高矗立着一座"苏维埃政权纪念碑",纪念碑昨晚路过时已经见过。拾级而上,举目四望,周遭岭岗绵绕,峰峦如聚,壁立如削,最高的山峰须得仰望方能望到峰顶。纪念碑周围空荡荡的,一下子还找不着北。见坡下是一条通衢大道,大道尽头是一条清澈的小河和一道索桥,心说那该是个好去处了。沿这条宽阔的葛城大道往小河走去,走了段路,望见索桥一头

第三章 从"狗公馆"到公安处大院

临河的街边全是一排排的吊脚楼，楼顶上缕缕炊烟随风飘散，风箱声、弹棉絮的弓弦声、油炸火燎声声声入耳，却听不见任何的喧闹和吆喝；石板路上稀稀落落有人走过，穿着古朴，背着背篼拎着竹篮，不紧不慢，怡然而从容。几家饭铺开着门，柴灶、蜂窝煤炉子慢悠悠吐着火苗飘着青烟，到处透着从容和闲适。不时有背着书包的儿童身前身后鸭雏扑水样跑过。我暗自喜欢。我对这种闲适从容古朴简单的小城有种与生俱来的情结，挥之不去。

上得索桥一问，这条河叫任河。凭栏远望，山色空蒙，岚烟纷靡，草树山花，谷风残月，虽与镇子滩水相连，却散溢着浓郁的山野气息。移步换景，更远处的山岭乱石间，星星点点散落着一些几乎和山坡融为一体的茅草屋和瓦房。袅袅炊烟从那些屋顶飘散出来，缭绕在草树山崖间，山岭白烟轻笼，欲晴欲雨，更加耐看。终不敢久久迷恋，初来乍到，还有工作等着，虽有不舍还是匆匆离开任河，往回走了。

接下来几天，我忙着接人待物，交往应酬，在干警大会上讲解警犬的使用和现场保护，指导城口的驯犬员老姜训练银山，这一忙，任河的"深度游"一时给耽搁了。捱到周末，我借故早早出门，带上海啸、黑儿，绕过索桥，径直奔任河深处而去。正是落红如雨，菜花漾金时节，婉转悠长的任河两岸竹浪泛绿，乳白色的晨雾纱帐般缠山绕树，葱翠的群山倒映在翠绿宁静的水面，好一幅浓淡相宜的水墨烟雨图。海啸和黑儿仿佛也被这般景象所陶醉，哼哼呛呛跑前跑后，欢喜得不行。我大大方方挥挥手，两头犬得令，呼地扑向河里，扑腾腾嬉戏起来。附近的山坡上是一个小村子，村子

我的刑警往事

靠山缘坡，稀稀落落的几户人家掩映在丛丛核桃、油桐和片片繁花正盛的梨树中。村子几个孩童，见着生人，呼啦啦跑过来，叽叽喳喳追前撵后，一张张被山风吹得红扑扑的脸蛋上，忽闪着一对对清澈黑亮的大眼睛。猛看见海啸、黑儿向我跑来，又都惊呼着跑开了。

我担心黑儿伤着村里人，忙带着它们继续往前走。走没多远，见河边一块硕大平坦的巨石蹲踞在水边，恰似当年红卫山上的那个癞疙宝。心中一喜，走过去几步登上巨石，不由分说便躺了下去。光滑温润的石板凉沁沁贴着后背，说不出的舒适惬意……日上三竿，雾气散尽，天空瓦蓝瓦蓝，朵朵云彩飘来散去，幻化无穷。时而如扬鬃奋鬣的骏马，时而如怒首长啸的猛狮，或是一湖璀璨的鳞波，或是仙女飘飞的裙纱……云朵也时不时和其他云朵摩擦、吞噬，像在激烈争斗厮打却也像久别的恋人一样耳鬓厮磨、缠缠绵绵。"常说白云苍狗、世事如棋，果不其然啊！"我心里叹说道。海啸和黑儿这会儿也玩累了，双双偎了过来，伏卧在我身边。不知不觉中，我沉沉睡去……

城口三个多月，说是工作、训练，其实也没啥正经事情可干。海啸已经大功告成，黑儿只需磨磨性子，银山是头聪慧健壮的法国犬，老姜又是个吃得苦，十分耐心的人，稍加点拨，效果就出来了。城口全县人口不足二十万，民风乡风古朴善良，每年的报警案件还不及万县市一个城区派出所的数量。也出过两个盗窃案现场，几乎警车一叫，警察一到，再闻听得有"神犬"来破案，罪犯便闻风丧胆，乖乖投案了。我乐得偷闲，野游四方的老毛病又犯了，成天价信马由缰四处游玩。去得最多的还是任河。

第三章 从"狗公馆"到公安处大院

也是合当有事,乐极生悲。有天在任河边训练、游玩久了,眼瞅着错过了饭口,我带海啸去一家小饭馆吃饭。饭店老板对海啸稀奇得不行,非要给海啸熬盆牛肉粥。我拗不过他的盛情,让海啸吃了。第二天一早去犬舍,远远闻得一股恶腥臭,我暗自叫苦,慌慌张张开了门。海啸病歪歪爬起来,一派衰怠萎靡,地上满是拉的稀和呕吐物。这种臭味我熟悉,那还是海啸患细小病毒时出现过的。县局得知,忙从畜牧局请来兽医,虽不能确诊,但病毒性肠炎是肯定的。兽医比照牛羊马的用药量配了药,打了针。我担心黑儿被传染上,送农场一间破屋隔离了。海啸服了药,仍不见好转,上吐下泻,虚弱得站起来的力气也没有了。再请来兽医,加大剂量调整药方还是不见好。四天头上,海啸滴水不进,最终奄奄一息了。我慌忙向地区公安处报告,领导一时也没辙,只嘱咐我好生看管,若再不行,就请县局把海啸紧急送回万县……见海啸这样子,我懊恼得不行却又无能为力。那天晚上,我把海啸抱回寝室,让海啸躺在床边地板上。夜深了,我给海啸灌完药准备上床,它突然睁开眼呜咽了一声。我知道,它是想让我留下来陪它……我只好在它身边坐下,它这才闭上眼睛,像是沉沉睡去了。可只要我一起身,它便又重新睁开眼睛,呜呜叫着。我见它这个样子,哪好撇下它?也顾不得脏臭,干脆把它抱到床上,挨着它半躺下来……后半夜,我终于顶不住睡了过去。突然间,我听得一阵窸窸窣窣的声响。睁眼一看,简直不敢相信自己的眼睛。海啸已经站在床下,正轻摇着尾巴,瘦削的屁股晃晃荡荡,和平日一般无二。我翻身滚下床,一把搂过海啸的头,紧紧贴在脸上……

我的刑警往事

早上,我带海啸去任河边恢复体力。解开牵引带,海啸便欢叫着跑到河滩深处撒欢去了。这时,天边燃起漫天的红霞,河水闪着点点红鳞,河滩上横生蔓长的铁线草也跳动着点点红星。正在这时,海啸箭一般从河谷深处向我跑来,俊美飘逸,宛若天神。我顿时如电轰雷击般站起来,一种前所未有的强烈冲动撞击着我,一组组掐头去尾零零碎碎的词句撒着欢儿蹦蹦跳跳扑面而来……

……

我慌忙掏出随身带着的一个小本子,心急火燎地草草记了下来。回到宿舍,我摊开稿纸,埋头写了起来。几天后,我的第一部中篇小说《军犬秋秋的仇恨》脱稿了。这是部描写抗战时期随枣战役期间,李宗仁将军领导的第五战区中国军队训练军犬对抗日本骑兵,神出鬼没,浴血奋战直至最后一人一犬的传奇故事。这段历史尘封已久,我一直想把它写出来,但苦于笔力不足,多次动笔没能写下去,囫囫囵囵总不得法。殊不知机缘巧合,在任河边灵光闪现,竟运笔如神,一蹴而就。

幼功难废,故技不弃,我并没有在这条路上走更远。这些意外的收获没有也不足以让我沾沾自喜,更无法让我沉湎于此难以自拔。因为我知道,红卫山依旧像图腾一般神圣地站在我精神和灵魂的高处,让我迷醉让我五体投地。

但是,即便我能忘记苍莽大巴山、清清任河水带给我的灵光闪现,但她们带给我的一段燃烧的激情却是终生难忘了!

任河,我更不能忘却的是,我还在这里收获了一段镂骨铭心的经历，一段童话般纯洁的秘密爱情。

　　自打在那块我还叫作癞疙宝的巨石上躺过一回后，再去任河，我总要爬上去坐一坐，躺一躺。开始写《军犬秋秋的仇恨》了，头天晚上写好的章节第二天早上也总要带到那儿改一改。癞疙宝的脑袋搁在水中，尾巴却深深地嵌在岸边的石壁里，一棵泡桐树歪着脖子从石壁缝里探出头，遮蔽着癞疙宝的一角。正是桐花开花时节，大团大团粉紫色的花朵密密匝匝挂满枝头，蜂虻嗡嗡嘤嘤，石板上总要铺上一层落下的花朵。五一节这天，县局放假，我睡了个懒觉，只带了海啸到癞疙宝。我把写好的草稿扔在石板上，和海啸去河滩上玩儿去了。快到日头当顶，我回到癞疙宝，一下愣住了。泡桐树下坐着一个姑娘，光着脚丫，挽着裤管，正手捧那篇稿子看得入神。看穿着打扮，不像是村里人，却又从来没见过。我拍拍有些警觉的海啸，慢慢踱了过去。姑娘听到动静，抬眼看看我，脸上掠过一丝惊诧和歉意随即便大大方方笑了。她随手放下书稿，拍拍屁股站起来，旁若无人地整理起衣裙来。她的不屑让我有了些想调侃她的冲动，便讪笑说："随便看人家的东西不礼貌吧？"

　　"风翻得，蚂蚁踩得，我咋就看不得？"姑娘瞟了我一眼，讥诮道。只这一说，无疑就让我视她为天人了，不禁把她细细打量了一下。姑娘个子不高，也不算漂亮，但面孔白皙，眉清目秀，浑身上下透着一股淡雅却又略显狐媚的气质，如一池碧水中一朵略染风尘的淡红睡莲。"不用这样打量。自我介绍下，我叫吴童，不是梧桐是吴童，童心未泯的童。就在这附近住，你呢？先生？"吴童指指头上的桐花又指指不远处山梁上一个绿树掩映着的瓦房说。

我的刑警往事

"先生？"我嘟囔一声，故意不马上回答。吴童占尽风头，我得杀杀她的锐气。慢慢收捡了书稿，我重浊道："我可不是什么先生！葛城镇一个养狗的！"

"哈哈！好一个养狗的。"吴童也弯腰从石板上捡起一个竹篾做的扇子一样的东西，手一挥，一只马蜂应声落地，却原来是一把苍蝇拍，"你是喂狗的，我是养蜂的，扯得平。"见我狐疑，她用苍蝇拍子挑起死去的马蜂说，"马蜂！专吃蜜蜂的！讨厌得很。"

"呃！养蜜蜂的呀？那你干的可是甜蜜的事业啰？"我忍不住有了兴趣。想要继续搭讪，吴童却拎着鞋子，往癞疙宝下走。走过我和海啸身边，随手摸了摸海啸的头。下到河滩，她穿好鞋子，回头说："喂狗的，有空到我家坐坐，别带你那条黑狗，好丑！"

我呆若木鸡。

吴童让我难以释怀，一种想再见着她的冲动挥之不去，却不想马上见她，让她看轻了自己。捱过几天，我真只带了海啸，背了训练用的追踪绳，装作一副训练途中顺道拜访的样子。绕过癞疙宝，翻上山梁，到了吴童说的她的家。她的家是一溜三间土墙砌就的瓦房，房子让几株高大挺拔的刺槐树、核桃树簇拥着，很是清凉。屋檐下，十来个饭甑样的老式蜂箱整齐码放着，蜜蜂嗡嗡嘤嘤，飞进飞出，好不自在。房门大开，却不见人。东瞅瞅西看看，见屋后长着棵稀奇古怪的老树，高标挺然，上侵霄汉，挺拔苍老却不乏绿意，从没见过。摸着树干正在发愣，吴童不知从哪里钻了过来，拍拍树干，轻描淡写说："这树叫作檬籽，没见过吧？大巴山稀有树种。据说比水杉、银杏、珙桐这些树还稀罕呢。"

第三章 从"狗公馆"到公安处大院

到底我是来做客的,吴童似乎没了那天逼人的架势。端了把竹椅放洋槐树下,让我坐好,面前凳子上放了核桃、柿饼,最后端上一杯蜂糖陈皮水。一口喝下,满嘴生津。不待我问,吴童却主动娓娓道起她的身世来。原来,她就在万县市上班,这儿是她的老屋。母亲早年去世,是父亲带她长大的。父亲是村里的代课老师和赤脚医生,也养了几十年的蜜蜂。他早年教过的一个学生在南方出息了,生死要接他到南方去玩玩。父亲放心不下屋里的蜜蜂,又拗不过学生的一片好心,吴童正好公休,听说这事,直接就回来了。海啸、海浪回到万县市,满城轰动,她自然也是知道的。她的单位在太白岩下,我们常去岩上的虎头石下训练,从她办公室的窗户能看得清清楚楚。一说,她连海啸、海浪和黑儿的名字都叫得上来。绕了一大圈,却是他乡遇着半个故人,说话就随便多了。"据我所知,地区来的人很少有在城口待上一个两个礼拜的,你好像很忘情?"吴童重又调侃起我来。我直白说:"相忘于江湖算个理由吗?"她怪怪地看着我,诡谲地微笑起来。吴童总是喜欢先怪怪地看看你,接着再大大方方说话。她说:"你年龄那么小,哪来啥江湖?"我揶揄一笑。其实打我第一次见吴童,一眼就看出,吴童表面上的洒脱后面其实隐藏着一种无法排遣的落寞,我几乎脱口而出:"我看你也不咋样!明明比我大不了多少,却老是装一副老江湖的样子!"她大度地笑了笑,拢了拢头发,从头发上抽出根发夹叼在嘴上,话就含混不清了:"女人出老,我比你大三岁,那就算沧桑了。"她把头发尽力往脖子后面拢,再用发夹别上。不经意间,腋窝下两小撮淡黄色的腋毛露了出来。我顿时口干舌燥,渴得不行,万难忍住。打理好头发，她双手抱膝，抿嘴微笑着静静地看着我。头顶洋槐树树叶筛下片片阳光斑斑驳驳洒在她脸上，让我不忍卒睹。这样诙谐轻松的谈话，这样的美景美人，仿佛有一双巨大无形的手在把我们往对方的怀抱里推。突然，玉淑的脸没来头地在我眼前突兀一晃，只一晃，我神经质般站了起来……

以后，我们还是老在癞疙宝见面，有搭无搭说些话，争执些无关痛痒的话题。比如，她管癞疙宝叫元宝石，说她五岁就给它取这名字了，她要管我叫哥，我叫她妹，我自然不依，于是便唇枪舌剑。更多的话题还是围绕着那部小说和那条叫秋秋的军犬。她让我把草稿给她，她带回家一个字一个字誊得端端正正的交还给我。遇着誊写的那段恰好是悲壮伤感的章节，她会情绪低落，眼睛也是红红的。我惊奇地发现，她写的字从形到神和我写的字竟别无二致。外人不细看，还真看不出是出自两个人的手。我没点破，点破这事就俗了。想她自然也是明白的，也不说穿。她从不擅自改动半个字一个标点符号，遇着她感觉有误有疑问的地方，她另拿了一张纸，标注好某页某行什么问题。对照一看，还大小有些问题。我怂恿她做我的"一字之师"，大胆改动。她总摇头，并不照办。这般的默契和相投，我却不敢往深处想，心说这么短的邂逅和相处能发生什么美丽的故事么？我不能不防备这是否又是和玉淑一样的又一场劫数呢？遗憾的是，我似乎又根本无法掌控和吴童的接近。常常是心里说着别去，腿脚却不自觉地往任河边走去了。

一天，吴童破天荒到索桥边迎着我，喜气洋洋说她有个远房亲戚今晚嫁女，问我要不要去听哭嫁。哭嫁是大巴山一带的风俗，女孩从小就要偷偷学，好到出嫁这天表演一番。我满口应承，接着又犹豫了。吴童看出我心思，拉拉我胳膊，有些坏坏地说："就当你是我男朋友行不？反正农村的灯不亮堂，看不出我们有代差的。""你不这么说，我还犹豫，这么一说，我倒要去看看你那些亲戚觉得我们般配不？"我赌气把海啸带回犬舍，换了身利索点的衣服随她去了。

吴童的亲戚家就在县城后山的半山腰上，从亲戚家的院坝往下看能看见葛城镇满城灯火。我和吴童气喘吁吁爬上山腰时，已是掌灯时分，早有"支客师"迎上来递烟引领。按路上吴童吩咐，我只管满脸堆笑，不说多看。支客师带我落座，吴童去随礼。听得支客师大声吆喝："良辰美景，六亲会齐，主家门高户大，远近闻名，礼上礼金二十，不成敬意，笑纳笑纳！"支客师话没落音，吴童也还没回我身边，听得里屋有姑娘呜呜吱吱地哭了起来，却转而哭成了唱：

"韭菜开花一二薹，背时的媒人天天来；胡豆开花绿茵茵，背时的媒人嚼舌根；豌豆开花荚对荚，背时的媒人想鞋袜；板栗开花球对球，背时的媒人想猪头；你做媒人想喝酒，山上的猴子哄得走；说活我的爹和妈，媒人死后变牛马……"

听得出，这是新娘在骂媒婆了。接着哭姊妹、哭乡邻、哭舅舅舅妈七大姑八大姨，直哭到后半夜……天边亮起一抹鱼肚白，我们辞别主家，踏着氤氲的晨气往回走。半弯残月悬在乳白色的天幕上，仿佛一条荡漾在苍碧大海的小船儿。熏风温柔，习习的晨气里夹着一股股沁人心脾的豆麦蕴香。也许是听了一夜哭嫁，情绪灰败，我们一路无话。下到任河边，天已大亮，该分头走了。吴童停住脚,伸手替我掸了掸肩上的落叶。她离得很近,气息还没调匀,喘出的口气兰香样哈进我的鼻孔里。不知哪来一股勇气,我一把搂住吴童,鸡啄米似的在她唇上吻了下。吴童愣了片刻,突然捂住脸抽泣起来。我顿时慌了神,结结巴巴检讨说不该欺负她。吴童哭着哭着,放下双手,脸上又竟然挂着笑了。我正纳罕,她拉过我,慢慢把脸靠我肩膀上,喃喃问道:"你真的爱上我了吗?你怎么就爱上我了呢?你怎么说是欺负我了呢?你不知道能被人爱的姑娘有多么幸福吗?只是我已经有了男朋友啊!"吴童说罢,拿手轻抚一下我的脸颊,挥挥手走了。

有了那鸡啄米似的一吻,再见面时我没了往昔的泰然和自在,吴童尽力想营造一种自然的氛围,也总是失败。好在没几天,她父亲回来了,她也该回单位上班了。吴童走的那天我赶到车站,没好当她父亲的面告别,只远远向她挥了挥手,装一副若无其事的样子。当客车驶出站口,吴童从我眼前一掠而过时,我感觉自己的心游丝一样让人给抽走了……以后一段时间,我觉得待在城口已经失去了任何意义,自己的心已经在任河边迷失了。

回万县后,很快和吴童又见了面。以后有了电话、传呼,联系更加方便。只是再没了任河边元宝石上的那些话题那种情怀,无非聊些人情世故、天晴落雨盐咸醋酸啥的。偶尔遇着场面上的事,喊她出来应应景,只要没事,也总能如约到来。脂粉全无,落座莞尔,总让我身边人磨不开眼。她很少提及她的男朋友亦是她后来的丈夫,我也很少说家里的事。鸡零狗碎的也还能拼出些她的家事来。她丈夫和她是在成都读大学时认识的，现在留在成都，开了家公司，好像做得风生水起的。不知为什么她没跟去成都，也一直没要孩子。似有默契，我不深问。因为各种原因，曾经有一段时间，我内心苦闷，消极颓废，常常醉得一塌糊涂。酒醉后总要找人胡说，没少给她打电话，说些自己都记不住的话。只要方便，她总耐心听完，第二天发几句少喝酒多吃菜多喝水之类的短信。很体己，却并不劝我别再喝傻酒也从来不主动给我打电话问我在干什么。

我在大案大队当大队长那年，好几个大案搞得我们焦头烂额，愁闷之下，酒是喝得更猛的了。一天，我们大队连续加了几天班，案子搞定，晚上放开肚皮胡吃海喝，一个个都醉醺醺的了。中途上卫生间，一看有好几个未接电话，都是吴童打来的。我心里咯噔一下，酒也醒了不少。她要没要紧事是不会在这时候三番五次打电话给我的。忙调整好气息回了过去。电话里吴童幽忧地说："我当你是不回了。你再不回，只怕再见不着我了。"我心里又一紧，急忙问怎么回事？吴童那头沙沙地说："你总是忘了我说过的话，我明天去成都……我给你发了个短信的……"我急忙翻看短信，却是一首小诗：

愿你的忧伤

在我的抚慰下变为欢悦

愿夜的哭泣

不再缠绕在相思树下

愿我的欢乐

点染你心情

我的刑警往事

愿风的呜咽

不再咆哮这多雨的季节

……

我急忙说话，吴童那头却挂了，接着怎么也打不进去了。我这才想起，前一阵子吴童说她要去成都做全职太太，我没当回事，该不会是这就去吧？我心里一慌，忙给她发了几条抱歉的短信。最后一条说："你如果不回电话，我这就上你家里。"苦等一会儿，吴童还是没回话。我朝端着酒杯过来找我的几个小兄弟吼了几句，一溜烟往西山公寓跑。吴童住在那里，我送过她一次，具体哪栋楼却不知道。到了西山，细雨淅沥，我站在雨里再拨电话，仍是不接。便发了条信息：

"吴童：无论如何我要见你一面。见了这面，死了我也心甘。我就在西山，你不会让我在雨中一栋一栋去打听吧？"

过了一阵，电话响了。吴童责备道："你发什么神经？生离死别似的。合着我走了，还要落个骂名么？五栋三单元四号，爱来不来。"

我慌慌张张找到那里。真到了房门口，还没举手敲门，却迟疑了。胸口咚咚直跳，喉咙发干。正犹豫着，门却开了。吴童倚在门边，露了截粉红的睡衣。我舔舔嘴唇，蹑了进去。

房子不大，陈设也简单，处处透着独住女人的散淡和冷艳。我感觉手脚发僵，没地方放了，除了眼珠子滴溜溜转，大气不敢出。做贼心虚！脑子里冷不丁冒出这么个念头来。"坐呀！没带屁股来

第三章 从"狗公馆"到公安处大院

么?"吴童削了个苹果递给我,嗔怪说。

我嘿嘿笑着,无话找话问:"东西都收拾好了?"

吴童说:"一个净人,有啥收拾的?家具啥的都留给买房子的人了。"

一时无话。我手里捏着那只苹果,啃也不是放也不是。吴童把玩着水果刀,胡乱在茶几上划着。一股淡雅的兰香不知是从茶几上的黄桷兰还是从她的身体里飘出来,我的心越发痒痒的了。半响,我们互相看了眼,又都一齐转向了窗外。窗外小雨细密如织,一棵年月不浅、壮硕粗大的黄桷树巨大的树丫密密匝匝地遮掩着窗口,灯光映照下,黄桷树肥厚的叶子泛着湿漉漉的光点,星一样闪烁着。吴童幽幽道:"你总是这么喝酒,真替你担心。想着走的时候单独和你喝瓶酒的,你又应酬去了。"

我打起精神,故意夸张说:"你准备了什么酒,拿来喝了就是。今晚是和队上的小兄弟喝,没人敢劝,也没喝多少的。"

"说到酒,又来劲了。"吴童娇嗔一笑,起身去了厨房。我三口两口吃完苹果,吴童一手拎瓶红葡萄酒,一手端了盘凉菜出来了。转身拿了杯子和冰块,每人倒上一杯。我想说点什么,吴童浅浅一笑说:"啥也不要说,说了就俗了。"

"好!无声胜有声!"我们举杯一碰,干了。我给自己倒上一满杯,给吴童倒了小半杯,举杯和她又碰了。待要再碰,吴童挪了凉菜过来,把筷子递到我手上。又随手从果盘上拿些杏仁、开心果什么的零嘴摆到桌上,说:"吃点东西,别光顾着喝酒。就这一瓶,喝了就没了。"

这么一说，我不免心生良宵苦短之感。有意慢慢吃些零嘴，涎着脸说："吴童！你让我上你这儿，却就一瓶酒。安心留我个念想么？"这话有点晦涩，说完就悔了。

"我只担心你的胃，哪想着要一醉方休呢？"吴童拿杯子和我碰了下，返身去厨房又拿了一瓶酒，往茶几上轻轻一放，叹口气说，"我一走，嫂子又懒怠管你，只怕你更是放纵。也好，我眼不见心不烦了。"

吴童一说，这些年的点点滴滴一下子涌上心头。我心一酸，喉咙便硬得生疼。闷头喝了一杯酒，我说："早知道你明天走，我是无论如何也不去和兄弟们喝酒的。你当我今晚喝了这酒，从此不再端杯子，也该让我多喝点的。我记着你的好，只是好像人在江湖，身不由己啊！案子一个接一个，压力也是真的大。偏偏我又是个没心没肺没出息的人，每次喝醉了难受了就想起你的话，每次都要骂自己，赌咒发誓不再喝醉。稍稍好一点，酒杯子一端，又啥都忘了。吴童！横竖你以后看不着我了，也就不担心了。我原本也不该你这么上心的。有时候，我都感觉自己不是自己，醉生梦死、一了百了……"

"不许你这么说！你说什么呢？在我的眼里，你永远是那个牵着海啸、黑儿，任河边风一样跑着的人呀！"吴童猛地抓住我的手，眼里溢着泪光，伤感说，"什么东西能够把岁月和记忆抹了去呢？我是不能的呀！这么多年我一直自己欺骗着自己，也伤害着自己！我甚至都不知道我去了成都，是不是最后还是要回到万县市呢？"

我惨然一笑，想说点什么。电话却响了，是爱人打来的。吴童松了手,我接了电话。原来是丫头上幼儿园的事要和我商量。我打起精神,说:"不是说好上电报路幼儿园的么?该缴好多费用就缴好多吧。"还好,爱人也是这意思,说了早点回来就挂了。放了电话,我们重又无语。我又闷头喝了几口酒,听得吴童哀怨般问:"你从来没问过我老公的事,是不关心还是有意回避呢?"

"知道了又怎样呢?人说'悔不相逢未嫁时',我可是'悔不相娶未嫁时'哟!"我苦歪歪说。

"你错了。我和你认识的时候,我已经不是个姑娘了。"吴童自己喝了杯酒说,"我在成都读大学的时候,喜欢去春熙路古董市场给爸爸淘旧连环画。爸爸喜欢收这个,我甚至怀疑当初爸爸选择让我上成都读书就是为了方便给他淘旧书的。因为经常去,那一带的人都认识了我。我先生那时候已经工作了,经常骑了辆当时还不多见的野狼摩托到市场转悠。也不知道他是淘东西还是玩。终于有一天,我花两百多块钱买了套1977年版的四大名著时,他过来说:'小妹妹,像你这样的人是不应该到这种地方来淘宝的。'我问他为什么。他说:'一眼看出你是个不世故、不精明的人,这样的人卖家首先从心理上就打定坑你了。'那天他陪我转了成都好几个古玩市场,教会我好多有关淘旧书的常识,掏钱为我买了几套连环画。晚上,天下起了雨,我们坐在武侯祠外等雨停。灯光下,他站在我对面,静静地看着我。仿佛有一双巨大的魔掌在推着我一样,当他提出让我随他去他家时我一句话也没说……到现在为止,我一直不怀疑这点,他的确是一个优秀的男人……但你不知道,我设想过我们之间所有的一切,甚至设想终有那么一天,他会离我远去,远到我无法企及！但我唯独没设想到这一点：优秀的男人是靠不住的！他有太多的欲望需要宣泄，却绝不容许我说出离开他这几个字眼！这也是我为什么一直不愿意去成都，心甘情愿待在万县，在别人手下洒扫庭除、端茶递水的原因之一……再就是，我舍不得你呀！"

我背心一凉，脑袋沉甸甸的。勉力点了支烟，喃喃道："在城口为啥你不依了我呢？"

"那时候我已经不是姑娘了！而且比你大了不少。那样做太自私，对你也不公平，不是吗？"吴童伸手要过一支烟，也点上说，"为这事，我曾经像猜硬币的正反一样赌过的。你猜我是拿什么赌的？"我摇了摇头。

"你是忘了。我却是永远都记得。"吴童说，"记得元宝石吧？那一次，我们在石头缝里看见一根幼芽。我说是树苗，你说是野草，为这个我们俩争得面红耳赤的。你或许说过就忘了，我却是用它来打了个赌的。我猜想它该是棵树苗，而且是能开花的花苗。如果它长大后像你说的那样是棵野草的话，我就安心嫁给我先生；假若它是棵开花的苗，我就大胆向你说出这一切！看你还能不能娶我。为了这个，我几乎天天跑到那石缝边去看。下雨了我用树叶把它遮掩好，太阳大了我给它早晚浇水。离开城口的时候，我让爸爸接着经佑它。终于有天，爸爸打电话说它长大了，变成了一株漂漂亮亮的黄桷兰，并开出了第一朵花！我却没有兑现我自己许下的诺言，只让爸爸把它移到花盆里带到了万县市。每到这个季节，我都要摘几朵放在我身上，你就能闻到黄桷兰花香了……黄桷兰服不了成都的水土，我带它不去。你把它带回去，好生养着，也当是我给你留的这么个念想好了……"

原来如此！吴童为我熬了这么多个百转千回的日子哟！自己却是一点也不知道呀！心里越发地堵得慌。假若这会是个没人的地方，我一定会痛痛快快地哭上一场的。我举了杯子，嗫嚅着说："吴童，谢谢你！原谅我是个粗人。我心底里记着城口那段日子，却一直以为你心里根本没有我……只道你有个幸福的家、有个爱你疼你又那么优秀的老公……我不过是个随波逐流、风里雨里的小刑警……我当是你早忘了我的，我真的也不值得你这么记着我……我要早知道，我不会错过你的……我、我们喝了这杯吧！"

吴童举了杯，可怜见一般望着我。万难碰了杯，一仰头喝了。杯子还没放下，她身子却一歪，草垛样倒伏到我肩膀上，泪流如注。哽咽说："哥哥，你再叫我一声妹妹吧！我总喜欢你叫我妹妹的！"

"妹妹，吴童妹妹！你既是走了，也没了那些忌讳，就当我是你哥哥吧！"我再也忍不住，泪水滚出眼眶，大颗大颗地滴落到吴童的颈子上。她瘦削的肩膀和鼓鼓的胸膛颤抖着抵住我的前胸，一会儿泪水便洇透了衣襟，暖暖地贴着我的肩膀。我再说不出什么安慰的话，只把她越抱越紧。

半晌，吴童放开我，擦擦眼泪，拢拢头发，羞涩一笑。惶惶地说："我怎么这么没出息呢？我告诫过自己不要哭的……本来衣服就湿了，这会儿更湿了。你去冲一冲，让我把你衣服烘干了再穿吧！"

我想说没事，终没说出口。缓缓脱了衣服递给吴童，慢腾腾进了卫生间。卫生间弥漫着一股让人迷醉的香味，打开淋浴，才想到

我的刑警往事

在这儿能洗啥澡呢？任由热水哗哗流着。估摸着吴童把衣服处理得差不多了，这才又磨蹭着走了出来。衣服烘干了放在花盆边，人却没了。一定去卧室了。我顿时心跳如鼓。推开卧室，吴童却穿戴齐整，站在床边。"拿上花盆走吧。我叫了出租，早上六点的车我就走了。"吴童淡淡地说。

"吴童，我……"我抓住吴童的手想说些动情的话，说出的却是，"我、我能送你去车站么？"

"不用送！时间不早了！嫂子会担心的！"吴童推开我，虚冷无力地说，"你要是真心对我好的话，现在就走吧！再过一会儿，我恐怕连叫你走的力气都没有了！"

我慢慢松开手，一步步退回客厅。吴童"砰"地关上门，接着噼啪一声反锁了。我万般无奈穿了衣服，端起花盆，一步一回头出了门。下了楼，回头望去，吴童的窗口没了灯光，我却分明感觉到吴童的泪眼一直在身后紧紧跟着。上了出租，我让驾驶员等会儿。一会儿，电话响了。是吴童打来的。我手忙脚乱抓过电话，急促说："吴童？是你吗？你怎么不说话？你为什么就不能让我陪你到天亮呢？你说一声，我马上回来。"

"我不是不想要你陪陪我，实在是我不想伤害嫂子。在我眼里，她真的很善良。她要是对你不好，或许我就把你夺回来了。"吴童呜呜着说。

"吴童！这和嫂子没关系的。我应该陪陪你送送你的。"我央求说。

"哥！"吴童几乎是号啕大哭起来，"不要，千万不要！我下定决心要亲手斩断这心桥，又怎么能在最后一刻手软呢？要走了这一步，我就会死心塌地要了你。可是你不能做到。你有嫂子、有丫头，有一个完整的家，可我除了一颗喜欢你的心，啥都没有。算了吧！我们经不起那么多的折腾。你快走，尽快从我的视线里消失。以后也别再尝试着找我，也不要为我伤感，只当我从来没给你说过我爱过你的……太难了，也不值得呀！最后听我一句话，除了我，你什么都不要放弃！不要这么自我放逐，这么自暴自弃！记着你曾经是那么的才华横溢、那么的风风火火、那么的让人赏心悦目的一个人，一个风一样在任河边跑着的人呀……"突然没了声音。我急忙拨过去。那头已经关机了。

我沉重地放下电话，让车开走。车灯扫过吴童的窗口，吴童还立在那里，倏地又躲开了。我让出租车开到十七码头。车门打开，我抱出那盆黄桷兰，一步步走到长江边，顿了顿，用力一抛。花盆"轰"地落到江面上，黄桷兰漂了几漂，慢慢沉了下去……

"愿得一人心，白首不分离！"那一刻，我感觉我死了……

第四章

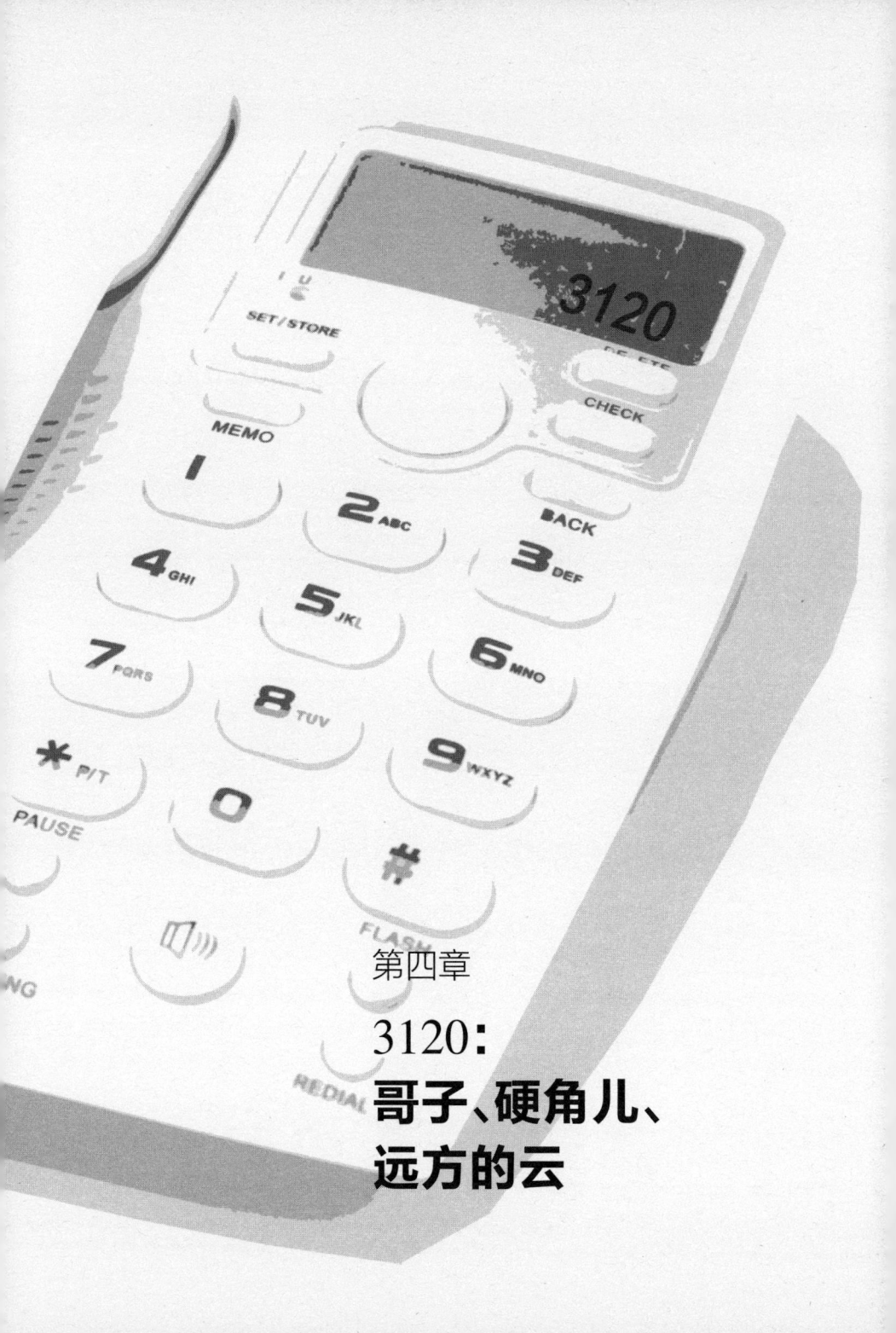

3120：
哥子、硬角儿、远方的云

第四章 3120:哥子、硬角儿、远方的云

3120的哥子们

　　1993年4月28日，一个乍暖还寒的清晨，和平路119号挂了43年的万县地区公安处牌子悄然摘下，一块崭新的"万县市公安局"牌子挂了上去。万县地区撤地设市，原来的万县市、万县划分为龙宝、天城、五桥三个区，分设三个公安分局和水上分局。公安处大院加班加点修建新的指挥中心大楼，公安处主楼更加拥挤了。刑警大队扩编为支队，人几乎还是原班人马，主办侦查员有四个人："老邓"邓延清、"华哥"张华、"胖哥"曾庆发和我，大家共用一个办公室，电话分机号是"3120"。由刑警支队发出的通缉令、通告大都用这个分机号，3120几乎成了刑警支队的门牌和代号。有好事者戏称我们为"四大名捕"，惹得有人不服气。好像梁山好汉排座次，我们几个把前几把交椅都占了一样。

　　那些年，破案抓贼是公安局毋庸置疑的主业，警察绝对的神主牌。"百姓看公安，关键在破案。"破不了案子抓不了贼，公安局就是"粮食局"，公安局长就是"饭局长"，警察就是饭桶。就这么简单这么直接。所以，从局长、副局长到普通警察，净都围着案子在转。我们这些挂了刑警名头的侦查员不过是更专业更专一的一群人。从这个意义上说，局长、副局长不过是没在3120上班的3120人。

　　3120的直接上司是骏哥。

我的刑警往事

在万县警界，骏哥有几个纪录前无古人后无来者。他从1978年参加工作进地区公安处，除了有两年去城口县挂职当局长外从没离开过和平路119号半步。从侦查员到副大队长、副局长、政委到局长再到政委，前后"伺候"五六届处长、局长，到六十岁了还当着局政委，堪称空前绝后。这么多年，从挎着军挎包山山水水走遍的侦查员到官至副厅级的领导，私下背地大家都还是愿意管他叫"骏哥"，他自己对这个称呼也发自内心的享受，要是见外喊他官职，说不定他并不感冒。

骏哥个儿不高，貌不惊人，但人长得精神，劲头十足风雷暗藏，到哪个场合都能旋起一股气场，遇着危难关头，一脸肃杀果断，让人小觑不得。多年风云历练，现在的骏哥端重谨厚、和悦浑朴，谁能想到年轻时的他也曾经是一个生猛灵动、风风火火的侦查员呢？

"83严打"第一仗后，骏哥被派驻城口县组织第二仗，也是这时候城口的白芷公社发生了一起骇人听闻的案件。公社食品组出纳员石新平和双河供销社女营业员夏元清恋爱不成，石新平带着几颗手榴弹和砍刀来到夏元清的寝室，当着公社几十个干部群众的面将夏元清活活砍砸致死。公社武装部长和几个大队干部赶来，也被石新平投出的手榴弹炸伤。骏哥和县公安局接到报告后，和武警中队战士赶到现场将石新平团团围住，劝降不成，骏哥和几个战士愣是拼着老命踹开房门，徒手制服了这个丧心病狂的家伙。我调公安处小半年没见着骏哥，这时候的他正和几个侦查员在川陕交界天寒地冻的大巴山密林里爬冰卧雪，忍饥挨饿。那年夏天，巫山县官阳派出

第四章　3120：哥子、硬角儿、远方的云

所一个副所长保管的"加拿大"手枪、驳壳枪各一支被盗，罪犯是从监狱逃跑出来的犯人，巫溪人刘同海。茫茫林海、山高路险，狡猾的刘同海和骏哥带领的追捕组在大山里躲起了猫猫，那是一场体力毅力和智力的比拼和较量，骏哥他们笑到了最后。刘同海跳出包围圈溜到陕西省的镇平县，自以为逃出虎口，刚喘口气，骏哥他们追踪过来，熟睡中的刘同海束手就擒。骏哥凯旋，也没休整就到警犬室来看我和小何，没说自己的风尘劳顿，只说当时要有我们的警犬就好了，说不定在四川境内的大山里就把刘同海给擒获了。没半点勉励鞭策的话，我们知道了他这话的分量和殷殷期望。巫溪"7·12"特大持枪杀人事件发生后，武装歹徒龙会川、李本明被公安、武警包围在巫溪金盆乡一片玉米地，骏哥带几个侦查员和开县武警中队的几个战士混编成一个尖刀班负责最危险的穿插任务，他们必须从包围圈外往玉米地里搜索前进把罪犯分割开来，说恰当点也就是发现吸引罪犯的火力，让大部队伺机击毙罪犯。大雨如注，凶险莫测，骏哥二话没说，带上尖刀班插进鞭抽箭射一般的雨幕和密匝匝的玉米林里。他们发现了两个穷凶极恶的罪犯，旋即二十多支长短枪一起开火，罪犯还没来得及顽抗就被打成了马蜂窝。围捕结束后，骏哥和华哥留在巫溪善后，等他们回来时，公安处已经开拍《警犬海啸》，金盆乡的围捕成了剧里的一场重头戏。骏哥来拍摄片场探班，满场子散烟，半句不说当时惊心动魄的场景。阴差阳错，我和海啸、黑儿错过了好几次和骏哥一起出生入死的机会，好在到3120做侦查员，特别是当重案大队长后在他的手下执鞭随镫，南来北去，度过了二十多年绞尽脑汁、穷原竟委的破案生涯。点化无

尽，足堪师友。

骏哥喜欢沿用毛主席的一句话要求我们这些"小头目"，自己也是一以贯之地践行着这句话："群众是真正的英雄，而我们往往是幼稚可笑的。"案件分析是破案的关键。案子不分大小，侦查员不分老嫩，骏哥总是认真倾听，从不轻易打断别人的发言。"每临大事有静气"，到他这一级，没一起案子是轻松的。但我从没看到骏哥在侦查员面前焦头烂额、拍桌子骂娘，总一副和颜悦色、从容淡定的样子。也有发脾气的时候，那一定是针对我们这些小头目的。这种时候也很稀少，印象深刻的有两次。一次是有一年3月，长江边连续两天发现被谋杀的无名尸体，人心惶惶。当晚在水上分局研究案子，分局一个副局长讲了十一条侦查措施，讲到第五条，骏哥不耐烦了，打断说："你这十一条都是教科书上说的，警校刚毕业的学生背得恐怕都比你利索。你要是个动脑筋的人，找出一条就能管用！还是留点时间让同志们说说吧！"当下搞得那位副局长下不了台。骏哥发的最大的也是最经典的一次脾气是在城口系列爆炸案久侦未破，上面严令限期破案的案件分析会上。自然还是针对我们这些"小头目"说的，正是在这次会上，诞生了骏哥著名的"篾把扇"理论和"矿泉水"理论。原话我还大致记得，他说："……我首先申明下，骏哥今天不是来骂人的，也不是来发表啥高见的。你们也不要装模作样记笔记，没什么好记的。时下流行李伯清的散打，我就散打三个问题。第一，我要说说三国演义里最有影响的两个人物：曹操和诸葛亮。都说罗贯中先生是尊刘贬曹，诸葛亮是刘备的人，当然是美化他的了。其实不然，这两个人在罗老先生笔下都有个共同的毛

第四章　3120：哥子、硬角儿、远方的云

病，把责任推给下属，把功劳揽自己头上。先说这个曹操，在赤壁让人家一把大火给烧了个精光，逃回南郡，曹操仰天大哭。众人问原因，曹操一把鼻涕一把泪说：'吾哭郭奉孝耳！若奉孝在，决不使吾有此大失也！'郭奉孝是曹操手下一个叫郭嘉的谋士。这句话翻译过来就是说，我是哭郭嘉呀！如果他还在，我是不会犯这样大的错误的哟。你们看这个曹操，只这一哭，就把兵败赤壁的责任一下子推到了下属身上，似乎赤壁兵败不是因为他曹操指挥失当，而是下属没有像郭嘉一样规劝他。再说神一样的诸葛亮。街亭失守，都说是马谡的错。其实，马谡的错是因为诸葛亮不听刘备对马谡'言过其实'的临终忠告，坚持使用马谡，用人失察的错引起的。诸葛亮的错在前，马谡的错在后。结果和曹操一样，诸葛亮也是一把鼻涕一把泪地砍了马谡的脑壳。街亭失守的责任自然由马谡这个死鬼一人承担了。第二，我要说说空调和篾把扇的关系。万县号称长江三大火炉之一，过去一到夏天，人手一把篾把扇是少不了的。有个顺口溜说'六月天气热，扇子借不得，有钱买一把，无钱让他热'。说的是篾把扇的重要性。后来我们有了电风扇，再后来我们又有了空调。可是，我们不能有了电风扇、空调就忘了篾把扇吧？假若停了电怎么办？空调坏了怎么办？还得要用篾把扇。第三，我还要说说我手里拿着的这瓶矿泉水。请问一下，你们喝水的时候，你们会注意什么？反正骏哥我只注意到它是一瓶农夫山泉，再细心点，我会看看出厂日期和保质期。请问，谁还会去注意它的什么钙镁钾钠偏硅酸大于等于多少多少，pH值多少多少呢？响鼓不用重锤，我们不能学曹操、诸葛亮。案子破了，大报小报电视台把我们这些当官的

我的刑警往事

吹得一个个福尔摩斯、波洛、李昌钰似的。案子僵持了、失败了就骂自己的下属不能吃苦、无能，是窝囊废。哪有这样的领导？典型的甩手掌柜嘛！所以，我要感谢侦查员同志们，你们在案子陷入僵局、交通不便、条件艰苦的情况下，舍弃和家人团聚的机会坚持战斗在现场。当然，我们也要看到，这里的条件是艰苦了点，可是我们能主宰罪犯作案的现场么？当我们不能享受空调电扇的时候，我们能不能用一用箆把扇呢？我们是不是需要一种攻坚克难、舍我其谁的老刑警精神呢？同时，我也要说说这起案子的思路问题。思路不对，南辕北辙，兜圈子走不出死胡同，这是我对这起案子的总体感觉。当然，主要责任不在侦查员同志身上。我听了下侦查员同志们的介绍，专案组用了十多人近一个多月的工作量做了什么呢？化验分析爆炸物的物理属性、包装物的销售渠道等等东西，而不把重点放到排查矛盾点，嫌疑人时空条件上。这岂不是我刚才说的喝瓶水去看什么钾镁钠pH值之类的东西么？说到破案，大家都在说功夫不负有心人，可要是我们这些指挥员不用心，死心眼儿，功夫凭啥子不负你呢？"

骏哥一说，会场鸦雀无声，大家都脸红筋涨的了。

想来想去，骏哥发的脾气大都是冲着头头脑脑们去了，对侦查员总是呵护有加，甚至近乎溺爱。还是在那起无名尸体案侦破期间，发生了一件让人啼笑皆非的事情，也是我的一桩糗事。

案件久侦未破，市区两级的侦查员都疲惫不堪，厌倦情绪雾一样弥漫在专案组，大家都提不起精神。我在一大队当大队长，大队几个侦查员由一个副大队长带领，去到江南盐井乡查一条重要线

第四章　3120：哥子、硬角儿、远方的云

索，两个多月没回家，士气更是低落。眼看国庆中秋就快到了，几个兄弟伙都以为这下可以回家做做家庭作业，放松几天。殊不知，支队发了个通知，由于几起大案没重大进展，放假取消，违反者纪律处分。我给副大队长打去电话，副大队长骂骂咧咧道："朱哥！我们就是一群牛，犁田耙地两个月，也该放圈里喘口气了。这样子搞下去，还要不要人活了？"我对这种疲劳战术也是满肚子怨气，还不能由着副大队长发牢骚，便止住他说："老弟，省点口水养精神吧！谁叫我们点儿背，摊上两根硬骨头呢？"想想，还是不忍，晦涩道："平日里你们脑瓜儿转得比风车快，待山里头才几天，生锈了哇？生产自救嘛！"我这一说，副大队长立马开了窍，电话里笑得母鸡下蛋样咯咯不停。

忙着案子，我很快忘了这茬子事。长假第二天，骏哥突然打电话让我陪他去个地方。二话没说，我上了他的车。车子驶出城区，径直向盐井方向开。我猛然想起，骏哥这是要去看副大队长他们吧？这帮家伙，指不定都溜回城了吧？要让骏哥逮个现行，我和我们大队可就惨了。想着瞅个空子给副大队长去个电话，总找不着机会。骏哥似乎情绪很好，不停地和我开些不大不小的玩笑。我心里有鬼，又没机会拨电话，连发信息的空隙也没有。冷汗直冒，屁股下像坐了只刺猬一样坐立不安。车拐上去盐井乡的公路，见得路边有"盐井溶洞5公里"的路标，夹头夹脑间，我冒出个鬼点子来。

"骏哥！你难得休闲一回。这儿离盐井溶洞不远，顺道去看看行不？"我问道。

"好哇！忙里偷闲，好主意。"骏哥想也没想，愉悦地说。

我的刑警往事

盐井溶洞地处乌龙池省级森林公园腹地,整个风景区足有五百多公顷,平均海拔近两千米。车沿着盘山公路一路盘旋而上,松涛阵阵,野趣横生。才是初秋,公园里已是寒意袭人。公园有温泉一眼,溶洞一个,并有一座古色古香的龙王庙,庙内有清光绪皇帝御赐"功宣朐忍"镏金匾额一个。朐忍是古万州的别称,这溶洞温泉和匾额就成了风景区的金字招牌,招徕不少游客。

转眼到了盐井溶洞停车场,正想着怎么脱身给副大队长去个电话,猛然间,我的心凉了半截。停车场一角,我们大队的两台民牌车端端正正停在那里,一个侦查员的家属带了儿子正在一边的空地上高高兴兴玩着滑板。这帮家伙一定是把家属孩子接到这儿来"劳军"来了。这或许就是骏哥来盐井的目的呀!我这不是自己挖坑自己跳吗?还想着招,骏哥早背了手,径直往一边的游客接待楼走。我只好硬着头皮跟去,直奔楼道尽头一间棋牌室。一推门,我完全傻眼了。副大队长和几个侦查员一拨,几个女眷一拨,围了两座方城战斗正酣,桌上都放了些零碎钞票。面朝门口的侦查员瞥见骏哥,吓得手都僵了。背朝门的人骂骂咧咧喊出牌,待回头看了骏哥,手里的麻将噼啪噼啪直往地上掉。认得骏哥和我的女眷们更是连站起来的力气都没有了。骏哥并不说话,径直走到副大队长对面,一边码牌一边招呼他和另外两个人坐下来。副大队长吞吞吐吐说:"张局,骏哥。我、我们错了!"

骏哥码好牌,微笑着说:"先莫说啥对呀错的,陪我打几圈麻将再说。"又指了桌上的钞票说:"谁家的娃儿谁抱走,待会儿别喊坨坨。"

第四章 3120：哥子、硬角儿、远方的云

副大队长拿眼色向我求救。我硬着头皮过去拣个座位坐下，朗声说："陪张局打两圈嘛！我凑一方。"副大队长这才扯了一个侦查员坐下来。

几个人开始打麻将，都不敢多说话。两圈下来，骏哥赢了百十来块钱。便说不打了，再打就够赌博了。他数了钱，又掏了两张百元钞票一并递给司机，让他照这数买条烟来。烟买来，骏哥给每人扔了一包，这才说："你们看过《开国大典》这部电影没有？有场戏我记忆犹新：渡江战役即将打响，蒋介石去视察江南要塞防务。江南要塞司令李襄南正和几个军官打麻将，见蒋委员长到了，也像你们一样吓得半死。蒋委员长却招呼他们坐下来接着打，结果当然是他蒋委员长赢了。蒋委员长说：'打牌你们不行，打仗我不行，江南防线拜托各位了。'今天骏哥我也学了回蒋委员长的做派呀！"

没人敢应声。我忙打圆场说："蒋委员长哪能跟你骏哥比呢？你是打牌也行打仗也行啊。大家说是不是？"

在场人慌忙附和。骏哥说："别给我戴高帽子，骏哥我早过了戴高帽子的年龄了。不过，没吃过猪肉也见过猪跑，好歹我做过十几年侦查员，一般案子还难不着我。今天在座的都是侦查员，没啥神探之类的名头。常言说，三个臭皮匠能顶个诸葛亮，我们就开个臭皮匠会怎么样？"几个女眷早如芒刺在背，一听研究案子，纷纷要走。骏哥却说："家属同志都别走，你们接着打牌。也没啥保密的，想听几句的可以旁听。晚上我请大家吃顿饭，然后找车送你们回市里。我司机安排去了，费用由局里开支。"

接下来真是场别开生面的讨论会。侦查员和家属混杂在一起，

围着麻将桌喝茶、抽烟,七嘴八舌分析起案子来。有骏哥到场鼓劲,家属在一旁助阵,一个个抢着发言表态,生怕自己不懂行让家属没了面子似的。不到两小时,原来的线索疑点给捋了个明白,接下来的方案也扯清晰了。见大家没了新的意见,骏哥挥手说:"走!喝酒去!"

餐厅已摆好两桌。待大家围坐好,骏哥端了杯子,和颜悦色道:"我说两层意思。中秋节快到了,按照中国人的传统,这是个阖家团聚的日子。但我们因为案子没破,只能做牺牲做奉献。好在各位家属能体谅、理解,亲自到前线来慰问我们,这是我们下一步工作的动力!也希望各位家属一如既往继续支持我们的工作!所以,第一层意思是我要代表局党委感谢你们。各位战友兄弟,你们辛苦了。虽然说我们公安干警牺牲节假日不是什么稀奇事,但盐井这地方确实是太苦了。我没能早来看看,我对不起大家,所以,我要说声对不起!这是第二层意思。为这两层意思,我们干了这杯!"

"干!"两桌人吼着,齐刷刷举杯干了。有了一杯酒垫底,场面就热闹起来。不一会儿,几杯酒下肚,一干人都没了记性,忘了下午那茬子事,都围了骏哥嚷嚷着敬酒。骏哥也是来者不拒,一杯杯喝了。又过去和家属们碰杯,家属们也忘了他是领导,一个个只差捏着骏哥鼻子灌了。见气氛这么好,我和副大队长悄悄互掐了一下,直吐舌头。心说这事总算没事了。谁知,饭局快结束时,骏哥把我和副大队长拍到屋外。抽了几口烟,骏哥正色道:"这事到此为止!不过,骏哥得慎重给你们提个醒。组织决定即使有不周不到的地方,但决定还是决定!就是命令!没有阳奉阴违讨价还价的余

第四章　3120：哥子、硬角儿、远方的云

地，更不能用这种方式对抗！幸好是内部人反映到我这儿来了，要是让群众让受害人家属发现会是个什么样的结果？他们心里是什么样的滋味？好啦！下不为例！你我兄弟战友不假，平时说话做事随便点搞毛了摸摸鼻子揪揪耳朵啥的都没关系。但纪律归纪律，命令归命令，若是犯大了，骏哥挥泪斩马谡的脾气还是有的。"

副大队长一听，吓得脸儿都白了。我还想说几句殷勤的话，骏哥拍拍我们肩膀，哈哈笑着说："没出息了不是？男人大丈夫，做得就要受得。也好，要没你们这一出戏，我也来不了盐井，案子也扯不到这个样子。将功赎罪吧！今天你们的家属可都在场，要是再过个把月还破不了案，连她们也饶不了你们，你们一个个等着回家跪搓衣板吧。"

这场风波就这么平息了。按这次研究的路线图一直摸下去，案子很快破了。案子破获后，没一个人敢邀功请赏。

生活中的骏哥更是平易近人，让人如沐春风。骏哥烟瘾奇大，烟不离手，他是丁克家庭，爱人单位也不错，抽点好烟不在话下。我们这些手下人蹭他的烟根本不需要开口，见着我们，"天女散花"是必须的，甩个包把是常态，要来个条把半条那得去他办公室，最好是干了件把两件漂亮事再去，一准有收获。有人开玩笑说："骏哥，你这大半辈子抽的烟，能买台宝马奔驰了。"骏哥回答得也很哲学，"你不抽烟，你的宝马奔驰呢？"大家就哑然失笑。骏哥烟瘾大，难免有断粮的时候，这就需要人反哺了。我在他帐下听喝多年，和他办案出差，总是要悄悄预备点余粮的。那年在复兴追捕"土砖儿"，从船上追到岸上，从江边追到山上，后半夜人困马乏，

我的刑警往事

水米未沾牙，要命的是都没烟抽了。我从挎包里找出半包红梅悄悄塞给骏哥，感激得骏哥念叨了十多年。我偷着乐，蹭了你那么多烟，半包红梅就两齐了，岂不是"升米怨，斗米恩"了么？骏哥酒量中流，但酒品非常好，和侦查员喝酒更是半点假水不掺。只一条，别跟他猜拳，那是孔夫子搬家——全是输（书）。别说猜拳，大凡动脑子考反应的事，玩扑克、下象棋啥的也最好避着他。偶尔高兴了，大家拉着他去唱歌，从《洪湖赤卫队》、《地雷战》、《地道战》到《最炫民族风》、《霸王别姬》啥的，时空跨度再大也难不倒他。

功成不居，位高不专；胜不邀功，败不避过。骏哥算活出了公安刑警的大智慧真境界。

周头儿这时候是局长。和骏哥一样，周头儿从县公安局的预审员慢慢做到刑警队长、副局长、局长再到万县市公安局做副局长、局长，一直和刑警打碎骨头连着筋。他的简历简直就是军棋里的班排连营团旅师，一步一级半步没落下。和骏哥不一样的地方是，周头儿在县市做过多年的一把手，算得一方大员。那年头，一方大员一般是称作某某老板的。周头儿不是特别喜欢有人管他叫周老板，但喊他一声"周头儿"，反倒是答应得飞快。"头儿"这称呼充其量是刑警队长的专属，较之"老板"倒有屈尊降格之嫌，周头儿这么喜欢"头儿"这叫法，我想他的胃口到底是刑警队长的底子，江湖气脱不了，官儿做得再大还喜欢这一口。

周头儿长相粗糙，头面宽阔，身板宽大，说话大声武气。按他

第四章 3120：哥子、硬角儿、远方的云

的说法，他是炮兵出身，炮筒子脾气，说话做事和出膛的炮弹一样直来直去，没有弯弯拐。这话倒不假，他每到一地，留下最深印象的也就他的直性子、豪爽粗犷、喝酒不掺假水。接着就是他滔滔不绝的顺口溜歇后语，粗话张嘴就来，相得益彰相映成趣。他的满嘴粗话曾让一些下属尤其是女下属暗自叫苦，也曾让一些领导和同僚担心，当面背地拍拍肩膀扯扯衣袖善意提醒过他。周头儿当时一定是拍拍脑门搓搓手地满口应承改正改正，一转身照说不误。对他的满嘴粗话，他自有说道："我周某人从小在农村长大，语言环境就是这样。在农村，'一天不说屄，太阳不落西'，怪不得我周某人。不过我周某人虽不像有些人那样文绉绉，但我周某人是一根肠子插到屁眼儿上的，没有那么多弯弯拐，话糙理端，不得害人。"话说到这份儿上，还能指望他说啥话呢？习惯成自然，哪天他不说粗话，改拿稿子照读，满嘴之乎者也了相信我们也不习惯。倒也怪，粗话脏话从他嘴里说出来可以是妙语成珠，再换别人说出来简直就是胡说八道，不堪入耳了。

我和周头儿近距离接触，还是那年我们一起去内江地区公安处处理灰狼，也就是黑儿母亲偷情怀孕那事。我从万县市坐公交车到开县，住在开县公安局招待所。天还没亮，有人把玻璃窗拍得啪啪直响，大声嚷嚷说："朱儿！快起来，太阳晒卵子上了。"我疑心他妈的这是谁呀，大大咧咧的。拉开门一看，却是周头儿。穿一身休闲的牛仔装，手里拿报纸裹了几根油腻腻的油条，往我手里一塞，挤眉弄眼说："将就填下肚皮，马上走！"下楼一看，院坝里停了台红色的消防指挥吉普，牌子是很少听说的庐山牌。只有驾驶、副驾

我的刑警往事

驶座,后排净是些水枪、水带一类的东西。正想着我该坐哪儿,周头儿嘴里叼着根油条和驾驶员抬了个沉甸甸的木箱过来往车厢上一扔,然后指指箱子,让我坐上去。我上车还在想着该怎么坐好,指挥车轰一声冲出公安局大门,拐出县城,沿着泥泞不堪坑坑洼洼的公路一路向西狂奔。我在车厢里被颠得七荤八素,心里却暗自高兴。到内江去处理这桩丑闻我是很不乐意的,海啸留在家里,心里老担心。见这速度,那是快去快回的节奏。正中下怀,心情渐好。

哪知道,周头儿把这次去内江当成了一次省亲之旅。傍晚时分,车到一座小县城停下。下车一看,我们到了川北的中江。这可是典型的南辕北辙呀!还没明白咋回事,周头儿早已下车,奔旁边一家商店去了。不一会儿,他手里提了两件夹克出来,扔给我和驾驶员一人一件,嘴上说:"'老挑二不在忙字上,太阳落土还有月亮。'换身行头,我这儿有个老战友要拜访拜访。"我们就这样一路拜访了战友拜访同学,灌了一肚子的酒,走走停停直到第四天头上才赶到内江。浑浑噩噩睡了一宿,天亮时分,周头儿又来敲门了。开门一看,他穿了一身整齐的凡立丁制服,风纪扣扣得严严实实的,虽是一脸肃然,嘴上还是打着哈哈说:"走!我们这就去那个狗屁警犬队!"

这就去警犬队?我心里直打鼓。这事惊动了省厅,内江和我们万县两个地区都感到很棘手,处理不好上面追究下来有人是要挨处分的。谁愿意挨这一板子呢?那是要扯皮的。果然,一到警犬队,内江警方就一股脑儿把责任推到了开县来的那个训练员身上,大有拉开架势和我们干上一仗的样子。周头儿却一脸的笑意,任凭内江那帮人说得白沫子直飞。待他们说得口干舌燥，周头儿这才慢条斯理从皮包里抽出份合同放在桌上，打着哈哈说："各位同行！首先申明我们不是来吵架的。这件事嘛，说大很大说小很小，说到底啥事都不是。不过我们两家打了个儿女亲家，你们家小子没诓住我们家姑娘，我们家姑娘遭外人把肚子给搞大了。说出去闹大了咱们双方都没面子，'茅屎不臭挑起臭'，倒不如我们两家和和气气，关起门把这桩婚事给退了，'长草短草一把挽倒'。生意不成仁义在，咱们两家将来还要来往，何必搞得乌龟咬手不松口哟？"他这一说，刚才还红眉毛绿眼睛的内江同行倒大眼瞪小眼了。很快，双方达成协议。灰狼因病提前结束训练，由万县地区公安处警犬队接管，内江退还全部培训费和购犬费。报告送到省厅，省厅心知肚明，也不再追究。离开警犬队，周头儿把驯犬员劈头盖脸臭骂了一顿，接着对我打起了哈哈："小朱！算一算我们还是赚了。白白学了手艺，还拣回一条警犬，弄不好还是一窝。"我哭笑不得，但一场危机到底还是让他这样化解了。

几年后一个冬天，城口县两个中学生把县人武部的武器库后墙挖开一个小洞，像背甘蔗、红苕一样扛走了两支七九式微冲，十来颗手榴弹，一千多发子弹。案情险恶，地区公安处和邻近的开县公安局紧急驰援。两个家伙被上千公安、民兵和干部群众围困在县城附近方圆不足十里的山林，插翅难飞。后半夜，围困的各路人马人困马乏，水米未进，偏偏又刮起了五六级寒风，大家实在走不动了。我带海啸参加的这支队伍由一名副大队长带队，任务是沿任河西岸向一座山脊搜索前进。副大队长当过几年铁道兵，按他话说是

我的刑警往事

打过几年炮眼儿的人，没啥战术。见大家实在挪不动脚步，便大大咧咧下令我们原地休息，抽支烟，到河里喝口凉水。他这一说，大家就都放了枪，一屁股坐下来，随即噼噼啪啪响起一片打火机的声音。没过两口瘾，对岸响起几声枪栓声。我翻身摁住海啸，趴到一块岩石后面。副大队长一愣怔，随即一个标准的就地卧倒，便到了我这边。对讲机里突然有人低声喝道："对面是哪支部队？你们不要命了啊？一个个把烟吧起，人家照你烟屁股一枪，你们就见阎王爷吧！"我和副大队长听出是周头儿的声音，一下放了心。副大队长撇撇嘴，咕哝了句："妈的！这个锤子周二，像他妈的懂完了一样，这不是出我们的丑吗？"随手把对讲机递给我，说："告诉他，我们是地区公安处的。"我拿过对讲机，低声说："周头儿吗？刚才是民兵们累了，让你受惊了。"周头儿听出我的声音，说："朱儿啊？你带海啸过河来，我们发现点东西，看警犬用得上不？"

　　递过对讲机，副大队长挥挥手，让我带海啸过河。我和海啸摸过任河，周头儿已经在河边等我。不远处坐着一堆人，一股浓烈的香烟味儿扑鼻而来，凑近一看，开县过来增援的十几个武警、刑警怀抱着步枪、冲锋枪，一人一手捏着个烟盒一手捏着香烟，把烟头伸烟盒里吞云吐雾着。这景象和我们在红卫山偷偷抽烟那会儿一般无二。我呵呵一笑，说："大哥莫说二哥，麻子点点一样多嘛。"周头儿拍拍我肩膀，附耳说："虽说都是偷嘴，我们可做得聪明多了。"一边说，一边往我胸前的子弹袋里塞了几包红塔山，又拿过一个塑料袋给我，低声说："相信你们没带吃的，拿去！和海啸一边吃了。"我打开塑料袋一摸，面包、茶叶蛋、午餐肉、汽水应有尽有。

第四章 3120：哥子、硬角儿、远方的云

也不多说，蹅到附近一块石头边，和海啸一起狼吞虎咽吃了。刚抹完嘴，周头儿过来，又说道："带海啸和我一起干吧？子弹不长眼，你们这帮老爷兵会吃亏的。"我为难说："这恐怕不合适吧？""那倒也是，你过河吧。"周头儿从裤裆里掏出水龙头，边放水边说。我走了没几步，他又低声道："莫忘了在河边漱漱口！"我会意一笑，挥挥手走了。

第二天清晨，在任河索桥桥墩下，搜索的部队发现了两个家伙，我们两股队伍沿任河两岸向桥墩包抄过去。我和海啸刚冲到河岸边，呵斥声伴着零星枪声响成一片，声势浩大。只见几名行动敏捷的武警战士冲过河去，以极快的速度从桥洞里拖出两个家伙。两个家伙早被这阵仗吓得瘫软在地，靠武警拖的拖抬的抬才下到河边。再看索桥上，周头儿一手举着对讲机，一手举着冲锋枪，派头十足。有人在给他照相，对讲机里随即也响起他的粗大嗓门："各参战单位请注意，罪犯已经被活捉。请大家检查枪支弹药，各回各单位集结！"身边的副大队长收好冲锋枪，咕哝道："这个周二，他成总指挥了。"

各路公安武警回到县局，纷纷找房间倒头睡了。正蒙眬间，听得有枪响，海啸也呜呜地低吼起来。我翻身坐起，朝枪响的方向跑去，有人也在往县局值班室跑。刚进门，听得周头儿粗声大气说："妈的！我说叫大家检查枪支嘛！还是走火了。差点'割卵子敬神'了！"挤进去一看，周头儿手里拿着副大队长那支枪哗啦哗啦拉着枪机。地区来的一个驾驶员脸色煞白，呆立在墙边一言不发。原来白天在任河边，这个副大队长并没有按战术要求在战斗结束后退下枪

膛里的子弹。直接关了保险,回县局后把枪交给这个驾驶员就睡了。这个驾驶员在值班室闲着没事,摆弄起冲锋枪来。不小心击发了枪膛里的那颗子弹,子弹飞出窗外,差点击中二楼正在休息的一名武警。副大队长慌慌张张跑进来,猛听说缘由,也吓得面如土色。周头儿拍拍他肩膀,打着哈哈说:"忙中出错,万幸没伤着人。这事我看就到此为止,别把一桩喜事当丧事办了。各回各屋,再睡个回笼觉吧?!"

这次追捕回来没多久便撤地设市,周头儿调市局任副局长兼主城区龙宝区分局局长。却原来,城口一战正是他做我们领导的预演。他任龙宝分局局长的那几年,正是陈莽儿、于老鸦等人最疯狂的时候。我在一大队工作,少不了在他指挥下执行任务。常去龙宝分局,在分局机关一定找不见人,倒是在一路之隔的252一准能找到。通常是在大队长办公室研究案子,比画抓捕方案,间或在一间专门给他设的休息室里睡觉。说是休息室,不过是一间杂屋,摆了条破沙发,一床铺盖而已。遇着重要情况和线索,不需请示,直接可以敲门进去。我常常要去请示工作或是被他召见,那段时间老往他的休息室里跑。每每进去,总是遭罪。满屋的烟味儿、汗味儿和酒气让我本来就过敏的鼻子受不了,每见一次总要流鼻涕流眼泪,狼狈好一阵。陈莽儿到手后,抓捕于老鸦是重中之重,偏偏屡次抓捕屡次像泥鳅一样滑脱了。万县市谣言四起,传得最邪乎的是于老鸦和某位于姓领导是同姓兄弟,公安内部有眼线,还没动手,消息早递他耳朵里了。周头儿急火攻心,眼睛红得像兔子,成天价大把大把往嘴里塞着黄连上清丸,胡子也懒得刮。这下可好,脸本来就

第四章 3120:哥子、硬角儿、远方的云

不耐看,这样一折腾,更加的秋风黑脸,望而生畏。脾气是越来越大,动不动就骂人,直把一个个大小队长侦查员骂到一佛出世二佛涅槃,让大家说起见他脚杆发软。

万县最难熬的夏天如期而至,溽热之下,公安局的空气更加焦躁,仿佛划根火柴就能点燃。正是这样的季节,在一个风雨交加的傍晚,情报来了。于老鸦出现在天子路一幢移民房。周头儿紧急调集了一百多个警察和武警把目标小区围了个水泄不通。大雨倾盆,周头儿让武警和宣传科的人在几个制高点架好步枪和摄像机,然后把所有车灯打开。数十道雪亮的灯柱刺破密匝匝的雨幕把小区照得如同白昼,周头儿这才大手一挥,让我们行动……两个多小时后,我们搜遍了小区的每一个角落,连耗子洞都一个个捅了,也没寻着于老鸦。一个个战战兢兢回到周头儿身边,正眼不敢看他,像真是我们当中某个人放跑了于老鸦一样。雨幕中,周头儿手里捏着支早已熄灭的烟头,一言不发,任凭雨水鞭子样抽打在他黝黑的脸庞上。有人壮着胆子上前嗫嚅着请示是否继续搜索,他依旧一声不吭。正当我们准备返回小区继续搜索时,周头儿突然把烟头往地上一扔,恶狠狠道:"搜?!搜你妈个铲铲啊?狗日的早跑了!都给老子撤!撤!你们当中有叛徒!叛徒!老子给你们说,你们当中哪个是叛徒最好现在给老子站出来,一旦让老子给查着了,老子把你就地正法了!"他这一吼,大家又都呆若木鸡,原地不动了。"滚!都给老子滚!"周头儿接着又气冲冲吼道。当大家纷纷往车里走的时候,周头儿突然又拿手指了我和另外几个侦查员,"你,还有你,跟老子走!老子要喝酒!喝闷酒!"

我的刑警往事

凌晨四点，我们几个落汤鸡随他来到新城路，寻了个地摊坐下。周头儿嚷嚷着让老板上了几样小菜，无非花生米煮毛豆啥的。地摊没好酒，上了几瓶地产的花林春，倒在搪瓷小碗里，一瓶三碗。周头儿带头脱了湿漉漉的衣服，光着膀子端了碗，把我们一个个拿眼扫了，待扫得我们心里发毛时，他才咧嘴嘿嘿一笑，压低嗓门说："几个兄弟！想来你们当中没哪个出卖我老周吧？"我们丈二和尚摸不着头脑，一个个直甩脑袋。他才又说："幸得老子留了个心眼儿，还有条线索渠道。咱们几个都是滚过钉板淌过血的兄弟，不瞒你们说，一会儿还可能有消息。我们边喝边等，一旦有消息，我不想再调人了。"我们这才明白过来，都举了碗，啥也不说和周头儿碰了，一仰脖子，都干了。我们就这样闷头喝酒，有搭无搭说些盐咸醋酸的话，周头儿不时起身到车里接电话，打电话。眼看天快亮了，五六瓶酒也见了底。周头儿突然跑过来，端了碗酒，兴奋说："来了！就在下面巷子里，庄小敏家，一起的还有个叫刘奇云的杀人逃犯。'酒壮英雄胆，饭胀傻脓包！'喝了这碗酒，就我们几爷子去逮了他们！""好！"我们虽有犹豫，周头儿话到这份儿上，哪能说半个不字？大家举碗碰了。一个个抽出枪，径直往巷子里扑去。

大家都是熟门熟路。这个庄小敏是万县市操社会的混混，是那种典型的"不吃锅巴锅边转"的家伙。本人大法不犯小法不断，偏偏和各方黑道老大混得熟络，借着这些老大的名头捞些好处。这样的人自然早在我们掌握之中，所以周头儿一说庄小敏的名字，大家自然心知肚明。

我们七八个人赶到庄小敏楼下，七手八脚把楼梯间、走道封锁了。周头儿示意我和几个侦查员靠近庄小敏家门边，低声说："莫吃暗亏！若有反抗，直接开枪！"我们刚点头，推子弹上膛，周头儿提起一脚已经踹向房门了。房门打开，我们几个高喊着"警察！不许动！"就冲了进去。客厅、卧室没有见着于老鸦，正搜索间，楼下响起两声枪响。枪声在卫生间方向，我急忙扑过去，一脚踹开卫生间。一个人全身赤裸趴在卫生间窗沿上，一只脚已经跨出窗沿。楼下的侦查员在鸣枪警告。见我举枪过来，那人收住脚，往后扭过头。那是张照片上瞅了千百回的脸，正是于老鸦。"下来跪下！于老鸦！"我和随后跟来的侦查员举枪喝道。于老鸦犹豫着，跨在窗沿上的脚颤抖起来。我把手枪别在腰后，正要过去制服于老鸦。"死到临头，还想顽抗？！"周头儿突然出现在我身后，一把抽出我后腰上的手枪，抬手就是一枪。于老鸦应声从窗沿上跌落下来，子弹溅起的瓷砖碎屑打在我脸上，火辣辣的……另一间屋子，刘奇云也从卧室的床下给揪了出来。大家七手八脚把于老鸦抬下楼，直接送到龙宝分局。有人接手审讯，我们七八个人往会议室席地一躺，呼呼大睡起来。不全是熬夜，实在是酒劲儿也上来了。

陈莽儿、于老鸦一帮黑道老大被打掉后，周头儿众望所归升任万县市公安局局长。对他说来，不过是从一个小地方的一把手换作大地方的一把手，换汤不换药。于我们而言，老板从一个文官换了个武将，山水大变。要知道，从新中国成立开始，公安处的历届处长和局长都是儒雅之人。好在铁打的大院流水的官儿，周头儿要接手局长的小道消息也传了好几年，该热身的已经热身，如今走马上任，倒也没有引起太多的不适。特别是像我们这样与他熟识多年的

我的刑警往事

小头目，压根儿没有感到啥变化。处久了的人都知道，周头儿那点脾气，也就是当兵时候打下的底子。部队上讲究直截了当，没有弯弯绕，不是你必须服从就是别人必须服从你，没有讲价还钱这一说，没有客套通融那一套。他布置的任务没有二话可讲，秘诀是急性一点再急性一点，即使是不可能完成的任务嘴上答应得也要飞快。

周头儿喜欢喝酒，喜欢骂人，开心了喝酒骂人，遇着烦心事了也喝酒骂人，要是哪天他不和你喝酒也不骂你了，那一定是他真的对你不感冒了。即使危难时刻，周头儿断然也不会说那些豪言壮语，斩钉截铁永远正确的废话。照样是喝酒照样是骂人。2001年夏天，四川宣汉县一个越狱逃犯盗走一个交警中队长的手枪逃窜到毗邻的开县，开枪打伤一个村支书后钻进莽莽苍苍的雪苞山密林。周头儿率领我们赶到川陕交界的一个小村子。入夜，大雨滂沱，雷电交加。一天一夜追捕，人困马乏，饥饿和疲劳让我们几十条汉子实在拖不动双脚了。最后的任务是要有人在黎明前翻越眼前一座海拔千多米的高山，堵住逃犯逃往陕西的路口。任务交给了我和十几个刑警。山高路险，雨大路滑，稍有不慎便会跌下山崖粉身碎骨。都是肉身凡胎，即使是我们这些天不怕地不怕的家伙也动摇了。周头儿来了，手里提着一瓶不知从哪儿弄来的老白干。他举着酒瓶吼道："弟兄们，老子晓得你们累了、饿了，这种天气翻过这座狗日的大山，说白了兴许有人就回不来了！可是不上去不行，狗日的还没逮到。你们十几个要不敢去，也就没人有那狗胆了。弟兄们，还是那句老话：'酒壮英雄胆，饭胀傻脓包！'给我每人喝上一大口，翻过去，逮住那狗日的！"……结果咋样？凭凭这一大口烈火熔金般炙

第四章　3120:哥子、硬角儿、远方的云

热的液体在胸中燃烧,天亮时,我们爬到了山顶……

铁血丹心,生死豪情。周头儿官儿再大,身边很多人仍然把他看作是我们当中的一员,一个普普通通的老刑警,老大哥。唯其如此,我就很难想象他后来去到大都市大机关做了大官儿,再没了做刑警的那种壮美平实的生活,再没了大碗大碗的烈酒火星子般的炙烤了,他会不会反倒感到平庸和乏味呢?无从问起。也因为这样,周头儿、骏哥带领我们战斗过的那些日子,那些激烈的壮怀,火热凶险的生活常常铁马冰河踏梦而来,带着烈酒的浓浓醇香,令人感伤,让人萦怀!

说到老邓邓延清,我愿意借用同事李小剑在一本描写万州警界英雄群体的文集《激荡江湖》中对老邓形象的刻画:"……邓延清58岁,额头上排列着几道皱纹,头发中夹杂着几丝银白。中等个头,西装革履的,大背头,亮皮鞋,很有风度。他在三峡警界有名气,是老侦查员了。他会吹小号,整得呜呜谣谣地,蛮响亮。会跳国际标准舞,腿儿绷得直杠杠的,很好看。挺能抽烟,在烟雾间冷眼看世界,吞吐着人间悲欢和沧桑险峻……邓延清有些'狡猾'。他说,敌人很江湖,要钻到敌人的心里头去打他,把他整痛……"李小剑搞新闻,树立我人民警察高大形象是他的天职,我就曾被他吹得花儿一样,自己都被他笔下的我感动了。但《激荡江湖》里对老邓的吹捧却是个例外。还真没吹,我甚至感觉还没写出他的传神和精彩之处。

我眼中的老邓和刘队长一样,是那种为刑警而生,为刑警而

死，一生为刑警痴迷、执着、食不甘味、魂不守舍、守成不变的老派侦查员。但老邓活得分明又比刘队长更精彩更洒脱。

老邓是万县市"土著"，搞公安是半路出家。老邓出生在南门口环城路，那一带是古万县的中心地带。旧时衙门、城隍庙、火神宫、人货码头都集中在这里。贩夫走卒来来往往，引车卖浆者去去留留，人气繁盛。生活脉动、情感流变、众生样相无时不在盈耳的杂声中活生生上演幻化着。老邓年少时，家道中落，虽不至于一贫如洗，但童年的老邓还是游走于破落户和贫民的边缘，饱尝酸楚。市井百态、人间炎凉在他眼前烟云般过来过往，老邓在这样的环境中游弋行走，三教九流五行八作、天文地理鸡毛蒜皮无不入心入眼，品味咀嚼，自当感悟有加。成人后，老邓在南门口一带做过市管员，这也是个和各色人等打交道的活路。虽有油水可捞，但老邓却从不吃拿卡要，欺负弱者，所以人脉一直很好。古道热肠、为人和善让他结交了不少社会上的底层人物，也交了不少江湖朋友，这是他后来做侦查员的绝招也是他的命门。老邓如此复杂的经历，加上另类的穿着打扮，言谈举止，加上近似旁门左道的破案方法让和他相交不深或者正统的警察同行很不适应，甚至排斥和抵触。老邓的口头禅和绝招就是化装卧底"闯黑道"，说好听点叫深度侦查，说不好听就是翻墙贴窗钻床脚的事儿，动作难看，但凡有些高大上的侦查员是不屑于这样干的。老邓却乐此不疲。那些年，他或破帽遮颜，双手往袖里一拢，混迹于市井码头，茶坊酒肆；或西装革履，戴着手镯项链金手表，拎了密码箱，出没在宾馆饭店，豪华游艇。装神扮鬼，无一失手。所谓一招鲜吃遍天，老邓用他这些招数破获

第四章　3120：哥子、硬角儿、远方的云

过万县市杨素清杀人案、城口县麝香被盗案、小三峡外币被盗等大要案件，战功不可谓不显赫。但老邓的刑警生涯好像并不顺当，至少用主流价值观衡量是这样的。入党、评先进、提拔这些好事每每都是磕磕碰碰的。也难怪，近朱者赤近墨者黑，黑是近墨者的宿命和铁律，就算你老邓百毒不侵，一尘不染又有谁相信呢？所谓"入苍容易出苍难，乱滚泥潭意不安。可叹清廉狷介士，身当此际也心寒"。老邓的宿命其实从迈入公安这道门槛儿那天起就早已注定。

初到3120，我和老邓搭档，开始也并不适应。正点上班很少见着人，常常是快到中午时分，老邓才穿得周周正正姗姗来迟，头发梳得光溜溜的，眼泡子红红的。没吃过猪肉见过猪跑，我情知老邓这种活地图、活字典、杨子荣似的侦查员往往能剑走偏锋、奇招制敌，千万不可等闲视之。我有心和他去长长见识，他满口应承。我和他下茶馆泡澡堂、逛旧货古玩市场、搓麻将打川牌，没出几天搞得我白昼颠倒，腰酸腿疼，再不肯同去。老邓看出我确实不是闯荡江湖的料，也不再勉强。搭档一段时间后，我们渐渐有了默契，互相扮白脸黑脸，案子也搞得有声有色的了。

我们搭档的第一起案子是追捕张卫东。张卫东是新田人，父亲在抗美援朝时被打断了一条腿，外号"张瘸子"。张卫东是独儿，打小娇生惯养，溺爱过度。所谓"小时偷针，长大偷金"。长大后的张卫东发展成了个独来独往的江湖大盗，干的最大一票是大白天从万县市委大门口大摇大摆走进去，潜入市委书记楼下的楼梯间，待到深夜，翻窗进入一个南下老干部家，将这个老领导多年积蓄下来的一点债券、现钞席卷一空。案子震惊了万县市。案发正值人大政协

我的刑警往事

会议期间，一些老干部纷纷质询卿恒局长，搞得卿局长很没面子。案子转给了我和老邓。老邓暗闯了市里撬门溜锁的各个门派，在票证黑市撒了好多眼线却没有啥收获。老邓一时也没辙，想不出来哪儿出了问题。一天，他无意中听到一则传闻，说的是天城分局出的一桩糗事。分局刑警大队长老丁和几个侦查员从宜昌带一个小蟊贼坐船回万县市，小蟊贼嘴巴甜，一路上叔叔伯伯直叫，端茶递水跑前跑后，让老丁他们放松了警惕，任由他出出进进脱离了视线。哪知道船过葛洲坝船闸，小蟊贼溜出舱门，翻上船闸溜了。让一个小蟊贼耍了，老丁们没面子，回来也闭口不谈这事。这个小蟊贼就是张卫东。说者无心，老邓却留了意。查查张卫东案底，发现他不过是帮人踩过点放过哨，做过几个小案子，按理说不会冒这么大风险跳船逃跑。"除非他背得有更大的案子！"老邓肯定说。老邓和我去找老丁。虽然有些丢人，但老丁和老邓是老朋友，老丁坦然说有这件事，还把张卫东留下的几件行李给了老邓。我们把行李带回技术室检验，从一个皮带扣上找到一枚指纹，一比就和市委大院的现场指纹对上了。再经过半年多经营，张卫东在重庆解放碑的债券黑市被我们布置的眼线钩上，束手就擒。

让张卫东认领这个案子让我见识了老邓的审讯绝招。审讯是侦查员的最高境界，目的只有一个，获取口供。我在警校看过的那本《受审百堂方认罪》，里面说的四种审讯境界，前几种侦查员我见识不少，真到第四种境界即人的境界我还真没见着几个。骏哥、老方是其中之一，最佼佼者应该是老邓。

我总结老邓的审讯诀窍就两个字：一个字是磨。恶人自有恶人

第四章 3120:哥子、硬角儿、远方的云

磨,磨得恶人莫奈何,火到猪头烂,靠的是熬的功夫;二个字是哄。伸手不打笑脸人,何况你是死猫一个,猪不啃狗不咬的犯罪嫌疑人,给你笑脸捧你哄你是给你面子。老邓是我见着的第一个把被审对象当人甚至是"亲人"的人。他能对对手体贴入微,给对手挠痒痒,而且挠得恰到好处。挠到最痒处,由不得不放松,渐渐露出破绽马脚,最后不得不招,不招不行。在3120的几年,我和他搭台演了好多场戏,他的手眼身法步铺垫抖翻逢我最得其中三昧。单从审讯这角度讲,我能从配角到反串主角最后做主演几年几跨越,老邓的影响实在不小。

收容审查所在一马路柑子园,审讯区设在旧时的一座古庙"大佛寺"内。大佛寺早年供奉佛像的巨大佛龛还清晰可见,我们就在佛龛下和罪犯们熬干灯油磨破嘴皮子。可大凡作奸犯科的人都是死猪不怕开水烫的主儿,又会有几个真能在这里自觉自愿立地成佛的呢?张卫东也不例外。只是这家伙并不玩赖,一进大佛寺,一口一个邓伯伯、朱叔叔,嘴巴甜到不行。老邓也真不见外,一口一个"卫东",一张脸笑得花儿一样。两人这样一来二去攀谈了两天也没接触正题。三天头上,张卫东突然情绪低落。说起他在新田和一个叫江英的女子好上了,怀上了娃娃,把过脉的中医说还是个儿子。老邓听罢脸露悲悯,好言劝慰,等张卫东情绪稍稍好转后,老邓从包里扯出一个字典,两人竟脑袋凑一块儿翻起字典讨论起该给张卫东儿子起个啥名字来了。讨论还真有了个结果,单名一个"翀"字。"好!'鹄飞举万里,一飞翀昊苍',这个名儿好!"老邓手点字典,击节叫好。我再有足够的想象力也觉得这一幕实在是太匪夷所

思,不知道老邓葫芦里卖的究竟是什么药。四天过去,局领导也坐不住了,径直到大佛寺来"慰问",实则是看看案子进度如何了。"打鱼不在急水滩,不能和张卫东这种人做一锤子买卖,必须要他彻底缴械,否则就算拿到了这个案子的口供,他做下的其他案子也都石沉大海了。"老邓拿这话打发领导,也算给我交了底。当天晚上,老邓喊上我一起去到新田,找到了那个叫江英的女子和"张瘸子"……

　　第二天上午,老邓和我照例把张卫东提押出来,在大佛寺找了个临窗的审讯室坐下,窗户正对着收审所的大门。老邓还是和张卫东说些不着边际的话,不一会儿,面朝窗户的张卫东却冷战瑟缩起来。大门外,江英挺着大肚子,一手拎着床被褥一手搀扶着张瘸子一瘸一拐走进门口的登记室……张卫东沮丧一阵,饿狼般号哭起来。

　　"张卫东!冲你叫我们一声伯伯叔叔的分儿上,我得和你说说掏心窝子的话,或者说是我给你算算命吧?不瞒你说,你犯的罪是死罪,不交代肯定是死路一条,但交代了或许还有半条生路。就算没有这半条生路,你也莫让你女人挺着个大肚子带起你瘸子老汉这样为你跑上跑下的。你要还有半点良心、孝心,就该给你女人、你老汉和你没见过面的'张翀'半点机会!给他们留一线希望。就算你被枪毙了,也让别人说起你张卫东还是条汉子,一个敢作敢为的人!何去何从,你得好好考虑考虑……"老邓等张卫东平息下来,冷冷地丢了一席话给他。

　　"邓伯伯!朱叔叔!我交代!我啥都交代!"张卫东扑通一声跪了下去……

第四章　3120：哥子、硬角儿、远方的云

在3120，老邓的岁数大我们一轮，有啥好处总让着我们想着我们，我们也真不把他当长者，时间久了就当他是老伙计老顽童一个。那几年，和平路周围很热闹。刚时兴唱卡拉OK，蓝屋、火玫瑰、金凤凰等舞厅夜总会如雨后春笋般冒了出来。老邓舞跳得好，又有警察身份，几个夜场都把能请到邓叔叔来坐坐当成最有面子的事儿。有这好事老邓总要拉我们一起去享受享受，美其名曰"熟悉敌情社情"。所谓"一次两次香，三次四次伤"，再好玩的东西玩多了也败胃口，我们渐渐没了老邓那样的好兴致。3120里除了老邓，我们三个都是大队的"酒常委"，爱好是喝点小酒。酒酣耳热、酣畅淋漓，比卡拉OK来得实在。老邓酒量不好，又不好扫我们的兴，便拿饮料啤酒耐着性子陪我们，偶尔也和我们划拳猜单双却从不先走一步。和平路餐饮娱乐一条街，大西洋、翡翠城、中国风、紫霄楼，招牌一个比一个吓人，其实是小姐身子丫鬟命，价位都很亲民。我们约定，只要四个人都在办公室，大家就轮流做东下馆子，怪酒不怪菜，喝好算数。也奇了怪了，卡拉OK风也刮进了饭厅。家家饭馆都在大厅架起机子，客人可以随时上台吼上几曲。老邓有了乐子，常常撇下我们登台献艺，翻来覆去唱那些《草原之夜》、《北国之春》啥的抒情歌。听得耳朵起茧子，我们几个就合计用啥法子能让老邓不唱。我歪点子多，想老邓是个有传呼必回的人，大家又都没手机大哥大，回电话都得就近找座机。灵机一动便去吧台用座机给他发了数字短信。老邓听得传呼响，戴上老花镜看了号码，匆匆丢了麦克风去吧台回拨电话。咋拨咋占线，老邓就不厌其烦地等不厌其烦地拨，歌自然就不唱了。直到我们看不下去，喊他别打了

他才心有不甘回到座位上。见我们偷着乐,老邓稀里糊涂,他是无论如何也想不到我们会这样玩儿他的。

后来撤市设区,刑警支队内设大队后,3120散了伙。华哥去禁毒处当了处长,胖哥到天城分局做副局长,我在一大队负责。组织照顾,让老邓去二大队当了大队长,一生没做过官儿的老邓算是过了回官瘾。支队从各地选调了不少新人,犯罪手段侦查技法年年翻新,老邓开始感觉慢慢跟不上节奏了。可以说,他做这个大队长的两年实际上是他刑警生涯中最痛苦最落寞的两年。他有时来我办公室坐坐,长吁短叹,一个劲抽烟一个劲吐着口痰,疲态尽显。只有说到公安处大院、3120一些故事,老邓才会振作起来,两眼放光。看老邓穿得还是那么光鲜,头发梳得还是那么光溜,精气神却已大不如前。人一旦喜欢回忆,一切都今不如昔,这人就真的老了。其实倒不是这个大队长对他有多大伤害,他完全可以放手让年轻些的教导员、副大队长去做,自己做个"抄手干部"也未尝不可。问题出在他顽固地抱着过去的心态来看待眼下的形势。警界实际的窘境是,破案抓贼已不像原来公安处那阵风光旖旎,早被各种神仙数据、业绩指标挤对得没了地位,越来越边缘化弱化了。破案抓贼的人一旦没了地位,破案抓贼的本事就成了雕虫小技,沦为小道,再不是衡量一个警察好坏的唯一标准甚至是重要标准了。这时的我已经在这个圈子里浸淫几年,深知这一点对老邓这样的老刑警伤害最大。却不好说破,说破了老邓就更受不了了。好在没几年,老邓退了休,再无这些烦恼。

老邓退休两年后,因为侦破一起杀人碎尸案需要,我上门去找

第四章 3120：哥子、硬角儿、远方的云

他。案子牵涉一个叫"羊儿"的骨灰级老千，非得要老邓这样的老江湖才有可能弄出个子丑寅卯来。电话上给老邓说了这事，几天下来却没动静，我决定登门拜访。老邓的家在老城南门，每到梅雨季节，一大片大片肮脏的青砖瓦房就被缠裹在漫无边际的雨雾里，像一群懒于梳妆打扮的丑妇人。一路打听，七弯八拐才找到了老邓的家。还没进门，一股浓烈的中药味扑面而来，我狠狠打了几个喷嚏。

老邓病恹恹斜躺在床上，戴了老花镜，仔细研究着一本发黄的笔记本。床头边还码放了好几本同样的本子。一问，他在翻看当年的破案笔记。我打趣说："老邓！几天前还精精神神的，怎么这就病歪歪的了？"老邓惨然一笑说："还不是为了你那件事？"

我心里咯噔一下，想这倔老头儿一定犯了牛脾气，往狠里下功夫了，便问："搞定了么？"

老邓长叹一声，痛心疾首说："惭愧呀，小朱。我真是老不中用了。跑了恁多的路，问了恁多的人，这么个'羊儿'愣没搞醒豁哟。"

我见老邓走火入魔了，忙劝说："别急别急，把你气坏了，我就没抓手了。"

老邓老伴卢大姐一旁不高兴说："他呀，早给气坏了。成天长吁短叹的，半夜还要起来转悠几圈，也不知是哪根筋坏掉了。"

老邓不耐烦说："我和小朱谈案子，你瞎掺和啥呀？"

卢大姐狠狠把中药罐子往桌上一放，气呼呼骂了句："搞了一辈子案子，瞎操了一辈子心，黄土埋到下巴上了，还这一副德行。累死你活该！"骂完赌气出了门。

我的刑警往事

我担心真的累着了老邓，也担心影响了他和卢大姐的关系，便哄他说我们有了线索，有没有这个"羊儿"关系不大了。慢慢来，我是来告诉你这个消息的。老邓一听案子有了线索，呼地坐起身，刚才的病容一扫而光。岁数恁大，还保持着这般热情，我陡生一丝愧疚。想自己才四十出头，却早没了老邓这样的激情和冲动。而搞案子恰恰是需要冲动和激情的呀！我把老邓重新摁回被窝，说："你安心养病好了，我试着顺这条河蹚一下吧。"我一边说，一边随手翻翻老邓那些笔记，再看老邓满头凌乱的白发，想起当年他的风华风貌，心中涌起一股暖流。一个与自己八竿子打不着的案件线索竟让一个六十多岁的人把心力煎熬到如此地步，自己真是惭愧呀！忙点了支烟递给老邓。老邓吸了没两口剧烈地咳起嗽来。咳了一阵，吐了几口痰，边喘边说："小朱，不是我话多，咱们现在的侦查员心劲不稳。三天打鱼两天晒网，还提不起精神。我们那个年代，常常为了一条线索翻山越岭、熬更守夜，吃住在乡下农家。如今他们条件好了，脑子比我们好使，技术也先进不少了。可我总觉得，他们总是缺点什么，好像有些至关重要的东西让他们给搞丢了……"

"我替你说吧，丢了那个年代的精气神是不是？"我笑着说，"你最好别把我归到那一类去，我倒是常常给比我还年轻的侦查员说你这番话呢。你不必这样心焦火燎的，有个好歹，我担待不起不说，卢大姐也会怪罪我的。"

老邓埋汰说："听你这口气，我倒是看《三国》流眼泪替古人担忧了？这案子的死者据说还是个领导的亲戚，你们都这么不上心，拖拖沓沓的。要换个小老百姓，还不得往墙上打颗钉子把案子给挂

第四章 3120：哥子、硬角儿、远方的云

起来呀？难怪老百姓对我们警察不满意。"老邓说着，还真的把我归到"他们"那类去了。

我嗤笑说："你看你，还真把自己当老百姓，把我当饱食终日无所用心的警察了。如今你满世界打听打听，有谁对谁没意见？又有谁对谁没怨气呢？都是以个人心情说话。现在的老百姓，他若受了委屈、冤枉就希望遇着的警察一个个都是包青天；他遭抢了盗了强奸了就希望警察一个个是福尔摩斯、李昌钰；他遭灾落难时就希望警察一个个天兵天将一样立马赶到。世上哪有这样的全能警察呢？要让现在的老百姓真正满意真是比登天还难。所以，凡事但求尽力而为，心安理得，不可枉然求全。"

"小朱！你也说这种话，真的没希望了。"老邓直摇头，我也后悔了。原本是想安慰安慰老邓，让他无须急火攻心，这么一说，倒让他急了。

3120最有特点的人当数曾胖哥。

那些年头，胖哥是下川东小万县市水码头响当当的人物，红黑白几道要不晓得胖哥"曾胖儿"那算是混得差的了。

胖哥其实并不肥胖，只是长得粗大。胖哥头大脖子粗，眼大眉粗，口大嗓门粗，拳大膀子粗，脚大腿粗，加上五大三粗的身材，面前一站活脱脱一个猛张飞躁李逵。

胖哥少年家贫，穷人的孩子早当家，挑水拾柴捡煤渣，没正儿八经上过几年学。勤学苦练识得的字写起来一笔一画倒也中规中矩，毛病是字有胡豆大小，一页笔录纸装不了多少，很费纸张笔

我的刑警往事

墨。胖哥下过乡，当过搬运、钳工、基干民兵，几般手艺样样拿得起放得下，粗活细活只要过他的手，说不上精通倒也工整端正。胖哥汉大性直、为人谦和，到哪儿人缘都很好。他是怎样从一个干粗活的工人进了公安局，再到刑警队做侦查员又怎样混上刑警队队长的，没人多过问。我曾经问过胖哥，胖哥也是闪烁其词，一副吃着鸡蛋香用不着看母鸡长什么样的架势。后来他调到3120，我们一起搭档搞案子，他的一招一式还是让我揣摩出一些道道来。

　　早年上了南门口码头就是环城路，也就是老邓的出生地一带。环城路"252"号就是胖哥所在的小万县市刑警队驻地。提起252，早期那些作奸犯科的宵小之徒无不胆寒，赌咒说"我要撒半句谎，明天就进252！"算得上毒誓死咒了。252是旧社会万县市警察局侦缉队的驻地。胖哥的前任、师傅大都与旧警察有些瓜葛牵绊。最有名的如"崔鼓眼"、史中和等人，都是小万县市排得上号的老侦探。252有过一段非常诡谲近似黑色幽默的不光彩历史，万县市上点年岁的老年人也都还记得。说的是1949年10月，新中国已经成立，但万县市还是国民党的天下。驻防万县市的国军是从淮海战场败退下来的15、16兵团，司令是川鄂绥靖公署主任孙震。一天，252接到线报，在沙嘴河坝截获了一个贩卖毒品的人，从他身上缴获了四公斤制造吗啡的"沃水"。一问，这个家伙是国军的一个少校参谋。其实252这些警察也知道，国民党大势已去，国军偷卖军火贩卖毒品早已不是新鲜事。平日里遇着这种事，也就睁一只眼闭一只眼放过算了。哪知道，这天万县市警察局局长谭佩庚偏偏不依不饶，下令没收了"沃水"。这下可就闯了大祸。国军早知道252其实也在干着查

第四章　3120:哥子、硬角儿、远方的云

毒贩毒的勾当，当下决定和军方特务合作，报复地方警察。军方特务在掌握谭佩庚及其手下常常晚上在252后门向当地毒贩私卖鸦片吗啡的线索后，秘密拘捕了两个正在兜售鸦片的警察，又抓了两个毒贩做证人，录得口供后向孙震当面汇报了此事。此时的孙震正在为步步逼近的二野解放大军焦头烂额，听得此事，大发雷霆，当即下令派部队抓捕252这些知法犯法的警察。这天早上，上百个荷枪实弹的国军士兵驾着卡车、美式吉普包围了252。如狼似虎的丘八们闯进警察局大院，控制了全部警察，从局长谭佩庚、刑警队长刘炯尧等警官的房间内搜得大量吗啡、鸦片等毒品。正规军包围警察局的消息不胫而走，挤到252来看热闹的市民人山人海。当看到平日里威风凛凛的警察局长、刑警队长等人被丘八们五花大绑从252里押出来时，都不敢相信眼前看到的场景是真实的。为防止夜长梦多，也为了杀一儆百，孙震下令13日下午在校场坝将谭佩庚、刘炯尧等五个警官通通枪毙。枪毙这五个人时，万县市万人空巷，店铺关门歇业，学校停课。老邓说，他也骑在他叔叔的脖子上看了这个杀人场面。不久，二野乘坐岷江号登陆艇停靠沙嘴河坝码头解放万县市，入城仪式也没这么大阵仗。

解放后多年，252还背着这个沉重的历史包袱。想想也是，连国民党都要除之而后快的252，真是头上长疮脚底流脓，坏透了。252的旧警察带着比其他旧警察更深的原罪一步迈进新社会，其中的风风雨雨自然是一言难尽。但据老邓说来，252们的侦缉技巧虽不具观赏性登不上大雅之堂，但却是一方水土养就，很有实战效果。老邓曾坦言，他的很多章法就是从那些被新社会清洗或留用的旧警察

我的刑警往事

那里剽学过来的。我也认为,笑拳怪招只要能招招制敌,总比花拳绣腿好,不管黑猫白猫只要能逮住耗子就是好猫,所以我是决不排斥的。和老邓一样,胖哥也是土生土长万县市人,人熟地熟情况熟、吃得苦、体壮如牛,可以说具备了那个粗线条时代一个好刑警的一切基本素质。胖哥最初是被借去252跑"二排"的,相当于后来的协警联防。胖哥人粗心细嘴巴甜,脚丫子跑得又勤快,加上凶神恶煞的样子,颇得252"崔鼓眼"们的喜欢和真传。252们破案逮人自有一套办法:蹲坑讲的是贴窗户靠门墩蹲茅房,守候要的是揭瓦上房钻床脚;审讯时文戏哄吓讹诈、武戏讲"苏秦背剑"、"鸭儿凫水"、"老牛推磨"、"蚂蚁上树"这些现在闻所未闻的准刑讯逼供;化装卧底一步到位,自己扮叫花子、下力汉、整锁配钥匙的小匠人、二手货的小串串等等;哄人讲的是见人说人话见鬼说鬼话,能哄得树上的麻雀儿下地才行。胖哥天分好,几年摸爬滚打下来已是十八般武艺样样精通,案子搞得有声有色。胖哥最拿手的是一手逮人的好功夫。那年月还没什么黑社会、恶势力,后来在万县混得人模狗样的所谓黑老大邓三妹、陈莽儿、张毅啥的还没长大,都还不过是些捅捅刀子、砸砸砖头、摸摸大姑娘小媳妇脸蛋屁股的小混混。于是乎,胖哥和252们的身手应付起来得心应手、进退有据。胖哥舍得下力拼命,一步步混到252的小头目似乎也像娃儿换牙齿一样自自然然。我给胖哥讲252那段不光彩的历史,还有252那些我觉得有些下作的侦破伎俩,胖哥一副天地不醒的样子。从不否定也不肯定,师出此门,想来胖哥也不好置评吧?我俩相处随便后,我常拿这段历史开涮胖哥。胖哥不以为耻,反倒挖苦我无门无派,不过是

第四章　3120：哥子、硬角儿、远方的云

从书屁眼儿里钻出来的学生娃，中看不中用。

胖哥为什么要在顺风顺水的时候离开252调到3120，据他说是身体出了状况。我看他体壮如牛、气定神闲，不像是有病的样子，却不便深问。有一点可以确定，胖哥刚到中枢机关，一下子还进不了角色，言行举止几成笑谈。我和他执行的第一次任务是去响水指导侦破一起入室抢劫案。出发上车，胖哥一身行头就让我差点笑岔了气。但见他腰系一根四指宽的棕色牛皮皮带，上面依次系着BP机、手铐、六四式手枪、袖珍警棍、两个备用弹夹、一把警用匕首，挎一个洗得发白的军用挎包，里面满装笔录纸、笔记本、手电筒、印泥盒、常用药，一副武装到牙齿的样子。"胖哥，这是和平年代，你一身游击队长打扮累不累呀？"胖哥见我揶揄他，一头雾水看着我，倒像是两手空空的我更滑稽一样。于是我俩话不投机、一路无话。但毕竟又都是性情中人，不久我俩还是成了好朋友、好兄弟。成了朋友兄弟后，我更不可思议了。他当了这么多年的刑警，一些刑警几乎都要染上的"小恶习"他竟然一窍不通。除了能抽烟喝酒以外，玩牌打麻将、跳舞唱卡拉OK说啥啥不会……我们上这个案子正值春节，干部群众家家户户忙于走亲访友、祭祖上坟，找不到访问对象有劲也使不上。晚上枯坐镇上一家小旅店，长夜难熬，这些小恶习正好派上用场。胖哥一人向隅、百无聊赖，我和几个侦查员开始试着对他突击"启蒙"。胖哥也觉悟到新角色转变的现实性和迫切性，"学习"起来格外的投入，尤其是他比较感兴趣的跳舞和唱歌。胖哥嗓门粗直不谙音律，只能从他勉强可以哼唱的《世上只有妈妈好》开始到《渴望》、《潇洒走一回》这些朗朗上口的歌曲和慢三步

我的刑警往事

舞教起。胖哥基础差但劲头十足，加上他百问不耻、我们也诲人不倦，不出几天工夫，胖哥也能跟着磁带唱三五首歌曲了。困难的是跳舞。没有舞伴，几个寡公子让他生拉活拽踩了N次脚背后都敬而远之了。好歹他到底是带队的头儿，半哄半命令的还是把舞给学了下来。哪晓得胖哥不是个谦虚的人，才学得皮毛就开始唱高腔，嚷着要我们教他些高难度流行点的歌。我有心杀杀他的傲气，让他知难而退，乖乖做一个菜鸟。于是故意选了首那年刚流行的那英唱的《雾里看花》，挑其中一句"借我借我一双慧眼吧，让我把这纷扰看个清清楚楚明明白白真真切切……"写在纸上，对胖哥说："胖哥，你能一周把这一句学会，连贯着唱完，我们就教你学高难度的流行歌曲，不然，你就唱好这几首歌打天下吧！"胖哥哪是个服输的人？又见只有一句歌词，自然不放眼里。接下来一周时间，只要得空，胖哥就拿了那张歌词哼来唱去。时间到了，胖哥站我们面前，唱了又唱，哼了又哼，还真没能一口气囫囵唱下这一句来。胖哥这才知道罗马不是一天修成，锅儿是生铁铸成的，再不缠着我们教高难度流行的了。元宵节那天晚上，我们喝了点小酒，待在屋里甩老K。胖哥不知从哪儿弄来辆红皮大客车径直开到旅馆门口，嚷着要带我们去"潇洒走一回"。大客车颠簸了半个多小时来到龙沙镇。早有一个汉子跺脚哈气在路边一幢楼下等着了。胖哥将我们一一介绍，原来这汉子是这儿的副镇长。副镇长带我们上楼，楼上偌大一间空屋，屋角堆着一大堆桌子板凳，一看就是刚腾出来的。副镇长一挥手，"奏乐！"音乐随即响了起来。原来屋子一角还真放着一套卡拉OK音响。我们欢呼雀跃，胖哥扬扬得意，一副看我胖哥路子有多野的样

第四章　3120：哥子、硬角儿、远方的云

子。但我们的激情很快就被浇灭了。胖哥和那位副镇长喝得都有点高，又都是刚上路的"菜鸟"。但凡刚会唱的菜鸟大都是"麦霸"，两人你争我夺抢着唱不说，稍稍跟不上就朝放碟子的伙计大吼大叫："放慢点放慢点！"还是跟不上就又吼："喊你放慢点啷个还是恁快哟？格老子的硬是跟不上呢！"要真跟上了便得意得很："我说嘛！放慢点就跟得上噻。"我们开始还觉得太有趣，一个个笑得前仰后合，一遍两遍后就觉得没了趣，灌了一肚子冷啤酒打道回府。

　　响水抢劫案结束后，领导指派我和胖哥定点抓捕陈莽儿。

　　谁都知道，抓捕陈莽儿这样的硬角儿，搭档之间谁先上谁后上，一步之间可能就是生死之遥。刚接到任务没几天，我们去大垭口附近的茶岭村蹲守。有个上山挖蕨苔的农民向我们报告说，在凤仪禅院旧址附近有个废弃的护林员棚子，这几天里头住了个人，身材长相有点像陈莽儿。我和胖哥心一紧，不管三七二十一摸到那棚子附近的林子里小心观察。里面果真有个人在烧火做饭，只是不敢靠得太近，拿不准是不是陈莽儿。陈莽儿体壮如牛，随身带着杆火药枪。事不宜迟，我俩决定直接去那棚子，管他是不是陈莽儿抓了再说。接下来我们为谁去破门起了争执。内行人都明白，手枪是独子，一颗不中还可以有机会还击，即使不幸中弹，只要打中的不是致命处，也就一个窟窿眼的事儿。火药枪就不一样了，它打的是霰弹，枪扫一大片，填的又净是些绿豆大小的铅弹铁籽，一旦中枪非死即残。手术还不好做，铅弹铁籽没办法取干净，埋在身体里能让你痛苦一辈子。胖哥说："你丫头还小，我儿子大了，我去！"我说："你上有老下有小，出了问题不得了！还是我去！"争来争去争

毛了。我说:"干脆划拳,赢了的踢门!"胖哥说:"不干!划拳你是我师父,扳手劲!"扳手劲我哪是胖哥对手!我也不干。时间不等人,我摸出个钢镚儿说猜正反,这最公平,胖哥也没意见。钢镚儿往地上一摔,我赢了。我们摸到那棚子前,我才靠近门边,胖哥突然一个箭步上前,咣一声踢了门,冲进屋把那人扑倒在灶台边。扭过那人的脸一看,满脸的麻子,和陈莽儿一点对不上号。还没等喘匀气,我就骂开了:"胖哥你不耿直,输了耍赖,再不跟你翘伙计!"胖哥嘿嘿一笑,说:"哪个叫你崽儿这么单纯的呢?"

硬角儿

撤地设市后,万县市主城区经历了一段腥风血雨、风声鹤唳的日子。警匪之间、匪帮之间在这座城市经历了近五年的搏杀、鏖战,最后以数十名黑帮头子、杀人犯人头落地而尘埃落定。

万县历史上不是个小城市,而是一个大码头。万县靠长江航运起家又兼有公路交通之便,多有"上束巴蜀,下扼夔巫"、"万川毕汇,万商云集"这些溢美之词,又是全川最早开埠的城市,所以有"川东门户"之称。最让万县人沾沾自喜的是历史上曾经还有"成渝

第四章　3120：哥子、硬角儿、远方的云

万"一说，一度和成都重庆平起平坐，这是万县人的骄傲，也是万县人至今甩不掉的历史包袱。唯其如此，这座城市的人难免有眼高手低、喜面碌相的个性。这种矛盾的个性投射到万县人的性格上就是合则吴越相亲，不合则兄弟为仇；人对了，飞机可以刹一脚，人不对，矿泉水当毒药也要毒死你。合与不合对与不对，评判标准也简单：耿直还是"装大"。耿直自不消说，必然是朋友，但设若"装大"那你就完了。万县有句歇后语，"爷爷的窑裤（内裤）——装大"，说"你龟儿装大"相当于《人民日报》社论说"是可忍孰不可忍"，等于下战书。历史上万县码头袍哥、土匪、船帮、门徒会、全能神、神兵、国民党军警宪特等各路大神小仙大小流氓都在这儿占山头拉人马扯旗子，你抢我夺明争暗斗。从某种角度讲，是暗里的帮派流氓和明里的政府警察共同治理着这座城市。所以，万县历史上很少有制造杀人越货满门抄斩这样惊天血案的汪洋大盗杀人魔王，反倒是出了不少江湖老大，草灰蛇线绵延不绝。新中国成立后，在人民政府高压下，帮派被死死压着，但火种仍然在厚厚的土灰之下顽强留存，遇着风吹草动便会死灰复燃。三峡大坝建设使政府、警察的精力都被移民工作大量牵扯，管理出现了真空死角，帮派势力便见水脱鞋死灰复燃。我进3120时，万县大的帮派有：熊家董家的董家帮，头子是陈莽儿、堕落包、冉瘸子、于老鸦等，传统地盘在校场坝、一马路、塘坊一带；新田的新田帮，头子是冯雪、土钻儿、刺猪儿等，传统势力在岔街子、水井湾河街；此外，张杰的营盘帮、邓三妹的广场帮、冉茂吉的高峰帮、向光辉的影都帮、张毅的易家庄帮等等也各自占山为王。帮派之间内部之间为抢地

盘、夺市场、争老大甚至争风吃醋，一言不合便拔刀相向，内讧火拼。警情不断，我们这些刑警忙得是昏天黑地。张杰和广场帮一个叫潘建的小头目发生纠纷，张杰一伙持刀持枪在广场一巷子把潘建杀成重伤。潘建被送到中心医院急救室抢救，张杰见人没砍死，竟带上人马冲进手术室，赶走医生，用一把双筒猎枪把潘建活活打死在手术台上；陈莽儿为霸占地方国营飞亚企业公司的废品回收，带人潜伏到国本路，将下班回家的供销科长罗洪全活活砍死。张毅、刘正东团伙公然到公安处大院对面的菜市场敲诈一个杀猪匠，恰遇卿恒局长出门办事，张毅以为是警察出警，竟然手持钢珠枪朝卿局长座驾连开数枪，桑塔纳轿车被数颗钢珠击中，前挡玻璃被打碎，情急之下卿局长钻到仪表盘下侥幸逃过一劫……险恶的治安环境让3120、252这些一线刑警脸上无光、疲于奔命。曾有小半年我们衣不解带、荷枪实弹待在3120旁边的会议室，一有情报线索便倾巢出动。但总是落在这帮人的后面，恨得我们牙痒却又无可奈何。江湖上把陈莽儿、邓三妹、张毅们传得像《平原游击队》里的李向阳、《烈火金刚》里的肖飞样来去无踪、神乎其神。我们警察却成了松井、鸠山这样的饭桶窝囊废。

我们在明处，陈莽儿们在暗处，灯下黑是我们的致命伤。"我们是'顶起碓窝唱戏'，人累死了，戏也没唱好。"骏哥愤愤不平，"擒贼擒王！我们要抓几个'舌头'，抓几个硬角儿，突击审讯突击抓捕一网打尽。否则我们要被他们玩死。"骏哥当过兵，说的是专业术语。

第四章　3120:哥子、硬角儿、远方的云

　　李茂华是理想中的"舌头"之一，也是个绝对的硬角儿。他曾经和万县黑道师父级的红桃、曲祖云、向黑娃等人混过，后来南下广东"发展"，因为在深圳杀死一个联防被广东警方通缉。李茂华潜逃回万县市、奉节一带后，一度销声匿迹。他在万县没有大的案底，却能提供万县的黑道内幕，犯案后潜逃到广东一带的罪犯线索。出于保命，李茂华一旦落网一定会全力配合我们。在3120，我们推演设想的结果很完美也很简单。

　　不久，李茂华在奉节落网了。第一时间，我带了五六个荷枪实弹的武警分乘两台警车去奉节押解他回万县。按照管辖权，李茂华应该移交深圳警方。为获取情报，只有打深圳警察到万县提解李茂华的这段时间差。假若李茂华能主动交代几笔在万县的案子，我们也可以名正言顺把他留在万县，慢慢榨干他的油水，或者让他做污点证人。那样，我们可以少走些弯路，甚至直捣黄龙。留给我们的时间不足一个星期，老邓和我负责审讯。

　　有线报说李茂华在奉节的小兄弟会在码头生事，领导决定不走水路走旱路。一早从万县市出发，中午进入奉节境内。刚翻越竹园，天空阴云密布，凛冽的寒风一阵紧似一阵刮了起来。天要下雪了。担心天气出问题，警车闪着警灯鸣着警笛，一路狂奔，天黑前赶到了奉节县城。

　　在奉节看守所见着李茂华，第一眼感觉是面善。五短身材，体壮如牛。一袭深黑色棉毛衫紧裹在身上，腱子肉若隐若现吹弹欲破。我们给他上脚镣手铐，无意碰到他的胳膊小腿，像磕着根铁棍一般。倚仗多年积累的人脉，李茂华潜逃奉节两年，当地一些煤

我的刑警往事

炭、矿山老板给他提供了无微不至的保护。我们担心的也是这个问题。安全起见,我们选择晚上出发。警车驶出奉节老城,沿云奉公路向开县方向行驶。车过奉节火葬场,前方稀稀落落出现一些来历不明的社会车辆,都是些豪华的尼桑、丰田,打着双闪,车旁站着些穿着皮衣、貂毛的人。警车从车旁经过,这些人都朝车内若有若无地挥手。带队的武警中队长下令战士们子弹上膛,我也拔出手枪握在手中。李茂华不屑说:"朱警官,不用紧张!他们不过是演戏给我看,心头巴不得我早点走的。"我佯作轻松,淡淡说:"但愿如此,果真有个三长两短,你是最先遭殃的。"李茂华莞尔一笑,再不说话。

我们被"礼送出境",有惊无险。

再回竹园地界,暴风雪阻断了本来就崎岖难行的公路。我和武警中队长商量一下,决定原路折返,绕道巫溪县翻越尖山穿越云阳县境,在张飞庙渡口渡过长江赶回万县市。说掉头就掉头,天亮时分,我们穿过巫溪县到了云阳的沙坨乡。前面塌方,上百辆车排成长龙挤在一道狭长的沟谷等待放行。布置好警戒,让驾驶员休息,接下来要做的就只有等待。

鹅毛大雪纷纷扬扬下着,仰望天空,浑浑茫茫,洋洋洒洒,远处的山坡、沟谷和村落影影绰绰,一派雪国景象。再看李茂华,也倾着身子目不转睛看着窗外。这样的堵车可能也不是一天两天了,附近的村民提着装满煮鸡蛋、烤红苕、烤洋芋的竹篮在车窗外高声叫卖,一个十多岁的小男孩也混杂在其中。小男孩衣着单薄、身体瘦小,只有冻红的脸蛋平添着一份生动。在强壮的人群里他总是挤

第四章 3120：哥子、硬角儿、远方的云

不到车窗前，但他仍一次次努力凑过来，尽量踮起脚尖举起手中的竹篮。

"朱警官！我想买点红苕吃。"李茂华突然说。我还在犹豫，他拿脚刨过行李包，认真道，"我自己的钱。如果你们不嫌弃，我请客。"

我示意押解的武警把李茂华的手铐换到他胸前，说："你想吃自己吃吧！我们还行。"

李茂华说了谢谢，俯身从包里摸出一张一百元券，探出头喊那小男孩过来。小男孩慌忙挤到车窗边。李茂华把钞票递出去，要那小孩把剩下不多的红苕都给他。小男孩看到李茂华腕上的手铐，下意识地护住了篮子。李茂华尴尬一笑说："卖给我吧，叔叔这张钱是干净的。"

小男孩还在迟疑，我朝他笑笑，点了点头。小男孩这才接过钱，把篮子往车窗里一塞，飞也似的跑开了。李茂华把篮子放到双膝上，拿起一个红苕，一下一下撕掉红苕皮，一小口一小口往嘴里放……吃着吃着，李茂华突然停下咀嚼，脑袋往篮子上一趴，肩膀一耸一耸抽泣起来。由于尽可能憋着，他的抽泣声变成一种被人掐住喉咙，挣扎一样的呜咽。他的呜咽让战士们紧张起来，纷纷把枪往怀里搂了搂。我示意大家别紧张，注意警戒。一会儿，李茂华停了抽泣，继续埋头吃红苕。一篮子红苕差不多吃完，这趟押解也结束了。

李茂华被关在龙宝区看守所，号室到审讯室要爬一截笔直的石阶。我和老邓第二天提审李茂华，李茂华戴着脚镣手铐从号室出

来，也不需人搀扶，弯腰提了脚镣一路蛙跳着上了顶。我和老邓有备而来，老邓照例是一番云山雾罩的开场白。谈案子、谈广东风土人情，也谈李茂华喜欢的一个万县市的风尘女子。风尘女子已经从良，在万县市开着一家美容院。李茂华听得专心，对答也得体。又说到已经被枪决的曲祖云，李茂华更是眼睛放光。老邓与这风尘女子和曲祖云都熟识，也有很多交集，李茂华很有兴趣。有了共同的话题，老邓开始就坡下驴。我知道老邓的套路和招数，他接下来一定会在李茂华的求生之门上挤出一条罅隙，李茂华受求生欲望驱使也一定会朝这道罅隙挤进去。如果这样，我们需要的结果就近在咫尺了。将死之人犹如过街的老鼠，当人人喊打时，指一条逃生的路他一般都会毫不犹豫钻进去，哪怕钻进去等待他的是油锅火坑。我们给李茂华准备的生路是交代或者检举一两起万县市的案子或者杀人逃犯，换取在万县审判，留下一线活命的希望。李茂华犯下死罪的案子很简单也很不值当。他已经在深圳立住脚，"事业"也在朝更好的方向发展。一天，一个过去的朋友找到李茂华帮忙。李茂华刚到深圳穷困潦倒时和这人一起干过飞车抢夺，这朋友要李茂华搭个手再干一票，挣点零花钱。也是合当有事，李茂华那天喝了点酒，鬼使神差地就跟着去了。哪知道深圳警察这天设了埋伏，那朋友刚在路上拉好绊车的铁丝就被联防逮了个正着。李茂华完全可以溜之大吉，但他选择的是拔刀相救。偏偏设伏的警察里面有个人是深圳十佳联防，一个不怕死的人。两人扭打一起，李茂华占尽下风，只好手起刀落……

只要这球抛给李茂华，李茂华不会轻易让球从手里滑落的。我

第四章 3120：哥子、硬角儿、远方的云

们想不到的是，李茂华却是我们遇着的第一个抱着猪头找不到庙门的人。

第二天，李茂华说话了，很礼貌："……你们两位的好意我心领了，可惜的是我可能要得罪你们二位了。原因只有一个。万县黑道的内幕我清楚，他们当中犯了死罪逃到沿海的人躲藏在哪里我也清楚一些，但我不能说。因为我点了万县黑道的水，我在江湖上就立不住脚了。一个在江湖上立不住脚的李茂华，和死了有什么区别呢？所以我做好准备去深圳面对这一切，哪怕结果非常的惨。再说，我也不是完全没有机会。这两年，我那些奉节朋友一直在深圳那边替我打点替我疏通。钱能通神，这或许能救我一命。当然，你们对我不错，你们的账我还是要买的。只要不谈具体案子具体人，我会回答你们两位的所有问题。"

"李茂华！既然是得罪不得罪的问题，我倒想问问你了。"我有些恼怒，故意激将道，"如果说是得罪的话，难不成你李茂华也怕得罪万县所谓的黑道人物么？"

"朱警官，你参加过红卫兵么？"李茂华没有正面回答，反问我道。没等我回答，他说："我是参加过红卫兵的。为什么参加红卫兵？有两种想法。有的戴上红袖笼子，为的是真'革命'，有的戴上它，只是为讨道'护身符'。我当年从奉节到万县，戴上黑道的袖笼子，为的不是杀人放火，要的是这道讨生活的护身符。丢了这袖笼子离开万县，也是为了远离黑道甩了这道护身符。因为我很清楚，黑道是一条不归路，我不想走得太远。"

我讥诮道："在深圳，你走的路不是黑道恐怕也是殊途同归吧？"

我的刑警往事

李茂华苦笑片刻，说："你们晓得我在深圳是做鸡头的，一定觉得我很下作吧？说实话，早几年我也看不起鸡头、小姐。根本没想到我后来会做鸡头，还做得这么好。是啥子让我转变观念的呢？一个字：逼！逼出来的。刚到深圳，我当过保安、进过工厂、贩过黄片卖过血，走投无路的时候也去抢过人家的包。也正是这段打工经历让我明白，为什么在南方会有那么多的内地人在犯罪、在卖淫、在贩毒。其实他们大多数过去都是老老实实的打工仔，他们和我有过同样的经历，加班加点、牛马一样做工，地位低下，比龟儿子都不如。回到万县，扬扬得意给人家讲他去了深圳、去了珠海、去了东莞这些天堂一样的地方。其实，好多人连市区都没去过，国贸是方是圆，帝王究竟有好多层，小梅沙的水是咸的还是淡的都不晓得。他们也许就在关外某个山头远远地望了眼深圳漫天的霓虹灯，就足以在家乡人面前夸耀一番了。但有谁能真正理解他们的辛酸和艰辛呢？所以，我把他们当中的一些山里妹子真正地带出了大山带出了农村，只是再没让她们进工厂上流水线，而是让她们真正融入了这个城市……你反过来想，杜十娘、小凤仙尚且能赢得人们的同情和怜惜，我和这些风尘里刨食的山里妹子为啥子就不能得到宽容和谅解呢？"

一番话说得我哑口无言。不能由着他的性子，我不无嘲讽道："贫穷不是犯罪的理由。千千万万南下打工的人，能出几个李茂华呢？"

"哎！朱警官！你是饱汉不知饿汉饥呀！"李茂华叹口气，情绪也变得异常低落了。闷头猛吸了好几口烟，然后才抬起头。我看到

第四章 3120：哥子、硬角儿、远方的云

李茂华的眼眶里有星星点点的泪光，接着伤感、和缓地说："朱警官！我不晓得你是如何从一个农村娃一步步走到现在的，你又经历了哪些不堪言说的伤心往事。如果你爱听的话，我说说我的故事好吗？那天在沙坨，我为啥要买了那娃娃的一提篮红苕，为什么我会那么伤心？我想起我的童年了……我十岁那年，都腊月二十九了，家里还没一样带油腥的东西。老汉老娘还都生了病，下不了地干不了活，里里外外靠我一个人。弟弟妹妹哭着闹着要吃肉，老汉老娘听得不耐烦。老汉喊我到柴屋捡了几十斤煤炭，要我挑到场上去卖了多少买点肉星星回来。我挑着那担比我还重的煤炭走了二十里山路到了乡场上，天下起了雪。我又冷又饿从场的这头走到那头、从早上走到天黑都没一个人问我一声，场口一家的小娃娃还放出狗来狠狠地咬了我一口……那天也怪了，脚杆上明明流着血，我却一点没感觉到痛。反倒是心头一阵阵火烧火燎的，一种想通过另外一种方式找到尊严的冲动让我激动到脸红筋胀……天黑尽后，我把煤炭往河里一倒，翻窗进了那个男孩家，偷走了两块猪肉……这算是我第一次犯罪作案吧。"

李茂华说完，如释重负一般再叹了口气。审讯室也冷了场。还好，老邓适时拉回正题。老邓很谦恭地给李茂华再递上一支烟，问道："茂华！我们不谈这些伤心往事了。一句话，人生一世你不容易我们也不容易。这样好吧？我们不讲具体案子具体人，我们来个板凳打调坐，假设你是我们，你现在该怎么做？"

李茂华长吐一口烟，说："邓老师，其实我刚才的话就已经说明白了。所谓'无利不起早'，陈莽儿于老鸦也好，土钻儿张毅们也

好，都是为了市场为了钱，你们要是掌控了市场，还愁抓不到他们？何须要我李茂华点啥水呢？"

老邓来了兴趣，问道："你的意思是？"

李茂华沉吟有顷，娓娓道："四个字：以毒攻毒。搞董家帮找新田帮帮忙，弄新田帮找董家帮指路。万县黑道现在没一个绝对的老大，大家都在争都在抢。这时候就像一筐螃蟹，你夹着我的脚，我咬着你的爪，逮到一个能扯出一串，正是一网打尽的好时候。假若让他们争出个老大来了，他们就是一窝蚂蚁，大蚂蚁说出洞就出洞说不出洞就不出洞，逮了一个逮不着第二个。真正到了那个时候才是你们脑壳痛的时候……再说详细点，那些吃血饭的人不过是些疯狗，是狗就喜欢啃骨头，丢根骨头哄到跟前了就好办。是不？"

我讪笑道："好多人都跑到深圳、东莞去了，当地警察不配合，说哄到手就能哄到么？"

李茂华也笑道："配合不配合是相对的。我感觉你们两地警察之间和做生意的没啥子区别，广东警察现在是买方市场，你们有求于他们。再过两年，这些逃犯把他们搅得乌烟瘴气焦头烂额了，市场不又成了卖方市场了？所谓风水轮流转，到时候你们再过去，他们还不得像土地菩萨一样供着你们了？"

李茂华的回答如此前卫，不由我和老邓大眼瞪小眼，竟不好再问些啥了。冷了一会儿场，老邓惋惜道："茂华！你这么一说，我们还真心想帮你这忙呢！"

我也说："你要点几趟水，我们会替你保密替你打掩护的。"

"谢谢你们这么看重我、帮助我。"李茂华叹口气，苦笑说，"我毫不怀疑你们的诚意也毫不怀疑你们的职业操守。只是世上没有不透风的墙，要保我一命，需要那么多环节。逮捕、预审、起诉、公诉，最后审判，一路走下来，哪有包得住火的纸呢？"

老邓沉默良久，叹口气说："茂华！如果你固执己见，我们就爱莫能助了。"

"感谢感谢！"李茂华掐灭烟头，拱手称谢说，"生死有命，富贵在天！如果我能万幸逃过一劫，我会写信给你们的。我多说了些没用的话，如果冒犯你们了，请别介意。"

……再审下去只是徒费口舌。我和老邓向骏哥汇报后，准备向深圳警方移交李茂华。移交当天早上，我早早到看守所准备手续。铁门外一个瘦巴巴的小伙子坐在一床捆扎得方方正正的铺盖卷上，身边放着一个网兜，网兜里牙膏牙刷香皂肥皂一应俱全。小伙子长得黑不溜秋，脑瓜皮却刮得白森森的。见我走来，起身打招呼道："是朱警官吗？我是邱奎，奎娃子。""啥奎娃子？啥事？"我稀里糊涂问。小伙子像是很失望地说："我是和华哥一块儿犯事的奎娃子呀！他没说起我呀？我要和他一块儿去深圳，要关我们关一起。"我狐疑有顷，方才想起，深圳警方的通报中，提到李茂华还有个同伙没抓到，李茂华和联防搏斗时这人上去踢打过联防。无名无姓，还不是案子的关键罪犯，没人在意，审讯李茂华时我们也没提起这事。想不到这人主动投案，还要陪李茂华一块儿去深圳，倒也奇了。心里这么想着，嘴上便讥诮道："奎娃子！你这又是唱的哪出戏呢？想到深圳陪斩么？"奎娃子垂了头，灰灰地说："华哥待我像亲哥一样，真要能替他死也好了。我帮不了他啥忙，陪他坐坐牢心里安稳些。"

深圳同行一到，我先向他们介绍了这个奎娃子。带队的深圳同行皱着眉头说："我们只来了三个人，省厅批了手续坐飞机到广州，多带一个就违规了。真是麻烦！"我们当奎娃子面商量办法，奎娃子干脆说："这样好了！你们带华哥坐飞机，我自己赶船坐火车到深圳。只求你们给华哥说声，说我奎娃子陪他坐牢来了。"我不好说啥，深圳同行不耐烦地挥挥手，表态同意了。

李茂华被押回深圳，半年后执行了死刑。奎娃子一个人去了深圳，坐了两年牢后回到奉节老家。他有时到万县市来看李茂华那相好的，言必称嫂子，恭敬得很。老邓见这奎娃子仁义，常常和他摆谈摆谈，遇着些江湖道上的事还要找他打听打听。这是老邓的好习惯，我不好掠人之美，由他去了。

在万县市，说起所谓黑社会，黑白两道、警匪之间一定都会说，邓三妹算得上一个。

邓三妹算不算黑社会又是个伪命题。说他是吧，我们和他打了这么多年交道，没一次真正把他"做上山"，更别说按刑法294条起诉审判他了；说他不是吧，万县市和后来的万州区好几起大案与他都有千丝万缕若有还无的关系，照说涉黑是不假的了。我和他有过多次交手，按理说我最有发言权了。可照直说，我也拿不准。我想说的是，邓三妹是个真正难缠的对手，他具备了一个黑社会头目所有应该具备的经历经验、犯罪储备和原始积累，这座城市没有一个能像他那样和真正意义的黑社会走得如此接近的人。

第四章　3120：哥子、硬角儿、远方的云

我还在警犬队的时候，邓三妹就已出道。公安处地处营盘和广场之间，附近的玉和巷、月亮石一带是广场帮和营盘帮摩擦打架的主战场。第一次听说邓三妹的名字大概是他从精华监狱越狱后不久，有线报说他在月亮石巷子吃冰棍。骏哥匆匆喊上我和海啸赶到冰糕摊，用一张怀疑是他吃过的冰棍纸做嗅源，追到"石琴响雪"没了踪影。我见骏哥他们如临大敌，枪不离手，想这家伙一定是不得了了不得的硬角儿了。

我到3120没多久，突然接到消息，邓三妹在家躲着。他的家就在和平路糖果厂对面的巷子里，我们蜂拥着徒手赶到他家楼下，邓三妹没做任何反抗束手就擒。大家七手八脚把他带回局里，我拿铐子铐他时才发现，邓三妹身板瘦小孱弱，脸白如纸，戴一副高度眼镜，手铐的最后一箍才勉强箍住他干柴般的手腕。即便这样，好像他手一缩就又能从箍子里拿掉一样。为保险起见，给他加了副指拇铐。很难想象，就这双手能提刀握枪在广场一带打出一块天地，笼络一帮喽啰。惊诧之余，我怀疑是以讹传讹，生生把一个小混混给神话了。审讯几天后，邓三妹被关到了柑子园。那时候还没取消收容审查，邓三妹又是脱逃的犯人，填张羁押证就关进去了。案子由龙宝分局办理，记录在案的案子少说也有七八桩，搞定他应该不是大问题。

我们很快忘了邓三妹，一个死老虎不值得操心。谁知过了一年多，骏哥找到我和老邓，让我们上邓三妹案子。一问，原来一年多过去，龙宝分局的侦查员换了几拨，邓三妹却只字不吐，那七八起案子还在纸上写着水瓢上画着，没一起能落实。放不能放，关不能

我的刑警往事

关,邓三妹成了块烫手的山芋。我和老邓接了手,案卷一翻也傻了眼。这七八起案子说大也大说小也小,说与邓三妹有关系也可说与邓三妹没半点关系也像。他的高明狡猾之处是案子的每一个环节铁链般环环相扣,快到他这一环或是两环就断了。关键证人总是他的铁心豆瓣,要么人间蒸发无影无踪,要么一口咬定和邓三妹没半点干连。证据不形成锁链就不能起诉审判,即使当时证据要求不高也不能降低到捕风捉影的限度。要把他这环扣上形成证据链,除非他亲口招供。问题就出在这儿。

"必须让邓三妹上法庭、判刑!"局领导的底限明明白白摆在那儿。也是命令。

老邓和我能想到的办法是先把邓三妹换个看守所。邓三妹在万县深耕多年,关系复杂,每次能泥鳅一样滑掉不能排除里外通。老邓和邓三妹打过交道,内中堂奥是略知一二的。我们押他去开县关押,车过大垭口,邓三妹开口说:"邓老师,其实用不着这样淘神费力,哪儿都一样嘛!"言下之意不言而喻。我和老邓交换下眼神,感觉心里沉甸甸的。

"邓三妹既是咬定死不开口,我们何不给他交个底,让他坐上一年两年牢,再从长计议呢?"我向老邓建议。

"倒也是。何必跟他计较一次两次输赢呢?以退为攻也好。"老邓赞同我的意见。

我和老邓打定这主意,由我向邓三妹摊牌。提审他之前,我专门溜到看守所去看看号室里的邓三妹究竟是个啥做派。透过天井缝儿,我见他坐在号室靠窗下最好的铺位上,摘了眼镜手捧一本书凑

第四章　3120：哥子、硬角儿、远方的云

近鼻尖在看，石化一般。近前的人都住了嘴，没人打搅。"早知这样，脱裤子放屁——多此一举了。"我暗想。

在审讯室，我径直说："三妹儿！你进看守所也一年多了，为啥不放你回精华监狱继续服刑，原因你清楚。你的面子输不起，我们公安的面子更输不起。你要是个爽快人，认个一件两件案子，早说早了结，迟说迟了结，总之要有个说法；若是想继续这样耗下去，我和邓老师大不了重砌炉灶，再添柴火。你晓得，我们两个人也不是白吃干饭的。我们耗得起，这是我们的工作。你耗不起，耗的是时间耗的是钱……"邓三妹翻了我一眼，并不说话。见他不开腔，我把早准备好的一张清单递了进去。清单上写着几起案子，是几起估计邓三妹能认账我们也能查清的。邓三妹犹豫片刻，拿了单子，看也没看揣进了兜里。只要他接这单子，这事就有了七八分。果然，第二天再提审，邓三妹指了其中一起案子，说："这起我认，其他免谈。"

邓三妹认的是他借手下人被打伤，敲诈万县市当时也算赫赫有名的一个建筑公司老板两万块钱的案子。不痛不痒事出有因，能值一年两年徒刑。和羁押他这一年零八个月相抵，坐不了多久的牢，这账邓三妹算得精。不过，对他对我们却又是个双赢的结果。哪知道，我们找到那个老板取证时，那老板矢口否认，口气大大地说："邓三妹算个锤子呀！敢找我要钱？"我无名火起，把邓三妹的笔录往他面前一扔，冷冷说："按你这意思是邓三妹撒谎啰？要我原话转告邓三妹吗？"那老板一听，慌得直摆手，直说对不起对不起有这事有这事。

我的刑警往事

邓三妹被送回原监狱服刑，再没一年，他出狱了。出狱后的邓三妹很像是金盆洗了手，自己搞了家房地产公司，生意越做越大。手下精干点的弟兄摇身一变成了项目经理，再不成器的也拎着大包小包的现钞在地下赌场"放水"，同样赚得盆满钵满，广场帮一时销声匿迹。谁承想，没过几年，又一起惊天大案牵扯上了邓三妹。2003年2月5日，邓三妹的司机兼保镖陈文胜为一起纠纷纠集一帮人持刀持枪在青龙石杀死两人重伤一人，种种证据表明是邓三妹直接策划并提供了枪支。陈文胜落网后，依旧故伎重演，矢口否认邓三妹与这起案子有任何牵连。

新一届局领导实在容忍不了邓三妹的猖狂和狡诈，严令我所在的重案大队和天城分局刑警大队抓捕邓三妹，不惜一切代价送他"上山"。我暗自叫苦。但警令如山，只好发扬铁人王进喜的精神，有条件要上没条件创造条件也要上。我们的方案是想办法密捕邓三妹，然后迅速押解到外地关押，突击取证，快速起诉。邓三妹大概也感觉这次真的闹大了，随身带着几个小喽啰，深居简出，再不抛头露面。意图很明显，一来还是怕仇家报复，二来怕哪天栽在公安手里了没人报信没人通关。我们跟踪了十来天，没法密捕。平安夜晚上，几个小喽啰喝了酒送邓三妹回家，兴许是急着回欢场，老大才刚下车，几个小喽啰就一溜烟跑开了。趁这一个稍纵即逝的空当，跟踪他的侦查员几个箭步上去把他摁上了车。刚上车，邓三妹还露出少有的恐慌，当侦查员递过证件让他看了，他竟长长地吐了口气。车一路驶向高速，向垫江方向驶去。走出百十来里路了，邓三妹这才悻悻问了句："你们朱大队呢？这次又是赶哪股风嘛？"

第四章　3120：哥子、硬角儿、远方的云

这次还真让邓三妹虚惊了一场。我们把他秘密关押在垫江，断绝了他的一切信息，然后抓紧搜集证据。两个月后，我们靠零口供报请检察院逮捕了邓三妹。当我们都以为这次是真的胜了这场棋局的时候，邓三妹来了个绝地反击。一个月后，还是检察院再次以证据未形成锁链为由决定不予起诉。手下兄弟纷纷叫苦不迭、愤愤不平。怨言归怨言，决定必须执行。道上传出邓三妹手下准备了二十台宝马奔驰到看守所迎接他的消息，这可是向公安公开示威。我奉命制止这场闹剧。于是有了次和他推心置腹说话的机会。邓三妹也有一肚子话想跟我说，比起审讯来一点不冷场。

审讯室，我给邓三妹看了释放通知，开门见山说："三妹！现在外面有几台奔驰宝马，据说是来迎接你的。我看不合适吧？这儿是垫江，我有警校同学在这儿当局长当大队长。我们万县的面子事小，他们垫江的面子事大。他们要给你搞个违反监规啥的拖上几天，我不好替你说人情。"

邓三妹剜了我一眼，咽哑着嗓门说："朱大队！你这人其他啥的我觉得还凑合，喜欢讹人这点不好。摆明了是你们的面子，非要扯到垫江脑壳上……这事好说，把你电话借我用用。"我把电话递给邓三妹，邓三妹拨了个电话，懒洋洋说："成心给我丢人现眼呀？留一台车，其余的都滚！"

"谢谢三哥！"我收了电话，调侃道，"趁办手续的工夫，我们能摆摆'龙门阵'吗？"

"你是乌鸦天上飞，我是黄狗地下追，我们之间恐怕没啥共同语言啰。"邓三妹情绪很好。第一次听他说笑话，倒也新鲜。

我的刑警往事

"那倒也是，话不投机半句多。不过，你我多年交情，谈点案子以外的东西还是可以的吧？"我笑着问。

邓三妹伸手要了支烟，吸了两口。从来字斟句酌的他满嘴跑马，他说："……你们公安就这点不好，死要面子活受罪。我邓三妹能混到现在这么响的名头全靠你们，你们每捉一次放一次，我在江湖上的名气就越大一次，这也是有人愿意死心塌地跟我混的原因。原因在哪里？原因在你们总是以执法者自居，执法不懂法或者不精通法，让我钻了空子。你们可能都没想到，从你们的第一部刑法到后来的若干修正案我都逐字逐句看了，研究了，尤其是你们喜欢拿来套我的啥流氓罪、寻衅滋事、聚众斗殴啥的，我不敢说我能背过你朱大队，我敢说万县好多公安背不过我。"

"这我相信。"我讪笑说，接着讥讽道，"你三哥手里有大把的职业律师，何须你背那些条条款款呢？再说，案子到哪个环节哪个步骤了自有人给你打点、通关，也不需要三哥你淘神费力死记硬背嘛？！"

"嘿嘿！你这一说我不爱听。"邓三妹掐了烟头，说，"你这一说也正是我看不起你们公安的另一个地方。我听人说，有关我邓三妹这人为啥关不进去，周头儿在龙宝分局骂过你们一句粗俗的话，'自己鸡巴没有用，怪婆娘的屄没得缝'，话虽难听，倒是句天大的实话。且莫说检察院、法院不是为我邓三妹开的，也没你们说的那么乌烟瘴气，就算有你们想象的那么黑，要是你们真正做到了铁板钉钉，我邓三妹能手眼通天么？所以，求人不如求己，怪人不如怪己。为了对付你们，我必须有所准备才放心，你们也要多从自身上

第四章　3120:哥子、硬角儿、远方的云

找找原因，不是吗？"

我汗颜，忍不住问道："三妹！这条道你准备一直走到黑吗？"

邓三妹淡然一笑："'人在江湖，身不由己'，我是想退出江湖，这不是说断就断得了的。我只想劝你们不要再找我的麻烦了。"

"能给个理由吗？"我问。

邓三妹冷笑道："我真要'上山'了，杀头了，你们的麻烦更大。晓得为啥吗？因为有我邓三妹在，我手下这些兄弟，你们眼里所谓的'黑社会'，他们靠管个工程，放点水，收点工程款啥的就能养家糊口，花天酒地。若是我有个三长两短，他们断了生计，又只有重出江湖，用拳头刀把子谋衣食了……我是水桶上的那道箍，断不得的。"

我来了兴趣，探了探身子问道："说到这儿，我还真不明白。也没几年时间，你咋就能在房地产业做得这么风生水起的呢？"

"你又装傻了。"邓三妹哼了哼，看着我说，"道理很简单。我没本钱没资质不懂行，啥也没有。但我有无形资产，名声就是我的无形资产，有了这个无形资产，傻子瞎子都能在这个行业做大。为啥？道理也很简单，拿地、拆迁是这个行业的两大障碍。拿地不是我的强项，那是我合伙人的事儿，我的强项是拆迁。老百姓不怕政府不怕挖掘机不怕警察不怕警棍不怕催泪弹，但不可以不怕我们这些人我们手里的杀猪刀我们的火药枪。所谓警察怕政府，政府怕百姓，百姓怕黑道，黑道怕警察。这是个生态链，平衡不能被打破。我邓三妹是其中的一个链条，这个链条能给我带来好处。这就是我关看守所监狱几年得出的结论，我的心得。我退出江湖，你们少些

麻烦，所以你们不应该揪住我过去一点尾巴老是不放。"

"这么说，我们不但不该抓你，还应该感谢你啰？"我揶揄道，"不过你话说到这份儿上，作为老往来，我还是想劝你一句。圣经上说：'玩刀者刀下死，玩剑者剑下亡'，你走的这条路是一条不归路，要么最后像冯雪、向光辉那样死在道上，要么像李茂华、陈莽儿那样被灭了。放下屠刀，立地成佛，可能好些。"

"哼哼！你到底还是没明白我的意思，话不投机不需多说。至于说到死的问题，'沟死沟埋，路死路埋，老虎吃了当肉棺材'。走了这条路，哪个都没把死当回事。恐怕你们当警察的也一样，真正的警察是不怕死的。是不？"邓三妹嗤笑一声，再不说话。

这是我看到邓三妹的最后一张脸，而且破天荒是笑着的。

2009年，因工作安排，我又被抽出来上专案。一天晚上，有人拿着市局的介绍信到我们专案组驻地找我，原来邓三妹又被市局一个专案组抓进去了，没过几个月听说又再次全身而退。得到消息，我一点没觉得意外。意外的是再不久我得到另一条消息，邓三妹在邻水附近的高速路边遭遇车祸，一辆挂外省牌照的重型卡车把他和一个女子撞死在一辆宝马750Li里了。黑白红几道人都怀疑这是场阴谋，不少人打电话向我求证。听得不耐烦了，我呵斥道："你们是警匪片看多了还是咋的？邓三妹哪有那么跩？人都死了还在给他抬轿！"心里说："三妹啊三妹！早几年前要是你任接一回我们警方的招，监狱里多蹲上个三年五载，或许现在还好好地留在这个世界吧！"转而又想，我到底也没给他把命算准，咋还有"天必灾之"这条路呢？

第四章　3120:哥子、硬角儿、远方的云

天涯追捕

　　陈莽儿、于老鸦等团伙被摧毁后，3120最紧要的任务是追捕张毅易家庄团伙的两个杀人骨干：刘正东和刘华峰。

　　1996年，台海危机爆发。隆冬时节，突然得到线索，刘正东潜藏在贵州西北一个叫打鼓坪的地方。枪击卿局长以前刘正东背负一条人命，是重点通缉的省级逃犯。线索从贵州方向转来，得到线索时，我正好在靠近黔北的綦江办案，局里要我就近前往贵州先期落地查证，寻找机会实施抓捕。家里老邓、华哥们先期查证，模棱两可。却原来贵州有两个叫打鼓坪的地方，一个在桐梓大娄山，这个打鼓坪稍稍大些，地图上能找着；另一个远在毕节地区下面一个叫赫章的县里，乌蒙山深处，地图上根本找不着。推断的结果是刘正东潜藏的地方应该是赫章的打鼓坪，那一带有四川人在开矿山，山高林密天高皇帝远适合刘正东这样的人藏身落脚。经验告诉我，四川、贵州这些叫坪呀坝的地方大都是深山老林，有屁股大一块稍稍平坦点的地方就能叫坪呀坝的了。案情重大，由省厅刑侦处经贵州省厅刑侦处给赫章所在的毕节地区公安处去了协查函，我只需凭介绍信直接前往，自有人接洽。赶紧放下手头的活路，填了空白介绍信，找张地图看了路线。綦江的同志把我送到赶水，从赶水赶夜里的火车到贵州遵义，再从遵义坐长途客车到了毕节。以为到了毕节算到了头，毕节负责接洽的人看了介绍信，让我再坐长途客车到六盘水。心下疑惑，又不好多问，再赶车奔六盘水。到六盘水才得

知,贵州正在全省打一场声势浩大的打拐追逃战役,黔西地区的指挥部设在六盘水。刘正东被列为这个战役精确打击的抓捕对象。泰山压顶,这样最好,省得我拿着介绍信警官证四处求告,悬着的心稍稍落地。六盘水刑警大队一个副大队长接待了我,在贵州地图上指点着向我介绍,刘正东躲藏在打鼓坪一座叫天叫水的铁矿,属彝区了。贵州的大英雄花子山正好在打鼓坪附近一个叫噶哒场的地方指挥一个抓捕组,他和我进山侦查,伺机实施抓捕,一切听他安排。花子山这名字如雷贯耳,贵州著名的追逃打拐英雄。能和这样的人联手,真是三生有幸了。一时心跳如鼓,还不好露了浅薄,毕竟我代表的是四川刑警的形象,只握手称谢。

副大队长安排一个姓坑的侦查员送我去火车站。小坑是河南人,公安大学毕业分到贵州。这坑姓还是第一次听说,怕不礼貌没好多问。便问花英雄怎么到了六盘水,小坑用变了调的河南腔轻蔑说:"他能来干啥?抓彝族女人呗!闽粤赣一带拐去的婴幼儿大都是从云南贵州过去的,黔北黔西北尤其厉害。这边的女人边生边卖,又卖又拐,都成产业了。有了这产业,花英雄也应运而生了。这么大场战役,哪少得了他?"

对花子山如此不恭不敬,我对小坑一下子不感冒了。转而又想,这花英雄和老邓一样,靠的是一招鲜吃遍天。这一招便是所谓的卧底侦查。当初自己对老邓不也是这么的不待见么?小坑真正的问题是我们才刚见面,交浅言深,口吐轻薄,这样的年轻人怕走不了多远,即使是王牌大学毕业的高才生。我莞尔一笑,说:"所谓时势造英雄嘛,要做到他这样出神入化怕也难吧?"

第四章 3120:哥子、硬角儿、远方的云

"嘿嘿老朱!你也受蛊惑了。"小坑淡淡一笑,不屑道,"这个花子山没啥技术含量,无非装神弄鬼。太原始,算刀耕火种吧。"

"真的吗,小坑?"墙内开花墙外香,不足为哂。小坑正牌公大毕业,传统侦查对他无异于牛头与马嘴,糟蹋糟蹋更是不足为奇。我偏来了兴趣,随口问:"这个花英雄你知道多少呢?"

小坑望望我,说了花子山两则故事。一次花子山去广东潮州一个村庄解救一个女童,正愁没法进村,得知当地鼠患成灾,灵机一动,去市场买了一笼子小猫,大大方方来到村里,一边吆喝卖猫咪一边观察。一个老太太牵了个女孩儿出来买猫,讨价还价间,花子山顺手摸摸那女孩儿脑袋,耳朵后面露出一块红色的胎记,正是要解救的那孩子。再一次花子山去福建龙岩解救一个被拐少女,那家人正做丧事,人来人往一片喧哗。花子山学着别人的样子买了床踏花被,扛了个花圈径直去到那家,一番披麻戴孝磕头作揖,便和那少女用家乡话接上了头。接下来的事就好办多了。"这就是我们的花英雄!老朱有兴趣还可以深度取经,我是学不来的。"火车站到了,小坑丢下一句话,头也不回走了。小坑一说,越发让我心驰神往了。

我赶火车到威宁县城,再换乘到云南昭通方向的长途客车。翌日一早,客车在赫章西北角一个叫石坪的小站停下,我下了车。这里是典型的喀斯特地貌,举目四望,到处是黑黝黝乳房一样高耸的小山包。如我所料,这儿没坪,石山倒遍地都是。站台空荡荡的,我一下子找不着北。望望四周,朝有灯火的地方转去,想问一下那个叫噶哒的乡场怎么走。

出了站,看不到其他地方乱哄哄的拉客景象。站前坝子泥泞不

堪，一点也没有山乡小站应有的秀美和开阔。一股凛冽的寒风吹来，我打了个寒战。走了段路，见路旁一个小饭馆开着门，便走了过去。一个小姑娘拿了把篾把扇使劲往蜂窝煤炉子里扇风，问了好几声才应声。"噶哒场？我哥跑这段路的。"小姑娘扯起喉咙叫了几声，一个瘦精精，黄泥鳅样的小伙揉着眼睛钻了出来。

"噶哒场？你是'色狼'吧？"黄泥鳅打着哈欠问。嘴一张，满口的黄牙，腊肉一般。

"色狼？"我愣了愣才回过神，八成他把我当摄影的"摄郎"了。副大队长介绍过，打鼓坪靠近号称贵州屋脊的韭菜坪，那儿是驴友和摄影爱好者的天堂。我给那黄泥鳅递过一支烟，说："地图上看这名字好听，说来就来了。"

"啥子好听哟？噶哒就是噶哒，噶哒是哪里的意思，你这也不懂？"黄泥鳅嘲笑我没见识。说归说，还是领我上了一台破破烂烂的面包车。

面包车哼哼呛呛上了路，一出站，车子癞蛤蟆样跳了起来。黄泥鳅的兴致却越发地好，嘴里不停地哼着什么歌，大口大口吧嗒着叶子烟，间或往窗子外叭一声吐口浓痰。窗外不时有穿着破烂、背着小山样的柴草、红苕藤的砍柴人和农妇侧身让路，表情麻木而茫然。暗想，刘正东选这种地方隐姓埋名，算是下苦功夫了。面包车在几间一半瓦片一半茅草的房子前停下，上来一群七八岁大的小孩子。车里更挤了。娃娃们身上散发着怪怪的味道，有的嘴里还啃着烤红苕。有了我这生人，一个个怯生生的不说话，一会儿又麻雀闹林样叽喳开了。前面出现一块宽阔的坝子和一片低矮的房屋，一条

第四章 3120:哥子、硬角儿、远方的云

清澈的小河环绕着。远处青山绵延，近处小桥流水，别有一种山野小村的秀美风情。黄泥鳅回头对我说，噶哒场到了。

下了车，正踌躇间，一个头戴栽绒帽、身着黑色粗布衣服，土不拉几的中年汉子劈头一撞般把我轻轻一搂，轻声道："小朱吧？我是花子山。请跟我走！"更不多说，那人和我说些我听不懂的当地话埋头走着，我便和他肩并肩走了去。

进了一家小院，一个长得标标致致的彝装女子迎了过来。花子山过去和她说了几句当地话，女子马上改用普通话热情招呼说："欢迎欢迎，请随我来，先歇息歇息吧。"便在前面领了我们。走过一道灰暗的走道，闻到一股酸酸的味道。鼻子稍稍吸溜下，立刻打了个响亮的喷嚏。上了楼，眼前豁然开朗。房间不大，但收拾得很亮堂。窗外是大片收割后的稻田，黄灿灿的谷茬间一群群麻雀飞来飞去，女子过去打开窗户，一股清新的山风吹进门，洗心漱肺。"师傅您觉得怎么样？"女子问我，眼睛却望着花子山。

"你就说贵州话，我表弟走南闯北瞎照相，能听懂的。"花子山像不耐烦说。我便知道我该是他表弟，我该是一个远足的摄郎了。

"还行！也住不了多久的。"我含混着说。

"好的，我沏茶去。对了，我叫小桃，师傅有什么事尽管找我。"女子甜甜地说。这次是望我了。

花子山掩上门，摘下栽绒帽，我这才细细看了他的容貌。岁数可能和我差不多，五短身材，背脊微驼，脸庞瘦削黝黑，稀稀拉拉的胡须微微发黄，布满血丝的小眼睛深深地嵌在耷拉着的眼皮下，慵倦无神。这种人撒人堆里，真是一点不起眼，却能装啥像啥，可

我的刑警往事

塑性极高。还没开口，花子山却先说："你是第一次到贵州吧？贵州'吃酸'，酸甜苦辣麻，酸是老大，家家户户少不了几个酸坛子，你刚才闻到的就是酸水坛、腌菜坛、腌鱼坛、腌肉坛这些七古八杂的酸坛子味儿了。"

我讪笑说："花哥，我还听说'除油盐无贵味'呢！过去贵州缺盐少油，只好用酸和辣来调味，单单成就一个酸字了。"

"这个小桃，早年是'南下干部'，攒了不少钱，前几年改邪归正回了噶哒场，开着一爿小店，做的兴许还是老本行！阿庆嫂一样的人物！"花子山边掩门边说，"只是我们不是郭建光而是胡传魁、刁德一哟。"

我莞尔笑笑算是明白，又说："难得她这样刻苦！和特区相比，这儿实在是太苦寒了。"

花子山也笑笑，微微正色说："老弟！情况是这样的。你们通缉的这个逃犯现在在天叫水做监工，化名叫刘鹏。天叫水矿占着十来个山头，五十几个大小矿洞，要进到矿上难度太大。我们摸到的有价值的东西是，这个刘鹏每周周五都要到附近的"母猪街"打炮。这"母猪街"也不算街，就一个坝子。附近铁矿多，打炮的人也多，云贵川的鸡婆就来租了些民房，逐渐成了条不是街的街。刘鹏常去的地方是一家叫'月月红'的发廊，喜欢一个叫红月的洗头妹。通缉令上的照片太模糊，我们不敢确认是不是这家伙。"

原来这天遥地远的地方也有"南下干部"和"母猪街"一说。万县人管南下特区做鸡的女人叫"南下干部"，管卖淫小姐多的地方也是叫"母猪街"的，真是千山万水通了俗了。我掏出随身带着的

第四章　3120：哥子、硬角儿、远方的云

一张从刘正东家搜出来的彩照递给花子山，花子山刚接过，旋即又揣兜里了，然后没来由地问舅舅身体还好吧。门正好开了，小桃用托盘端了两小碗当地的擂茶进来。我敷衍着和花子山继续搭话，接过擂茶说了谢谢。小桃刚走，花子山拿相片看了看说："应该有六成是刘正东。有你来了，审查上没问题。"

"刘正东最大的体貌特征是左肩头上有道三四寸长的刀疤，有这道刀疤就没问题。"我补充介绍一下，又不解问，"花哥！干吗不在矿上动手呢？"问完就又后悔了。

果然，花子山怪怪地打量我一番，闷闷道："你想陷入人民战争的汪洋大海么？这地方抓人不难，难的是带走哇！有机会你会见识到的。"

我忙补救说："这我略知一二，辛苦花哥了。"

"尝尝我们贵州擂茶吧？吃完我要睡会儿。你要有闲心，可以出去转转，记住紧开口慢开言就行了。"花子山狠狠打了个哈欠，有气无力地端起擂茶，连刨带喝吃了大半碗，边吃边说。放了碗，两脚后跟互相一靠，脱了胶鞋，扯过被子搭在肚子上闭了眼睛。旋即又睁开，邪性一笑说："楼下那妖精，小心点。"

我嗤笑一下，用心吃起擂茶来。茶还没吃完，花子山已经打起了呼噜。兴许是他脱了胶鞋的原因，屋子里有了股死鱼的味道。不敢久留，端了空碗下楼。

楼下并没见着小桃。我放了碗筷，走出小院，信步到场上走了几圈，没啥去处。站场口土坡上，想这花英雄一时半会儿也醒不了，该如何打发这时间呢？正想着，听得附近有女子在哼唱山歌：

我的刑警往事

"好花红来好花红,
好花生在刺梨蓬。
好花生在刺梨树,
哪朵向阳哪朵红。
隔河望见映山红,
七十二朵做一蓬。
想着哪朵摘哪朵,
都是那个映山红!"

搭眼一望,正是小桃。小桃蹲在溪边,正涮洗一筐萝卜青菜。想过去搭搭讪,脑海里闪过花子山邪性的笑,忙缩了脚往回走。风是越刮越大了,朔风搅动高天上的乌云,翻江倒海般涌动着。天要下雪了!这么想着,心下灰灰的了。

回到小院,小桃和一个打下手的小姑娘不紧不慢张罗着饭菜。见我进门,伸手递过一个小笤箕,装的正是她刚才唱着的刺梨。这刺梨长在大山上一种荆棘上,一颗颗金黄金黄的果子像极了梨子,果子上密密麻麻长满小刺,要拔掉那些小刺很是费劲。

"哦!谢谢!这东西我们那地方也有,叫'糖果儿'的。"我接过笤箕,随手剥了一颗。

小桃扑哧一笑,说:"四川人就是斯文,'糖果儿',好雅!"

"这名儿才俗!还是你唱的刺梨好。"我搭讪说。

第四章 3120:哥子、硬角儿、远方的云

小桃脸一红,扫我一眼说:"你听我唱歌了?还是小时候的歌子。"

我记着花子山的提醒,不再多说话,嘿嘿一笑,抓几颗刺梨返身上楼。花子山已经醒了,正在换一双跑鞋。见我回来,头也不抬说:"那小妖精没怀疑你吧?"我讪笑一下算是作答,顺手递过刺梨。花子山抬眼看看我再看看刺梨,抓过刺梨往嘴里塞了一颗,一扬手,其余都扔窗外了。

"看样子你要上山?我跟你一块儿去么?"我讷讷地问。

花子山上下看看我,摇摇头说:"你不行!你不像干我们这行的。我一眼看你不像,这才给你开房的。"

"花英雄!你实在是门缝里看人了。告诉你吧!我十六岁进警校学刑侦,参加过'83严打',也是几个六月几个冬熬过来的。"我冷笑一下,斗胆说了通话,见他没啥不自在的,继续说,"你玩儿的这些,我也懂,不过换身行头罢了。我天遥地远来这噶哒,不过要抓着这个人。换你,也是这心思。只一句,我不是累赘。"

花子山重又看看我,也不说话,带上门出去了。我不觉无名火起,你他妈端哪样架子呀?不就翻墙揭瓦玩变脸的功夫吗?耍啥大牌呀?还不好发作,毕竟是在人家地面上。再说,花子山这会儿好像也是焦眉愁眼的,我添啥乱呢?一会儿,小桃上楼招呼我吃午饭。下楼一看,花子山已端坐桌边,身边放着双新胶鞋。看码子正合我这双小脚,心里一喜。

"乡场小店,有好客无好菜,将就对付一下。彝乡人说怪酒不怪菜,米酒是我们自酿的,请多喝几碗。"小桃拿了罐米酒过来。酒刚

倒上，淡淡的醇香直往五脏六腑里钻。我担心喝酒误事，拿眼看花子山，花子山已经把自己的碗伸给小桃了。接了酒，爽快说："喝点酒好，一会儿你要拍韭菜坪远景，要走不少路呢。"我知道这是花子山在放烟幕弹，便支吾着说好。说话间，小桃自己也倒了碗酒，和我们碰了下碗口挪一边去了。菜还真是又酸又辣，很提口味。我和花子山闷头喝酒吃菜，倒比平常多吃了些。

吃完饭回到房间，小桃已经生了一盆炭火放屋里了。"试试看，合脚不？"花子山把胶鞋往我脚下一扔，扯过被子又打起盹儿来。"你这瞌睡也是没完没了的啦。"我嘴上说着话，一边试了鞋，正合适。起身再看，花子山又打起呼噜了。风是越发地大了，窗外一簇枫叶在狂风中剧烈地摇曳扭动着，窗棂也跟着啪啪直响。可只要风一停，屋里就会有一种让人窒息的寂静。床铺很干净也很暖和，谷壳填的枕芯散发着一股淡淡的稻香。试着和花子山那样闭上眼睛，没过一阵，还真睡着了。正迷糊间，听得有动静，欠身一看，花子山已经穿戴齐整了。一看时间，刚下午三点。

"嗨！三十八码的鞋也能穿，我十三岁就穿这码子了。"花子山见我蹬上胶鞋，嘲笑道。

"'脚大江山稳，手大定乾坤。'所以你是花英雄我是无名小卒！"我调侃说。

小桃又没在院里，花子山给小姑娘说了声房间留着，我们去去就回，不待小姑娘搭腔，头也不回出了门。我俩下到溪边，迈过溪水上的石跳磴，往对面的山沟走去。山沟很深，两边的山梁却不是太高，空荡荡的山谷只有我俩走着，迎面吹来的寒风在我们身上揉

第四章 3120:哥子、硬角儿、远方的云

来磨去,像要把我们当洗衣桶里的湿被单扭干甩尽一样。走了十来公里死一般沉寂的山谷,来到一面斜坡上。花子山突然指指远方,说:"你看!那就是韭菜坪。"顺着他手指的方向望去,一道起起伏伏的大山出现在混沌一片的天际。银装素裹,耸亘皓幛,四周的群山大川莫不仰视。"好个贵州屋脊!可惜我不得相见哟。"我叹道。"这也不难,今晚抓不着你要的人,你只管去爬韭菜坪好了。"花子山看看表,幽默道。"那我宁可留着下次上去,也要逮着刘正东好。"我说。

不知不觉中,我们走了快三个小时,天已经暗了下来。花子山加快脚步,我紧赶慢赶跟上,一会儿出了沟谷。面前豁然出现一块平坝和一片片砖瓦房,寒风刮过,炊烟裹着黄叶四下飞散。花子山在路边寻了处背风的草丛,一屁股坐下。抽了支烟,再看看表,花子山从背包里摸出一个对讲机,调了频道开始用土话呼叫。没呼几声对讲机里有了应答,声音清晰,看样子对方也不远。"我的人!我有一帮人马,自己给自己取了个名字,'林猫突击队'!"花子山咧嘴一笑说。我心里又一喜,看架势今晚有戏。果然,花子山站起来,从背包里又摸出一个望远镜,朝远方看着。看了会儿把望远镜顺手递给我,指了刚才他看的方向,说:"那就是母猪街!我的人已经到位,我们只管接应。"我举起望远镜,除了朦胧一片的田畴房舍,啥也看不清楚。还不好疑问,细细看了一阵才放了下来。

"好吧!让那家伙快活快活,这是他这辈子最后一次快活了。"花子山收拾好东西,递给我一块面包,一小瓶酒。我们一口面包一口酒喝了起来。吃没几口,对讲机里突然急火火地有了声音。花子

山呼地站起来，听了几下，把面包酒瓶往地上一扔，大声说："走走走！到手了。"

我随花子山高高低低往前跑，不一阵到了一条机耕道边。对面窸窸窣窣疾步走来七八条汉子，都一身黑衣黑裤，中间夹着个戴手铐、穿红色羽绒服的人。近得前来，花子山一把拽过羽绒服，打开手电筒照到他脸上。"是他吗？"花子山甩头问我。我一时也拿不准，想要拉下那人左肩上的衣服看那刀疤。猛一想太费神，情急之下，我用万县话喝道："是刘黑子不？"刘黑子是刘正东的外号。那人翻了翻眼，也用万县话答："栽都栽了，啷个不是嘛？"我朝花子山点点头。花子山一挥手，一行人照原路往回赶。匆忙间我回头望了望，平坝处一片人声犬吠，似乎灯火也亮了起来。不敢多看，紧紧跟上。

返程的路反倒漫长了些，一行人牛一般喘着粗气跑出沟谷回到噶哒场，一个个差不多都挪不动脚了。我更是弯腰用双手撑着膝盖，喘得直打干哕。花子山也喘得不行，却一直用对讲机不耐烦地吆喝着啥。一会儿，两辆面包车飞驰而来，花子山吆喝着把刘正东和大家一起往车里赶。场上开始有人围了过来，花子山更是着急，有一个队员稍稍慢了点，他上前照屁股就是一脚。轮我上车，他几乎是一掌把我给拍打进去了。车灯大开，朝着渐渐聚拢的人群冲了过去。恍惚中，我看到小桃的身影倏地闪过，林猫一样。

车越开越快，花子山佝偻着腰还在一个劲催促。我缓过神，发现脚下踩着样肉肉的东西，收脚一看，原来是一个反捆着的人，嘴里塞着双手套，一头长发遮盖了大半张脸。渐渐地，车前车后三三

第四章 3120：哥子、硬角儿、远方的云

两两有了奔跑的人，不一会儿越来越多，有人在大呼小叫。花子山探出头高声吼了些土话，不大奏效。他侧身掏出支五四式手枪，拉上膛后朝天上扣动扳机，偏偏卡壳了。我随手抽出我的六四式手枪，探出窗外，朝天放了几枪。火光闪过，车里弥漫起一股淡淡的硝烟味儿。尾追的人倒是渐渐稀少了。

面包车一前一后很快到了石坪，沿一条河岸一路向东，车速也渐渐慢了下来。花子山这才一下颓坐到我身边，拿手捏捏我肩膀，接过我递过的烟，咧嘴笑了。他一笑，车里其他人也跟着笑了起来。驾驶员打开音响，车里旋即响起罗大佑的《恋曲1990》。我一直不太喜欢这首歌子，今晚听得，却格外的带劲。

车到赫章县城，花子山吩咐一台面包车载两个女犯开往六盘水，然后拉我到一边说，这个刘正东来头很大，我送你到毕节，关看守所了你再慢慢请示你们局里派武警押解，这样最安全。我点头说好称谢。接着我们驱车赶往毕节，直接到地区看守所。办完关押手续，天已放亮。连续十多个小时奔跑，我们又累又饿，疲惫不堪。瞥见看守所对面有家米粉店，不由分说进去，每人要了两碗双料的遵义羊肉米粉，吸吸溜溜吃了。我坚持付了账。花子山打了饱嗝打哈欠，再捏了捏我肩膀，笑着说：" 我该叫你老朱了！刚才办关押手续时我瞟了眼你的警官证，你比我还大一岁呢！"

"叫我朱哥好了！但愿你和你的'林猫'能追到四川追到我们万县来！朱哥请你喝酒。"说罢，我也捏了捏花子山的肩膀。感觉像捏到一根瘦树干一样，干巴巴的，却很坚实。

天上早已落下鹅毛样的雪花，片片雪花掉进后颈窝，冰凉冰凉

的。我和花子山握手告别，他的手滚烫滚烫，火钳一般。

刘华峰绰号疯儿，有关他的线索都集中在广东深圳东莞一带，去了几拨人追捕净都铩羽而归。"那边工作太难做！"大家都叹气说。

也难怪。还早几年，双桂堂案案发后，大队长成守凡和华哥去了趟广东东莞、虎门回来。我们问守凡大队长感想如何，他把头摇得像拨浪鼓："变了变了！资本主义了！进哪家单位，递烟递介绍信全不看，都在谈股票谈六合彩……住宾馆吧？骚扰电话不断，都是小姐打来的，索性把电话扯了吧，小姐直接来敲门；你把她往外哄吧，她讽刺我说：'先生，你妈没教你怎样打炮啊？'你说气人不气人？"

我们哄堂大笑，却也见怪不怪。一段时间，内地警察到特区办案，各种稀奇古怪的事情都能碰上，最大的问题是特区警察的傲气和不配合。我第一次去广东，是去惠阳县淡水镇抓捕一个叫包三娃的逃犯。淡水镇因有一口宋朝古井得名，距离香港不远，地处改革开放最前沿，当时一切的一切就一个乱字了得。淡水在警界也很出名，那是因为这地方出过一个了不起的林姓英雄，用他的原型拍过一部叫《警魂》的电影。从雨雾蒙蒙的万县飞到阳光明媚的花城广州，一下飞机，我就贪婪地大口大口地猛吸着南方的空气，暖暖的带着花的芬芳和海潮的湿气；马路也不是万县生硬刺眼的水泥面子而是青中泛蓝的沥青，车行上面真有种蓝田玉生烟的感觉。早听说广东警察看不起内地警察，我想，出了《警魂》的地方应该不会这样吧？想不到这地方还真也那样。就在那个大英雄的塑像下，一个

第四章　3120:哥子、硬角儿、远方的云

派出所的副所长接待了我,看了介绍信警官证通缉令,随手扔了一大叠暂住证让我自己翻。那意思很明白,从里面翻得出包三娃算你造化,翻不到就走人,他有忙不完的大事。结果是没翻到。副所长手一摊,表示爱莫能助,再不搭理我。好在我留了一手,出门奔一个在淡水包工程的老乡那儿去了。吃住在他公司,他派人四处打探,真还在附近一个工地找到了包三娃。那时年轻,也没啥章法,找老乡借了顶头盔,拿了本工资簿子,径直闯到工地,在钢筋林立的工地扯起喉咙喊"包三娃!包三娃!"包三娃听得我喊,以为关饷了,屁颠颠跟我走出来。刚出工地,我递了个眼色,同路的侦查员掏出了手铐。我们带着包三娃直奔长途汽车站,坐上50队一辆长途客车。那时候从惠阳回万县几乎要横跨整个珠江三角洲,经增城、花都、英德、韶关翻越粤北山区进入湖南,一路向西北穿越郴州、衡阳、湘潭、常德、大庸即后来的张家界,翻过湘西山区进入湖北龙山,从咸丰直插利川318国道,由龙驹进入万县。三天三夜昼夜兼程,脸不洗口不漱眼不闭,苦不堪言。

打那以后,我发誓不是死命令,广东是懒怠去了。不为苦,只为白眼。

还真像李茂华说的那样。没过几年,"东西南北中,发财到广东",百万大军下南方,犯罪狂潮也随之汹涌澎湃,广东警察苦不堪言。众多外来帮派中,万县帮很孽障,风头一度盖过了东北帮和湖南帮,只有邻近的四川邻水帮还有得一比。论说万县帮的犯罪也没啥技术含量,就是两抢一盗:抢劫抢夺撬盗保险柜。但他们三五成群昼伏夜出,开着偷来抢来的摩托车呼啸来呼啸去,来去如风,迅

我的刑警往事

速席卷整个广东。搞大发了就潜回万县,盖房子娶媳妇,静观其变。万县犯了案的人也往广东跑,跑到广东后要吃要喝要耍"花子",自然也要犯案。一去一来,天平发生了倾斜,广东警察开始有求于我们了。我们倒比他们大度,处处时时搞得周到熨帖。于是乎,广东警察开始主动邀请我们有事无事去他们那儿"做客"了。

刘正东到案后,一段时间刘华峰杳无音讯,人间蒸发一般。

正犯愁间,奎娃子给老邓打来电话。刘华峰一个叫菊子的花子从广东回奉节三角坝老家养病,已经住了快两个月了。菊子真名杨大菊,奉节三角坝人,三年前到东莞打工认识了刘华峰,后来随李茂华的班子做了坐台小姐,刘华峰靠她坐台吃了一年多的软饭。据刘正东交代,刘华峰和杨大菊感情很好,一直有谈婚论嫁的计划。张毅、刘正东落网后,去广东追捕刘华峰的侦查员没少在这个杨大菊身上下功夫,但收获都不大。杨大菊口风很紧,滴水不漏,要再找她套出点有价值的线索,顶多是炒炒冷饭。"死马当活马医,总比坐办公室守株待兔强。"老邓给我打气说。

我一个人去三角坝找这个菊子。临走前我和奎娃子通话,简单问了些杨大菊的情况,约好三角坝见面细说。三角坝在长江南岸,是兴隆镇政府所在地,由几条小溪冲积而成。四周都是高高大大的青山,坝子上的海拔也在一千米以上。刚进深秋,坝子上已是寒气袭人,落叶翻飞。

我在镇东头一家台球屋见着了奎娃子。几年不见,奎娃子倒胖了不少,脖子围了条硕大的金项链,手一伸,露出同样夸张的一只金手链。"朱哥见笑了!跟一帮人做煤炭生意,没身行头不行。"见

第四章 3120:哥子、硬角儿、远方的云

我盯着他的金子看,奎娃子提了提领口,不好意思说。"人靠衣装,没啥不对的。"我大大方方说。接着我直奔主题,让他说说为啥可以找这个菊子。奎娃子咽了口口水给我说了个大概。杨大菊和奎娃子同村,地道的农家女,十里八村数得着的美女。小学刚毕业,杨大菊去东莞打工,在那里生生让刘华峰给祸害了。奎娃子说这番话时,一直闷头抽烟,一脸的灰败。

"为啥不说是李茂华害了菊子呢?"我不想让气氛太沉闷,故意拿话激奎娃子。"这你不懂!华哥和我是为了菊子好!狗日的疯儿不是人,骗了菊子的感情。"奎娃子咬牙切齿说。奎娃子这么一说,我猜出了七八分。却不挑明,挑明了奎娃子会尴尬。我假装灰心,懒心无肠道:"这个菊子我们也找过不少回了,口风紧得很,我都怀疑她是不是真的不晓得疯儿的下落呢!"奎娃子一急,拍着胸膛说:"朱哥放心!菊子一定晓得那龟儿子的下落,我敢打包票。只是不跟我说,怕我宰了他狗日的。""就算菊子晓得,为啥她一定会在这时候说呢?"我依旧不信,追问道。"朱哥!菊子剩半条命了,那狗日的是她一块心病,她是一定得了了的。菊子是个重情的人,她不会在这个时候让那狗日的生死不明啊!"奎娃子苦巴巴说。说这话的时候,眼泪水已经在他眼眶里打转了。

不再多说,我问了些杨大菊住院的情况,转身走了。

杨大菊在镇卫生院住着一间单独的病房。病房有两张床,靠窗的床她住,靠门口的床住她老娘。天凉了,老娘回老屋收拾厚铺盖,房里只有杨大菊一个人。"论说她得的也不是啥疑难病,一般的慢性心衰。我们也糊涂,就这样一个小病,刚开始来还可以楼上楼

我的刑警往事

下走,后来改扶着墙壁走,现在成天只能躺床上了。"楼下和杨大菊的主治医生攀谈几句,医生一头雾水说。奎娃子说,主治医生是他一个远房伯伯,有啥要求可以向他明说。我再问了些情况,犹豫一阵,转回街上,好不容易寻到家花店,买了一束蔫了的月季往病房走去。走着走着,老觉得身后有人跟着。拐进卫生院,溜一丛冬青往后一看,奎娃子双手笼在袖子里,远远站在一家面店门口朝卫生院这边张望着。

杨大菊脸色惨白,斜靠在床头。兴许是冷,脖子让被单严严实实捂着,头上戴了毛线头套,整个人像一条肚皮朝天泅在水槽里奋力喘气的鱼。见我进来,微微动了动脑袋,一动,脖子上围着的一条围巾露了出来。围巾已经泛旧,俗气的大红却让杨大菊的脸稍稍有了些生动。我把那束月季插在她床头柜边的水杯里,杨大菊微偏了头端详了好一阵,喑哑道:"好乖的花哟,只是我认不得你呢。""我认得你就好了。"我掩饰着掏出支烟,问,"我挨窗边抽支烟可以么?"杨大菊眨了眨眼算是作答。只一眨,长长的睫毛带动下,眼睛似乎也生动了。她依旧沙着嗓子说:"真想抽支烟。"我想了想,下意识看看四下,探过身把点着的烟递到她嘴边。"谢谢!"杨大菊拿发绀的唇碰了碰过滤嘴,轻轻摇了摇头。

我们再不说话。杨大菊一直看着窗外远远的几座乳房一样的山峰,那儿叫石乳关,翻过石乳关该是湖北的恩施地界。想当年,眼前这个青涩如刚结蒂的桃李一般的姑娘恐怕就是一步一回头翻越石乳关,一步步走出三角坝大山的吧?我一时想不出该说些啥话,只好和她一起把目光投向那几道山峰。半晌,杨大菊有气无力问:"你也是来找疯儿的吧？"我看看杨大菊，微微点了点头。"也难怪！谁会来真正看我呢？除了他道上那些混混就是警察，都想找到他。你是唯一一个带花来的人，也是我猜不透的人……其实，我也想找到疯儿！不为别的，只为我为他落到这步田地，为了我们的当初……我是有心一了百了了！他是我太多太多疮疤中的一块。结了痂，摸着痒碰着了痛，要有心揭了它吧，恐怕还会带出些血呀肉的来……"杨大菊一口气说完这席话，腮上泅出两块红红的血晕，瘆人得慌。我忙倾了倾身子，止住她说："菊子，先不说疯儿，喘口气好吧。不管我是做啥的，眼下我都不关心疯儿在哪儿。""你说假话了。不过，你把假话说得真！"杨大菊苦笑一下，喃喃说，"东莞，芝加哥歌城有个坐荤台的小姐，叫王丹。说是贵州妹儿，其实是万县柱山人……他们这阵应该搅一块儿的……你要能找到他，告诉他，'是祸躲不脱，躲脱不是祸！'不管下场如何，我要送还一样东西给他……当年多好哇！一条十五块钱的围巾能让我快快乐乐过一个年……东莞的年真好，天那么蓝，还那么暖和……"

  杨大菊的话像还没说完，却又虚弱地闭上了眼睛。我一时不知道该走还是留下，满心像亏欠了杨大菊一样。好一阵死一般的静寂后，杨大菊喃喃道："你走吧！风大，带上门。"我背心一凉，伸手替她抻抻被角。"……谢谢！他没多大气候，下手轻点……"杨大菊吐口游丝样的气，细声说。"好的！"我压压她那条围巾，缓缓退出房间，轻轻带上了房门。房门咔嚓一声锁上，我贪婪地深吸了一口门廊里潮乎乎的空气，心里却空落落的了。

我的刑警往事

我立刻从奉节赶船到武汉，从武汉直飞广州。在武汉给林隐打了个电话，简单说了来意。林隐是湖北人，刑警学院毕业，在深圳龙岗分局一个派出所当所长。他辖区一个香港人被包养的万县籍二奶伙同男朋友杀了。通报发到3120，我带人去那二奶居住的长岭镇老家布控。也是运气好，这女子第二天就回了长岭，前脚刚进门，我们后脚就赶到了。林隐带人到万县，我们热情有加，我和林隐也一见如故。临别，林隐千恩万谢，一定要我有机会去深圳看他。

这下正好。

林隐安排手下人到白云机场接着我，安顿我到他辖区的一家五星级宾馆住下。到前台报了姓名，大堂副理把我殷勤引到房间。我自是欢喜。内地警察到沿海办案最怕的就是住宿。虽然到广东尤其是深圳这样的特区，旅差费有特殊的报销标准，但这标准还是改革开放之初定下的，以后物价翻了好几番，这个标准还顽强地执行着。出趟差回来，没人不倒贴差旅费的。下班时间刚过，林隐到了房间，腋下夹了两条外烟随手递给我。稍稍寒暄，林隐说："朱哥，你要找的那小姐，假若公对公地去找她，要么跑了，要么找到了给你个一问三不知，白费功夫。"

我笑说："老弟点子多，我有心找你就是不想公对公，空走一趟。"

林隐体贴道："这不消说，你电话上一说，我就在想怎么做了。我让东莞的朋友查了芝加哥的背景，来头还不是很大，只要确定了王丹的身份，直接引到宾馆由我们下手最好。歌城还是不动为好，这点面子还是要给的。"

第四章　3120：哥子、硬角儿、远方的云

我笑说："这奥妙我略知一二，全由你安排好了。"

"好！我这就找人操作一下。"林隐正经说完，溜一边用粤语叽里哇啦嘟囔了一阵，过来说，"搞定了，我们这就去东莞。"

路上商量晚上吃什么玩什么的问题。不能假正经，正经了林隐会觉得看不起他，也不能太由着他，便说："老弟，你知道我也就喜欢两杯酒，别把节目安排大了，回去嫂子那儿交不了差。"

林隐哈哈一笑说："朱哥啥节目没看过？老弟不过借找那个王丹打掩护，尽个地主之谊，一搭两便罢了。只是我们这儿没有万县的'三步曲'，陪不住你的。"林隐说的万县"三步曲"也就先白酒后红酒，接着地摊喝啤酒，穷人的原子弹。林隐感受过这三步曲，醉得一塌糊涂让我扛回宾馆，弄得我胳膊腿痛了三四天。

我抿嘴一笑。一切尽在不言中。

车到东莞，早有林隐的朋友接着。晚餐后，林隐让手下开了台民用牌照车接我和他去芝加哥歌城。才九点过，歌城已经爆棚。华丽的大理石走廊上人来人往，托着果盘酒水的服务生穿梭其间，忙得不可开交。每打开一道门，里面就突兀地涌出吓人的酒令和狼嚎般的歌声。吃饭的时候，林隐叫来的几个陪客让我多喝了几杯白酒，兴许是车马劳顿吧，这会儿有些晕晕乎乎的了。我掩饰着醉态，和林隐攀肩搭背进了包厢。已经有两三个人在里面，正拿了话筒用闽南语唱歌。见林隐进来，纷纷上前问好。互相一介绍，原来是几个台湾商人。台湾人嘴上说着久仰手里已经变戏法似的递过了名片。我做慎重状一一看了名片，戏说道："都是骨肉兄弟，血浓于水，大家尽兴好了。"

我的刑警往事

几个台湾人就纷纷夸说朱总爽快。这朱总一说，我知道林隐把我身份换了。台湾老板又谦恭地问上什么酒，先上一批小姐选选行不，林隐只说问我。我说，刚才已经喝了不少，这会儿喝洋酒只怕是当汽油喝了，喝点喜力好了。台湾人便嚷嚷上喜力。歌城的妈咪亲自带了一群花枝招展的小姐进来，让林隐挑选。林隐朝我眨眨眼，大大咧咧说："唱来唱去几首歌，摸来摸去两个波，都腻味了。我们朱总的爱好自不必说，妈咪你单独安排，一定得那个叫王丹的贵州小姐。其他的各自报上原产地，我们来个认地方不认人，大家喜欢哪个地方就选哪个地方的如何？"都夸说好。妈咪一瞪眼，小姐们报数样报了自己的籍贯，天南海北的都有。林隐他们一一选了，妈咪接着领了一个高挑的小姐过来，低头给林隐说这就是先生你点的贵州小姐，王丹，唱功舞功啥的功夫都好到不行。林隐狠狠瞪了眼说："小姐，使出你吃奶的力气把这个老板陪好！按劳取酬，大大的有赏！"

那王丹抿嘴笑笑，不卑不亢交了手牌，大大方方挨我坐了。我递了支烟过去，打火机火苗亮起的时候，我注意到这王丹流露出的眼神：淡然而市侩、挑逗而焦虑，这是从都市风尘里一路走来的女子招牌似的眼神。她娴熟地倒了两杯啤酒，递了杯给我，然后一手握杯，一手半伸向我，笑眯眯说："老板，认识一下，我就是王丹。"我握了下王丹软软的手，干了杯中酒，也倒了杯酒递给她喝了。一来二往，很快熟络了。"小姐果真是贵州的？叫王丹？"我试探着问。

王丹掸掸烟灰，反问说："不像么？我可以亮身份证的。行不改名，坐不改姓，做都做了还弄个化名艺名干啥？"

第四章 3120:哥子、硬角儿、远方的云

我微微一笑，敷衍说："贵州好地方啊！山清水秀，民风淳朴……"

王丹打断说："先生，你也俗套了。我跟好多先生一说贵州，都说山清水秀，民风淳朴。其实话外音就一个字：穷！"

我揶揄道："或许我是例外。我是四川人，和你算半个老乡。我的家就在山里，在家门槛撒泡尿就有一千多米的海拔呢。"

"你真逗，不过我相信。"王丹起了身。原来，几个台湾人端了大杯敬酒来了。我和台湾人一一喝了。强压住酒气搅动上来的酒嗝，又一一回敬了酒。台湾人嚷着要王丹陪喝，王丹也应了。亮了杯，王丹扶我重新坐下来，很体贴地往我嘴里喂了几颗荔枝。吃完荔枝，王丹拉了我手，体贴说："先生少喝点酒，我们划拳怎样？"

我正想着下一步该如何确认王丹的真实籍贯，说到划拳，我计上心来了。划了没几拳，王丹的拳令里有了"八匹马儿跑"、"六六子顺"、"山（三）都垮了"这些绝对只有万县人才能喊得出来的拳令。我因为心怀鬼胎，加上王丹确实拳风凌厉，就老在输。王丹讪笑说："先生，我是巨人杀手，遇强不弱，遇弱不强。你是巨人、强人，所以输了。"

"典型的歪理邪说，我不信赢不了你。"我挽衣撸袖，认真再战了十来个回合，仍然是胜少负多。一会儿，一个台湾人过来和王丹耳语了几句。人一走，王丹随便说："让我问你现在就做'快餐'么？"

把王丹引回宾馆，这正好是做铺垫的时候。我便反问："小姐你说呢？"

王丹俏皮说："俗语说'问客杀鸡'，明白什么意思吗？"

这又是万县土话，贵州人断然不会这么说的。我心暗喜，重又倒上酒，坦然样说："我过去爱好'快餐'，如今没兴趣了。还是一块儿多说说话好！"

"我明白了！先生！"王丹重又倒上了酒。

林隐和两个东北小姐一直在玩骰盅，眼睛却不时在瞄我。趁着一起上洗手间的工夫，我对林隐说："八九不离十，是这个小姐。只是我这会儿还真的不行了，接下来的事就交给兄弟你了。"林隐便说："好，我的人已经在龙岗候着，朱哥只管带她回宾馆，明早听我消息。"撒完尿，出门一看，王丹正朝我们张望。我便做一副大醉状，歪歪扭扭过去坐下。王丹看在眼里，便要我唱唱歌挥发一下。我说，我清唱一首歌好了。待王丹关了原声，我用万县话吼道："在座的台湾同胞、港澳同胞，我给大家吼一曲《我们一定要解放台湾》！你们说要不要得？"

一包厢人都用四川话叫喊要得。我就唱小时候学的那首著名的歌："我站在海岸线，把祖国的台湾省遥望，日月潭碧波在胸中荡漾，阿里山云涛在耳边回响。啊！台湾同胞我骨肉兄弟，我们日日夜夜把你们挂在心上……我们一定要解放台湾！让那太阳的光辉照耀在台湾岛上……"

唱歌的时候，我觉着肚子里直冒气泡，歌声也因此时断时续。万难把歌唱完，却见屋里的小姐都已散尽。台湾人起劲鼓了掌，一人端了一大杯酒预祝我"打过海峡去，解放全台湾"。我一一接了招。林隐说时间差不多了，该换节目了，给每人发了瓶啤酒，大家碰了瓶颈，仰脖子咕嘟嘟喝了。

第四章 3120：哥子、硬角儿、远方的云

接着出门，台湾人和我握手告别。一个台湾人咬了我耳朵说了些话，我脑子里嗡嗡的听不明白，眼前全是蠕动着的红男绿女，便傻笑着向台湾人挥手。想着别在台湾人面前丢丑，一只手便死死地吊在林隐的肩膀上……一路回到龙岗，再到那家宾馆大堂，有人过来，搀扶我进了电梯。电梯走走停停，我感觉胃里翻江倒海起来，只万难忍着，心里念叨着别误了正事别误了正事。开了房门，恍惚中感觉王丹在眼前晃了下，倏地又不见了，眼前是白得刺眼的抽水马桶。再也忍不住，哇哇地吐了。迷迷瞪瞪中，有双软绵绵的手在搂着我的腰，托着我的头，又往我嘴里灌着凉水。我挣扎着把奄拉着的脑袋抬起来，眼前是一张王丹叠来叠去的脸。我拼尽最后一点力气把王丹推向门边，嘟嘟囔囔说："小姐，演出结束了！"……接着，林隐的身影在门边一晃。我跟跟跄跄退到床边，一头栽了下去……

第二天上午刚醒，林隐打来电话。先问了身体，接着才说："朱哥！这个王丹真是万县人！刘华峰现在的花子。审了一宿，招了。人在石湾，我请石龙分局的朋友摸地方去了。熬了一宿，我实在扛不住了，晚上我们去石龙。"我忙说了谢谢。想问问王丹怎么处理的，终归没好说出口来。

放了电话精神一振，卫生间狠狠冲了个澡，感觉神清气爽了。放松下来，我犯起了嘀咕。找出地图一看，更加迷惑。刘华峰躲藏的石湾在博罗县，属惠州管辖，石龙却在东莞地界，这林隐唱的又是哪出戏呢？不好疑问，林隐这一睡八成是一整天了。看看表，这才发现今天是礼拜六，林隐这个周末算是让我给废了。要没他，这

次追捕还真不知弄成个啥状况呢！这么一想，心里暖暖的了。捱到下午快下班时间，林隐开车来接我，也一身的清爽了。

"朱哥一定纠结一天了。"车出城区，林隐打趣说，"告诉你吧！这石湾石龙虽一河之隔却分属惠阳东莞管辖，四川人在这两个地方各有各的势力范围。石湾由邻水帮把持，石龙由万县帮控制，互相之间以东江为界，摩擦不断。邻水人万县人是石湾石龙治安的晴雨表，也是治理两地的纲，抓住这个纲方能纲举目张。警方的策略很简单，就是林则徐的以夷制夷，把万县人打进邻水帮，邻水人打进万县帮……"

"我明白了。"我恍然说，"这刘华峰八成是石龙安插到邻水人中间的眼线吧？这么说来，动石湾的人得石龙警方行动，动石龙的人就得石湾警方帮忙了，是这个理儿吧？这倒有趣，换手挠痒了！"

林隐哈哈一笑，说："朱哥冰雪！这是不是办法的办法，用着却有效。"

"有效就是硬道理！没啥可笑的。"我轻松说。

赶到石龙分局已是掌灯时分，大院里却没有啥动静。一到分局，林隐便拿电话溜一边用粤语嘀嘀咕咕个不停。其实，他就在身边打电话我也听不懂的。一会儿，大院里陆陆续续来了好多台民用牌照车，大都是没有牌照的丰田、尼桑、三菱，好几台还是右舵的。一些着便衣的小伙儿稀稀拉拉走向一间屋子，大都一样的行头，脚蹬运动鞋，斜挎单肩包，发白的牛仔裤，屁股兜插着摩托罗拉大哥大。过了一阵，林隐招呼我也进到那间屋子。屋子正中一块黑板上草草画着一张地图，一个脸上长满青春痘，面带倦容的小年

第四章　3120:哥子、硬角儿、远方的云

青手里拿了根天线样的东西站在黑板下,略显不耐烦地看着腕上的表。林隐把我引向小年轻,用粤语介绍了我。"重案中队的阿龙探长!"待我坐下,林隐附耳道。"呃!这探长够跩的了。"我低声说。耳语间,大概人也到齐了。阿龙说了几句啥话,一屋人便开始往他面前的桌子上放大哥大、传呼机。东西放完,阿龙这才掏出一张放大了的刘华峰的照片"啪"一下贴在黑板上,然后拿天线指点着介绍情况,不时拿天线指指台下的人。他指着谁谁便站起来,表示明白了。阿龙在布置任务时,有几个穿迷彩服的小伙儿进来,给人分发五六式冲锋枪、七九微冲,还搬来两根撬胎棍和一把铁锤。领到冲锋枪的人开始往枪管上装一根指头粗细的小手电,装好后调试出一道细长的红光。"我们的红外线瞄准镜,贫民的原子弹。"林隐再附耳说。我云里雾里,还不好做一副糊涂状,脑子里只在判断接下来会安排我做什么。结果到布置完毕,阿龙把一堆大哥大、传呼机一股脑儿拨拉进一只纸箱里,挥手让人出发也没给我派啥任务。

一群人各自扛了自己的家伙什出门,纷纷往一辆丰田面包车里钻。阿龙过来和林隐攀着肩膀说了几句,林隐便过来问我需不需要一块儿去。我想也没想就点了头。阿龙便把我和林隐带进一台三菱越野,屁股没坐稳,越野车尖叫一声驶出了院子,后面的丰田同样尖叫着跟了上来。

拐过几道小巷,两台车驶向一条大道,然后快速冲过一座小桥。前面出现石湾镇的路牌,车依然高速行驶,突然拐向一条小巷。还没等我醒过神,车子已经在一座小楼前停下。车没停稳,阿龙一个箭步下车,手里的天线也挥舞起来了。身后有人围向楼后,

我的刑警往事

一个扛铁锤的小伙儿跑向铁门，只"咣当"一声，铁门便被砸开一道缝隙，身后跟上又一个敦实的小伙儿，抬腿一踹，铁门被踹开。一群人大声吆喝着鱼贯而入，快速冲向二楼一间屋子，冲锋枪枪管上发出的一道道红光也四下闪射起来。我跟着上去，早有人拿撬胎棍把防盗门撬开一道缝隙，另一个人把另一根更粗更长的撬胎棍插了进去，两个人上前合力一顶，防盗门便打开了。两个端冲锋枪的小伙高喊着"不许动！"冲了进去。不一会儿，一个只穿短裤的人被反捆双手拖了出来。有人抓住那人的头发把他的头抬起来，阿龙上前，拿照片望他脸对了对。"没错！是刘华峰！"我忍不住脱口而出。阿龙朝我瞟了眼，天线一挥，刘华峰便被几个人七手八脚拖下了楼。

两台车依旧呼啸着原路回到石龙分局，林隐所里的人也已经赶到。刘华峰被直接塞到林隐所里来的一台越野车里，我也被一个人招呼进了另一台车上。再看林隐，正和阿龙搂腰搭背说着私房话，亲热得很。屋子那边，阿龙手下的刑警们一脸轻松，嬉笑着在验枪交枪，放回铁锤撬胎棍，取回自己的大哥大、传呼机。手脚快的已经跑回自己的车，发动车子喊着拜拜，挥手出门去了。

刘华峰被押回万县，等待他的只有死期。张毅、刘正东早已伏法，他招与不招没任何影响。刘华峰倒还爽快，几乎是按着张毅、刘正东们的交代模板一一供述了罪行。死刑判决很快下来，刘华峰没做上诉。整个审讯期间，和其他犯了死罪的家伙不同的是，刘华峰自始至终不闹不哭不狡辩不忏悔也不伸手要烟要见啥人。我几次想提起杨大菊，都让他这副漠然的嘴脸给挡了回去。

第四章 3120：哥子、硬角儿、远方的云

我惦记着杨大菊的话，想着该不该告诉她一声的时候，奎娃子到看守所找我来了。那天，我和宣布死刑命令的法官从看守所出来，一眼瞥见奎娃子蹲在看守所对面的小卖部旁。奎娃子一口口抽着烟，头发蓬乱，满脸憔悴。我刚要开口，奎娃子带着哭腔说："朱哥！菊子死了。""死了？咋这么快？"我一惊，提着嗓门问道。奎娃子从包里摸出那条红艳艳的围巾，哭丧着脸说了原委。十来天前，杨大菊好像精神好多了，也能下地走走，还提出要回老家过年。她老娘一听，急急忙忙回老家收拾屋子去了。这天晚上，杨大菊用围巾缠住脖子，一头系在床头铁栏杆上，顺着床铺滑到地上，斜靠床沿闭了气。

"都怪我！我早该晓得她要干傻事的！"奎娃子拿手扇了下自己的脸，懊丧道，"早两天前她就给我嘀咕说，疯儿那狗日的怕是要回万县了！让我把这围巾还给他，让我还给那狗日的呀……"

"狗日的疯儿！老子不能让他这么坦然地见了阎王！"我牙槽一酸，恨恨地夺过那条围巾，重又拉上法官进了看守所。看守检查了围巾后，又把刘华峰押到了审讯室。待刘华峰在铁椅子上坐好，看守扣上约束带后，我瞪着他看了半天，直到他微微皱起了眉头时，我才漫不经心把围巾从铁栏缝里伸进去，扔到了他的怀里。

刘华峰旋即像被火烫着一般想站起来抖落那围巾，身子却让约束带死死困住不能动弹。半响，刘华峰镇定下来，慢腾腾挪出半只手，艰难地握住了围巾。只一握，刘华峰的脸迅速涨成了猪肝色，嘴唇微微翕动着，死鱼肚一般的眼白上渐渐有了血丝……

我的刑警往事

"我们走吧！"我招呼法官，头也不回出了审讯室。快到看守所大门口，身后终于有了刘华峰狼嚎一般的哭声。我吐了口唾沫，一脚跨出了铁门。

第五章

凌乱 1997

第五章 凌乱1997

沙市四码头

1997年对万县警察来说，真是个鸡飞狗跳的凌乱之年。

一如往年，初夏的万县是多雨的季节。梅雨时节雨纷纷，一部迟来的《泰坦尼克号》又让万县人的心里下了场大雨。明晓得那个叫杰克的穷小子和那个叫露丝的富千金的爱情不过是场戏，偏偏还是有那么多人不假思索地一掬同情之泪。哎！怎么不让两个人连同那颗价值连城的"海洋之心"一块儿沉入海底呢？不求同年同月同日生但求同年同月同日死，这可是咱中国人最豪迈的气质呀！偏偏美国人却说：不！为了爱人，好好活着！还有那天籁般的歌曲，船舶梦幻般的飞翔……狗日的好莱坞！我和妻子走出三峡影都，脱口骂道……眼睛却赶忙看传呼。还好，没有加代号"3120"和"110"的传呼，稍稍松了口气。

春节刚过，万县市龙宝、五桥、天城辖区接连发生数起抢劫强奸案。受害人大都是夜场的小姐和下夜班赶夜路的妇女。罪犯三两成群，拦截受害人或是尾随进屋，先是搜去传呼机、现金、首饰、手表等值钱的东西，然后实施暴力强奸、猥亵，手段极其残忍下流。一时间，万县市谣言四起，风声鹤唳。中小学女生上下学要家长接送，一般厂矿取消女工夜班，夜场小姐也不再敢深夜接客走路。祸不单行，一个叫葛永健的出租车驾驶员被人杀死，抛尸在长江边的红砂碛，驾驶的桑塔纳轿车被劫走；城口县接连发生数起爆炸案，县人大、教委、反贪局、邮电局被炸，坪坝镇被人用土造炸

我的刑警往事

弹炸断了半条街。警察们按下葫芦浮起瓢,狼狈得不行。要命的是,警察们的付出没得到应该有的回报,得到的只有市民们铺天盖地的咒骂和嘲讽。也难怪,群众看公安,关键看破案!哪怕你累得吐血,案子没破也是枉然。

万县市公安局被灰败之气笼罩着,周头儿、骏哥等大大小小的头儿们火气也愈发的大。

我是趁着从城口县勘查现场回来这当口,让妻子拉着拽着溜到电影院看了最后一场《泰坦尼克号》的。妻子见我一出电影院便心不在焉,调侃说:"你们中国男人这时候恐怕溜得比兔子还快吧?"听口气好像她这会儿就是个美国妇人一样。我回答得也很中国:"夫妻本是同林鸟,大限来时各自飞嘛!""讨厌!"妻子回归中国妇人,很中国也很煽情地揉了我一把。回到家,好不容易扑灭《泰坦尼克号》点起的这把火,我睡得死沉死沉。蒙蒙眬眬中,听得传呼响,一看尾号带110。慌忙回电话到指挥中心,值班员那头死气沉沉说:"朱哥呀?快去中心医院急救室。死了人了!"

"死人了?"我倒吸口凉气,呼地掀开被子下了床。

三峡中心医院急救室走廊上已经挤满了人,一个个悲悲戚戚的。我和胖哥几个赶到时,手术室刚推出一具男人的尸体。亲属们呼天抢地扑过去,把我们挤到了楼梯口。好几个先来的侦查员木然站在角落,不敢近前。见着我们,万难挤出一丝笑意。一问,死者是银行的一个职工,晚上约女朋友去太白公园附近玩。两人在打靶场附近被三个罪犯拦住,罪犯当场将男青年捅成重伤,然后将女青

第五章　凌乱1997

年劫持到树林里轮奸。三个歹徒完事后不顾女青年苦苦哀求，把她推进附近一个粪坑，用乱石一顿狠砸后逃跑……男青年送医院死了。死了一个人，这起系列案件的恶性程度升了一大级，这戏更难唱了。捱到天亮，受害姑娘苏醒了，医生招手让我们几个准备问情况的人进手术室去。

姑娘裸着身子躺在手术台上，人是醒了，但两眼痴呆，一动不动。手术大夫介绍说伤者受到强烈刺激，一时半会儿恐怕说不了话。我们不好开口问什么，只默默望着那姑娘。姑娘很美，一对好看的丹凤眼嵌在没有血色的鹅蛋脸上，这般无神却还能摄人心魄；精巧挺直的鼻梁根部画龙点睛般长着一颗褐色小痣。笃信相术的老邓说过，这种痣最是吉祥的了。"狗日的，这吉祥个啥呢？"我心里骂着。手术室弥漫着淡淡的臭味，大夫说，虽然经过仔细清洗，姑娘身上还是满身粪臭。大夫还要揭开床单让我们看看姑娘的伤情，我不忍卒睹，伸手拽住大夫的衣袖，顺手给姑娘拉好床单。姑娘的眼角不知什么时候溢出一滴清泪，我犹豫一下还是替她抹了，泪水冰凉冰凉，冰珠子一般。正要退出手术室，外面响起哄闹声。出门一看，原来是姑娘家的人在吵闹，都是冲公安反应迟钝、案子破不了啥来的。一个蓄着寸头手拿砖头式大哥大的小伙子简直就是义愤填膺，大声嚷嚷着："……国家养你们这帮饭桶警察有啥用？抓麻将、抓卖屄的，你们跑得比狗都快！这么几个小蟊贼，闹了这么几个月了，你们屁都没闻着一丝儿！真是官府无能，纵虎伤人了！我操你们个先人板板……"寸头越说越激动，越说越离谱。我们大气不敢出，挤出人群。从寸头身边擦身而过，寸头的大哥大天线杆几乎都戳着我的鼻梁骨了。

万难挤出人群,下到楼底。远远见周头儿站在不远的花圃边,成支队、出管办老叶和李清正和他说着什么。成支队看见我,招手让我过去。周头儿拿眼睛怪怪地打量着我,看得我发毛了才嘿嘿一笑,问:"咋样?遭人当面吐口水的滋味不好受吧?!"我情知他要有下文,所以并不答话。"老子们这张脸丢不起了,再不搞点名堂出来,老百姓要把我们公安局的牌子给砸了。我们要来个半夜吃柿子——抵到软的捏。大家都窝在这个系列案子上,出不了彩。出租车案子有点线索,那就是个软柿子。你和李清还有这个小何去趟沙市,给你们两天时间,抓不到抓得到都给老子滚回来!就算手里只有这个姓瞿的,老子也要宣布案子破了,提振下我们公安局的士气!"周头儿气咻咻的,说到最后喘起粗气来。

葛永健被劫杀案我并不熟悉,还在云里雾里,周头儿却上车走了。待他走了,成支队才给我说了个大概。原来,罪犯是三个人,为首的是太龙镇一个过去主要靠打鱼为生的滚地龙牟一贵,小名"贵儿"的人。另外两个人一个叫张勇,一个姓瞿。人被杀死后,由姓瞿的开车沿318国道往梁平县开,准备在梁平将车卖了。车过五梁桥,遇上出管办例行出城检查。协警小何拦下出租车,登记了姓瞿的驾驶证信息便放了行。姓瞿的让这一吓,动作变形,车出分水便一头栽到路边的水田里。三个人见鸡飞蛋打,身份又暴露了,一溜烟跑到了湖北沙市。到沙市四码头后,姓瞿的担心牟一贵灭他的口,借故回家借钱逃了回来。刚进门就被抓了。

"既然这样,何不做做这姓瞿的工作,带他到沙市把'贵儿'引

第五章 凌乱1997

出来，当场抓了不是最撇脱么？"我纳闷问。

"你没弄明白周局长的意思呀！让姓瞿的去沙市，风险太大！假若他反水或是跑了，我们岂不是赔了夫人又折兵？有他在手上还可以说案件有了突破性进展，甚至可以宣布案子破了，也能稍稍缓解下眼前的压力。当务之急是要派人去沙市赌赌运气，看能不能抓到这两个家伙。"成支队喊过李清，重浊道，"任务就交给你们了！局里实在拿不出再多的人。你们灵活处置，若真的抓住这两个人，案子破了，你们的功劳就不小了。"

我拍拍李清，苦笑说："这不就是去撞大运么？也罢！兴许瞎猫遇着死耗子呢！"

成支队正色道："也不可抱着撞大运的心态去沙市。牟一贵他们哪儿不跑跑沙市，或许有他们的道理。顺藤摸瓜，不要大意。"

"我记住就是。"我忙让成支队宽心，说，"只是周头儿说的这时间太紧了点。"

"出了门，你灵活掌握。"成支队挖苦道，"你抗命的时候还少了么？他现在毛焦火辣，说的话也不一定有准头了。"

话虽这样说，时间不能耽搁。给妻子发了条短信，我和李清、小何直奔码头。李清也是红卫山上下来的小师弟，毕业后一直在林业公安和出管办工作，这样真刀真枪去干上一场，兴奋得很。小何二十来岁，看样子平时说话就不多，眼见这样势单力薄去沙市，更是一言不发。进了快艇，广播里正放一首似曾相识的外国歌曲。"是泰坦尼克吧？"我狐疑问。"是的！名叫《我心永恒》，席琳·迪翁唱的。"李清显然早看了《泰坦尼克号》，随口答道。"我去他妈的泰坦

我的刑警往事

尼克!"我恨恨地说。

沙市和万县市一样,坐拥长江黄金水道,荆襄阜盛之区,自古商贸繁荣,万商云集。沙市码头一直是川黔湘鄂的农副产品集散地、南方丝绸之路的要冲,旧时也是帆樯林立,舳舻相继,三湘四水、襄河荆江来的各种船舶云集于此,黑压压望不到边。朝晖夕映,气象万千。高中学中国历史就已经知道,沙市码头也是和很多帝国主义的不平等条约联系在一起的。1876年《烟台条约》,它被强辟为外轮"寄泊港";1895年《马关条约》它又成了中国最早对外开埠的四大内河港口之一。日本人更是在沙市四码头开设领事馆,划租界,建洋房,把四码头变成了沙市的洋码头。

时至今日,四码头还是沙市最繁华的港口和货物集散地。我们要去的点正是四码头。

我们没有直接去沙市,先在武汉下船赶到汉江边的杨家河码头。杨家河码头是万县人聚集的地方,万县的皮鞋、榨菜由这里集散,分别在沙市、岳阳、武汉三镇甚至南京上海设点销售。皮鞋帮、榨菜帮在这一带小有势力,沿江码头万县人开设的面馆、饭店大都由他们掌控着。牟一贵、张勇要在沙市逗留,钱粮短缺,短时间还不敢冒险犯案,只有投靠当地老乡。他们知道姓瞿的要是今明两天不再在沙市码头出现,断然不会久留,一定会迅速亡命天涯。那样,我们花的功夫就会更大,周头儿也不会让我们两眼抓瞎,跟着他们屁股撵的。唯一的出路是这一天两天在沙市找到他们的踪迹并抓住他们,而我们的问题恰恰是睁眼瞎灯下黑。要是按基本套路

第五章 凌乱1997

拿着介绍信、通缉令去找当地公安同行，按部就班布控查缉啥的，不说打草惊蛇，光时间上就来不及了。"要致富，走险路！"我和李清商量，"死马当活马医，走点旁门左道吧！"我把我的想法一说，李清满口答应。

熊家董家是万县榨菜帮特别是皮鞋帮传统的根据地、大本营。榨菜和皮鞋是这儿的支柱产业，但榨菜的主产区却在沿螃蟹寺到长江边的大周小周和对岸的晒网坝一带。榨菜帮的帮主孙老幺是大周人，长驻杨家河码头，在沙市有仓库和门市。孙老幺偶尔回万县，经人介绍我们互相认识了，一来二去，常常有电话短信问候。牟一贵是晒网坝人，想必是知晓孙老幺的。他和张勇在沙市四码头出现，一定不是随心所欲。即使不是冲着孙老幺去，也肯定在沙市四码头有老乡和亲友啥的做落脚点。这是我们要抓住的唯一机会和最佳路线。孙老幺打发好了，不愁沙市码头搁不平。临走时给孙老幺去了个长途电话，只说到武汉拜访拜访。孙老幺自然客气，直说恭候恭候。待见着孙老幺，他见我带着两个不认识的人，知道不会是私人拜访，便说借一步说话。只我们两个人时，我开门见山说了来意。道上人，用不着拐弯抹角，疑人不用用人不疑，不然他会看不起你的。孙老幺听罢，沉吟起来。我担心他有疑虑，便说："这是两个死猫脑壳，逮到起那是死罪。再说，他们在江湖上也是无名之辈，谋财害命，也太没路份。"

孙老幺手一举，示意我打住。爽快说："朱哥！我要答应你，管他是侯爷王爷也不在乎；要不答应你，你就是拿了铐子手枪逼着我也不会应承。这两个家伙从杀人开始就步步不顺，看来也是气数尽了，合该报应。你这一说，我心里倒有六七分把握，只担心朱哥你们做不利索。我有个晒网坝兄弟在四码头开馆子，那两个人不是找他，怕也再没别的地方可去。我这兄弟在沙市是落地生根的人，你要做不利索就会害了他。"

我暗自一喜，忙说："幺老弟！我要出手自然不会拖泥带水。不瞒你说，我带来的人认识'贵儿'。只要地方准确，不需直接上门，只瞅准机会外面动手，一定神不知鬼不觉。"

"那我就放心了。"孙老幺掐了烟头，说，"四码头有家'小红'川菜馆，老板姓冯叫冯平，太龙人，婆娘就是晒网坝的。这个'贵儿'要去沙市码头，八成是冲着他去的。你直接去找他，话怎样说由凭你了。只一件事你得答应我，不是万不得已莫打我的招牌。这个冯平长得魁梧，却是个怕事的人，这就看他是怕那个'贵儿'还是怕朱哥你了。"

"送佛送到西天，只怕我真没抓手了，还得打你这张牌呢！"既然孙老幺说了除非万不得已，我何不就万不得已一回呢？忙向孙老幺说。

孙老幺苦笑，直说："朱哥公务在身，我就不挽留。要是逮着人了，到武汉留一天。我给你联系武汉市公安局的朋友，你把人一关，我们好好喝一台酒吧？"

"借你吉言，再说吧。"时间不等人，我们匆匆告辞。

到沙市四码头已是中午时分。码头上人潮涌动，热闹非凡。四下探巡，却原来那"小红川菜馆"就在日本领事馆旧址附近。我让小何拉低了软檐帽，慢慢向饭馆靠过去。

第五章 凌乱1997

饭馆紧靠在码头广场和一条小巷的交叉路口，饭桌和伙房连成一个通堂。正是饭口上，饭馆打起了拥堂，生意很红火。李清和小何留在广场一角的报刊亭观察，我踱到饭馆近处。食客大都是来来往往的旅客、打工仔，拎着大包小包，操着天南地北的口音，吃得也简单家常。靠角落的几张桌子边有几个客人，和追捕对象对不上号。过道两边一左一右两个包房空无一人，窗户正对着码头和小巷，这是个很好的观察点。厨房里，两个男厨师和一男一女两个打下手的正忙乎着，余下两个女服务员进进出出端菜递水。吧台里，一个长着络腮胡头发却稀疏的中年男人，一边抽烟一边有搭无搭地和身边一个烫了卷发的女人说着话，一副知足乐天的样子。有人结账，女人收钱，男人找零，很是默契。这个络腮胡应该是冯平无疑了。我正想着该如何和这个络腮胡搭上腔，他却从吧台里走出来，从过道一边的楼梯间里搬了箱啤酒到吧台，接着返回来关楼梯间小门。刚一转身，我贴过去拍了拍络腮胡的肩膀，轻声问道："是冯平吗？"络腮胡下意识点点头，还没回过神，我把他顺势拍到包房里了。

进到包房，没等冯平开口，我掏出警官证递给他。他的脸上迅速掠过一丝惶恐，手里捏着的烟头也掉在了地上。我从窗口向李清招了招手，李清和小何便走了过来。两人刚进门，一个服务员拿了菜单进来问需要什么。我摆摆手，说："菜等会儿点，我和冯老板先谈点生意。"服务员便拉上门走了。冯平正要再开口，我已经掏出牟一贵的照片放到了桌上，冷冷地问："'贵儿'这会儿在哪里？"

冯平扫了眼照片，脸上泛了点红晕，随即咽了口口水，反问道:"哪个'贵儿'?我认不得。你们莫是搞错了哟?"

我再次把照片伸到冯平眼前,盯着他说:"照片有几年了,样子还没多大改变。你看清楚点,就这几天的事,你不会搞忘了吧?!"

"我真的不认得这个人!你们莫冤枉人!"冯平几乎嚷嚷起来。但看得出来,明显底气不足,真正的色厉内荏。

"冯老板,你别嚷嚷。"我仍是冷冷地说,"我们大老远从万县市到沙市来,千不找万不去偏偏来找你,肯定是有道理的。这样吧!不管'贵儿'给你说了啥,我们要给你明说。'贵儿'杀了人,杀死了人!我们正在通缉他,捉拿他!"

李清也不失时机插话道:"过去你不知者不怪,现在给你说明了,你再收收藏藏的就是包庇了。"

冯平像是被激怒了一般,嘟嚷道:"随便你们咋说,我没看见这人。"

不能这样僵持下去,必须迅速击溃冯平的心理防线。时间不在我们这边,必须抬出孙老幺才行。我拍拍冯平的肩膀,眼睛凑近他说:"冯老板,原本我不想说我和幺哥的关系,看来你没打算买我们万县警察的账了,那我就只好拿天牌打地牌了。跟你明说吧,在武汉酒桌上,幺哥可是给我打了保票的,说你冯络腮胡不会不买他账的。"

冯平脸上沁出几滴汗珠,嘴上却硬硬地道:"这事幺哥不晓得!"

"幺哥晓不晓得并不重要!"我打断冯平,递上一支烟,说,"重要的是我和幺哥是朋友,你买不买幺哥和我的账……看来你是我和幺哥这两杯茶不吃,非要吃'贵儿'这个杀人犯的一杯茶啰?"

第五章　凌乱1997

"不、不、不是！"冯平下意识摆着手，像斗败的公鸡样问道，"你、你真的和幺哥是朋友？"

我掏出孙老幺的名片扔到桌上，讪笑道："你要不找个电话确认一下？"

冯平看看名片再看看我，重重地咽了咽口水，哭丧着说："'贵儿'是来过的，一路还有个高个子。说是在万县打了架，出来躲两天。朋友回去借钱去了，让我给他们找个住的地方。昨天一天都没见着他们了，不晓得现在去了哪儿。"

我心里咯噔一下，暗叫不好。却要忍住，淡淡地问："你带我们去住的地方。"

冯平露出怯懦的眼神，结结巴巴说："朱警官！你看我也不容易！生意刚起来，不想惹事的。"

"走吧！"我拍拍冯平，安慰道，"你前面走，我们跟在后面，到地方你使个眼色就行了。你利索点我们就会利索点，搞到了人，你啥事也没有了。"

一出门，冯平倒显得从容起来。他漫不经心从楼梯间里拎了壶自酿的酒，叼上烟朝小巷里走。遇着人打招呼，便说是送酒去了。我们落在冯平后面，远远跟着。走出不到两百米，他拐进一个窝棚区，在一个窝棚边擦身而过时，朝旁边努了努嘴，然后径直朝前走了。我见四下无人，让小何留在巷口。我和李清掏出手枪，揣在裤兜里悄悄上了膛，然后若无其事地朝窝棚靠近。窝棚门用一根铁丝连同搭扣拴在一起，看不出是从外面拴上的还是从里面插上的。来不及多想，我和李清对对眼神，抬腿便是一脚。然后，端枪冲了进去。

窝棚里空无一人。一张木床占去多半，一条油腻腻的毛巾被胡乱堆在床上，地上满是烟头和啤酒瓶。捡两支烟头一看，是"山城"牌的。床头一张矮凳上，一个塑料袋里还剩下一些花生米和豆干，拈块豆干一闻，还没酸馊。看来两人没走两天。我们提取了几枚烟头和两个啤酒瓶。仔细再看，在墙角找到两张揉成一绺的硬纸团，打开一看，是两把电工刀的包装盒。

"看来他们对姓瞿的已经不抱希望，要继续作案了。"我不无担心地对李清说。快走出巷口，仍少有人来往。我和李清停下脚步。李清问："朱哥，接下来咋整？""咋整？周头儿打了无数个传呼了，赶紧回话。"我闷闷说。

李清却说："朱哥，我倒觉得别急着给周头儿回话。你一回话，必然是要我们赶快回去。反正已经耽搁两天了，不如再等上一天再回话，让他骂个够。"

我狐疑道："你有啥想法么？"

"我感觉牟一贵、张勇并没有走多远！说不定还没死心，在等姓瞿的呢。不如我们死马当活马医，来个守株待兔。"李清说。

"你这一说，倒提醒我了。"我挠挠头说，"其实我也有这个感觉，只是不明白，快两天了为什么他们没去冯平那儿呢？兴许去哪个地方踩点去了。人生地不熟，应该不会这么快就能得手。找不到钱，他们还得把希望寄托在姓瞿的身上，或者找冯平借钱啥的，说不定就在今天？"

"我说的正是这意思。横竖我们超过了周头儿限定的时间，也不

第五章　凌乱1997

在乎这一天两天的。"李清说。我俩一拍即合,却又为在窝棚里守还是去四码头守起了争执。我的意思是在四码头更靠谱,因为两个人应该对姓瞿的还没完全死心,这儿是最容易接上头的地方,他们要待在窝棚里就容易和姓瞿的错过见面的机会。再说,窝棚局促狭窄,两个人身背一条人命,真要和我们厮打起来,很是危险。"我看还是去四码头,在冯平那儿死守。要真没希望了,明天一大早我们来踹门。"我折中说。

这么说定,我们返回窝棚,重又将啤酒瓶、烟头和电工刀盒子原处放好,掩上门回到四码头。已是下午五点过,冯平的饭馆开始准备晚上的饭菜了。见我们回到包房,冯平溜进来,一脸的殷勤。他和孙老幺刚通过话,想来孙老幺也叮嘱过,一点不敢怠慢。我懒洋洋说:"冯老板,我们刚和局里通了电话,'贵儿'已经跑到广州去了。今天我们在沙市住一宿,明天就回万县市。"

冯平一听,喜洋洋说:"那真是太好了。这样,今晚我做东,请几位大哥喝酒。"

我装作打不起精神的样子说:"算了吧,我们有纪律的。"

冯平诚心道:"看朱哥说的。别说你和幺哥是朋友,单说在沙市遇着家乡人,也是该喝两杯的。亲不亲故乡人嘛!"

我爽快说:"冯老板!我们好歹也是有出差补助的。不如这样,我们出三百块菜钱,拣爽口点的下酒菜搞些来,你把刚才提出去的那壶酒拿来,我们'打平伙'如何?"

冯平想了想,心有不甘说了声"好!"出门去了。他刚出门,我就招呼李清和小何围过来,低声布置了几句话。两人点头说好。待

我的刑警往事

酒菜上桌，我提议说："冯老板，我这两个兄弟不胜酒力，酒由我喝了。我们打算赶晚上的船回宜昌，时间还早，我们慢慢喝。"

"这样最好。听幺哥说，朱哥酒量好，我正担心陪你不好呢。"冯平满口答应。拿了小杯，我们慢慢抿着，有搭无搭说些闲话。冯平的老婆也时不时进来陪坐一下，看样子是个能喝几杯酒的女人，倒不肯拿小杯，一定要拿大杯和我干。多这点没事，我欣然应允，干了两杯。李清和小何背靠过道，按我的吩咐一人盯广场一人盯巷口，小口吃菜，喝着饮料，眼睛始终盯着窗外。

擦黑时分，小何突然紧张起来，轻声说了句："来了！"手也不自觉地指向窗外。我顺着他手指的方向望去，远远看见一高一矮两个人站在广场中央人群里，也在向这边张望。正是牟一贵和张勇！我一把拽过小何，让他背向窗户。随即，我掏出手枪，上膛后搁在桌子下的隔板上。冯平已明白过来，脸一下子变得煞白，冷汗又沁了出来。我一边笑盈盈地端了杯子递到他眼前，一边冷冷地说："冯平，继续喝酒！莫干傻事！"冯平抖抖索索拿杯子和我碰了，酒都溅了出来。我接着说："都自然点，等他们进了过道或者到了巷子再说。"接下来的几分钟真是难熬。眼巴巴看着两个人在广场上走来走去，始终不向这边靠。还不能贸然出去。广场上人流如潮不能开枪，两个人体壮如牛，我和李清身体单薄，徒手搏斗，吃亏的一定是我们。还是红卫山梁老师说的那招，两米之内掏枪对准罪犯方才是王道啊！我自己也能感觉到心脏咚咚跳着，手心也慢慢有了汗水。两个人终于一左一右向饭馆走了过来，步子虽慢，总算是越走越近了。这是我希望的。如果他们一前一后，通过过道的时候，我

第五章 凌乱1997

和李清很难做到同时用枪逼住两人。我端了杯酒和冯平碰了，嘴上却对李清说："你对付张勇，我对付牟一贵。稍有反抗直接照腿打！"酒刚喝下，牟一贵、张勇已拐过窗口。计算着两人进了过道，我抽出手枪，和李清猛地拉开门，同时举枪。枪口一左一右正好对着两米不到迎面而来的牟一贵、张勇。牟一贵身后有一个人正好走过，上前一步就是包房，我下意识想到不能让他进门挟持冯平和伤了后面的行人。忙推了下李清，这样，我们的枪口就斜着指向了两人。这时候即使开枪，也伤不了其他人了。"牟一贵！张勇！跪下！"我大声喝道。牟一贵、张勇显然被我们的枪口给吓蒙了，一下子还没回过神，手却下意识半举了起来。倏地一怔，牟一贵率先醒过神，微颤着的手开始微微往下动了动。"'贵儿'！不要乱来！你们自己晓得犯了啥事！我数三下，你们跪下去，不然我们开枪！"我低声命令。李清也大声喊："跪下！张勇！"我开始拖长腔调报数。刚喊出一，张勇跪了下去，喊到二时，牟一贵也跪了下去……我和李清上前两步，继续拿枪抵住牟一贵和张勇的脑袋，让小何从我们腋下枪套里抽出手铐，把两人反铐了。旋即搜身，从两人身上各搜出一把锋利的电工刀、两把起子和一捆绳子。有两张往返襄樊的车票，一问，昨天两人去了襄樊，想抢劫出租车，没找到下手的机会……

收拾停当，我在街角找到部长途电话打给周头儿。话没出口，周头儿破口大骂："狗日的朱儿！出门不认人了是不！屋头乱成一锅粥，你们只管潇洒！"等他骂几句了，我才慢吞吞说："报告周局长，牟一贵、张勇抓到了！""啥？抓到了？哈哈哈哈！搞得好！连夜给老子带回万县市！记住，朱儿！路上莫考虑啥安全不安全了，给他妈两个人一个机会让他们逃跑，然后你们给我就地正法好了。"搁了电话，我抿嘴一笑，这叫啥指示？执行不了也不敢执行嘛！

不能怠慢。连忙让冯平找了台昌河面的，连夜赶往宜昌黄柏湖快艇码头，准备换乘第二天第一班快艇返回万县市。看时间还有四个多小时，在附近找了间宾馆大堂，用沙发把两人抵在墙角，我们轮流在沙发上打盹。凌晨五点，牟一贵嘟囔着要进厕所。我把他从地板上拖起来，用枪指着进到厕所，半天没挤出一滴屎尿。仔细一搜，从袖口搜出一根牙签。再看墙角，还有火柴棍、烟盒啥的杂物。我嘲讽道："'贵儿'，老子正愁没机会把你就地正法，你倒自己给自己挖个坑了！你还想多活几天的话，趁早打消跑的念头。若实在不想活了，长江没盖盖子，尽管跳好了，老子照样开枪！"牟一贵翻翻白眼，不敢开腔了。

第二天中午时分，快艇准时抵达万县市17码头。船刚靠岸，一队荷枪实弹的武警快步登上快艇，从我们手里接过牟一贵、张勇，用麻绳五花大绑了押下船。岸上早有记者长枪短炮等着，有局领导在接受记者采访。领导侃侃而谈，风光无限。我和李清满面风尘，悄悄溜下船，往出口走去。周头儿的驾驶员不知从哪里钻过来，笑嘻嘻说："朱哥，上我车。周头儿在大三峡宾馆等你们，酒都倒好了！"

第五章　凌乱1997

雪苞山上一棵草

回支队报到，还没上楼，听得会议室热热闹闹讨论着啥，有胖哥还有几个侦查员的声音。有人在说："对头，喊朱儿一起！龟儿子火头那么好，撞都撞得上'贵儿'，我们沾点火头！"我一进门，大家更热闹了。华哥、胖哥和老邓都在场，我一到，"四大名捕"齐了。我不问啥事，只作古正经抗议道："抓'贵儿'我可是动了脑筋冒了风险的好不好？你们说是撞上的，都去撞两个试试？"谁知，我这一说，大家笑得更欢实。胖哥摇着我肩膀，挖苦说："你现在是瘸子的屁股——翘起的！神探了，莫说那么多。我们准备去城口，正在招兵买马，你去还是不去？"早听说，支队要派人去城口增援系列爆炸案，正盼着也能被派去呢。心头这么想，嘴上却是一脸的不乐意，苦歪歪说："刚从沙市回来，'家庭作业'还没做呢！""少啰唆，给你半小时打个快枪。我带队，跟我走！"胖哥狠狠拍了我一巴掌，打得我肩膀直发麻。

还是周头儿"半夜吃柿子——抵到软的捏"的软柿子思路。就在头天晚上，局里对整个案件侦破做了重大调整。龙宝、天城两分局主攻系列抢劫强奸案；城口县局和重庆市局派去的技术专家组主攻系列爆炸案。我们刑警支队主攻坪坝爆炸案。先易后难，渐次推进。出租车被抢案大功告成，媒体大事报道，民怨暂时得到些许缓解。却原来公安局还不全是"饭桶"！这种缓解无疑是短暂的，公安还需要另一场胜利甚至是决定性的胜利才能彻底脱身。这个软柿子就是坪坝爆炸案。据说有几个像模像样的嫌疑对象，像一锅沸水，只差最后一把火了。吹糠见米，本小利大，现在是算细账的时候了。支队领导留在市里，我们"四大名捕"除了华哥都去坪坝，由胖哥带队。3120第一次有了个临时负责人，大家都有了说法。有传言支队要扩编，下设大队，胖哥有了这个临时负责人的身份，将来做个大队长还不是水到渠成的事？有了这个话题，去往城口的路上就热闹了。胖哥坐在副驾上，作古正经介绍起情况来。原来，系列抢劫强奸案有了代号，叫作"4·3系列案"，就以太白公园打靶场杀人案的时间排序号。我纳闷："这案子我记得是四号发的案，咋就取了个'4·3'系列呢？"胖哥取笑说："这你就不懂了吧？周头儿说了，取个'4·4'系列，那不就是'死死'系列了？案子成了死案，还有个好？"胖哥说罢，得意扬扬了。我和老邓坐在后排，见胖哥对这个临时带队这么受用，相视一笑，再不扫他雅兴。

我们这次从开县翻越雪苞山进城口。经过几年修修补补，路况比原来好多了。日头偏西时分，三菱越野已经爬上雪苞山顶，在垭口处我们下车抽烟撒尿。雪苞山地处大巴山南麓，海拔两千多米，有"上三十里，下三十里，横三十里"一说。我们紧走几步到绝顶处停下，四下环顾，雪苞山群峰气势磅礴，横陈天际，漫山遍野堆绿耸翠，沟沟壑壑郁郁葱葱，山花烂漫，杜鹃点红。纵目远望，真有股子山舞龙蛇，峰为泥丸之感。三个人不约而同掏出尘根，一泄如注。相视哈哈大笑，几个月的灰败之气一扫而光……

坪坝镇在县城葛城镇以西约二十多公里处，与四川万源县的钟

第五章 凌乱1997

亭乡接壤，连接两地的省道横穿而过。说是坪坝，其实也就镇子所在巴掌大块地方是平的，四周山环水抱，局促得很。爆炸现场位于镇子中心，爆炸点是一个经营农资产品的商店。爆炸产生的冲击波和碎屑不同程度毁了周围数十米内的玻璃门窗和瓦片，所以有半条街被炸一说。没有人员伤亡，但影响之大是显而易见的了。

到达坪坝已是深夜，骏哥在派出所等着我们。他在两年前挂职做城口县局局长，按理年初到点。系列爆炸案一炸响，重庆市局指示骏哥就地破案，多久破案多久回万县市。准备接任的范洪友副局长早在一个多月前就从巫溪县调来，负责指挥坪坝爆炸案。范洪友从红卫山上下来，比我晚几届，早年也做过几年狗司令，我算是他学长和老师。胖哥老邓名头都不小，我们一到，范洪友这个负责人倒有些尴尬了。因着这原因，骏哥专门从葛城镇赶来，一来看看老部下老兄弟，二来扯扯案子顺便把指挥序列捋一捋。骏哥的破案风格和我们对路，所以常规的案情介绍就少了现场部分，主题直奔被炸商店的矛盾和关系上。前期排查出来有三四个矛盾点十来个嫌疑人，大都还没实质性接触和交锋，停留在外围摸底上。听骏哥一介绍，原来我们三个人都是他点的将。他说："……我不是贬低现场勘查和技术的作用，更不会不尊重技术专家们的劳动，但我们把太多精力放在技术上是不值得的。为什么？时间拖不起。案子的关键在前三板斧，三板斧使过，时过境迁，再要拿上手就难了。县城几起爆炸，市局和我们局来了大批的专家，现场的灰土筛了几大卡车，个多星期得出一个结论，两个字：并案。这不废话吗？小小一个葛城镇任随咋样也不可能同时开来几个恐怖组织分别去把人大、教委、检察院、邮电局一个接一个炸了吧？白白耽搁这么多时间。所以，真要打仗，海军空军空中地面一番轰炸过后，还得靠我们步兵冲锋拼刺刀才能解决问题的。你我这些人都是穿胶鞋的步兵，该刺刀见红了！坪坝这个案子由你们'三大名捕'为主，县局同志协助，范局长你就做做后勤，搞搞协调……"

骏哥一拍板，范洪友求之不得。当下表态，胸口拍得梆梆直响，反倒弄得我们三个人为难。好在有骏哥在，城口同行也朴实，断然不会搞什么小动作的。当务之急是梳理这三四个矛盾点十来个嫌疑人，尽快筛选出重点嫌疑，一举突破。"水不紧，鱼不跳！四平八稳破不了这案子。"会后，我们回到旅社。胖哥感到肩头责任重大，还想再扯几句，老邓却不耐烦说。

胖哥一夜鼾声如雷，真没睡好。天不亮，索性起床四处走走。1988年带海啸、黑儿到城口，曾经到坪坝茶场出现场，在镇上小住过一宿。十年过去，变化不小。晨雾浓密，十来步外看不清人。信步走了没多远，听得附近镇政府院坝嗡嗡嘤嘤有人声。近前几步一看，原来是十来个城口县局的同志围着范洪友听他布置工作。范洪友正说："……原来的方案和部署一步也不能乱。每家每户的炸药、雷管去向都要一一核实清楚，见人见物，马虎不得。不要以为支队的几个'大师'来了，案子立马就破了。给你们说实话，他们是来'打独碰子'的，打得好阿弥陀佛，打得不好他们一拍屁股走了，活路还得我们这些穿草鞋打赤脚板的去做……"下川东人管拳头叫"碰子"，"打独碰子"就是押题、赌一把的意思。这是没得办法的办法，却又常常管用，周头儿、骏哥、老邓们都是些打独碰子的行家里手。我心里一笑。在骏哥眼里，重庆市局来的侦查员是狂轰滥炸的海空军，我们是拼刺刀穿胶鞋的步兵。在范洪友眼里，我们万县市来的侦查员是"打独碰子"的，他们是穿草鞋打赤脚板的实在人了。不过，他这话我爱听。案件如水土，一个地方的罪犯做下一方的案子，一方水土的侦查员去破一方水土的案子最接地气往往也最奏效。以往经验告诉我，土著侦查员是小瞧不得的。这么想着，心里有了想法。正思忖间，兴许范洪友瞥见了我，忙收了话题，让人散了。

"朱哥，刚布置工作，该做的还是要做，是不？"范洪友过来，脸上挂着一点点尴尬。

他管我叫朱哥？心里一沉，旋即又提了起来。淡淡一笑说："骏哥昨晚是客气！这个案子你还是组长，原有的思路不要轻易变动。不然，我们几个'独碰子'打出去没有效果，再重打锣鼓另开张可就难了。"

范洪友也笑着说："朱哥理解就对了。"

"洪友，你现在也是独当一面的副局长了，你对这种撒大网的方法有信心吗？"我盯着范洪友问了句，他一时不知道该怎么回答，我和他边走边说，"上海刚解放，曹家湾菜市场发生一起碎尸案，号称新中国上海滩第一血案。罪犯把受害人碎尸后又用盐巴腌成咸肉装进竹篓抛尸街头，案件几个月没有任何进展。江南神探端木宏峪被请到现场，他发现死者身上一副扑克牌上有红蓝色的圆珠笔划痕和小孔，据此推断死者可能是用扑克牌变戏法兜售圆珠笔的小贩。以人找罪犯,很快就破了案。"

范洪友一时迷糊,愣怔着问:"朱老师的意思是我们把侦查思路搞颠倒了?"

他不自觉重又叫我老师了。我心里受用,便不再兜圈子,直白说:"洪友,据我所知,城口锰矿、煤矿、采石场遍地开花,炸药、雷管、导火索随处可见,村民百姓开山筑路、采石建房、炸鱼炸狗炸野猪也都在用炸药。这些炸药有合法购买的也有讨要来的,光你们坪坝一个龙洞沟煤厂一年会流出去多少炸药、雷管?你们算过没有?说白了家家户户几乎像盐巴胡豆瓣一样或多或少都备着点吧?"

范洪友不吱声了。半晌,他谦逊地问:"朱老师的意思是?"

我爽快说:"张局长的看法是对的。打个比方说,就像我们农村家家户户有锄头吧?现在发现一个人被锄头挖死了,我们要做的不是到家家户户去找锄头,而是要推断谁有想法拿锄头去挖死这个人。有这想法的人当中谁又最有胆量最有条件去挖死这个人。如果按这个思路,'独碇子'是一定要打,刺刀也该见见红了。"

"您这一说,我还真醒豁了。"范洪友看看表,匆匆说,"朱老师!我先去安排安排伙食!待会儿找个时间我和你单独吹一吹。您说的'独碇子',我倒有个好对象。"

范洪友急匆匆跑开了。看着他的背影,一股暖流顺着背心涌了上来。这还是那个牵着狗,穿着破旧警服,巫溪大宁河边埋头走着的小范啊!我和他有过一段单纯、艰涩的亦师亦友亦兄的关系,只是这纷扰的世界让我们如今生分了。

1985年冬,我作为省厅警犬指导小组成员去重庆大坪警犬队考

第五章 凌乱1997

核警犬，顺便给巫溪县公安局物色了一头犬。一切都准备停当了，巫溪派来的驯犬员却迟迟没到。基地开班的头天半夜，有人敲我的门。开门一看，范洪友站在门口。披一身沾满泥浆的雨衣、背着一床塑料布包好的花棉被、腋下夹着一卷草席，要没那身皱巴巴的警服活脱脱就一个盲流。我没好气，责怪他怎么这时候才到。他怯生生说单位一时凑不齐出差的钱给耽搁了。早听说巫溪县穷，想不到竟穷到这份上。我心一下软了，忙问他吃饭没有。他说忙着赶路，连中饭还没吃呢。我心更是一疼，忙领他到大坪医院附近敲开一家小饭馆，给他要了份回锅肉、一大钵三鲜汤、一大碗米饭。也真是饿了，范洪友狼吞虎咽连汤带水吃了个精光。一路摆谈回来，我断断续续知道了他的一些身世。他出生在巫溪尖山乡，家里穷得不说家徒四壁也是有上顿愁下顿的。好不容易考上警校，家里只盼着能光宗耀祖，改善改善家庭环境，可刚毕业就被派来做了谁也不愿意来的"喂狗"的活儿。说到这儿，满脸的无奈。我劝慰他说，别自己看不起自己，我小时候也是放牛的，比起那些还在放牛的小玩伴，好上天了。范洪友听我这么一说，一副同是天涯沦落人的样子，也第一次笑了。只一笑，咧开的嘴立马把一张干巴巴的脸撕成了两半。

从这以后，范洪友一直和我通信，言必称朱老师。我很少回信，偶尔回封信就称他小范，说的话也是漫不经心的。范洪友带的犬叫"大黄"，刚从基地回巫溪，大黄破了不少的案子，但第二年就没了消息。年底领导突然叫我去一趟巫溪，说大黄半年没破一起案子，县局要我去看一下是大黄有问题还是范洪友有问题，言外之意若是范洪友有问题是一定要处分他的。我到巫溪县局只看了一眼大黄便明白了。趁没人我问范洪友咋回事。他明显底气不足地说大黄的鼻子好像出了点状况，闻不出案子我也没办法。我讪笑说："你瞒得了别人瞒不了我。大黄四只脚爪子长那么长，摆明是训练量不够。你是不想干了吧？"范洪友很憋屈地看着天，并没有回答。巫溪和城口虽然都地处大巴山腹地，人情世故却有天壤之别，范洪友一定是受够了不少的窝囊气才这么自暴自弃的。山里娃娃，不容易呀！这么一想，便给县局领导讲，犬的嗅觉确实出了问题，破案是不行了，我们收回地区做防暴犬吧。县局领导虽有疑惑，也不好说什么。我带大黄回地区，破了不少的案。破了案还得藏着掖着，不好给领导说，传出去我是欺骗领导，范洪友的日子也不会好过。

范洪友没带警犬后被调到一个偏远派出所工作，终日消沉委顿。偶尔也给我写信，满纸的愤懑无奈。我寻思正应着万县一句俗话"条条蛇都咬人"，好好的大黄你不带，以为不带狗了就条条金光大道等着你，这下后悔了吧？有这歪心眼，便不再回信，他渐渐也不再写信了。不想，没过多久范洪友突然一夜飘红，报纸电视铺天盖地宣传他的光辉事迹。不出两年，他多次立功受奖，荣誉无数，最高纪录达到"全国特级优秀人民警察"，名字被刻在红卫山的英模墙上了。转机据说来自辖区发的一起中药材被盗的大案子。范洪友一战成名随即被调回刑警队，一路顺风顺水，大红大紫。我还在昆明警犬基地苦苦找寻海啸、黑儿的接班人时，省厅已破格提拔范洪友为县局副局长，也是全省公安系统最年轻的副局长了。这样的结局让很多人困惑，坊间各种版本满天飞。眼红的人觉得这世道太不

第五章 凌乱1997

公平,平和的人觉得范洪友运气实在太好,就像一个从来没握过钓鱼竿的人,一挥竿就钓了条金龙鱼一样。我是知道其中天大秘密的,秘密是范洪友亲口告诉我的。范洪友刚发迹的时候还不是太张扬,记着我的好,每次到万县市开会领奖啥的都要到警犬队坐坐,有时间还要和我喝上一场酒。说起他的英雄事迹,他的脸上总是羞答答的,像偷了糖吃的娃娃一样。一次酒酣耳热间,我存心诈他。那时的范洪友也还没什么城府,加上喝高了,竟把这天大的秘密给吐露了。原来,那起中药材被盗大案的罪犯叫杨大脑壳,他的隔壁住了个哑巴。这哑巴虽是聋哑,心眼儿却活泛。他发现只要杨大脑壳晚上一出门,镇上哪家药材户的药材就要失盗。哑巴暗生疑窦,悄悄吊了几回线,渐渐摸清了杨大脑壳的底细。哑巴找到派出所,比比画画说要报案。警察正忙得不可开交,都把哑巴当上访人员往外轰。哑巴没法子,东拐西拐找到范洪友。范洪友在派出所闲着没事,又懂些哑语,便耐心听哑巴比画。听出哑巴的意思,心中狂喜,迅速有了自己的计划。打发了哑巴,范洪友用心一查,发现哑巴说的还真是那么回事。便把哑巴的发现融入到自己的推理当中,合盘献给了专案组……"朱老师,你说我这算不算是巧取豪夺呢?"范洪友问我。我嘴上直说:"劳动所得!劳动所得!应该的应该的!"嘴上这么说,心里也是酸酸的……以后,范洪友来警犬队的时间越来越少了,偶尔见着他,总有人围着他。暗自想,过去那个狗司令那个小范是再也找不回来的了。

早饭后,我们"三大名捕"关上门一一审查这十来个重点嫌疑。我心有旁骛，看得并不是太仔细。真心说，前期现场勘查的时间虽是拖得有些冗长，浪费了很多摸底排队的宝贵时间，但分析报告还算客观精准。爆炸物是普通2号岩石炸药，起爆物是普通火雷管、导火索；定量分析炸药量在两公斤左右，用炸药包投送；炸药包的主要包装捆绑物是废旧报纸、一张高度疑似挂历的纸张、普通化纤绳子、塑料布。投放点在商店正门也就是人行道边，蹊跷的是并没放在更隐秘的后墙窗台下，窗台内便是庞姓店主一家四口的卧室。"这是问题的核心，罪犯需要的结果是震慑？恐吓？发泄不满？总之并不想置店主一家于死地！"我这么想着，视线转移到前期排查的矛盾纠纷点，集中在与庞姓店主有生意竞争长期有口角之争的一类人上。一个叫唐友仁的人突兀着冒了出来。唐友仁排在嫌疑人最后一位，是附近一个小乡的副乡长。所以列为嫌疑，依据是庞姓店主说了唐友仁和他干女儿的闲话，唐的女人曾经上门质问。唐友仁在自己的乡场上也有个卖化肥种子农药一类的商店，和庞姓店主理论上有一定的竞争关系。

下一步如何审查，我们三个起了争执。也难怪，过去三人大都单打独斗，或是按领导吩咐临时搭档，眼下要自己选择对象自己决定如何搭档，一下子还适应不了。也应了那句"单挑是条龙，合伙是根虫"的老话。胖哥问我的意见，我说："这撒脱呀！既然是'独碰子'，我们三个何不各找一个两个嫌疑，搭上县局的侦查员，自审自查，来个'先入关者为王'又何尝不可？"大家都赞成。各自选了自己认为嫌疑最大的人做审讯对象，我不假思索选了这个唐友仁。

午饭后，我和派给我的县林业公安小周关了门看材料。小周刚

第五章 凌乱1997

从部队转业，还没进入角色就遇着这样的大案和我们这样的"大师"，窘得小媳妇一样，只顾带路端水递板凳，大气不敢出。三四点过，琢磨范洪友没啥要紧事了，我让小周带我去找他。在区公所招待室找到范洪友，他正和衣蜷缩在一张钢丝床上昏睡着，鞋袜也没脱。听得门响，翻身坐起，眼睛红红的。我和范洪友互相觉得不好意思，客气笑着。小周知趣，出门去了。我递给范洪友大重九香烟，范洪友拿烟看看，从口袋里掏出包宏声烟，嘿嘿笑着说："朱哥的烟总是好，我这个鸡娃烟拿不出手。"我打趣说："快了，等你坐正了，只怕好烟抽不完。"

"我有多大本事你又不是不晓得，还有得学呢！"范洪友边说边风一样跑到走道尽头的茅房里，哗啦啦搞了一通出来，嘴里叼着烟，边系皮带边说，"不好意思，下乡冷水喝多了点，肚子搞糟了。这儿臭得很，我们出去找个地方说话。"

范洪友开了辆野马越野，沿坪坝河开出几公里停下。坪坝河岸柳结绳，泡桐绽紫，河水恣意流淌，怡然自得。我们踱到河边，拣一块鹅卵石平铺的河滩坐下。重又点上烟，范洪友问："朱哥，听说你选上唐友仁了？"

"我是凭直觉选的。"我莞尔一笑，反问道，"坪坝的地皮你是踩热了的，如果你选，你会选谁？"

范洪友不假思索说："要我选，我也是要选唐友仁的。不瞒你说，要不是你们要来，我也想直接接触他了。"

"呃？真的吗？"我感兴趣道，"说说这个唐友仁怎样。"

范洪友从衣兜里掏出个小本本，朝我靠了靠，认真说了起来。

他的调查很仔细,慢慢一讲,这个唐友仁的形象在我眼里鲜活起来:……1981年,参加过对越自卫还击的他转业回乡,头上顶着副连长、立过三等功的光环。从回到乡里的那一刻起,唐友仁的心头却打起了霜。一批的战友,比他文化低、基础差的大都留在了葛城镇,有的还留在了万县市。只有自己,别说没留在葛城镇,连坪坝镇也没收留他。他不像很多来自农村的兵那样,对生养自己的故土怀有无限的眷恋之情。回到乡里,等于是发配流放。这让人伤心的回归,让他觉得世间一切都变得那么空虚、黯淡。这都他妈的算啥呀?太让人悲哀了吧?当初少小离家,盼着的是入党提干、立功受奖,将来荣归故里,光耀门庭,也好遂了老头子的愿。老头子没文化,却笃信小时候一个游方算命子给他算的命,说这娃娃将来能光宗耀祖,升官发财。现在怎样?不过是徒增笑料落人口实而已。时间一久,唐友仁认命了。他感到迫切需要的是现实,是切切实实能在物质上精神上让他充分享受的现实。他固执地认为,因为他缺乏物质,所以没能走动后门,进而没了精神上的享受。乡政府所在地对面是他生身之地龙洞沟葱茏的山峰,每每看到,心就酸涩得不行。那里是那位游方算命子说的风水宝地,那儿有座小小的石门,石门两厢镌刻着一副对联:"龙虎培千年之风水,后土荫万代之儿孙"……真他妈骗人!每眺望一次龙洞沟,他的牙槽就恨得痒痒一次。终于在一个月黑风高之夜,借着酒劲他提了錾子手锤一口气爬上龙洞沟,叮叮当当一阵敲打,石门面目全非,他也躺在碎石块上酣畅淋漓睡了过去。为这个村里人告到乡里说他破坏文物,他受了党纪处分,十多年后才挂了个副乡长的名头……他娶了乡供销社一个寡妇，生了个黑魆魆的儿子。班是从没正经上过，成天价跟一些不着调的人上山打猎、下河捕鱼、爬岩采药，说穿了还是没离开过那个让他伤透了心的"钱"字。酒也是越喝越滥，常常是哪儿一歪哪儿就是床。这几年还喜欢上了另一个爱好：女人。寡妇、留守妇女、求他办事的妇人，总之是来者不拒，"狗吃牛屎不嫌多"。去年在坪坝河边盘了个空房，开了爿小店，卖些化肥种子啥的，让在附近渔河村认的一个干女儿和她妈经营。赚多赚少他从不过问，只揽业务，三天两头去店里"照店"。"照店是假，和她娘母俩睡瞌睡是真！"说到最后，范洪友邪性地说。

"这就是矛盾的由来？"我知道了来由，心里还是犯嘀咕，"这点矛盾能至于吗？"

范洪友递支宏声给我，继续说："唐友仁这个搅屎棍有两个德行我还没给你介绍。第一，他最是个睚眦必报的家伙。在乡里，无人不知无人不晓。大情小事得罪他不得，一旦得罪了他，他会想尽招数报复。这也是这么多年，他干着不是党员干部干的事却没人敢处分他的原因。第二，他信鬼神。别看他铲过那石门，挨了处分。正是这次铲了石门不久，他害了场大病，棺材都做好了。他婆娘按算命子说的法子，拿了猪头三牲去妙音寺献了那儿的菩萨。也怪，没两天他一口气又活了过来。打那以后，他是迷信得不行。就说这次和庞家结了这点仇吧，按说也没多大的事，他硬是告了两次阴状……"

"告阴状？啥意思？"我来了兴趣，忙问。

"时间不早！该回镇上了。"范洪友起身，边走边说，"这是城口也是我们巫溪一带的迷信。就是把仇人的姓名、生庚八字写在黄表纸上，揉成团了放进要下葬的死者口中，让死者带到阴间向阎王告状；或者设法收集仇人的毛发、口水啥的放在小竹筒里，请巫师念了咒语涂上鸡油，最后用树叶包了放到悬崖深潭边，诅咒仇人失足落水而死。"

"唐友仁这么干过？奏效没有？"我感到新鲜，忙问。

"咋说呢？压根儿就没告成。"范洪友狡黠一笑，"唐友仁找了个跳神的端公，递了两道'状子'。殊不知那端公和姓庞的是远房亲戚，这姓庞的偏又是个人缘好的人，端公这边拿了唐友仁的钱，转身就给那姓庞的说了。姓庞的少不得也给端公几个钱，这端公就沟边放牛——两边捞了。姓庞的知道唐友仁是那种下三滥的人，也不想和他纠缠，就忍了。结果也蹊跷，反倒是唐友仁这几年大事小情都不顺利。"

"这新仇旧恨叠加一块儿，唐友仁一定不会善罢甘休。"我更加有了兴趣，问，"说半天，这都是背地里做的事，摆不上桌面啊！没实实在在的东西，那唐友仁不是省油的灯，到时候我们拿什么东西打他的软肋？"

"嘿嘿！你别说，我这几年案子上没啥进步，捏人卵子的事我倒学了不少。"范洪友停了车，从后座上拿了自己的包，那是一个很少有人还在用的人造革提包。他摸出两张皱皱巴巴的黄表纸递给我，"看吧？唐友仁的真迹。"

拿着黄表纸，虽是有些腻味，还是细细看了。用钢笔端端正正写着那姓庞的姓名，住的地方。随手递给范洪友，埋怨说："兜半天圈子，早说不得了？说说看，咋搞到手的？"

范洪友再邪性地笑了笑，正经说："朱哥，你我不是外人，直说吧。花钱从道士那买来的。专案组几十号人，牛吃马嚼的，花费那是不小，给这点钱还是值得的。我让技术员比对过，真是唐友仁写的。"

"杀猪杀屁眼儿，各有各的刀法。只要能破案，啥法还不是法？"我好笑说。接着正色道："洪友！凭这两张纸，我们可以做文章了嘛！"

范洪友沉吟良久，说："我正想着这事，也没个合适的人商量。这个唐友仁，到底还是个乡干部，又是这种打不死扭不干的泼皮，我担心拿不下他……"

范洪友说到这儿没了下文。我陡然明白他的意思，揶揄一笑说："洪友，我晓得你的难处了。你是马上要接骏哥班的人，担心弄不好你下不了台，场面上不好看是么？"

范洪友恳切说："到底朱哥理解我，换其他人我真是不敢说呢！"

"你也只当我是个关键时候能替你遮掩一下的人了？像那年的'大黄'一样？"我抢白下范洪友，他的脸立马红了。他这一红，倒让我于心不忍。这年头，还能脸红的人真是稀罕了，人要还能脸红，倒还有点底色。大都脸皮厚到城墙转拐，哪还有害臊脸红这一说？于是我忙爽快说："你白白让我拣这么大个便宜，我倒不好意思了。这样吧，案破了，首功算你的。出了一差二错，责任在我。我屁股一拍走了，你范大局长还得在这儿扎根儿的。"

"朱哥真是豪爽不减当年。"范洪友一忘形，狠狠拍了下我肩膀。这一拍,又让我些许不快了,只不好挂在脸上。范洪友没看出我的不快,又问:"朱哥你觉得下一步该怎么做?"

早还在范洪友说到唐友仁找道士告阴状时我就有了主意,这是可以利用的唐友仁的弱点啊,便说:"爆炸案最大的优势是有可能找到足够多的物证,最大的劣势是罪犯招供的可能性极小。若是唐友仁作案,要让他招供我预料不是件容易的事,必须做好'零口供'的思想准备,立足于找到确凿证据宣布破案和起诉他。我没想成熟,不过,这个唐友仁的迷信脑瓜儿倒还可以一用,何不来个哄狗出窝呢?"

"哈哈哈!"范洪友大笑起来,猛一踩油门说,"朱哥,你我喂过狗的人想法倒是一样。要得!撵狗跳墙,不如找根骨头哄出门呢!"

坪坝镇东北角两三公里的佛爷山下有一个好去处,这儿有香山妙音寺的遗迹。香山妙音寺和鸡鸣寺都是大巴山佛教的祖庭,但与雪苞山下的鸡鸣寺相比,香山妙音寺鲜有人知道。鸡鸣寺也是个庙宇的遗址所在,也断壁残垣难寻踪迹了,但因着当地出产一种绿茶,绿茶以鸡鸣寺为商标名叫鸡鸣茶,鸡鸣茶闻名遐迩,鸡鸣寺也因此让人记住了。第一次进城口我曾经造访过这个佛爷山,凭吊了香山妙音寺的遗迹。香山妙音寺建于唐贞观十七年,据说是由大名鼎鼎的尉迟恭督建。寺庙背倚这座形似大佛的佛爷山,面朝一马平川的坪坝坝子,四层重檐,气势非凡。还是据说,香山妙音寺建成时正值阳春三月,山上山下樱桃花开得正艳,花香袭人。夜里,尉迟恭信步走出快竣工的庙宇,抬头见一轮皓月当空,脚下一条小溪潺潺流过，恰如有玉女月下抚琴，琴声花香袅袅不绝，妙不可言。尉迟恭把此情此景向当朝皇帝如实禀报，皇帝当即赐名"香山妙音寺"。这些都是假托，无从考证。香山妙音寺声名远播，但还是没能躲过兵祸匪患，新中国成立前早已是一片断垣残壁了。"文革"开始后，城口的红卫兵没啥砸的就都跑到坪坝来砸这些封资修的残砖断瓦，老百姓盖房筑院也都到这儿来寻些现成的砖头石块。到我第一次来寻找香山妙音寺时，佛爷山下早已是一片荆棘灌木，溪水边巴茅草密不透风。带路的公安员拿柴刀东砍西劈，引我到遗址前。废池颓垣已然不见，仅找到三两个据说是当年安放大雄宝殿础柱的石臼窝，圆圆的，直径都在半米左右，当年规模可见一斑。

　　我和范洪友擦黑时分去香山妙音寺。野马拐上一条机耕道，路旁一棵皂角树上钉了块白木板，上面用毛笔歪歪扭扭写了"香山道观由此去"几个字，打了箭头。车开没多远，路不通了，我俩下车走路。没走几步，远远能闻到一股淡淡的油漆和香蕉水味儿。抬头一看，前面用砖石竖了道山门，用灰瓦粉墙搭了个门梁子，门楣上同样歪歪扭扭拿油漆刷了"香山道观"四个字。"真是辱没了香山两个字哟！"我心里骂说。平素对那种突击修缮的庙宇道观就很不感冒，对这种小娃娃过家家一般的东西简直就是是可忍孰不可忍了。要换平日，早转身走人了。范洪友低声说："朱哥，你将就着。这家伙肯定在屋里。"范洪友说的这家伙就是那端公，一个姓徐的道士，正是他借一个亲戚的屋基搞了这个四不像的。"放心，我这点道行还是有的！演你的戏好了。"我侧脸朝范洪友看看说。还好，有一股蓊郁潮湿的山气扑面而来，心情一振，迈步从这四不像下走进去。

我的刑警往事

前面一处山洞竖了一女三男高高大大的泥人，下面写了观音菩萨、原始天尊、灵宝天尊和太上老君的名位。山洞斜对面便是那座酷肖大佛的佛爷山，香山妙音寺的遗迹更是难以寻觅了。回头看山洞，洞口坐了个四十来岁身着道袍、手握拂尘的人。这人长发、长须，有点和仙风道骨搭界，却更像是画家、流行歌手的做派。见我在前，范洪友在后，不知道该先向我问候还是向范洪友问好，一时愣在那里。我不说话，倒剪了双手信步往前走。瞧见一石壁上密密麻麻刻着些字，风蚀水浸，字迹已然模糊。过细辨读，却是一七律诗刻："双鬓如丝事如麻，一回登览一悲嗟。堪嗟世上空如行，应是壶中别有家。莲子数杯尝冷酒，松花满碗试新茶。深萝掩映迷仙洞，入竹穿松似若耶。"落款难以辨识，只认得有同治九年庚午某某偶集之类。辨读完诗文，眼睛涩涩的。揉揉眼，不觉暗生感慨。这诗句清馨淡雅，朴茂率真，一百多年前的道观风物跃然纸上，个人修为一定飘然物外，不是个简单人物。反观今世之人，谁还有这般雅性？凡尘俗世，终不能超凡脱俗，风雨不在意。胡思乱想着，时间便过去了。再回过头看，那边那徐道士和范洪友叽叽咕咕说得正入港。一会儿，范洪友朝我微微颔首，我便起身往外走。徐道士不敢近前招呼，毕恭毕敬送到"山门"，挥手别了。

上到车上，范洪友嚯嚯直笑。我当是事情办妥，也不多问。过了一阵，范洪友先把他和徐道士设的计说了。我们正面接触唐友仁，唐友仁是一定要找徐道士问吉凶的，到时候如此如此这般这般。正事说完，范洪友还是忍俊不禁。我狐疑道："'年三十吃狗肠子——你欢喜的哪一节（截）'哟？"范洪友这才说："这个徐道士

第五章 凌乱1997

真是财迷了心窍,都打上你主意了。猜他怎么说,说别看你一副满不在乎的样子,和佛道倒是有缘之人,设若能奉些三牲五果,你会飞黄腾达的。"

"哈哈哈哈!"我开怀大笑,正经说,"让他占了香山妙音寺这块佛门净地,真是悲哀!对徐道士这种只认得钱的人还真得多个心眼儿,速战速决为好!指不定唐友仁出个比你高的价,他能把我们的计划给全盘卖了,信不信?"

范洪友骇然,直说好。

回到寝室,胖哥却没在屋里,听人说带了个嫌疑对象找一安静的地方突审去了。满屋烟头、纸团,汗臭脚臭交织一起,臭气熏人,没法静静梳理下头绪。踱到隔壁老邓房间,也是满屋烟雾,毒气室一般。老邓戴了老花镜,正一页一页翻看材料。老邓和胖哥是截然不同的两种风格,没有做好前期功课,断然不会贸然开审。不好打搅,轻轻退出门来……再无去处,寒夜难耐,索性回头拉了老邓嚷嚷说上街转转,喝两口冷靠杯。老邓也闷了,放了材料和我上街。上街才发现,四处空荡荡的,哪还有店铺开着?正张望间,听得招待所那边有动静,便和老邓走了过去。听得走道尽头一间屋子有人说笑,有范洪友的声音,一股浓浓的酒肉香刚好也飘了出来。"好个范洪友!撇下我们躲着喝酒啊?"我心里说,"正好让我们逮个现行!"推门一看,屋子正中放了张大桌子,桌子中央堆了一小堆碎纸屑。范洪友和几个侦查员围了这堆纸屑一个个猴子捉虱子样在纸堆里扒拉着,扒拉到合适的就拿到旁边几张已经基本成型的纸张上

我的刑警往事

用胶水粘贴上去。房间一角垛了个火炭炉子，炭火煨了一鼎锅腊猪脚炖干洋芋果，还有一大壶包谷烧。谁要是拼接上一张纸便可以拿小杯喝上一杯酒，吃上一口菜。见我们进来，范洪友放下手里的活，叫上派出所所长老黄过来陪我和老邓。我先不急喝酒，凑到桌边看"拼图"。效果还不错。有一两张报纸已能分辨出主要内容甚至是日月，那张日历甚至零零碎碎地拼出了图案来，虽经烟熏火燎，却是依稀可辨。那是一张湖北美术出版社印制的1989年挂历《大观园美人图》。拼出的这张是一月的月历牌，美人是林黛玉。"拼到这份儿上，真不容易，这可是不可多得的证据呀！"我夸赞说。"也是没办法的办法，只有蛮干！"范洪友像是不好意思说。接下来我们有下无下喝着酒，遇着有人来敬酒，也作古正经碰一碰。包谷烧兑了蜂蜜，又让火给煨热了，很是好下口，不善酒的老邓也喝了几杯。喝到后半夜，酒见了底，一堆纸屑也扒拉光了。

这包谷酒倒是好下口，却是醉人。我在城口领教过这酒的后劲，便悠着劲儿没敢多喝。出得门来，寒风一吹，酒劲儿还是上了头。范洪友送我和老邓回寝室，老邓拉了范洪友和我到他房里坐坐。老邓正审查的嫌疑人姓桂，因为背有点驼，人称"桂驼子"。桂驼子家穷，四十出头还没讨着媳妇，和七十多岁的老头儿住一块儿。还是上年小春，桂驼子在姓庞的门市买了几斤包谷种，也不知为啥，水也浇了粪也泼了就是出苗不利索。好不容易稀稀拉拉出了些苗，结出来的包谷棒也净是些"癞子头"。桂驼子上坪坝找到姓庞的问问缘由，姓庞的嘲笑说我这种子也不只卖你桂驼子一户，别家别户都是丰产丰收，就只有你说种子有问题。你自己人懒，经佑得

第五章 凌乱1997

不好,反倒赖上我了。这桂驼子平素不多言不多语,惹急了却是个抓屎糊脸的角色。偏又喜欢喝两口黄汤,喝了就骂街,逮谁骂谁。这下让姓庞的数落一通,当下就借着酒劲吵了起来。这一吵不打紧,只要到坪坝赶场,喝上几口酒总要到姓庞的商店门口吵吵几句,烧你的店砸你的门这些酒话也说了不少。案子一发,桂驼子也上了嫌疑名单。老邓拍拍材料,谦虚问:"范局长!这第一口肉是你嚼的,你对桂驼子的感觉如何?"范洪友这会儿酒劲儿上来了,恰像那蟠桃宴上喝多了酒的孙猴子,眼里没了大小,手舞足蹈大大咧咧说:"邓大师,这个桂驼子您也这么上心啊?'咬人的狗不叫,不叫的狗咬人!'这个桂驼子就是个充数的。"老邓一听,脸色变得难看起来。我忙让小周把范洪友架了出去。

范洪友一走,老邓满脸不悦。嘟囔说:"小朱,你们都在瞒着我啥子是不?胖儿说他审的那人十有八九是罪犯,你这两天也是神龙见首不见尾的,让老邓我一个人蒙在鼓里呀?"

"嗨!你还真是误会了。这个范洪友虽是快当上局长的人,说话做事还嫩得很!胖哥的德行你又不是不清楚,最是个老虎没打着先把皮子卖了的人。不过,要说这个桂驼子,我还真没啥兴趣。慢说范洪友说的有道理,单凭桂驼子那点架势也不够做这个案子的。桂驼子争的不过是三二十块的种子钱,犯不着下这死手。几斤炸药还有雷管导火索,值好几季种子钱了。桂驼子再笨,这个账他能算得过来。还有,我看过材料,桂驼子最是个孝子,赶场下馆子,宁可自己喝寡酒,也是要给他那老汉割几斤肉带些糖果饼干啥回去的。他这样的人,做啥事一定是要先想下他老汉,他要有个三长两短,老汉咋办？"我知道，在3120，老邓和胖哥总有些磕磕碰碰，甚而互相瞧不起。这次让胖哥临时带队，老邓一定心有不甘，这会儿想借题发挥了。不把话说透，老邓一定会怪我。加上我的酒劲儿也开始上来，便多说了些话。

"哈哈哈哈！好你个小朱！"老邓突然哈哈大笑，点点我鼻子说，"我不这样激将，你们还真不愿意给我把这脉。对这个桂驼子我也是兴趣不大，终是下不了决心否定。我老了，这地方风土人情也不熟，你们这样一说，我就有底了。"

"好你个老邓！让你算计了。"我的酒又醒了不少，干脆把唐友仁这线索和老邓说了。最后说："韩国人有句话叫'身土不二'，大意是人的身体精神是和本乡本土一致的，不可相互背离。我觉得用在案子上也何尝不可。城口地处巴山深处，风土人情和万县市有天壤之别。具体到案子上的人和事，有时候我们还真不如当地这些穿草鞋的弟兄呢！这个范洪友，我看就服这方水土，加上他在红卫山学得的专业知识是完全可以驾驭这个案子的。"

"照你这么说，我们几大名捕到这儿来，不是脱裤子放屁——多此一举么？留在万县市，兴许还能把那'4·3'系列案破了。"老邓听我夸赞范洪友，灰心说。

"也不能这么说！没我们他们也不可能跨越式推进这案子！所谓'不识庐山真面目，只缘身在此山中'嘛！"我卖嘴说。说到最后，没个囫囵话了。身子一歪，倒一边床上睡了。

第二天上午，我们分头去打草惊蛇，"惊动"唐友仁。一个村干

第五章　凌乱1997

部带我和小周去后山姜漆匠的漆棚子，范洪友直接去玉河乡。

姜漆匠是坪坝一带远近闻名的"刀儿手"，同样的漆刀同样的漆树，他割下的生漆总要比别人多上几斤几两。他水性又好，是炸鱼抓鱼的高手，坪坝河、任河哪滩哪凼没他不熟悉的。那是过去。自从唐友仁开始抓鱼，这第一把交椅让唐友仁了。城口大木漆驰名全省全国，过去是县里镇上绝对的支柱产业，那时候的姜漆匠吃香喝辣根本不屑于炸鱼抓鱼。这几年生漆渐渐走下坡路，富贵逼人，姜漆匠这才拣起炸鱼抓鱼这门手艺的。要炸鱼就得有炸药雷管导火索，姜漆匠傍上了唐友仁。按他话说，唐友仁真是个天才，做的"药包子"像女人绣花似的，既漂亮量也恰到好处，抓起鱼来更是麻溜熟，没人比得过他。"你说唐乡长有多利索？有次我们在肖家滩做了个大窝，炸起的水有几丈高。鱼还没浮起来，他一个箭步到了河里，嘴上叼一条，裤裆里塞了两三条，左右两只手还各抓一条。他这一摸，你说我们还拣得到几条？"和姜漆匠约好在半坡上一家人的漆棚子里见了面，村干部介绍我和小周是城里来看漆的。姜漆匠帮我们验漆，拿木瓢舀上一瓢又注进漆桶，卖弄说："'好漆像清油，照见美人头，摇动虎斑色，提起像金钩。'这桶漆不差。"说着说着，嘴里流出了一汪清口水，猛地吸溜进去了。那架势好像他舀的不是一瓢漆倒像一瓢肉汤一样。村干部是个明白人，时不时把话头子从生漆往鱼上头引。还好，这姜漆匠倒是个健谈的人，一提这事比生漆还来劲，渐渐我们就摸清了唐友仁一些底细。唐友仁的妻侄儿在龙洞煤矿当爆破员，炸药雷管啥的随拿随有。但这药包子在哪里包，炸药放哪儿没个准，姜漆匠也不晓得。"唐乡长有两点我不恭维,一是心猴,吃不得亏。再就是色,把亲家母搞上床了不说,还把干女儿也搞了。"姜漆匠说。"这话可不许乱说,老的反正是'萝卜扯了眼子在',人家姑娘还要嫁人呢!"村干部假意唬道。

我们和范洪友在去玉河乡的岔道口碰了面。范洪友在乡政府向乡长问了话,问了案发前后唐友仁上没上班、下河炸鱼咋没人管这类的话。另有一组侦查员直接上他干女子开的小商店,故意问东问西,东找西看,这会儿也撤到岔路口了。范洪友也不问我意见,直接分了工。几个点分别留人暗中观察跟踪,只等唐友仁出洞往笼子里钻。我和范洪友仍然去香山妙音寺路口,把野马停在隐蔽处等着。范洪友担心我宿醉,让我打盹,自己盯着。我闭上眼,真的就睡着了。正迷迷瞪瞪,范洪友拍拍我。睁眼一瞧,一辆破破烂烂的嘉陵摩托正突突突地上了去香山妙音寺的机耕道。再过不到一个时辰,摩托车下了山,径直往县城方向开去。接着,岔道口驶出另一台野狼125摩托,车上坐了两个戴头盔的侦查员远远跟了过去。不一会儿,徐道士骑了辆自行车过来,四下张望几眼,钻进我们车里。

"范局,您真是个神算子,和您推断的丝毫不差。"不待我们开口,徐道士摸出张判词啥的出来,殷勤道。

范洪友突然不耐烦说:"直接说吧,他的炸药放哪儿了?"

徐道士受了打击,脸上青一道紫一道,怏怏说:"三排山洪椿坪,药棚子里。"

"你走你的!"范洪友瞪了眼徐道士。徐道士刚下车,范洪友一踩油门,野马轰一声蹿上了省道。一路无话。很少见范洪友发火,乍眼见着,倒是稀罕。心想这好好的,咋说变脸就变脸了呢?莫非

第五章　凌乱1997

徐道士喊了"范局"犯了忌么？要知道在阿Q面前是连月亮也不能说的呀！再一想也不对，所谓行不改姓坐不改名，你姓了范就该让人称你"饭"局的呀？像我，冰雪聪明一个人，别人还是要管我叫"猪"的吧？转而又想，一定是徐道士说范洪友是"神算子"了！这比喻太不恰当了。正没来由胡思乱想时，范洪友却主动解了这个疙瘩。他侧脸望望我说："朱哥，我觉得我们这案子搞得有点不地道、不光彩！这个徐道士越看越恶心，刚才真想一脚把他给踢下去。"

我释然，淡淡说："只要能把案破了，动作难看点有啥关系呢？"

范洪友说："这道理我懂，我只是对徐道士这种人恶心。你想想，道士也好和尚也好，好歹你是代表一方神圣的。别人找你消灾灭罪那是诚心信任你，你不办也就罢了，用不着转身把人给卖了呀？我听说在外国，杀了人的罪犯向神父忏悔，神父也不能向警察揭发，揭发了也不能作为证据的。"

我扑哧一笑，讽刺说："你自己歪门邪道，倒怪徐道士没职业道德了。"

说话间，三排山到了。峰回路转，野马一路逶迤而上。快到山顶，路边停了那辆嘉陵和野狼，旁边是一条羊肠小道通向黑魆魆的山坳。远远听得小道那头有吆喝声，情知有戏，忙停了车朝那有响动的地方跑去。小路边有座小石屋，两个侦查员正铐了唐友仁让他蹲在屋外。唐友仁骂骂咧咧，一脸的不服周。我们没理他的茬，直奔屋里。石屋是山里人种植中药材搭建的棚屋，里面搭了张木床。一眼瞅见床头上钉着一本1989年的挂历，正是那本《大观园美人图》。顺手捡根木棍挑开一看，正好缺了一月。床下搜出几捆二号岩石炸药、导火索、雷管装在一个纸箱里，箱子里还有几件廉价的女人内裤胸罩、几打避孕套和几本皱巴巴的小人书。范洪友附我耳边，邪性说："这家伙就是在这儿和他干女儿干这事的。"我哦了声，往屋后搜索。屋后还有个鸡圈样的偏屋，杂七杂八的东西塞得满满当当，散发着怪怪的味道。范洪友拉开我，自己钻进去，把东西一一往外取。酒瓶、渔网、用过的避孕套、瓷缸子，最后拿着一卷化纤绳小心翼翼退了出来。

搜索都是在唐友仁眼皮子下进行的。我们忙活的时候，唐友仁一直没正眼看我们，脸始终冲着西边的天空。在那边，夕阳正一点点坠向无边无际的莽莽群山。搜索结束，有侦查员拿了搜查笔录让唐友仁签字。唐友仁翻翻白眼，赖着脸问："我签啥子字？这个屋又不是我的，我路过这儿来解个手有啥子错吗？"

我们事前的推测没错，唐友仁是那种不见棺材不掉泪见了棺材也不掉泪的家伙。当晚我们突击传唤了他干女儿一家三口，搜查了他的办公室和家里，拘留了他的妻侄儿。大量人证物证面前，唐友仁一副死猪不怕开水烫的模样。老邓也被请来审了几小时，软话硬话说了一大箩筐，唐友仁仍是白眼直翻。天亮时分，人困马乏，我们都顶不住了。窗栏上铐了唐友仁，一个个耷拉着脑袋睡了。突然，外面响起鞭炮、锣鼓声。趴窗户一看，姓庞的和一群百姓敲锣打鼓送锦旗来了。范洪友和派出所所长、镇上几个干部像是早有准备，迎了上去。

"搞没搞错？这就宣布破案了？"我和老邓溜出门，迎着兴高采

第五章 凌乱1997

烈走过来的范洪友，大惑不解问。

"县里是这意思，骏哥也表了态。这人错不了，不是吗？"范洪友一脸喜色说。我和老邓还想理论几句，范洪友搂过我和老邓，低声说了几句，语气却是不容商量的了，"已经向市局报告了。我们这就撤出坪坝。余下的事交给派出所。你们好好睡一觉，晚上县里要喝庆功酒。"

老邓张嘴还想说点啥，范洪友已经走开。一种不痛快的念头在我心里蜇了下，我拉拉老邓袖子，微微含嘲说："邓老师，大局！要讲大局！这时候的城口，这时候的万县市，太需要一场胜利了，你只当冲冲喜吧？再说，平心而论，这人还真是没抓错的。"

"你也这么说？那我是'看三国流眼泪——替古人担忧'了！"老邓喃喃说。

回到葛城镇，胖哥随骏哥、范洪友一干人忙去了。总是这样，但凡大案一破，侦查员只想着睡上一觉，领导反倒更忙。我和老邓溜进招待所，门一锁，倒头就睡。却又总睡不踏实，老感觉有人在笃笃地敲门。听得不耐烦了，起身看个究竟。还真有个穿警服的姑娘站在门外，很不好意思说："朱老师，四川巴州公安局有个姓阙的女同志用内线给您打了好几个电话，说是一定要您回过去的。""小阙？啥事这么急？"我疑惑着跟那姑娘到县局总机给巴州公安局挂了电话。小阙毕业后分在巴州刑警大队做外勤，陈君在巴州下面的通渠县工作。我要是到川北办案，总要挤出时间拉上小阙一道去通渠看陈君。一来二去，随便得很。毕业后的小阙，还一副大大咧咧的假小子样，老长不大。小阙接了电话，依旧开口说起荤话来。我佯

我的刑警往事

作不耐烦说："师妹，师兄这头忙得不可开交，你长话短说吧！"小阙这才正经说："瞎子在所里摔了一跤，住医院几天了，听说摔得不轻，身上缝了几十针呢。你要是能请个假，我们一道去看看好么？"我心里一沉，沉吟下说："师妹，你先去通渠看看。万县今年流年不利，如今乱得像约旦河西岸和加沙地带了。等稍稍缓和下，我立马赶过来。"我这一说，小阙便不多说了。

放下电话，情绪很快糟糕了。下午县里开庆功会，县长书记坐了一屋。我旁边坐了县政法委一个副书记，兴致很高，不停和我说话。我心不在焉却又不能总不和他搭话，又不知和他说什么好，难熬得不行。范洪友汇报了些啥骏哥讲了些啥，一句没听进去。陈君那张邋里邋遢干巴巴的黑脸老在面前晃来晃去，心神不宁。晚上在任河边一个饭店喝酒，大家撒着欢儿地灌来灌去。我硬着头皮喝了几杯，溜边走了。信步走到任河边，沿着当年带海啸、黑儿走过的路缓步走着。渐渐望见了元宝石，想到逝去的海啸、黑儿和不得见的吴童，心儿一颤，不敢近前……

慢腾腾转回饭店，差不多席散人尽，只剩骏哥、范洪友、几个县局领导和胖哥、老邓们围了张桌子攀肩搭背聊得欢实。"朱儿！"胖哥见我进来，一把拽了过去，嚷着罚酒。骏哥、老邓们也嚷着说"朱儿该罚！"我不好败了大家的兴，一一接招。正要坐下，范洪友端了杯子，左脚靠着右脚地贴过来，脸上还是那招牌似的笑，大大咧咧说："朱儿，我也敬你一杯！"不知为啥，一股无名火起，我按住杯子，冷冷说："范洪友！范大局长！这常言说，'一日为师，终身为父'，从朱老师到朱哥我倒也认了。这'朱儿'也是你能喊的么？"范洪友一下子愣住，脸上的笑也定格了。我没好过多为难，很快挤出丝笑意，拍拍范洪友说："来吧，还是我们两个狗司令喝了这杯吧！"

……为这句酒话我追悔莫及。三年后一个春天，我在深圳出差，突然听到噩耗：范洪友牺牲了。他和局里三个同志坐一辆越野车翻越川陕鄂交界的一字梁，越野车跌入一座深不见底的悬崖。山大谷深，无人发现……县里组织上百人沿路搜寻无果。第三天，唯一的幸存者拖着摔断的双腿在深谷里爬了两天两夜爬到山路边，被农民救起……范洪友和另外两个同志不幸遇难……

范洪友魂归故里，安葬在家乡巫溪尖山一座看得见城口的山上。十年后我路过尖山，派出所一个年轻警察带我去到他的坟茔。坟墓青石垒就，和普通坟茔相比，也只是微微高大了一点。坟前竖着一块石碑，寥寥几笔碑文，刻着范洪友的头像。头像清癯忧郁，宛若重生。我手抚石像，心里说："洪友啊洪友，倘若一切可以重来，一切的一切，包括'大黄'，你还会做同样的决定吗？"这么一想，鼻子一酸，有了落泪的感觉。慌忙掏出一包烟，点上一支后，放到了石碑下。石碑下横七竖八堆放了不少的酒瓶、香烟和香烛供果。荒山野岭，还常有人来祭扫，范洪友当含笑酒泉了。

"警院英烈墙上有范局长的雕像呢。"年轻警察介绍说。

"是啊！"我叹口气说，"在四川在重庆，红卫山下来的警察成千上万，能像范局长这样，生前风风光光，死后极尽哀荣的人又有几个呢？"没说出口的是，那座英烈墙上，原来还刻着某位大师兄的雕像和名字，后来给铲了。范洪友盖棺论定，人天永隔，他是不须操这份心的了。这么没来由地想着，一眼瞥见石碑下一道石缝间孤单单长出一棵巴茅草，马尾辫般的草穗随风摇曳，寂寥，空灵，活泼如海啸、黑儿、大黄撒欢的尾巴……倏然，我想起和胖哥、老邓在雪苞山顶快快活活撒尿时，那里的巴茅草也是这么恣意地疯长，穗花胡乱地飞舞着的。一股悲怆之情潮水般拥裹上心头，"洪友啊洪友，如果一切可以重来，你也愿意做雪苞山上一棵巴茅草吧！"

风中红叶

"4·3"系列抢劫、强奸案和城口县城系列爆炸案直到秋末才相继告破。稍稍得空，我想起陈君来。

我毕业回万县，鸡零狗碎的事儿也多，没和陈君通信，差不多都快忘了这个人。所以当陈君突然出现在沙河子，站在公安局大门口时，我着实吓了一跳。他穿一件油腻腻的汗衫，手提两个脏兮兮的网兜，头发蓬乱，胡子拉碴，一张瘦脸更黑了。一问，他毕业了，沿江而下绕道沙河子来看我。确切说，他是来寻找安慰的。他分回老家葛都县公安局，没分到刑警队而是安排到秘书股工作。我刚好下乡回来，来不及洗漱，拉着他找了个小馆子喝了个痛快。喝完酒，我们沿罗凼溪胡乱走着。走到后半夜，干脆席地躺在河边一

第五章　凌乱1997

块石头上抵足而眠。黎明时分，迷迷瞪瞪中一阵抽泣声让我睁开了眼睛。陈君把头埋在双膝间，正伤心哭着。见我醒来，他抬起头，泪眼盈盈，干柴样的手紧紧攥着他的派遣通知。我怎么劝也劝不住。我一急恨恨说："你不就是想进刑警队么？机会还有的是，何必让人觉得你这个样子更不适合做刑警呢？"陈君这才止住哭，似信非信地看着我，抖抖那张派遣通知，沙哑着嗓子说："朱哥你记着。哪天我要是疯了的话，一定是从这张纸开始的……"

哪知道，陈君的伤心岁月只是开了个头，二次打击很快接踵而至。刚到葛都，陈君认识了同在秘书股的局长千金。千金很漂亮也很有才，心性清高的陈君很是着迷，千金对陈君似乎也有点意思。那段时间，陈君三天两头给我写信，写得是风云满纸，神采飞扬，一度让刚刚失恋、孤苦窘迫的我暗生嫉妒。假若就这样顺顺利利发展下去，陈君也就顺风顺水了。可是他们的相好让局长很反感，局长是要把千金许给县委副书记的公子的。局长使了个调虎离山之计让陈君去北京出了趟长差，待他回到葛都时，千金已嫁为人妻了。只这一下搞得陈君死的心都有了。我在成都"狗公馆"那段时间，陈君用秘书股的电话反反复复给我打长途，反反复复如祥林嫂丢了阿毛一样嘟囔："我真是太傻了，以为门当户对的时代早没了的……她是爱我的，我们海誓山盟过的呀！哪知道去一趟北京，三个月的时间就把我们的爱情给毁灭了……"接着一段时间没了音讯。一问，陈君调到通渠县一个偏远的派出所工作。和葛都脱了干系，电话这才少了。那年冬天，陈君带了个粗手大脚，大脸盘子红红的大肚子妇人到万县来看三峡。陈君红光满面，肚子也微微腆起来了。

我的刑警往事

不消问，那大脸盘子是他的妻子了……

接下来几年，陈君的信是越写越少了，代替信的是包裹，一年总有那么七八上十次。茶叶黄花、菌子香菇、杏干柿饼、核桃天麻出啥寄啥，不多却也干净新鲜，像他家就开着爿山货铺子一般。还不落地址姓名也不留只言片语。记着他这份情，收到东西总要给他回封信。信老有打回来的时候，因为他总在换派出所。派出所的名字大都带着山啊坪啊水啊林的，一看就是那种山高水急的苦寒之地。

梁平双桂堂和尚被杀案案发后，我和华哥等人被派到梁平蹲点破案。梁平隔通渠县不到两百公里路程，交通也便利，我有了去通渠看看陈君的念头。很快有线索需要去巴州一带查证，我自告奋勇去了。线索很快否定，我让小阙陪我去通渠。小阙噘嘴说："师兄，有言在先，在通渠见见面可以，别让瞎子随我们到巴州来。""有啥讲究？"我问。小阙哼了声说："见面你就知道了。这个瞎子，搞得通渠县局大大小小头儿都心烦。怎么说呢？他像生活在外太空一样，满脑子幻想幻觉，通渠人都不把他当正常人了！""合着陈君疯了不是？举例说明，我来诊断诊断。"我反倒有了兴趣，打趣说。

我们正去通渠的路上，小阙开着辆长安奥拓。她咽咽口水，说："举个例子吧，去年全省公安机关不是搞宗旨教育吗？关门搞学习整顿。瞎子在曲水当所长。他倒好，撇下学习跑到江西那啥地方来着，就是那个建立了苏维埃中央政府的地方……对！江西瑞金一个叫叶坪的地方，说是去朝圣……"

我扑哧一笑，说："师妹，这你就孤陋寡闻了。叶坪是中华苏维埃共和国国家政治保卫局成立的地方，邓发是第一任保卫局长，算是我们人民公安的鼻祖。从这个意义上讲，我们的根还真在叶坪，朝圣一说也没啥错的呢！"

"对呀，这我知道呀，通渠的领导也明白呀。"小阙拍拍方向盘，嗤嗤笑着说，"问题是你猜他去叶坪都干了啥——他带回一根蔫巴巴的松树栽到了派出所门前，还取了个名字叫'根本树'。你看够疯的了吧？"

"哈哈哈！"我忍不住大笑起来，"我看这很有创意的嘛，没啥不对的。"

小阙侧脸看看我，疑惑道："大师兄，八成你也疯了吧？难怪你和他这么投机，真是匪夷所思！"

再不说陈君。车到通渠，山沟里转了大半天才到了一个叫流花的乡。恰逢周末，陈君一个人在所里值班。警务公开栏上，陈君排第二位，职务是副教导员。陈君见了我们，傻乎乎笑着，一手一个拉了我和小阙直奔附近一家馆子。菜还没上来，陈君倒上酒，嚷着要先和我干一杯。小阙给我直摆手使眼色。陈君瞪了眼小阙，嚷嚷说："阙婆婆，别跟朱哥眉来眼去的，吃了饭你滚回巴州，我留朱哥歇一宿！我有一肚子的话要和他说。你有啥话改天和他床上慢慢聊。"小阙话多，早在红卫山就有了个"阙婆婆"的外号。见陈君对答如流，玩笑开得也恰到好处，不像是有病的人呀？我朝小阙冷笑一下，和陈君碰了杯。陈君酒量不小，我勉勉强强才能对付下来。中途小阙也喝了一小杯，只一小杯，脸就红得发紫了。喝到下午三四点，小阙到旅店睡了。我和陈君在乡场上胡乱溜达，边走边聊。乡场建在一道山梁上，四处是长不了大树的红石坡。没啥野趣风景，说话的兴致也少了许多。走着走着，陈君突然停下，望我嘿嘿一笑，说："朱哥，我们这么走着也没趣。你等着，我们来点刺激的。"我还没醒悟过来，陈君风一般跑开了。我内急，钻到附近林子里撒了泡尿。刚提上裤子，听得一阵轰鸣声，转头一看，陈君骑着辆带斗三轮摩托吱溜一声停在我跟前了。

"陈君！你喝了酒的。"我正色说。

"朱哥，你只管坐斗里。"陈君拍拍挎斗不由分说。我坐好后，他认真问："朱哥，你过去有过坐在摩托上，以时速80公里的速度在盘山公路上飞驰的经历吗？真正的生死时速！"

我抬眼看看陈君，一咬牙说："没有过，你想让我试试？"

"对头！"陈君话音未落，三轮摩托怒吼一声，火箭般弹了出去。不一会儿，流花乡被甩到了身后，一路向附近一座蓊蓊郁郁的山沟狂奔。耳边只有金属厮磨的嘎嘎声和震耳欲聋的风声。陈君很快把车速提到80公里，大声说："朱哥，我最喜欢这种风一样的感觉，真正的风驰电掣！小的时候，我爸给我用木板和轴承做了个两个轮子的车，我坐着它从我们村一条长长的斜坡上一滑而下，我第一次感觉我真的飞起来了。上中学的时候，我常常偷了食堂买菜用的一辆三轮车，从学校门前一道陡坡上反反复复地俯冲，我也有这种感觉。红卫山学开三轮摩托，我第一次开这铁家伙就喜欢上它了。刚学会，我就用时速80公里的速度从红卫山往三道桥冲，然后一个急转弯，轮子像镰刀一样割断了路边的野草，把阙婆婆她们吓得哇哇大哭。到现在我还喜欢在人少的时候把三轮摩托开到山上，然后尽情地飞！体验那种风一样的感觉……朱哥，你体验到了吗？"

第五章　凌乱1997

　　我没答话，任凭陈君咋呼。一路腾云驾雾，好几次差点被抛了出去，还真体验到了陈君说的那种风一样的感觉，接下来就只剩下听天由命了。好在摩托一个急刹，沟底到了。陈君跨下车，神闲气定，慢悠悠点上一支烟，小口小口抽了起来。除了远方隐隐传来的狺狺犬吠，四野寂静无声。我突然感到浑身发冷，背心凉飕飕地针刺样发麻。如果陈君真的精神上出了问题，现在正在临界点上。

　　"朱哥，你一定也听阙婆婆说我疯了啥的话吧？"陈君从挎斗里拿了两瓶啤酒，我们一人一瓶，小口小口喝着。我没接他的话，任由他说，"……我承认葛都给我打击很大，所以，我想法调到更偏僻的通渠，为的是想离开那伤心之地，好好做一个警察，尽自己的本分。到通渠后，我主动要求到派出所。刑警队我是再不想了，也没啥可想的。为什么要到派出所，是因为我从来没把派出所看作是最底层，或者说我本来就是最底层来的人，我喜欢最底层。我只想着好好干，为警一方，保一方平安，为山里百姓排忧解难……我还真做到了，也得到通渠人的肯定。几年前我是整个通渠最年轻的派出所所长，被调到当时最富裕的金鸡乡派出所工作。也正是从金鸡开始，我走下坡路了。为什么？很简单，我不会作假。因为治理有方，金鸡乡治安稳定，一年到头发不了几个案子。可上面却给我们下了五十起破案任务和十个打击指标。我完不成，又学不会造假，当年考核评比就弄了个倒数第一。裘老头大会小会把我骂得是狗血淋头，民警也被扣发了半月工资，年终奖金分钱不发。过年了，所里同志眼巴巴看着别的所欢天喜地领奖金，我们所民警两手空空，对我也是牢骚满腹。没办法，我瞒着老婆用家里的积蓄补给了同志们，谎称是乡里面给的。其实，我和乡里的关系也早已经闹得很僵了。为什么？因为我要求我自己也要求我们所的民警不要拿这身警服去吓唬老百姓，帮他们收提留、撵大肚子、打狗子啥的。我从小受过这种欺侮，知道一个人一家人受到欺侮后是一种什么样的感觉什么样的心态！我不为乡里做这些损害群众利益的事，他们怎么会满意我和派出所的工作，又怎么会给我发奖金呢？老婆发现家里的钱不见了，追着要我说去处，我说不出来，只好躲在所里不回家。大年三十，别的人都回家吃年夜饭，我一个人待在派出所，抽了一夜的烟喝了一夜的寡酒。唯一感动的是，就在半夜，一个在场上捡破烂的老汉拎了半只卤鸭子十个咸鸭蛋和一瓶老白干到所里找我，说一定要和我喝了这瓶酒。这老汉从外地流浪到金鸡，寻了一个垃圾棚子做家，没少被人欺侮，我也只是帮了些小忙。那天晚上，我和那老汉喝得酩酊大醉。我感谢他。大年三十，我一个人在所里，他想起了我……大年初一早上，乡党委副书记的儿子借酒发疯，到派出所踢我的门砸派出所的牌子，没人出来制止。这家伙因为殴打欺负村民被我拘留过，县里乡里打招呼我都没买账。副书记的儿子撒了半天的野，我忍无可忍，出去和他理论，和他发生了冲突……这事传到裘老头耳边，裘老头不但不为我做主，反说我在当地没有了干群基础，需要调整岗位。这样，我被调到当时最穷的官坝乡，职务变成了副所长主持工作。祸兮，福兮，谁承想，后来官坝乡发现了大型锰矿，一夜暴富，我这个派出所副所长的位子一下子成了香饽饽。很快有消息说局里将再次调整我。我想不通，可又有什么办法呢？正在这时，乡上最大的锰矿老板找到我，说愿意帮我一

第五章 凌乱1997

把。我知道他的意思，只要我一点头，以后就是他一条可以任意使唤的狗，只能眼睁睁看着他欺压百姓、欺行霸市、私挖滥采……本能驱使我没有答应。可没几天，我得到消息，金鸡乡那个副书记就要调进公安局，并且是定点接替我当官坝的所长。我愤怒了，我的道德殿堂一下子彻底崩塌了……我开着这辆三轮摩托几乎是一路狂奔着赶到了矿山……那天的情景我永生难忘。锰矿老板指着脚下一个密码箱说：'这里面是五十万，你不拿自然有人会拿。你拿了，我们就是朋友，你不拿，我们就是对头！我相信，你这个所长目前能值这个数。至于将来值多少，自然有价！钱你只管收，你自己怎样打点那是你的事。'我弯腰拿了箱子，把我的灵魂用这五十万给卖了……"

"什么？你拿了那五十万？"我跳了起来。

"是的，我拿了！"陈君平静地喝完瓶里的酒，一挥手丢了瓶子，继续说，"我拉着这五十万，仍然是以这样的速度往回开。开着开着，突然觉得我还是在从红卫山往三道桥飞跑，我还是红卫山上那个穿着破破烂烂训练服，把阙婆婆们吓得哇哇大哭的穷小子！我问我，你在做什么？你把你自己当狗一样卖了吗？一个急刹，我掉头回到矿上，把箱子扔给了那老板……没几天我被调到曲水乡，依旧是副所长主持工作……"

"后来的事我知道，为了那个'根本树'栽了跟斗吧？"我想轻松下，逗笑说。

"这你也知道？"陈君不好意思挠挠头，从包里拿出张旧报纸，递给我说，"其实我没请假就去了叶坪，裘老头处分我只是个借口，

我的刑警往事

真正原因是这个。"

陈君口里说的裘老头是通渠的局长，一个很有魄力只手遮天的人物，全省闻名的明星局长。我狐疑着接过报纸。报纸是半年前的《巴州日报》，有篇杂文用钢笔圈着，署名正是陈君。题目叫《狗尾巴尖上的快乐》：

抗战时期，美国《时代》与《生活》杂志中国特派记者白修德、贾安娜在《来自中国的惊雷》（Thunder Out of China）一书中讲了一件有趣的事情。

抗战刚胜利，言禁开放，有报纸对陪都重庆的监狱卫生状况大事批评。于是警察负责推行一个灭虱运动，每一个囚犯每天得交二十只虱子来，否则就要挨手板。这样，虱子是减少了，打手心的次数却增加了。囚犯们于是就私下进行了一个养虱运动来解决这个难题。因此数目激增。每个囚犯每天都能缴出二十只来，打手心也就停止了。狱卒们大为满意，而监狱里的虱子比以前更多了，然而皆大欢喜。

抗战胜利五十多年，巴州市实行《建立破案打击预警通报制度，破案打击数下降将被通报》。具体内容是："刑事破案和打击处理数同比下降3%的单位，市局将予以三级（黄色）预警通报；下降7%的单位，将予以二级（橙色）预警通报；下降10%的单位将予以一级（红色）预警通报……"此预警通报每季度发布一次，根据不同颜色，分县局有关领导将受到相应的处分和问责。制度出台，任务层层分解，刚开始着实愁坏了基层各警种的小警察们。毕竟办法

第五章 凌乱1997

比困难多，小警察们很快就找到了解决问题的办法。刑警队尽量避开投入大产出少的疑难案件，大放眼线、广种薄收。禁毒队少铲毒源多抓下家，细水长流、放水养鱼。派出所扭住辖区治安乱点欲擒故纵、随抓随有……这样下来，基层分县局每季度都能按同比持平或略高之一二的数字上缴打击破案数。上下同乐、安之若素。老百姓的安全感是否上升就只有天晓得了。

囚犯捉虱、警察抓贼为的是虱蚤光光、天下无贼。倘若当权者们仅仅只是为了观赏一片捉虱抓贼的大好景象，囚犯、小警察们也只是为了满足当权者们意淫般的欢愉而捉虱抓贼，上行下效，蔚为大观却又乐此不疲，岂非咄咄怪事、黑色幽默？不幸的是，如此笑谈却烟瘴弥漫经年不衰，五十年前后仍有异曲同工之妙，堪比现代版的《笑林广记》。哪知道，当权者们忙着玩狗咬尾巴的游戏寻找狗尾巴尖上的那点快乐时，下头的人可是累惨了也笑惨了哟！

看完文章，我沉默了。这种文章陈君不是在满腹愤懑的情况下是写不出来投不出去的。问题是这种话哪能随便写出来还要发表出去呢？这是大忌。换我当领导，也是要采取组织措施的呀！这么说来，陈君被穿小鞋，处处受排挤还真不能全怪别人呢！正想着该怎么劝解劝解陈君，陈君重又拿出瓶酒，提了提嗓门问："朱哥，你知道我为什么调到了流花？"

"因言惹祸呗，未必还有其他原因？"我不假思索，反问道。

"不！"陈君哈哈一笑说，"流花没有任务，因为这座山要塌了！所有人不想走的话都得死！说白了，流花现在是口活棺材，躺在活棺材里的警察是不需要下什么任务的。"

陈君这话奇奇怪怪，却不好深问。再不能由着他性子风一般刮回流花，因为这会儿他真的像要发病了。必须和他好好谈一谈，这是我来通渠的目的。我凑过去，搂了搂陈君瘦削的肩膀，挤出一丝笑容说："君啊，我们总这么站着也没劲，前面走走吧。"

我早看见前面有条小溪，不由分说，搂着陈君往溪边走。陈君乖乖走着，只是眼神有些空漠游离了。溪边对坐，我拍拍陈君膝盖，故作轻松说："君啊，说到因言惹祸，我给你讲个故事听听好吗？我不骗你，真实的。"

陈君看看我，嚯嚯一笑说："朱哥你是个真实的人，你讲吧，我听着呢。"

我便给陈君讲了个真实的故事。小时候，我有个邻村的表叔，长得是一表人才，县中高中毕业，写得一手漂亮字好文章，一回乡就当了公社不脱产的团支部书记，成天价领一帮年轻人排节目、办板报、刷标语，热火朝天的，公社的宣传工作也因此有声有色，名噪全区。表叔这么优秀，我舅爷又是大队的支部书记，表叔很快列入工农兵大学的推荐名单了。不想风云突变，表叔突然被辞退回乡，大学名额让另一个大队支书的女儿给顶了。表叔从此一蹶不振。我警校毕业那年，表叔来家玩，摆谈中我才知道些缘由来。

原来那年，上面下拨一批日本尿素交公社供销社发放。供销社主任正是区委书记的夫人。这位贵夫人慧眼识珠，发现尿素的包装袋有层布料一样的内衬，大概是化纤的吧。质地轻盈，好像可以用做裁衣服的面料。试做几条一穿，果然衣袂凉生、飘逸惬意。贵夫

第五章 凌乱1997

人见有利可图，就给这布定了一块钱一条的价格出售。即便这样，在那个买布需要布票的年代，也只有公社大队大小有点权的干部可以走后门买到一条两条，社员管这种布叫"抖抖布"。一时间，穿尿素包装袋做的衣裤在全公社成了时尚和身份的象征。这道风景让表叔捕捉到，也不知是哪根筋犯了错，竟在一次不大不小的会上口占一顺口溜说：

"干部干部，块钱买条裤。前头是日本，后头是尿素。"

表叔哪里知道，当这首顺口溜如花香瘴气般弥漫开来的时候，邻村的支书早已带着自己如花似玉的女儿钻进了区委书记的宿舍。那首顺口溜也随之让表叔万劫不复。据说事后舅爷硬着头皮去找区委书记讨个说法。区委书记爽朗地拍着舅爷的肩膀说："莫怄气！你娃儿不是喜欢写诗吗？我也送他一首吧：'屁话超过文化，文化不及格，屁话考两百！'"我舅爷当场气了个半死。

我讲故事的时候，陈君眼也不眨看着我。故事讲完，陈君傻傻地瞪着我。半响，他细声问说："朱哥，你说的我么？"

我反问："你说呢？"

陈君望望天空，突然朝我咧嘴一笑，说："朱哥，我也给你念段话：'勇者任其自进，怯者听其裹足。牺牲者牺牲而已，机巧者自为得志。赏难尽明，罚每失当。'晓得哪个说的吗？"

我还真没听说过这段话，便摇摇头。陈君嘀咕道："张灵甫！孟良崮上写给蒋介石的绝笔……"

"你看你看！才好好说着话，你就又来了。天差地远的，哪儿靠哪儿嘛。这就是你的问题所在，知道吗？"我愠怒着止住陈君，再拍

我的刑警往事

了拍他肩膀，认真说，"君啊，你我认识也二十来年了，你晓得朱哥最是个心高气傲的人，要没这毛病也不至于混得这么的不堪。但我真心当你是朋友是兄弟，是朋友是兄弟就不得不说说真心话。我内心和你一样，自打上红卫山那天起，一心想着的就是做一个好警察，为了警察这职业为了警察的荣誉和责任可以付出一切。可以说，红卫山于我就像图腾一样，永远飘扬在我灵魂的制高点上，现在也没丝毫怀疑和动摇过。可是现实终归是现实，梦想终归是梦想。现实和梦想不能纠合在一起的时候我们只有退而求其次，不然就要落伍，欲取却不能。我说这话相信你懂，我不是个太俗的人，也远远不是个完人，我说的是真话，我们得学会适应。从内心讲，我也看不起我们警察队伍里的很多人，也看不惯发生在我们身边的很多事，但我们非要一吐为快非要扭转乾坤么？我看也不尽然，事实上也做不到。想想我们身边很多人，削尖脑袋投机钻营，甚至出卖朋友出卖灵魂，欺压百姓巴结权贵，就算过得再风光其实又算得了啥子呢？但我们没必要和这些人计较得失，看不上他们我们躲得起总是可以的吧？所谓桥过得，水过得，与人方便自己方便，自己跟自己过意不去，何苦来着呢？想想你说的那个大年三十提着瓶酒来看你的流浪老汉，他们才是我们的衣食父母！他来看你了，那是对你的最大褒奖！想想他们，我们啥都想得开了，值当了，受再大的委屈也想得通了。我只是举这个例子，相信你在通渠当所领导这么多年，这样的百姓朋友一定不少，多和他们走动走动，多吹吹牛，不要这么封闭这么作践自己，好么？实在想不通了，想想我们在红卫山上，老师讲到的罗瑞卿部长写的那首诗：'愿君知我心，何

第五章 凌乱1997

畏遮天云！太阳终归出，一样照人行。'人家堂堂一个公安部长、大将，还不照样要受挫折受打击？我们这小小警察，受点窝囊气受点打击算啥呢？凡事看远点，是不？"

我说这些话的时候，陈君一直呆呆地望着我，像是见着一个陌生的人一样。我也奇了怪了，咋一下说了这么长的一通话呢？有些话连我自己都不信，倒像是自己在劝解自己一样，偏偏又说给陈君听了。见陈君还愣着，我搂了搂他肩膀，感觉他肩头冰冷，人也冷战瑟缩了。半晌，陈君如梦初醒般"哦"了声，狠狠打了几个喷嚏，疲惫道："朱哥，我们该回去了。"

回到路上，陈君发动摩托，再没风驰电掣。一路无话，回到流花。小阙站在路口眼巴巴望着，见我们好好的回来了，长长地舒了口气。陈君没在的时候，小阙悄悄问我瞎子咋样。"啥咋样？有病的是我们，他只是找不回他自己了。"我故作轻松道。

双桂堂案子一直没破，账却是记在刑警支队的。差不多过了一年时间，达县方向有条线索，我奉命去查证。线索很粗，留给我的放余量很大，我乐得再去巴州，拉上小阙去通渠。小阙老大不快，嘴巴直撇说："师兄，前次你不信我话，这次你再去看看，瞎子完全疯了。"我不接她话，只说你开你的车好了。

小阙是个嘴巴闲不住的人，一路摆谈，我知道了陈君的近况。流花乡政府所在的流花山原来是国家级的地质灾害点，属于随时可能大面积坍塌的地区。这几年政府一直在做搬迁工作，陈君说的活棺材大概就是这意思了。前些年一场暴雨，山顶到山下一夜之间裂

我的刑警往事

开一条大口子。地质灾害部门跑来一看,说是大面积泥石流的先兆。县委县府紧急疏散了山上全部机关和居民,只留了一个公安值勤点,任务是守住居民来不及或舍不得搬走的坛坛罐罐、瓦片砖头。陈君成了这个执勤点唯一的民警,在这活棺材里一待就是两年。没人替换他下山,陈君也绝口不提换人的事。一个人在山上终日对酒当歌,逍遥得不行。我问小阙他老婆孩子也不管他呀。小阙又是一撇嘴说:"你说那大脸盘子呀?早离了。也怪,就瞎子这样子,医院一个大夫倒喜欢上他了。据说姓林,产科的,就前次摔伤住院认识的。听说还扯了结婚证,认认真真过日子呢。""萝卜青菜各有所爱,瞎子不傻!"我笑说。

赶到流花,天已黑尽。乡政府一撤,去流花的路再没人管,天下着小雨,道路坑坑洼洼、污水横流,更是难走。奥拓在公路上左冲右突、颠来簸去,好不容易爬上流花山。流花乡大片废墟像一大片建筑坟场样蛰伏在黑黝黝的山梁,只有派出所一点灯火闪烁其间,如一星鬼火荧光。那是陈君的宿舍。车渐渐驶近,渐渐飘来风琴声和陈君鬼哭狼嚎般的歌声,唱的是《人民警察之歌》:"……在繁华的城镇,在寂静的山谷,人民警察的身影,陪着月落,陪着日出……"

我听得发毛。下了车,一时内急,去到墙角撒尿。一条野狗倏地蹿过,吓得我浑身起了鸡皮疙瘩,小阙也哇哇叫了起来。她这一叫,歌声停了。我们上楼推开陈君的宿舍,一股浓烈的饲料味、汗臭味、酒精味扑面而来。陈君坐在一张破旧肮脏的脚踏风琴前,正背对我们细细研读一张乐谱。回头见是我和小阙,嘿嘿干笑了几

第五章 凌乱1997

下。一排白牙露出来,瘆人得不行。也不招呼我们坐下,径直说:"朱哥,阙婆婆,你们来得正好,我正研究这首歌呢!"说完,边按风琴边叽里哇啦地唱。我和小阙躲在他后背的阴影里,互相对了个意味深长的眼光。唱完,陈君像幼儿园的小朋友一样让我们猜这是什么歌。我俩自然是猜不出来,还哄小孩似的胡乱说了几个歌的名字。陈君直摇头。末了,他兴奋说:"我从书上学的,德文。你们想象不到,这是纳粹的《装甲兵之歌》,歌词很美,很悲壮。和它一比,我们的《人民警察之歌》相形见绌了。它的歌词是:'……如果我们为命运女神所抛弃,如果我们从此不能回到故乡;如果子弹结束了我们的生命,如果我们在劫难逃;那至少我们忠实的坦克,会给我们一个金属的坟墓……'"

想到陈君说的活棺材,我倒吸口凉气。实在不落忍,过去合了琴盖,干笑说:"瞎子,别闹了,跟我和阙婆婆下山撮一顿去?"

"不不不!我有好多小伙伴,它们离不得我的。"陈君把脑袋摇得拨浪鼓一般。

"你还有啥小伙伴?"我满脸疑惑。

"他有啥小伙伴?山上的流浪猫流浪狗!人走了,猫哇狗的不跟着走,都成了野狗野猫,瞎子把它们养在小学的教室里,自己贴钱喂着呢。"小阙替陈君答道。

"嘿嘿嘿!还是阙婆婆懂我。"陈君说完,从墙角提了桶饲料头也不回往外走。我想跟去,小阙一把拽住我胳膊,低声说:"你别去,吓死人了。我一个人也怕。"

我只好留下。不一会儿,不远处响起一阵剧烈的狗叫声,接着又安静了。再过一阵,陈君提着空桶走进门,旁若无人般坐到床沿边。我过去拽他胳膊,想说两句话,他却抓了抓头发,很疲惫地嘟囔一句:"我困了,要睡会儿。"径直爬到床上,鞋不脱衣不换,拉了堆乱糟糟的铺盖蒙住头,鼾声立马也响了起来。我替他脱鞋,把两只臭脚挪到床上,掖好被角。一眼看到床头上贴了一张小小的字条,歪歪扭扭写着:"生时何须多睡,死后自会长眠;入眼声色犬马,出手道貌岸然。"屋里只剩下陈君的鼾声,我和小阙一时不知道该做些啥了。小阙说:"我们这么远苦巴巴过来看他,他倒这么自在,像个小娃娃……也好!真希望他一觉醒来,还能想起我们来看过他的。"说着说着,眼角有了泪光。我陡生怜惜,上前半搂了小阙肩膀,轻轻拍了拍。小阙莞尔一笑,苦歪歪说:"我们回去吧,这儿到底只属于他一个人。"

回来路上,小阙一直不说话。车拐下流花山,小阙停下车,回头看看身后黑暗中的那点灯火,突然把头往方向盘上一趴,哇哇大哭起来。"好好一个人成了这样,他的内心一定很苦很苦,他要不上红卫山,说不定不会这样的……"我拿手轻抚着小阙起起伏伏的肩膀,一时找不到合适的话劝她。过了好一阵,我喃喃说:"别杞人忧天了。错不在红卫山。瞎子的心中一定有一块属于自己的天地,只是我们永远进入不了他的世界罢了!他的快乐却是一定的。"

小阙止住哭,似信非信看着我,泪水盈盈。央求似的问:"你说的是真的?他没疯他是快乐的吗?"

这话我怎么回答得了呢?想了想,答非所问说:"你知道周国平说过一段话吗?他说:'佛收留疯子做弟子,开启他的佛性,终于使他成了正果。'瞎子还没忘了本性,晓得自己的灵魂寄托在什么地方。比起瞎子,我们是悲哀的!我们忘了自己从哪里来,不明白往哪里去,终日蝇营狗苟,追名逐利。我们是聪明的也是明白的人,可我们有他快乐吗?"

说着说着连我自己都不知道说了什么。小阙却相信了。

还为哪天请假去看陈君在纠结,小阙把电话打到我家里了。刚回家,爱人酸溜溜说:"你的阙师妹打电话来了,要你无论如何给她去个电话。"我忙把电话拨了过去。小阙急巴巴说:"师兄,不好了!瞎子死了!人已经拖回葛都了。我们到梁平碰头,直接去葛都送他一送行不?"我如雷轰顶,忙说好。放了电话,一时无语。爱人还想酸两句,我喃喃说:"我得出两天门,那个经常寄东西的同学死了。"爱人心善,慌慌张张收拾行李去了。

在梁平县和小阙碰了头,直接往葛都县行进。小阙把陈君出事的过程说了个大概。出事那天晚上,天下大雨,陈君担心学校围墙垮塌压了那些流浪猫狗,打着电筒去察看。一脚踩空,陈君从学校大门外的台阶上摔了下来,当时就昏迷了。直到第二天上午,有人路过才报了120。陈君送到医院,已经只有进气没有出气。抢救几天才恢复了正常呼吸,人也从重症监护室移出来了。可没过几天,病情突然恶化,赶紧再送重症监护室,结果一口气没上来,人就没了。陈君的死是因公还是因私,林大夫为这个和县公安局争了两天,没有结果。因为陈君是羌族,按政策可以土葬。眼看月内没有啥吉日了,入土为安,林大夫把陈君拉回了老家,一个叫洪椿坪的村里。兴许是陈君平日里老念叨我和小阙吧，林大夫给小阙打了电话。

车到葛都已近半夜，一路问着到了洪椿坪。隐隐听得附近山坡上有哀乐声，小阙把车停了。车停下，小阙犯难说："师兄！我就不上去了。一来我怕见瞎子，二来我肚子里有了，担心动了胎气。""没啥！心到神知，瞎子面前我替你念叨念叨。"我说。小阙掏出一千块钱放在一个信封里，递给我说："随点丧仪，我俩的，是个心意吧。"我接了钱，往坡上爬去。没走多远，路口有个卖花圈祭幛的摊子。我摸出信封往里再塞了五百块钱，合计一下，拿五百块买了花圈、鞭炮和一床被面做祭幛。摊主问了姓名，在花圈祭幛上落了我和小阙的名字，朝山上长声吆喝。立马有人应了声，打了火把下来。道了辛苦，扛了东西让我走在头里。

陈君老家是几间半瓦半草的老屋。一间偏房做了灵堂，灵堂半明半暗，烟熏火燎。靠墙零零星星摆放着三二十个花圈，都是至亲好友和通渠县医院送的。比较显眼的地方有葛都和通渠县公安局送的花圈，都缀了个工会的尾巴。我先到旁边的挂礼先生处放上余下的一千块钱，报了我和小阙的名字。可能是第一次收到这么重的丧仪，挂礼先生格外多看了几眼。屋里有道士在做道场，呜呜吆吆唱着啥。还没进屋，我已心跳如鼓。进门一看，陈君身上裹了白布，了无生气地躺在冰棺里，脸上敷了层厚厚的白粉，腮帮涂着两抹浓艳的红，嘴半张着像是有话要说似的。想起这么多年的点点滴滴，我喉咙一硬，眼眶潮潮的了。勉力忍住，烧了半刀纸钱，上了香，鞠了几个躬，木然垂手，边看道士忙活再端详下陈君。蓦地，一小

第五章　凌乱1997

点殷红的血从陈君的肚子上浸润出来，在惨白的布上慢慢濡染成一小块花儿一样的红晕。万县风俗说死于非命的人，见着亲人后总要流些血，算是以血代泪吧？过去我只当迷信，今儿见得，先是身上毛扎扎的，接着喉咙一痒，终于热泪盈眶了。道士瞥见那朵血花，微微顿了顿，拿眼看看我，继续忙功课。我退到一边，这才看见屋里还坐了几个丧家，怪怪地望着我。有个老妇人也探头仔细看了那点红，溜出门去了。我也不说话，摸出香烟给几个男人递了，自己一口口抽了起来。少顷，一个城里人打扮的少妇抱着一个婴儿进来。我想这少妇该是林大夫了，便留意看了下。她穿着一套黑衣裳，格外的凄婉、哀艳，长得也周正。小阙没说过陈君和林大夫还有个孩子，要果真是陈君的，这小子也该想得通了。正在瞎想，林大夫给婴儿喂完奶，把孩子递给旁边一个女眷，低声说："是朱哥吧？请借一步说话好吗？"

我随林大夫进了间稍稍齐整点的房子，她请我坐下，拿眼药水滴了眼。我这才看清楚，林大夫的眼睛肿得烂桃子一样。便劝慰说："林大夫，请节哀顺变，毕竟人死不能复生的。"

"谢谢了！"林大夫背过身，幽咽说，"通渠有句俗话：人在人情在，人死两分开。据说全国每天都要牺牲一个警察，有谁会在乎一个精神有问题的警察的生命呢？你看看，陈君死了好几天，公安局没给个说法，连副挽联也不好写。"

我这才注意到，灵堂还真没挽联呢。一股无名的哀怨油然而生，想了想说："林大夫，你要不嫌弃，我写一副怎样？只是我这字差点，有碍观瞻。"

我的刑警往事

"朱哥谦虚了！陈君给我念叨过千百回，说你在警校就是才子。你写一副，该是我脸上有光了。"林大夫说着，嘴角竟有了些微的笑意。

我和林大夫走出屋外，到挂礼先生处取了纸笔。见我要写挽联，有人围了过来。我伸直了腰，深吸口气，不觉又想起陈君平日里的音容笑貌。喉咙又一硬，手也哆嗦起来。万难镇定下来，提笔写下：

上联：御风而行　人太聪明天亦妒

下联：破壁以去　生何眷恋死何悲

横联：托体同山

围着的人有懂的，带头拍起巴掌来。林大夫捂着脸，呜呜地又哭了起来……

第六章

黄水"1·17":伤心之地的无望追踪

第六章　黄水"1·17"：伤心之地的无望追踪

剑门关外

　　1998年9月8日，和平路119号万县市公安局的牌子被摘下，重庆市万州区公安局的牌子挂了上去。撤市设区，我们摇身一变成了直辖市警察，地盘小了管的事也少了，人少汤酽事少人清闲，做警察的自然都开心。但高兴来得太早了，我们在黄水乡遇上了大麻烦——"1·17"案件发生了。一盆真正的凉水从头淋到脚，黄水也成了我们万州警察永远的伤心之地。

　　长江南岸，318国道穿过一个叫响滩的地方，有条支路从这儿向东拐向白羊镇。由白羊镇再向东行，在张飞庙外的车渡渡江便是云阳县旧城了。白羊和响滩之间的黄水乡，早年是一个公社的所在地。乡场很小也很不起眼，若非赶场天，坐车从尘土飞扬的乡场穿场而过，也就一眨眼的工夫，谁也不会留意。乡场虽小，功能齐备。工作站、畜牧站、学校、粮站、卫生院一应俱全。乡场东头蹲踞一幢独立的二层小楼，紫褐色外墙黑色瓷砖勾缝，正对着乡场后面葱绿的石岭山。从石岭向下望去，小楼活像一个早年铁匠铺的小风箱，整个乡场就像风箱对着的偌大的铁匠铺子，杂乱无章，灰头土脸。这座风箱样的小楼就是黄水乡信用社。乡场外的景象看上去要舒展一些，小桥流水，烟村人家，鸡鸣狗跳，倒也活络。初冬，大片大片的红橘林正是采摘的时节，空气中弥漫着橘瓣儿酸甜的香气和橘叶略带辛辣的清香。虽然刚过腊月初一，性急的人家已经开始杀猪宰羊挖藕磨豆腐制作腊味准备年货，在外打工的人也陆陆续

我的刑警往事

续有往回走的了。

1999年1月17号是个赶场天，信用社职工严林骑着摩托车匆匆赶往黄水。头天他回老家吃杀猪饭，喝酒到深夜。担心迟到，严平一路飞奔赶了回来。信用社楼下是营业厅，楼上是职工宿舍。以往逢场天，信用社会早早开门营业，今天却鸦雀无声。严林朝楼上喊了又喊，没人应声，纳闷着从楼下楼梯间开门进到楼内。门刚打开，一股浓烈的血腥味扑面而来。严林寒毛倒竖着往前走了几步，顿时吓得目瞪口呆，人也差点站不稳了。楼梯间和走廊上横七竖八躺满了尸体，血水顺着楼梯间汩汩流着。信用社主任唐贵连同他四岁的儿子，职工唐梅等六个人的手被人用透明胶带反捆，全部杀害。整个信用社成了一个屠宰场……

"1·17"案震动了公安部，市区两级刑侦部门和周边县调集了两百多刑警精英云集小小的黄水乡场，公安部刑侦局派出了著名的刑侦专家乌国庆亲临现场指导破案。围绕"1·17"案，万州公安发起了一次又一次的集团冲锋，一次次以为快要接近目标，结果却还是竹篮打水一场空。

"弟兄们！大鱼吃小鱼，小鱼吃虾虾，虾虾吃泥巴。大鱼小鱼我们吃不下，先从虾虾泥巴吃起走吧！""1·17"案发快一年，庞大的专案组瘦了几次身后，骏哥召集我们一大队侦查员说。这时候，我已经接替胖哥做一大队也就是重案大队的大队长，骏哥玩笑说我是火线提拔的。骏哥的思路是让我们一大队静下心来，把这近一年来搜集到的线索用筛子筛一遍，不图多不图快只图挨得上边接得了地

第六章　黄水"1·17":伤心之地的无望追踪

气。这一筛,还真筛到一些有价值的线索来。

有一条线索写在一张笔录纸上,不过一二十行字,是专案组派驻市外铺垭监狱开展坦白检举工作的同志记录的。一个叫张东的开县籍犯人反映,他同仓室有个叫曹小辉的"同改"跟他吹过牛,说他入狱前曾经应一个朋友邀请去开县铁桥踩过一个信用社保险柜的点。踩完点后他犯案进了看守所,不晓得后来情况如何。同改和同学一样,取一同改造的意思。这个曹小辉找没找?那朋友是谁?没了下文。专案组队伍庞大,弊端显而易见。敏感的专业的不一定碰上这样的线索,而麻木的不专业的恰巧碰上了这样的线索却不知道如何往下发掘。草蛇灰线,蛛丝马迹,隐于不言,细入无间,案件真相虽然盘根错节却总要发端于一些细微根须的最末梢。与开县公安局联系,铁桥信用社几年前还真被人撬开了保险柜,一万多元现金被盗,案子一直没破。线索上升到重要级,必须尽快查证。

"你带人去会会这个叫曹小辉的同改,找出那个所谓朋友。说不定这是条大鱼!"骏哥对我说。

我随即给铺垭监狱去了协查函,协查函很快有了回音。曹小辉还在服刑,他的案子涉黑,按规定提审他必须持有省市一级监狱管理局的介绍信。这么说来,这个曹小辉倒也不是个省油的灯。我和侦查员易名去重庆市监狱管理局开了介绍信,找张地图规划了路线,驱车前往铺垭监狱。易名毕业于西南政法学院刑侦系,我们在一大队搭档多年,很是默契。

铺垭监狱远在川西北外,穿过巴州沿米仓古道斜插一条县道,可以直接到达铺垭监狱所在的大路镇。从地图上看,铺垭监狱离剑

我的刑警往事

门关也没多远了。正值年末岁尾，寒意渐浓，烟笼雾锁。一路问路找路，到达大路镇已是傍晚时分。镇子不大，倒还齐整古旧。一条青石板铺就的街道，宽展平直，两旁是堆放山货、土产、果蔬、小吃的店铺，也不叫卖吆喝。青砖黛瓦的茶馆饭铺里满是低声长调的摆谈声和噼噼啪啪的麻将声塞塞窣窣的甩牌声，一派川北市井景象，斑斓古风触手可及。向老乡打听铺垭监狱招待所咋走，纷纷指了一座高高大大的宾馆。抵近一看，宾馆名叫"梁园"。梁园两字写得汪洋恣肆、刀砍斧削，落款是"阿九"。我乐了，嘿嘿一笑说："这个阿九好有意思。梁园虽好，不是久留之地。寓意深刻！深刻！"

"两位是重庆来的同志吧？"我正思忖间，有人问我话。侧身一看，是一个扛二级警督警衔的监狱警察站在跟前。三十出头，长得精精神神，话也说得客气。见我们一脸疑惑，忙自我介绍说："我是大窝监狱狱侦科的副科长，小刘。"

"您好您好！"我客套说。易名上前，向刘科长介绍了我。也不多说，刘科长直接带我们上楼。我暗自纳闷，事先也没叫人打招呼，这个刘科长咋就候在这里了呢？只有走一步看一步了。寒暄间，楼层到了。刚坐下，有光头小伙进来毕恭毕敬倒了茶，然后垂首倒退着出了门。这该是个犯人了。我和刘科长互相敬了烟，然后打哈哈。看得出来，我们彼此都想知道对方的来意。我便主动说："刘科长，我这次受领导指派来你们监狱，就一个任务，提审曹小辉。这个曹小辉据说嘴很紧，如果撬不开的话，我不好回去向市区两级领导交差。你人熟地熟情况熟，还要请你多支持才行。"

"哪里哪里。"刘科长脸上很受用，嘴上却谦虚说，"按规定，我们接到省监狱管理局的通知就把曹小辉关严管队了。他是以参加黑社会性质组织罪和伤害罪判刑入狱的,余刑还有两年多。通常这种已经看到出狱希望的犯人,嘴巴比那些刚进监狱的人还格外紧些。刚入狱的犯人破坛子烂摔,反倒好审。"

这人倒也不是等闲之辈,他说的这层意思我还真没认真想过,暗自佩服。却做一副胸有成竹的样子说:"没有煮不烂的猪头,只是欠火候。"

"朱大队是高手,不需操心。"刘科长笑笑。又说了些闲话,他迟疑说:"朱大队,有句话不知当讲不当讲,本来不该这时候开这个口。我偏偏是个藏不住话的人。"

我心里犯疑,心想这人莫非要提些啥要求吧,比如奖金什么的。这种事以往碰见过。还必须表态,便壮起胆子说:"关上门咱们是一家人,有什么话请讲。"

"是这样的。我们省监狱管理局最近要上报几个深挖余罪的先进个人,我是其中之一。你知道,这玩意比的是材料还有领导印象。我两头不沾,只有比事迹了……"刘科长吞吞吐吐说。

"你的意思我明白了。"我扬扬手,说,"我个人表态,没什么问题。不过……""如果让你为难,当我没说好了。"刘科长直摆手。我拍拍刘科长的肩膀,很义气说:"你误会我意思了。我是说,这种事总要请示领导同意才好操作。只要一切顺利,包在我身上好了。"

刘科长听了,格外高兴。我们接着商量审讯细节。我说:"刘科长,我有个小小要求,不知道能不能满足?"刘科长直说请讲。我便说:"我知道监狱系统的审讯设施搞得很好,一般都有全程录音录

我的刑警往事

像。我这人偏偏不习惯在摄像头下审人,总有种受监视,芒刺在背的感觉。人一拘束就放不开。我还是习惯在一个宽松的环境审讯人,这样便于交流沟通。我一直认为,审与被审之间是一种互动关系,只有互动起来,才能调动被审人的情绪,才会达到审讯目的……当然啰,前提是不违反你们监狱的规定。"

我言外之意是保密,刘科长自然明白。监狱的审讯室连着值班中心,审讯室的一举一动完全暴露在值班人员的眼皮子底下,当然无密可保。刘科长犯了难,挠挠头说:"朱大队,你说的都在点子上。只是……这个……我得请示领导同意才行。"

我挥挥手,一副不在意的样子说:"没关系,我说过,前提是要遵守你们规定的。毕竟我们是请求你们支援么。"

刘科长忙说:"你别误会。其实,要不要把犯人弄到审讯室,我还是有这个权力的。只是我们监狱发生过几起刑讯逼供的事,搞得灰溜溜的。"

我莞尔一笑说:"如果是这样,你大可不必担心。动手动脚那是年轻人干的事,我早就过了那冲动的年龄了。给国家做事,犯国家的王法,弄不好还坐国家的班房,不划算哟。"

刘科长嘿嘿一笑说:"真是这个道理。这样我也放心了。"还要说话,刚才泡茶的犯人探头进来,拿眼色示意刘科长出去一下。刘科长出去一阵后回来,微微不快说:"朱大队,你们先歇着,明早我来接你们。"

刘科长一走,我还真的累了,吩咐易名早点休息。听得外面有嘈杂声,我踱到窗子边,撩了窗帘一角向下望去。大门口一辆囚车

第六章 黄水"1·17"：伤心之地的无望追踪

旁，一个漂漂亮亮的女子牵了一个小男孩，和一个犯人话别。刘科长催促那犯人快点上车，那犯人手舞足蹈，骂骂咧咧，一副不服周的样子，好一阵才慢腾腾进了车里。刘科长和那女子站在门口，比比画画说着什么。抬头往这边望了眼，我忙下意识放了窗帘。

躺在床上，拿遥控板胡乱按了几个频道，都没什么中意的节目。索性关了电视，早早钻进被窝。关了灯，双手枕头，我有些发愣。"1·17"案发快一年，常常在这样一个人的夜里发愣，差不多成了临睡前的必修课。屋里是深幽幽的黑，只有门廊外一束光线透过门缝射在我的脚下。窗外是一片茫茫夜色，黑黝黝的山丘像一座座荒坟一样蛰伏着，泛着诡异清冷的光晕。恍恍惚惚间，自己去了那山丘间。山丘间摆了一盘残棋，范洪友、陈君和殷勇杀得正酣，三个人都欢天喜地的。我走过去想凑近看看，陈君猛一侧脸，却是血糊糊、泪眼婆娑。我一个激灵，醒了……"唉！这儿离通渠、城口都近，故人不远，来入我梦，也很正常吧？"自我安慰，辗转一番，还是沉沉睡了。

翌日，刘科长早早候着了。寒暄出门，他递过一些材料，说："按你的想法找了间房子。这是曹小辉的判决书、服刑档案，别的没什么好提供的了。"我接过材料，并没急着看，而是问："他的账上往来怎样？""每月有千把块钱的汇款，大都从东平县寄来的。"刘科长说。"东平县？他没家属么？"我问。

"家属孩子都有。每个探亲日也都要来。但好像从没给他寄过钱。"刘科长迟疑说，"这种事也不奇怪。大凡涉黑犯罪进来的人，外面总还有没进来的弟兄伙，所以用起钱来比其他同改要活泛些，

我的刑警往事

甚至像曹小辉这种按月关饷的犯人也不在少数。扫黑嘛，毕竟不能真正做到斩草除根的。"

我笑笑说："其中也不乏替人家把事兜着，藏着，人家花钱买平安的哟！"

说话间到了严管监区。值勤狱警收了手机、证件，换上通行证，刘科长也不例外。到一间办公室，里面已经站了一个犯人，却是昨晚上在"梁园"见着的那个。正纳闷，刘科长闷声说："曹小辉，给你介绍下，这两位是重庆来的警官，你要配合他们调查，不要耍花招。有什么问题，自己要争取主动，国家和政府的法律你是知道的。"曹小辉表情麻木，没事人一样拿右手挠了挠光头，一下露出手腕上的一朵梅花文身。这个文身曾经一度是万县地区精华监狱服刑犯人的标志啊。我沉住气。刘科长说话的时候，我一直在低头翻看手里的材料，一副心不在焉的样子。直觉告诉我，眼前这人是个难缠的家伙。审讯有如唱对手戏，审讯人与罪犯都是一方演员，真真假假虚虚实实，谁都想当主角甚至是导演，以便让剧情向自己期望的方向发展。总有一方会如意得逞，前提是另一方愿意和你把这场戏演下去。假若一方连戏台子都不想和你搭的话，那这场戏就不是谁能主导、演不演得好的问题而是演不演得成什么时候演砸的问题了。审讯毕竟是审出来的，就像恋爱是谈出来的一样。

总要开口才行，所谓"撬开"嘴巴那是报纸电视上吹牛的。刘科长说完开场白，掩上门走了。我放了材料，面无表情问："精华监狱文的身？"

曹小辉机械答道："九四年，精华监狱外劳队。"

第六章 黄水"1·17":伤心之地的无望追踪

"九四年?打击车匪路霸那年。老杆子了。"我想尽快入港。曹小辉朝窗外翻了翻眼,并不顺着我的话往下楔。顺着曹小辉的眼光看去,一只麻雀正站在窗沿上梳捋羽毛。"我问你话呢。"我微微提了提嗓门。

"老大,你究竟要问什么呀?"曹小辉嘲讽般斜了眼我,故意激怒我说。我不上这当,嗤笑说:"你不用装蒜。你知道我们从万州来,自然是和万州有关的事情了……"

"万州?万州和我有屁相干啊?我的事成都那帮警察问过八十遍,十八般武艺用完了,只差没把我拉出去搞个假枪毙了。我就三个字:说完了。他们用了那么多招数,你想用半小时解决问题么?"曹小辉继续挑衅。

易名生气了,呵斥道:"曹小辉,你老实点。这是什么地方你不明白吗?"

曹小辉瞪了眼易名,邪性一笑说:"小兄弟,我十三岁进少管,十六岁开始坐牢。我笼子里待的时间比你上幼儿园、上学读书的时间还长,还需要你教我这是什么地方么?"

我正色道:"曹小辉!你听好了。对你这样的老杆子,我没有半小时解决问题的打算。今天来提审你,就两个字:认识。你给我牢牢记住了,我们有的是时间,但对你而言,最输不起的恰恰是时间。我给你算了一下,判五年减刑一年,再减刑半年,你够幸运的了。就这样,你还有两年零三个月二十天的牢狱生活。就算你运气再好,按监狱规定,这点时间你得分分秒秒熬过去吧?我们呢?可以用两年的时间认真对付你。毛主席不是说过么?'世界上最怕认真

我的刑警往事

二字，共产党人就最讲认真。'人要认起真来，矿泉水都能毒死人。你尽管和我们耗时间。但我要奉劝你，最好不要耗到两年零三个月十九天的那一天我们再来找你……"

"你不用吓唬我。"曹小辉底气开始不足，脖子却一犟，说，"还是那三个字：说完了。"我知道再审下去没啥意义，便喝令曹小辉回号子。

第二天继续提审，曹小辉还就那三个字：说完了。易名急得上火，好几次都差点扇一扇曹小辉耳光啥的了。我表面上不慌不忙，心里也难免杌陧。反复思考，这症结究竟出在什么地方，畏罪？侥幸？还是替人扛罪？好像又都不是。过去也碰到过不少这样的硬骨头，蚂蚁一样耐心地啃，最后也都拿下了。这次还真有点走进死胡同的架势。按时间推断，铁桥镇保险柜被撬，曹小辉已经上山了，"1·17"案跟他更是半点关系也没有。他在担心啥隐瞒啥呢？"这家伙没必要这么嘴硬啊？"走出监区，易名也忍不住自言自语问。刘科长望了望我，眼里溢出一丝复杂的东西，刹那间收起了。这个刘科长，一定心里有数。我恍然大悟。本该在昨天就揭穿他的了。为啥早早在梁园候着我们？明明曹小辉和老婆当时就在梁园夫妻房，为啥说早关严管队了呢？症结就在刘科长这儿，我得开门见山和他谈谈。

步出监区，大厅正中偌大一面警容镜吸引住我。进出两趟却没注意，上面刻有两行字："落其实者思其树，饮其流者怀其源"，署名"阿九题赠"。又是那个阿九。想这个阿九倒有些品位，这句题款出自南北朝人庾信的《徵调曲》，原意大概是歌咏人君法天地之道以

第六章　黄水"1·17"：伤心之地的无望追踪

养万物的。后人很俗气地解释成吃果子的时候要想到结果实的树，喝水的时候要想到水的源头，进而有了"饮水思源"的成语。这个阿九把这句话送给关人的监狱可真是耐人寻味。"这个阿九是个什么人物？好像和你们铺垭监狱很有缘的？"我问。

刘科长莞尔一笑，说："朱大队！我正想和你说说这个阿九呢！这个阿九正是你们这趟铺垭之行的结扣呢！"

"哦？是吗？我早看出来，刘科长是有数的人呢！"我停住脚，问，"方便现在告诉我吗？"

"今天时间不早了，留着以后说这个阿九吧。"刘科长看看表，卖起关子来。正要深说，刘科长低声说："朱大队！你来两天了，我们监狱还一点表示也没有。今晚正好是我们仇副监狱长带班，安排了一顿便饭，我们这就过去。"

不由分说，刘科长招呼我和易名上了他的车。没开多远，到了一栋楼下。又有光头小伙领我们到了一个小餐厅，里面早有个扛三级警监警衔、不过五十出头、头发有些花白的监狱警官坐里面了。这该是仇副监狱长了。不待刘科长介绍，我忙上前一步似敬非敬地敬了个礼，握了仇副监狱长的手。仇副监狱长的手面团似的柔，正应了"女人手如柴男人手如棉"那句话，最是好命的人了。我心说这句恭维话，嘴上说的却是："仇监，给您添麻烦了！"

仇副监狱长笑道："今天是周末，我们这些判了无期徒刑的人，巴不得有客人陪陪，自己也好打发时间呢。"

大家就都笑。仇副监狱长招呼我入座，挨他坐了。我知道今晚是一定得喝酒了，便借故踅到卫生间，悄悄喝了支藿香正气水。酒

我的刑警往事

场也上过不少,最厌的就是监狱和部队。

满满当当一桌子菜,倒也没啥山珍海味,放了两瓶西凤。一个眉眼清秀的光头小伙过来斟酒,仇副监狱长皱皱眉头问:"老三篇咋没上呢?"小伙忙退后一步,一个立正,答:"报告,没逮着多少,不敢上。"仇副监狱长骂说:"有几条搞几条嘛!死不灵醒。"刘科长也瞪了眼,那小伙忙放下酒瓶跑开了。

仇副监狱长先举杯,说:"朱大队、易警官辛苦了!我们这儿地势偏僻,但条件有限情无限,干了这杯!"

干了杯。仇副监狱长神秘说:"朱大队,你听个电话。"边说边拨了个电话,通了后把电话递给我。我狐疑接过,早扫了眼号码,却原来是孙老幺。"朱哥,你去我老根据地也不给我汇报一声,要不是我刚好和仇监说事,差点错过机会了。"孙老幺大声武气说。

"朱哥去哪儿,要给你汇报么?"我假装粗口说。看出来,仇副监狱长和孙老幺一定很熟,我和孙老幺说话越是随便,仇副监狱长才越不把我当外人。

"朱哥,我原来在铺垭学习过两年,仇监关照我不少。有什么困难尽管向他交底。监狱方面不是你的强项,又在省外,你多保重!"孙老幺稍稍正经说。又让仇副监狱长听电话。仇副监狱长和孙老幺说笑一阵,举了一杯酒和我碰了,放唇边夸张地"哧溜"了声喝下。说:"听见没有?"就挂了电话。

接下来说了些孙老幺盐咸醋酸的事,酒也喝下一瓶。一旁服侍的犯人端了一小盆热腾腾的红烧鳝段上来。仇副监狱长给我和易名碗里各夹了一筷子鳝鱼,介绍说:"两位尝尝这道菜。这可是我们铺

第六章　黄水"1·17"：伤心之地的无望追踪

垭招待贵宾中的贵宾才上的一道菜哟！这黄鳝是犯人跑十来里路到附近农田里一根根逮的，味道非同一般。"我忙吃了，也没吃出什么特别的。嘴上却是赞许不已。这个季节黄鳝都钻土了，要搞到这些黄鳝，那些逮黄鳝的犯人不知把我们几个吃黄鳝的人骂过多少遍了。

仇副监狱长倒不霸蛮。两瓶西凤见底，也不再劝。席间，刘科长一直没多说话。趁给仇副监狱长递烟时，附耳说了句什么。仇副监狱长微微颔首。再吃主食的时候，仇副监狱长说："朱大队，监狱的规矩，星期天原则上不允许提审犯人。当然，你可以例外。只是我觉得你们马不停蹄的，该休息休息了。听孙老幺讲，朱大队没去过剑门关，又是个喜欢怀古思幽的文人。明天让老刘带你们到剑门关玩玩，吃顿那儿有名的豆腐宴怎样？"

文人二字像马蜂样不痛快地蜇了下我。这个孙老幺，背地里不知向仇副监狱长说了些什么。勉力控制住情绪，笑道："我不能坏了监狱的规定，听你们安排好了。"

"就这么定了，明天刘科长陪你们去。"仇副监狱长起身握别，又低声问，"二位玩玩麻将怎样？"

我忙摇头说："我和易名都是老外，不奉陪了。"监狱玩麻将的一些惊人场面有朋友讲过不少。不管仇副监狱长是真心还是假意，这个场是无论如何上不得的。

车出大路镇，往西开出十来里便是东平县境，剑门关的路标也有了。刚进东平，前面出现一辆黑色奔驰S320不紧不慢开着，和我们总保持着三五十米的距离。

我的刑警往事

"朱大队！说说这个阿九吧。长话短说，他该是东平的一大传奇了。"刘科长从后座微微探过头，对我说，"'83严打'时，阿九是铺垭监狱一个在押犯。据说他过去是东平中学的美术老师，犯流氓罪进来的。释放出去没几年，阿九在东平发了迹，成了东平首富，当年就给铺垭监狱赞助了门楼和两部囚车。没多久他又因为投机倒把罪重进了铺垭监狱，再次出狱后去了沿海，再回来就腰缠万贯了。至于是怎么发的财没人知道，也没人去细问。反正人家有钱了，出手就是唰唰响的人民币。他回到东平，第一件事就是到大路镇修了这个梁园宾馆，低价出让给铺垭监狱做了招待所。用他的话说，他是铺垭监狱培养出来的商人，理应为铺垭监狱做点贡献。现在在东平，他的固定资产几个亿，每年上缴的税利能占到全县的四成。头上红帽子一大堆，什么地区政协常委、人大代表、民营企业联谊会主席等等。你说，这样的主儿能不牛皮么？"

这么一说，我便明白几分。为多套些话，依旧做一副天地不醒的样子说："这么说，这个阿九倒是个浪子回头金不换的典型，给你们送那面镜子也真没错。"

"你以为阿九只会给我们一家说这话吗？他不知给多少单位和领导送过类似的牌匾。你一定见了他们集团的标识了。"刘科长显然来了兴趣，给我递过一张名片，继续说，"你一定得看看他们集团公司的标识。不是一个黑红两手握一块儿的图案么？用阿九的话说是广交天下朋友，其实谁都明白，那是红黑通吃的意思呀！要不，他能从一个劳改犯变成东平数一数二的人物么？"

"你这一说，我才醒豁了。"我看看名片，果然是一幅黑红两手

第六章　黄水"1·17"：伤心之地的无望追踪

相握的图案，集团的名字叫"道人"。暗地里想，这个阿九就是个完成了原始积累的黑道人物，走公司化、集团化、政治化是这些人的必由之路。便微微正色说："刘科长！让我看这个阿九还真不简单。他走到这步固然要走些歪门邪道。但要说完全是靠邪路我还不完全赞成。或许他本身就有企业家的特质和背景呢？有人说，美国有全球最好的经济也有全球最好的企业家，然而它最好的商学院不是哈佛，而是西点军校。因为全球五百强企业当中，有三分之一的高管有军人背景。其中西点军校出身的董事长有一千多，副董事长有两千多，总裁副总裁就多如牛毛了。依我看，在我们国家，监狱不是最好起码也是顶级的商学院，而且是不花钱的。如果有好事者做一个统计，兴许我国的企业家当中有过劳改劳教背景的比例一定不会少于二三成。我猜想，这些人之所以成功，与军队和监狱都讲究纪律、协作和相互之间良好的人际关系甚至是生死相托有关，和一般人相比，他们更懂得互相依靠、互不拆台的重要性。也就是毛主席讲的互相关心、互相爱护、互相帮助吧！"

"哈哈哈哈！"刘科长哈哈大笑，说，"朱大队见多识广，这么一说，我长见识了。"

很快进入剑门关地界，公路在逶迤蜿蜒的砾岩间穿行，山势险峻，草木稀疏。"早听说'剑门无寸土'，身临其境，果不其然。"我叹道。

刘科长笑说："朱大队果然知识丰富。'百马崖中出，黄牛壁上耕'，正是剑门关的真实写照。李白的《蜀道难》写的也是剑门关，这对朱大队更不是话题了。"

我的刑警往事

"嗨！你还别说，真要我现在背《蜀道难》怕也难了。"说话间到了剑门关下。下车仰望，见附近山坡上古柏参天，亭亭如盖，古意盎然。有心四下走走，刘科长却过来说："朱大队，附近镇上有我一个朋友开的饭店，菜品还过得去。我们先去喝杯茶，歇息一下，再去别处逛逛如何？"我情知有事，便随他去了。转眼间，车到了刘科长说的小镇，那辆奔驰S320已经停在那里。刚下车，一股浓烈的豆腐香味扑鼻而来。临街尽是前店后堂的古朴建筑，窗沿上无一不摆了大堆小堆雪白的豆腐和黄灿灿的豆腐干。"俗话说：'豆腐压断剑门关。'说的就是这里。相传三国时期，魏将钟会、邓艾率领十万人马杀向剑门关，蜀将姜维和剑门守将董厥扼守关城，兵弱马乏，形势危急。董厥献计，令剑门百姓家家赶做豆腐劳军。豆渣喂马，豆腐当饭，不出数日，蜀军将士便兵强马壮。姜维见状，率领蜀军杀出剑门关，杀得魏军屁滚尿流。剑门豆腐从此声名远扬……"刘科长鹦鹉学舌般介绍说。

说话间，到了一幢小洋楼前。有人迎上来，径直把我引到一间茶室一样的门前。刘科长把易名拍到一边，只对我附耳说："朱大队，阿九就在里面，他要会会你。"不由分说，替我开了门。进门一看，正中一张小方桌边坐了个精精瘦瘦的汉子，该是阿九了。阿九也不起身，指了对面的椅子。待我坐下，阿九拎起桌上一个黑不溜秋的瓦罐往我面前的土碗里倒茶。他的头离我很近，刮得铁青的脸上根根胡楂清晰可见，散发着淡淡的古龙香水味。粗犷和雅致微妙地混杂在这个家伙身上，给我一种奇怪的前所未有的压迫感。

"绝对顶级的江西毛蟹，一壶顶半条肥猪了。"阿九做了个请的姿势，自说自话道，"这是我老娘的家，我喜欢在这里边喝茶边工作。我有个作家朋友说，中国人的胆量有一半来自酒精，智慧则一半来自茶。茶是中国不朽的植物。说得真好！"

"《金瓶梅》里也说'风流茶撮合，酒是色媒人'呢！"我有心不让这阿九太张扬，含混着跟了句话。抿了口茶，果然清香无比。找了话说："茶是好茶，只是这茶具古旧一些。"

"这话有万把人说过，你朱大队也俗了。"阿九把桌上的哈瓦那雪茄连同火柴向前推了推，说，"我不喜欢小日本和沿海那些狗屁茶道。瓶瓶罐罐，花拳绣腿，烦琐死了！我喜欢大碗大碗地喝。"

"大而化之，未尝不可！"我拿了支雪茄点上。在深圳，林隐给我介绍过这种雪茄。我有意挫挫阿九的锐气，便拿雪茄说事："据说抽哈瓦那雪茄有讲究。三十岁的人抽环径三十的；五十岁的人抽环径五十的。你这种雪茄的环径却永远都是四十六，这么说，你的年龄我就猜不出来了。"

阿九微微含嘲，认真看看我，笑道："这又是哪门子讲究？简直是庸人自扰。"

我引开话题说："不说雪茄了。九老板唤我来，不只是和我品茶论道吧？"

"当然不是。"阿九冷笑一声，反问道，"你知道为什么我要见你，或者说我想你帮一个忙吗？"

"万县人说'山不转水转，石头不转磨子转'。"我抖抖烟灰说，"如果一定要我说个理由，我只有这个理由。"

"错，我是欠曹小辉一个人情。我不想他在万州再有个啥麻烦，

我的刑警往事

你们追诉他。"阿九吐了一大口烟，透过烟雾，重浊道，"另外，我和李茂华在深圳是朋友。我打听过，在万县关押期间，你对他不错。再说，幺哥也真心夸赞你，那你就真的是个耿直人了。"

我心里有了底，诚恳说："九老板，既然有你罩着，这个曹小辉何必为一件小事硬扛着呢？"

阿九又长长地吐了口烟雾，说："要知道一个人顾虑什么，首先要弄清楚他担心什么。没有得到任何安全保证，这是曹小辉目前最担心的。这些安全保证包括他一旦说了某个人某件事，警方和监狱会不会刨根问底、会不会被长期严管、会不会被追诉加刑、兄弟伙会不会受牵连、自己的月供会不会因此少了，以至于外面的'花子'会不会因此和他断了关系等等他能想到的一切安全问题。也难怪，监狱给犯人提供得最多的东西就是时间，它让犯人有太多的时间去思考问题。而他的安全保证你不能给也不可能给，监狱好像也不能提供……"

"监狱的体会，九老板最有发言权了。"我嗤笑一下，说，"九老板说得这么透彻了，我也不隐瞒。我们遇到一起通天大案，想知道曹小辉在万州或者是万州周边地区和谁撬过保险柜，就这么简单。检举有功，只要他没在万州杀人，相信他也摊不上啥大麻烦。再说，有点麻烦相信你也能替他搁平拣顺。另外，刘科长也大可以因为这个捞上个深挖余罪的先进什么的。"

"好，朱大队爽快！给我半小时时间。"阿九说完，起身出门。我留房间，小口小口呷着茶。不到半小时，刘科长随阿九进了门。阿九随手递给我一张纸片。

第六章　黄水"1·17"：伤心之地的无望追踪

"谢谢！"我看也没看纸片便脱口说道。

"和我这样的流氓打交道是不需说谢谢的。"阿九也嗤笑说，"朱大队，说实在我很喜欢你时不时露出的那点匪气。警察需要这样的气质，可惜这样的警察现在很少见着了，总是要么一本正经要么俗到跟班保安一样。"

我看看纸片，上面写着六个字："张志明长寿人。"和阿九互相微微挥手，转身出了门。

出门下楼，刘科长站在那台奔驰S320旁边和我握别。手刚一搭上去，感觉滑腻腻，像抓着一条乌梢蛇一般……一直腻味，车出剑门关，忙找瓶矿泉水洗了。

"想不到这么大费周章，倒像破一起惊天大案一样。"听完汇报，骏哥喟叹说，"任务交给你们一大队主办，全力以赴，抓紧落地，凭感觉应该是条大鱼。"

刑警支队在守凡支队长主持下研究下步工作，抽调老邓和几个侦查员到一大队成立专案组。侦查员分成两组，一组归纳万州及周边区县的涉及撬盗保险柜的案件，一组围绕这个张志明秘密开展外围调查。仍以"1·17"专案的名义展开侦查。打"1·17"的旗号，一切都很顺畅。保险柜案件很快收集上来，一看真吓了一跳。"1·17"案发前后三年时间，周边县区共发生六十多起撬盗保险柜的案子，其中在奉节邮电局和开县肉联厂分别有一个值班人员被杀死。作案手法大致一样，且盗且抢且杀人，做这案子的人是能够做下"1·17"的。围绕张志明的调查出奇的顺利。张志明是长寿双龙

我的刑警往事

镇人,因为盗窃罪被判入狱在黄水附近不远的三峡监狱服刑。不知张志明有啥手段,在服刑期间和附近一个村民家的女子谈上了恋爱。1997年10月出狱后张志明和那女子结了婚,两人在沙河子租了个两室一厅的房子住着。两口子没啥正当营生,常常见张志明一人出门几天,回来后便带着媳妇到附近茶馆打些小麻将。侦查员在茶馆和张志明的媳妇打上麻将捎带搭上了言语,故意输些小钱拆些搭子给那女人交上了牌友。那女人偏又是个嘴快的人,我们便得知她男人在万州没啥朋友,只有巫溪上磺的靳礼清、开县的朱占林、北碚的陈金华几个牢友隔三岔五来万州和他耍耍,出去走走做些生意。到这几个地方一查,三个人都是当地有名的盗窃惯犯,特别是靳礼清更是撬盗保险柜的高手。从他们三人出去"做生意"的时间段筛查两段,正好在开县和巫溪有保险柜被撬盗。归纳这些保险柜被撬盗的手法,可以串并在一起的不下三十起,且以万州为圆心辐射周边一圈。最近的五桥区医院和管委会保险柜被撬盗案,现场离黄水只有十来公里,这是个从犯罪侦查学角度讲几乎忽略不可计的距离呀!还必须找到更直接的东西来佐证。一天晚上,趁着张志明不在沙河子,侦查员在麻将桌上把张志明的女人缠住,我带人悄悄摸进张志明租住的房子秘密搜查。房间陈设简单,很快在张志明的床下发现了几根撬胎棍、钳子、起子和凿子,内行人一看就知道这是全套撬盗保险柜的工具。

各种信息令人振奋,这帮人有可能就是制造这六十多起撬盗保险柜案件并杀死两人的罪犯。按此合理推理,他们是可以做下"1·17"案件的!这个推理让我和一大队的侦查员们兴奋、紧张,像一个

第六章　黄水"1·17"：伤心之地的无望追踪

沿街乞讨的叫花子突然看见地上有坨像金子的东西，想捡不敢捡也不相信是金子一样。抓捕方案很快定下来。分组设伏，同时行动，一网打尽。

我指挥一大队和抽调来的十几个侦查员兵分四路，一夜之间将除靳礼清以外其余几个家伙连同销赃、引路的都抓到了手。最先落网的是张志明。刚一到手，现场提取他的指纹和随身带着的几个现场指纹进行比对，迅速和1998年9月奉节县邮电局的现场指纹比对上了。当务之急是要抓住另一个主犯靳礼清。我带人赶到巫溪上磺，再寻着靳礼清的踪迹追到湖北。也许真是气数已尽，正在我们为下步工作犯愁时，湖北宜昌传来消息，靳礼清在码头上船时被巡警查获。过程也简单。靳礼清到宜昌是专门去踩点的。周边区县的保险柜撬得差不多了，需要到外省看看了。靳礼清在市郊一个镇子踩好点后，一眼看上当地铁匠铺打的撬胎棍钢火好，便顺便打了几把想带回万州。码头上遇见巡逻警察，做贼心虚，随手把撬胎棍往街心花园里塞。巡警多了个心眼，把他带回队里审查，往上磺派出所挂了个长途电话。靳礼清一下露了馅。

接下来的事就是撬开这几个能撬得开保险柜的人的嘴巴了。我和老邓搭档多年，已经驾轻就熟，加上原五桥刑警大队的教导员老温参加审讯，更是如虎添翼。选择的突破口是张志明。一来指纹和他比对上了，那是板上钉钉的事我们心里有底；二来他是这伙人当中唯一一个有家有室的人。对我们来说，这是个小眼儿，必要时可以把金刚钻从这个小眼儿钻进去。对张志明来说，这是他求生的动力所在。还是行内那老理儿：赶上绝路的罪犯就像过街的老鼠，当

我的刑警往事

人人围住他喊打时,有人给他闪开一条小缝儿,他一般都会毫不犹豫钻进去的。张志明上过三次山,知道啥叫铁证如山,也知道啥叫拼死一搏,但愿他选择的不是死扛到底。

审讯的日子选在一个星期六的早上。我们三人穿上正装,风纪扣扣得严严实实。请示骏哥同意,我们不在看守所审讯。天是越来越冷了,我们在大队办公室架好烤火炉,泡上一壶浓酽的热茶,放上大半条香烟。一切安排妥帖,这才让人把张志明从看守所押到办公室。为了给张志明施加压力,也显示我们掌握了铁证,按照方案,看守所昨晚给他上了脚镣。没有严重违反监规和犯了重罪,看守所不会轻易给在押人员上脚镣的。上脚镣意味着啥,张志明是懂的。到底是三次上山的老杆子,即便这样,张志明还是显得神闲气定,没有半点倦容。老邓让张志明舒舒服服坐在椅子上,给他点上烟,茶几上放好茶。我先介绍我们三个人的身份,然后一言不发地把靳礼清、朱占林、陈金华戴着手铐的照片一一放到茶几上。待张志明扫了几眼后才开门见山说:"张志明,你是上过几次山的人,我们也最喜欢和上过山的人打交道。因为上过山的人晓得响鼓不用重锤,明人不用多说的道理。明明白白给你说,你们做的事翻船了。船一翻,哪些人上得了坎哪些人上不了坎全靠你们几个自己。跑得快的上得了坎的或许还能捡一条命,若是不想跑,或者甩根绳子不愿意接,不顺着绳子往坎上爬,那就只有等着淹死了。你,现在就是那个掉在河里的人,我们就是给你甩根绳子的人,何去何从你自己考虑。机会不会有第二次……"

张志明反反复复盯着那些照片,一口一口狠狠地吸着烟。看得

第六章 黄水"1·17":伤心之地的无望追踪

出,他在犹豫,这种犹豫不在说与不说,而更像是在犹豫哪些该说哪些不该说上。我和老邓不再问话,老温挪过笔录纸,一副等着做笔录的样子。

老邓故意看看表,给张志明续上一支烟。然后把椅子挪到张志明旁边,拍拍他肩膀,体贴入微说:"志明,没啥犹豫的,你现在可是和时间在赛跑,和靳礼清他们在赛跑哟!"老邓总能一语中的,手也总能挠到对手的最痒处。

"来个竹筒倒豆子,痛快点吧!"我略微提高调门,并提醒说,"你比我们更清楚,靳礼清的脑子可不笨哟。"

"如果靳礼清还没招,我愿意先说。"又过一阵子,张志明抬起眼看看我们,嘟囔一般说。这家伙接了我们甩过的这根绳子,因为他很清楚,先于靳礼清交代是可以保留一线自首希望的。

张志明倒真来了个竹筒倒豆子,利利索索把我们掌握的所有撬盗保险柜的案子一一交代了,包括在奉节、开县杀死两名值班员的案件。也有回忆不起来的时候,我们稍加提示,张志明都能想起个大概来。接下来对靳礼清、朱占林的审讯也出奇的顺利,像对账一样,一笔笔认了。只有陈金华的嘴巴像茅坑里的石头一样又臭又硬,队上的年轻人想动点粗,下死功夫审下来,被我给制止了。铁证如山,不缺一个人的口供,不如留点口水养精神。这伙人的口供应证了我们所有的推测,他们制造了这几年万州及周边区县一直到湖北巴东、利川、恩施,四川达县、宣汉一带的上百起保险柜被撬盗案件,杀死两人,但就是没有制造黄水"1·17"案件。大家都心有不甘,周头儿、骏哥也亲自来审讯了靳礼清、张志明。但事实就

我的刑警往事

是这样残酷,"1·17"案发当晚,他们远在城口县城撬另一台保险柜,除非他们能像孙悟空一样一筋斗翻到万州。市局接到报告也是似信非信,派刑总侦查员来万州提审,结果也是一样。问的人多了,张志明一脸惋惜,哀叹道:"我要真做了这个案子,或者知道是谁做的就好了,这条老命也真能保住了。"

毕竟破获了一系列大案,打掉了这么大一个犯罪团伙,案子办得还算漂亮。电视台、报社记者纷纷上门采访报道。可我乐不起来,索性溜回多日没回的办公室,关了门窗扯了电话线倒在灰扑扑的破沙发上蒙头便睡。十来天没睡个"囫囵觉",困得不行,却又睡不踏实。黄水信用社血腥的现场画面老在眼前晃来晃去,挥之不去。捱到傍晚,琢磨记者都走得差不多了我才爬起来,收拾一大包脏衣服准备回家。打开窗户想透透气,感觉有点不对劲。窗台铁栏上原来爬满了藤蔓,藤蔓郁郁葱葱,每隔一段时间总要开出些红花来。今天看上去稀松松的,凑近一看,藤子上密密麻麻爬满毛毛虫,叶子都让它们给啃光了。这根不知名的藤花是前些年我和胖哥去大垭口抓陈莽儿时从蹲坑的地方发现并挖回来的。刚生根发芽时,虫子也不少。我便每天在窗台上撒些小米引来小鸟,小鸟吃小米时捎带着也把虫子吃了。渐渐地小鸟和我有了默契,我喂它们小米,它们替我啄虫子。可能是这段时间我没时间喂它们小米吧?小鸟也懒怠替我啄虫子了,即使这些毛毛虫也足够肥美。这鸟儿也真他妈势利,一点亏也吃不得。这么想着,刘科长、阿九的脸没来由地在眼前晃了一晃。昨天刘科长给我打过电话,客套话说了一大堆。其实我知道,不过是讨要那份深挖余罪的证明材料罢了。

第六章　黄水"1·17"：伤心之地的无望追踪

"真是沟边放牛两边捞啊！"我和易名叹说。"没了你，难不成我就没办法了么？"我赌气从柜子里取出瓶白酒，含几口在嘴里，照着藤花一阵猛喷，窗台上立马掉下大片毛毛虫来。

抱着脏衣服从指挥中心出来，天色早已经黯淡了。寒风夹杂着霏霏细雨卷下几片洋槐树叶掉进我的脖子，冰凉冰凉的。回头望去，指挥中心高高悬挂的红旗有下没下地飘着，在深蓝色的幕墙和金色的警徽映衬下，格外的红艳；几只乌鸦蜷缩在楼顶航灯下的铁塔上，呱呱地叫得欢实；一辆出警的警车爆闪了警灯，呼啸着擦身而过，湿漉漉的马路上立马扯过一道殷红的光带……一股悲怆和豪迈充溢胸臆，真想一醉方休……

"2·10"：集团冲锋

"2·10"案是万州区把案子当成"1·17"案，大规模成建制组织人马破获的一起大案，也是向"1·17"案发起的最后一次集团冲锋。

2002年2月10日，这天是农历的腊月二十九。龙驹镇场镇边的龙驹河边，年过七旬的向老头老两口和到他家串门的一个亲戚老太

我的刑警往事

婆被人发现死在家里，屋内血迹斑斑凌乱不堪，这是一起不需勘查就能判断的抢劫杀人案。

专案组很快成立，案情重大，且高度怀疑与"1·17"案有关，开初的专案组庞大而繁杂。周头儿、骏哥拍板，以案件发现的时间定代号为"2·10"案。时值年关，近一百号警察云集到龙驹镇。"1·17"凶手卷土重来的传言甚嚣尘上，让整个镇子少了些节日的欢乐、喧嚣，阴云惨淡，萧瑟肃杀。

万州从来不乏优秀、顶级的痕迹、法医工程师。现场勘查和尸检在不到十小时的时间内基本完成，当天晚上，一份堪称完美的现场分析报告摆在周头儿、骏哥和专案组所有侦查员的面前。罪犯戴手套和平进入现场，用铁棍钢管之类的钝器击打三个老者的头面部当场致三人死亡，随后翻动现场和死者身体，抢走向老头老式上海牌手表一只、数目不详的现金后原路逃离现场。罪犯一人作案但不排除有人接应，作案时间在2月9日夜10时左右，罪犯在现场逗留的时间为30至35分钟。专案组立即高速运转，指挥后勤、搜索堵截、摸排审查诸多小组各司其职，一张张大网撒了下去。一周过去，还是如"1·17"案一样，三板斧砍下去，收效甚微。

问题还是出在杀的人太多。一个内部掌握的不成文的命案标准是：杀一个人是一般案件，杀两个人是重大案件，三个人是特大案件，三人以上像"1·17"这样的命案那就是通天大案了。杀人太多，各方必然重视，重视必然叠加，叠加必然平庸，平庸必然脱离真实，脱离真实就脱离了真相，而真相恰恰是我们需要的结果。

指挥部及时踩了刹车，周头儿、骏哥召集各部门负责人扯案子。周头儿笑眯眯说:"你我一帮人像端公跳神一样,司刀令牌使完了,大鬼小鬼没捞到一个。今天说白了,我周某人、张某人不想这个'2·10'再成一个'1·17',喊你们来,那是冷口闭不得热汤,你们展开说,前一阵子有啥不对劲的地方?下一步咋办?"骏哥接着说:"周局把意思说明了,我们还是老规矩,不搞一言堂。你们下去也莫搞这个名堂,张口定框框,闭嘴骂侦查员。多开诸葛亮会,'一二三四五,挨到轮子数',今天就是个诸葛亮会,每个人都要发言。"两个头儿这么一说,会场热闹轻松起来。大家就讲。

我有事并没有参加前一阶段的工作,想到"1·17"的大窟窿,心里犯怵。轮到我,我便大胆说:"我的意见很简单,专案组还是过于臃肿了点。这个案子我个人认为和'1·17'没任何关系,就一个普通抢劫案,甚至不排除临时见财起意。只不过是人杀多了点,人杀得多并不说明罪犯有多特殊多残忍,不能人为拔高。死者是三个手无寸铁、体弱多病的老人,一般的罪犯甚至没有任何前科的罪犯都有可能做下这个案子。也正因为这个原因,我个人认为我们划定的罪犯作案时间太过精准。事实证明,太过精准的东西并不牢靠,特别是不能拿这个太绝对的作案时间去排除一切有嫌疑的人。我建议,现在正是春节,是不是可以放一部分同志回去过个年,留下十来个专业点专心点的人把原来摸排上来的所有嫌疑人重新筛选一遍,找出几个有破绽的人重点审查。该打的独碰子还得打。我感觉这条鱼应该在我们划定的堰塘里,只是我们撒的网眼子可能大了点,一网没刮进去。"

骏哥听罢不置可否,嘿嘿一笑说:"你的意思是我们把阵仗搞大

我的刑警往事

了点嘛！行，如果精简人马，留下来的肯定有你哟。"

"朱儿这话有点道理。该打的独碇子还得打！分几个组各自找对象查他个屎干尿尽，'卵大卵细，各自的福气'，哪个打准了该他龟儿立功！"周头儿拍板说，跟着话头一转，"人可以精简些，十来个人还是少了点，搞得端茶递水打牌喝酒的人也没有了还是不热闹。把人放多了，冷火秋烟的，党委政府市局领导咋看我们？该做的姿态还得做，这是高度！"

大家心知肚明，也正是侦查员需要的话。跟着大部队像没头苍蝇一样在龙驹的山山岭岭瞎转悠，精明点的侦查员早憋坏了。讨论会很快结束，留下不到二十个人关上门专心翻看前期材料。抽调来的大部分警种都欢天喜地回家过年尾巴去了，连周头儿、骏哥也没留一个。留下的侦查员主要有两部分。隶属五桥分局管辖的五桥刑警大队和隶属区局刑警支队的我们重案大队。互不从属各在一个锅里舀饭，看上去有些散马无笼头。这正是传统的游击队战法，放手让侦查员们去干，放开思路，各自为战，零打碎敲，往往能收到奇效。两天后，两个重点嫌疑浮出水面，准确说是炒冷饭。嫌疑就是和向老汉一个院坝相隔壁的崔炳科的两个继子，大儿子黄友小儿子黄春。崔炳科是向老汉的干儿子，两个继子该给向老汉老两口叫干爷爷干奶奶了。两弟兄打小不爱读书，不算调皮捣蛋也算皮的那种，所以早早辍学下地干活四处打工。案发当晚分别有二十来分钟和十来分钟无人证实，具备和平叫开向老汉的家门，熟悉现场环境等条件。两人都被列为重点嫌疑接受了专案组的重点审查组审查，也都因为缺乏足够的半小时作案时间而被排除，当然一并缺乏的还

第六章 黄水"1·17"：伤心之地的无望追踪

有心狠手辣可能有违法犯罪这样的作案条件。万县话说，"比着箍箍下鸭蛋"，讽刺的是那种机械呆板按图索骥的人，侦查破案中这种侦查员甚至指挥员不在少数。我们重案大队和五桥刑警大队几乎同时把眼光投向了兄弟俩，分歧只在谁才是真正的罪犯上。按照前期侦查的结果，两人当晚的活动轨迹一直没有重叠，换句话说，两个人中只有一个进了现场杀了人，没有合伙作案的可能。五桥刑警大队认为老大黄友作案时间更充裕，且这一年一直在家干活种菜，对向老汉家更熟悉。我和我们重案大队认为兄弟黄春虽然时间比较仓促，但一年多在外打工，背景更复杂。这也好办，各自审查各自心仪的嫌疑对象，有分有合互通情报。话虽这样说，谁也不希望对方一锄头挖出了金娃娃。

情理之中。这就像儿时农村娃娃过家家躲猫猫，"鸡公叫鸭公叫，各人擒到各人要"，还别说，真是这样，哪怕这是起凶杀大案。都失手了，大家再谈合作再谈互通情报啥的也不迟。

达成默契，我召集我们大队的兄弟们简单开了个碰头会。不说竞赛两个字，说出来俗了。不过围绕这个黄春派派工，该干嘛干嘛。会后我单独留下王勇，我们去龙驹河边散步。寒风瑟瑟，纤尘不染的天幕上皓月当空，繁星点点，寒光透过河滩边低垂的黄桷树、巴茅草星星点点播撒在潺潺流水上，像是给龙驹河撒了一层斑斑驳驳的碎银。

"勇，今晚的月亮可真是又亮又圆呃。想起古人的啥诗啊词的不？"我想调动下王勇的情绪，找话问道。

我的刑警往事

王勇讪笑:"朱哥好兴致。冷飕飕的,你不会只约我赏月吧?"

"当然不是!"我捡块石板往河里打了个水漂,然后问,"你比我早到龙驹,说说这个王春,有几成把握?"

"我说不好几成把握,但我可以说,和王友相比,倒可以三七开。王友三,王春七。"王勇想了想说。见我盯他,接着说:"你知道王春有个啥外号吗?叫'米老鼠'。"

"米老鼠?"我停下脚步,狐疑道,"我倒是第一次听说。"

王勇道:"不光你没听说过,好多龙驹人都不晓得。这个诨名是跟他一起在湖北恩施打工的工友给他取的,你觉得有啥蹊跷么?"

"你考我感觉是吗?"我哼了声,说,"很简单,这小子让崔炳科给管得太严,出门变野了。是那种'在家风吹倒,出门狗撵不倒'的家伙,是不是?"

"对!就是这意思。"王勇说。王勇从巡警调到刑警就在一大队,人长得帅气精神,形象常常出现在区局外刊《平湖公安》的封面和招贴画上,我戏称他是公安局的"盖面肉"。两年刑警锤炼,王勇进步很快,悟性很好。如此秀外慧中,自然让我格外看重。简单一问,对答如流,还不失时机考考我,后生可畏了。

"哦!"我沉吟一阵,问,"勇,从前期侦查看,王春即使有作案的时空条件,并没有充分的作案动机。简单说,这个动机必须是为了钱,为了钱敢于铤而走险。对王春来说,这意味着什么?是一个什么样的理由呢?这个理由显然不在龙驹,是吗?"

王勇微微颔首,说:"你约我出来,我就知道你会想这个问题。去趟恩施?"

第六章　黄水"1·17"：伤心之地的无望追踪

"磨刀不误砍柴工，我正是这意思。"我踢飞一块鹅卵石，下决心说，"带上材料，我们这就去恩施，直接去找那包工头。"

"知道朱哥是急性子，材料我带身上了。"王勇拍拍腋下夹着的挎包，又不无担心问，"朱哥，五桥的哥子们可比你还急，听说把黄友都带五桥去突审去了哟？"

我嗔怒着踢了王勇一脚，说："走吧！你要相信这个'米老鼠'才是凶手就不怕别人把唐老鸭、布鲁托给带走了，是不是？"

天还没亮，我们翻越齐岳山到达利川市，在市公安局值班室翻到恩施州蕉林派出所王刚家的电话打了过去。让他在后土乡等我，我有要紧事找他。王刚是我办理"1·17"案去恩施查一条线索时认识的小兄弟，土家族，认识他时他还在州公安局做刑警。"朱哥，你们万州公安不过年呀？后土乡不归我管呀！"王刚咕哝说。"兄弟呀，我知道后土不归你管，朱哥这不是抓瞎吗？地图上我看了，和你们挨邻搭界的也不远。起床吧！就当朱哥想你了，过来给你拜个晚年吧。"说罢，不由分说把我们过来的意思给他讲了，让他到后土乡先替我们打打前站。山里人信土著，大过节的我们外乡警察冒冒失失去找人，效果好不到哪去。相信王刚会马上起床往后土赶。山区警察实诚，对这点我深信不疑。

车过利川城，往咸丰方向行驶一阵再拐向一条土路。不一会儿见得路边有后土乡路标，想着该往哪条路拐弯时，远远见路边停了辆三菱越野，打着双闪。心想，该不是王刚兄弟吧？还没走近，王刚穿了身厚厚的羽绒服从驾驶室钻了出来，高高兴兴向我们挥手。

我下车和他握手搥肩，介绍了王勇。嗔怪说："老弟呀，你该先去后土给我先铺垫铺垫的，朱哥可是急得毛焦火辣的啊。"

"我知道朱哥急性子，你的事兄弟哪有不把细的呢？也赶巧了，我们所小周就是后土人，我俩正好值这班，一接电话我就让他先去后土乡了。"王刚边说话边拍我肩膀上他车。又指挥王勇把车倒进路边一块草坪，然后也上了他车里。待车起步了，王刚接着介绍："你说的那个包工头是后土本地人，承包的是一个停车场的场坪。他老婆是龙驹人，这样招了些三亲六戚的到了后土。"

"果然刑警出身，我才说几句话的事，你给我把工作都做前头了。"我拍拍王刚肩膀，真心夸赞说。又扭头对后座上的王勇道："勇，你要向你这本家哥哥学习。"王勇自然说好。

"王勇兄弟，别听朱哥的！你有这么个大哥，够你学的了。"王刚说着把车拐上一条山道。车在泥水里左冲右突，颠簸摇摆着。心里再一暖。王刚要没开这辆越野车接着我们，我们带的这辆长安面包怕是上不了后土。车到稍稍平坦处，王刚继续说话："我哪有那么快就搞醒豁了？还是小周多了个心眼儿。我还没到所里，他就打听好了。我昨晚上溜回城里，喝高了。"

我这才闻到车上一股子的酒味儿，不落忍说："真是麻烦兄弟了！你们都走了，所里不唱空城计了？"

王刚玩笑道："协助你们不是工作么？最大的出警了。也怪，你们万州这几年咋就这么不走运呢？动不动就几个几个的杀人？莫非服不住直辖这个命？"

"这话你别问我们。"我点着一支烟，捏着烟屁股塞在王刚嘴

第六章 黄水"1·17":伤心之地的无望追踪

里,说,"我们还想问别人呢,小姐身子丫鬟命,说不定还真像你说的服不住呢。"

这样说些闲话,越野车一路攀高,直上山顶。拐过一道垭口,眼前豁然开朗,一大片开阔的高山草甸出现在眼前。放眼远眺,寒风劲舞,衰草翻涌。远山绰约,云雾迷蒙。草甸上间或有嶙峋的怪石,突兀而立,散落成趣,野趣盎然。王刚见我目不转睛,稍稍减了减车速,介绍说:"这是我们恩施正在打造的一处高山草原生态度假区,覆盖了我们蕉林一部分。现在还在搞三通一平,用的农民工很多。冬天停工,要找到人还真不是件容易的事呢。"

"我有先见之明,所以要拉你这个夫。"我讪笑说,接着夸赞道,"这个度假区选得好。若是春夏天来,该是很美的了。"

"朱哥要来,那还不是一句话的事。"王刚说。

正说话间,前面出现几幢古朴的土家族民居。路边几个身着土家服装的人正翘首朝我们这边张望,一个穿警服的小伙子站在路中央向我们挥手。该是王刚说的那小周了。越野车照直驶去,戛然停下。小周引我们和围过来的几个人一一介绍,原来是这村里的支书村长,最后招手让一个穿棉大衣的中年人过来。附耳介绍说:"漆老板,朱大队您要找的人。"我点头称好。接着和支书村长寒暄,相互敬烟,拱手拜年。王刚和小周耳语几句,过来拉我一边,面有难色说:"朱哥,有点磕碰不好办呢。"我以为是案子上的事有麻烦,心里咯噔了一下,忙说:"你直说好了。"王刚这才说:"今天是正月十五,村上觉得来了几个远客是天大的喜事,要整台酒招待你们呢!我们土家风俗,不好推托呢。""哈哈,我当是多大的事。好事嘛!

我的刑警往事

只是真别搞复杂了，另外搞早点，早饭没顾上吃，我还真的饿了呢。"王刚听我一说，过去和支书村长说了我的意思。支书村长的脸马上笑开了花，返身走了。恩施管请客喝酒叫整酒，规矩老多，我早领教。今天不是整酒的天，却不好也不能拒绝。

小周领我们走进附近一个吊脚楼，房间里早已生上火。刚坐下，两个眉眼周正的土家妹子进来，一人递上一碗黑乎乎漂着一层油珠子的油茶汤。王勇端了，很是纳罕。我多次到恩施利川，土家油茶汤的讲究自然熟悉。打趣说："勇，这油茶汤可是好东西哟！既是汤又是茶，这会儿又饥又渴还冷，喝下一碗，啥都解决了。"

"朱哥说的是这个理儿呢。"王刚呵呵直笑，也说，"我们土家人说，'不喝油茶汤，一天心发慌'呢！"

我们这一说，两个土家妹子捂嘴直笑。王刚听得，几口喝了。两个姑娘马上抢着过去给他添上。从王勇上楼开始，两个土家妹子的眼睛就一直朝他脸上扫。也难怪，小伙子太帅，让两个姑娘抹不开眼了。要是在这儿住上三五几日，指不定还要出啥事故呢！一走神，自己的碗里也添上了。眼见要耽误正事，我朝王刚使了个眼色，王刚便让小周把两个姑娘和领我们上楼的一个村干部带下楼了。

"几位干部！有啥事尽管问。龙驹出的事我婆娘给我说了，我'孔老二'晓得斤两的。"几个人刚下楼，漆老板挪过凳子，大大方方说。边说边麻利地从一个小包里掏出三包黄鹤楼香烟，给我和王刚王勇一一递了。不能客气，我带头揣上。

"呃！那就好。孔老二是你的外号吧？"我哂笑着问了句，说，"还是叫你漆老板好。我们想了解下'米老鼠'的一些事，大老远来

第六章　黄水"1·17"：伤心之地的无望追踪

趟不容易，希望你配合下。"

"那是那是！年节下你们是请也请不来的客人。"漆老板殷勤道。不待我们细说，他主动介绍，"这娃儿是婆娘侄女婿带到我这儿来打工的，没手艺，做的是挑砖上灰的小工。每月刨去吃住零用，能关近一千块钱的饷。算下来这一年在我这儿领了万把块钱的工资吧？这娃儿开始还老实，后来三五几个老乡一裹，倒比没出过门的人还麻烦了。"

"我们万县有句俗话'山羊下山，三天刴人'，不足为奇。"我打趣，提醒说，"哪样麻烦？你说具体点。"

漆老板咽口口水，说："小偷小摸不算，最大的麻烦是'斗地主'，偷空摸空地斗。虽是打的一毛两毛，手气霉了一个月也能输个三五百的。山里干活，没个去处，电视也没一台，打打小牌也没啥，问题是像他这样霉的人真不多。"

"哦！"我和王勇会意，忙问，"你能给我个大概数，他输了多少工资还剩多少？也就是他大概带了多少钱回家？"

"这笔账我得好好算算。"漆老板拿出个油腻腻的小本子，拿口水沾了手指头，一页一页翻着，最后说，"我算了下，刨去用的，还人欠账啥的，他回家时身上最多带了一万块钱。"

"可不可以这么说，米老鼠回家至少有两千块钱交不了账？"王勇问。

"那是至少，说不定还有更多的。交不了账，他就得想办法，他继父老汉把他兄弟两个从小打到大，凶得很。"漆老板挠挠头，替我们分析。说了没几句，不好意思说："瞎猜的，不算数。"

我的刑警往事

"你说的有道理！"我鼓励说，套话问，"就算他有那想法，那得有多大胆子呀？"

"嘿嘿，'阴死人狠死人，阴阴太阳晒死人'！"漆老板说句土话，我懂了。他压压嗓门说，"我说个小事吧，今年掰包谷那季节，我两口子请几个人到我村里帮忙收包谷。晚上收工，米老鼠一个人去堰塘洗澡，回来让我家隔壁的一条大黄狗给咬了。换一个人，咬了也就咬了。猜他咋整？过了几天，硬是从工地拿了根螺纹钢，揣了根骨头摸到村里。拿骨头把那大黄狗哄到路边，趁那狗啃骨头时一闷棍给打死了。还拖回工地，剥了皮一锅炖了。"

这个米老鼠！那三个老人正是被钢管给一一砸死的呀，无须再问什么，漆老板一席话给我们信心和底气了。王勇喜不自禁，和我交换了好几次眼色。我见谈得差不多了，试探着说："漆老板，你说的很在理，也很实在。我们想把你的这些话记录一下，还请你配合。"

"这个、这个按箕斗的事就算了行不？"漆老板面露难色，苦着脸说，"我怕将来这案子不是他搞的，不好再见面。这样好不好？你们回去审了这米老鼠，要真是他干的，我孔老二二话不说，直接来龙驹会你们，说按箕斗我按。"

"那我们一言为定。"想想也不碍大事，我表态说。我挪过他记账的小本子，说："但你这个小本本得借我们两天。"

漆老板不好拒绝，只好默认。

刚说完，小周把门推了道小缝儿。王刚便说："一定是酒整好了，我们这就去好吗？"

第六章　黄水"1·17":伤心之地的无望追踪

"好！我们整酒去。"我高兴说。

隔壁就是村长家，酒席摆在他家里。好一桌土家大菜，当家菜是我喜欢的腊肉、土鸡。土家大菜讲究"有头有尾，有蹄有腿"，蒸炒煎炖，满屋肉香，热气蒸腾。支书村长把我和王刚引到上座，端了酒碗开始说祝酒词。都是当地土话，大都没听明白，热情洋溢一点不假。趁着这工夫，王刚附耳说："朱哥，这酒你是必须喝的。我先打了招呼，是他们地产的贝母蜂糖酒，最是养人，也不伤胃。你我都喝点，别负了我们土家人一番盛情。"我说："那是必须的，只是不能多喝，我准备晚上动人的。王勇开车就免了，你也开着车，又在值班，五条禁令可是高压线哟！""这你放心，我们民族山区，没你们那么紧张。"王刚邪性一笑，愈发的可爱。

果然，支书致完辞，早有两个妹子过来给我倒酒。正是那贝母蜂糖酒，一口喝下，满腹清洌。碗里早有支书村长夹的大块小块腊肉鸡腿，赶紧啃几口，满齿生香。看王勇那边，那两个土家妹子端着醪糟水，一左一右摁了王勇肩膀，一口口往嘴里灌。"唉，要没逢着这坎儿上，我是一定得整个一醉方休的！"满满喝下一碗酒，我抹抹嘴，搂着支书和王刚的肩膀，大声嚷嚷……"朱大队看得起我们土家人，案子破了再来，我们杀条猪恭候你们！"支书豪爽说。不能再喝，再喝就可能进退失据，忙向王刚求援，说该打住了。还好，支书村长知道我们案子在身，说了万千的客气话，又再喝了几碗酒。这才扶我们出门，拉着手再说了好多体己的话，好歹松手让我们上车走了。两个土家妹子站在人堆里，满脸绯红，眼睛还放王勇那儿。

我的刑警往事

车上垭口，回头望去，一拨人还候在屋前挥着手。好朴实的山里人啊，喉咙一痒，竟有些伤感起来。好在王刚喝高了点，话头很快转到土家妹子对王勇的欢喜劲儿上。这是个好话题，一路逗乐，很快下山了。车到公路边，王刚从尾箱里搬出个纸箱放我车里。拉我手说："勇老弟向我透了个风，说朱哥最喜欢土鸡蛋，我刚才让小周从村里搞了点，算是给你和嫂子送点年货，你别见笑。小周给了钱的，也不违反纪律。案子要紧，我不远送。"

"谢谢老弟！"再不多说，匆匆告别。现如今像王勇王刚小周这样细心周到的小兄弟越来越少了，总是漫不经心心浮意躁不上心，案子上遇上这么几个省心尽心的小兄弟，既称手也真是好福气呀！

"哎呀朱哥！你总算回来了，案子都破了呢，再不回来，我们一大队汤都喝不到一口了。"一回龙驹，兄弟们纷纷围了过来，七嘴八舌抢着说。

一问，原来五桥大队的兄弟们昨晚把黄友带回五桥突审，黄友后半夜便交代是他一个人作的案杀的人。再一问，黄友说不清楚抢了些啥东西也说不出手套、凶器这些物证的下落。说了几个藏东西的地方，梳篦子一样搜来搜去也没寻着。我暗自一笑。打独碰子忌讳的是竖根杆子让被审的人顺杆爬，或者先射箭再画靶子，却总有性急的侦查员喜欢这样干。黄友常年在家，去干爷爷家也是常事，家里啥摆设老人啥生活习惯应该是了若指掌，唬哄之下把现场说得头头是道一点不难。但要说到只有真正的罪犯一个人才能说清楚的东西就只有胡说八道了。物证不说话却最有力，口供无形也最苍白，这是王道。从古到今，屈打成招空口无凭铸成冤假错案的案例如恒河沙数，不胜枚举。

"咋啦？看样子准备卷铺盖走人了？"我讥诮道，"'捉奸捉双，捉贼捉赃'，恁简单的道理你们都忘了？我问你们，这个黄友说出向老汉的手表在哪儿了？打人的钢管在哪儿了？抢走的是多少钱钱放哪儿了？血手套藏哪儿了？说不清楚吧？他杀人的事都敢承认，这些东西有啥不敢承认的？只有一个解释，他说不出来。说不出来就是他没杀人嘛！这点定力都没有，白在一大队干了几年吧？我常说，'酒醉后来人'，先赢的是纸后赢的是钱，好戏应该在我们这儿啰。"

我这一说，大家重又来了劲。围拢一起，再派了活路。今晚就把崔炳科和黄春同时带到专案组驻地，一组负责和崔炳科对账，一组负责审讯黄春。黄春如果向崔炳科交得了账，且说不出钱的来路，那他就撒了弥天大谎。这是黄春的命门和死穴，也是我们突破他心理防线的重磅炸弹。"大家打起精神，是儿是女儿今晚我们要他生出来。"我嚷嚷说。

半夜，我们去崔家带崔炳科和黄春。一家子刚睡下，我们敲门进屋说了来意。崔炳科、黄春驯服地穿好衣服，拿上电筒随我们走。临出门时，黄春回头给他妈拉了拉敞开的棉衣领口。这个小小的动作让我捕捉到，心刺了一下。心想，要真是这个傻小子干出这等不可饶恕的傻事，对付他该不是件困难的事，也是件并不让我痛快的事情啊！一时还不好给黄春戴手铐，让李明、王勇两个个子高大点的一前一后夹着他往镇上走。昏黄的路灯把我们一行人的影子拖得老长老长，黄春单薄瘦弱的身子夹杂其间，晃晃悠悠让人犯晕。

　　留下来参加审讯的是王勇、陈俊新、杨文勇几个新老搭档。彼此心领神会，无须更多交代。人带到镇招待所驻地，按照事先商量的简单步骤，我们并没有让黄春谈案发当晚去向啥的，只和他有搭无搭说些闲话。一来摸摸他脾胃，挫挫他锐气，二来是等等崔炳科那边的说法。寒风刺骨，黄春穿着薄袄单裤，双手夹在膝间不停地搓着。我让人拿来烤火炉，给他递上一支烟。黄春接烟的时候，我看到了他的那双手。那是双长满老茧、皲口的大手，大到和他单薄的身材严重不成比例的田地。仔细看看，手心手背都是杉树皮一般的厚厚老茧，骨节粗大如老树上的一个个赘节和树瘤，开裂的皲口像锦鲤张着的小嘴巴，污垢、血痂填充在口子里，让人心酸肉麻。直觉告诉我，从这双手谈起吧。"队长，活路儿苦哇！"黄春长叹一声，说起他的身世。五岁那年，患有心脏病、肺气肿长期卧床不起的生父撇下他们兄弟俩撒手去了。同样体弱多病的母亲实在拖不动这个家，找了现在的继父崔炳科。崔炳科是个老实巴交的庄稼汉，但脾气暴烈，特别是喝了几口酒以后，对他们母子三人不是打就是骂。崔炳科没有文化。他的信条很简单，只要带着两个站起撒尿的男人勤扒苦做、土里刨食，这个家就有希望。于是，两兄弟小学没上完就都丢了书包扛起了锄头。黄春脑子灵光些，也实在不想待家里三天两头挨打受骂，十五岁不到就去场上打小工，痞着赖着不回家。去年干脆跟着一帮老乡去了恩施……谈到后半夜，李明进来拍我出门。

　　"这家伙八成搞了这案子呢。"李明手里攥了张纸，上面一笔一

第六章 黄水"1·17":伤心之地的无望追踪

笔勾了些数字,说,"按崔炳科说法,这一年黄春应该有一万零八百块工钱。黄春回来先交了九千五百块,说有人还欠他一千三百块钱。崔炳科一直催他去要账,黄春一直拖着。直到三十天崔炳科甩了他两耳光,黄春才在正月初一把钱要回来了。"

"好!这个情况好!"我拍拍李明,问,"崔炳科还有啥话?"

李明粲然一笑说:"你猜崔炳科咋说?他说如果真是我这两个杂种做了这事,你们抓两个或者抓老大都抓错了。只有老幺,老幺才有那狗胆。"

这个黄春可能是真正的凶手啊!我们叠床架屋,自己把事情搞复杂了……我拿着那张纸片进屋,当黄春的面把纸片递给王勇几个一一传看了。我们慢慢把话题转到向老汉老两口。早先王勇他们查过,老两口对两弟兄很是不错。我便给黄春讲向老汉老两口平时对他两弟兄如何如何好,崔炳科揍他时老两口如何把他护在身后,他在外面闯了祸打了架不敢进门向老娘如何把他领家里给他好吃好喝的……讲着讲着,黄春的脸开始变得通红通红,不一会儿全身又像打摆子一样抖了起来,脸也开始扭曲痉挛起来……他的内心已经开始剧烈挣扎、恐惧……外面突然刮过一阵狂风,呼呼的风声让黄春稍稍定了定神,灰白的脸上渐渐有了丝血色。不能让他从短暂的梦魇中挣脱出来,那样他会拼死抵赖、放手一搏的!

"黄春!你拿钢管打你干爷爷干奶奶,他们望你一眼没有?"我冷不丁地突然问了句话。

"望了的呀!我害怕得很啊!手抖起多高哇。"黄春猛一下从椅子滑到地上,颤抖着说。

"你为啥子要杀他们?"猝不及防,俊新跟着问。

"我打牌输了千把块,回来交不了差呀。"黄春带着哭腔答。

时机稍纵即逝,只能赶最紧要的问,其他一概不重要。我急忙蹲到黄春身边,死瞪着他的眼睛逼问:"钢管丢哪儿了?"

"埋在河边竹林那堆垃圾头的。"

"手套呢?"

"也在那儿。"

"手表呢?"

"丢我家粪池头了。"

"好多钱?钱到哪去了?"

"一共一千八百块,一千五百块给我老汉了。"

"剩下的呢?"

"放我枕头里了。"

"暂时不问了。"我起身和俊新耳语道。

……王勇迅速给黄春戴上铐子,披上被子,让他蹲坐在烤火炉边。就算这样,黄春还是瑟瑟发抖,牙齿磕得咔咔直响,巨大的恐惧让他一时回不过神来。

我和俊新出门,马上拨通了技术大队法医老余的电话,告诉他龙驹有重要发现,需要支援。想给周头儿、骏哥报告一下,担心空欢喜一场,拨了号码没打出去。凌晨五点过,老余带着技术员赶到龙驹,我们领着他来到龙驹河边。勘查灯把河滩照得雪白,我们很快找到黄春说的那个竹林和那堆垃圾。几锄头刨下去,一双浸透血迹的手套、一根自来水管露了出来,大家精神一振。再去崔炳科家

第六章 黄水"1·17"：伤心之地的无望追踪

猪圈，电筒从粪坑口照进去，向老汉那块古旧的上海牌手表稳稳当当卡在结了壳的粪水上。黄春狗窝一样的床上枕头下找到余下的三百多块钱，有张五十块票面的钞票上还沾着斑斑血迹。"这个报应，硬是下得了手哇！"亲眼目睹这一切，崔炳科喃喃道。"你要是没这么暴戾，这个案子原本不会发生呀！"我心里数落说。

我踱到河边打电话向周头儿、骏哥汇报。周头儿疑惑道："朱儿，闯鬼了啊？这个案子有人认领了的嘛。我们按这个给市局报告了，怎么还有人站出来负责呢？"

我嘲讽说："那人可是说不出物证啊！"

"未必你龟儿拿得出物证？"电话那头周头儿调侃我说。

"现在手套、水管、手表、现金就在老余手上，你要进龙驹来亲自验收一下吗？"我趾高气扬地说。

"真是闯鬼了！"周头儿嘟囔句，高声说，"龙驹这边交给你了，迅速把人押回五桥，我要亲自审讯。"

我刚收电话，天空突然电闪雷鸣，一场诡异的滂沱大雨夹杂着狂风倾泻而来……"真是阴魂不散、天怒人怨啊！"躲在现场的屋檐下，我叹道。转而又胡思乱想，"1·17"案几个冤死的人咋就没显一次灵呢？又想，黄春啊黄春，你真傻也真作孽啊！你一双勤耙苦做的手咋就举起杀人的铁管杀死三个本本分分同样勤耙苦做的老人呢？内心纠结郁闷，往日破案后的愉悦和兴奋荡然无存。搜查完毕，漫涨的山洪从竹林边卷过，刚才那堆垃圾一点点让洪水给卷走了……

"2·10"大案成功侦破，万州警察的颜面挽回了不少。报刊电

我的刑警往事

视又在连篇累牍地播报警察是如何的神勇。我对什么拍案而起、不破此案决不收兵、天网恢恢疏而不漏之类的文字过敏,还不能不读不看,生怕遗漏了领导的英明同志们的劳累。这次还好,将错就错,报刊电视绝少提我们一大队,倒是让进了乌龙球的五桥大队抢尽了风头。大队的兄弟们很憋屈,知道我脾气,当我面并不多嘴多舌。后来发生了更奇葩的事,兄弟们不干了。市局批示奖励破案有关人员,政工部门依据最先给市局的破案报告和报刊电视的报道给五桥分局记了三个三等功,我们一大队毛没一根。兄弟们围在我办公室,一个个几乎是义愤填膺了。

"得了吧,兄弟们!"待大家吵完嚷完,我讪笑道,"摸摸你们脸拍拍你们的胸,想想'1·17'吧。我们一大队是啥?是重案大队,是尖刀是拳头,我们是奔'1·17'去的,'1·17'的毛都没碰着一根,立这个功脸红心跳不?都给我散了!晚上我出钱出酒狠狠喝一顿,两清了。"

往日说到喝酒,一个个花果山猴儿似的快活。今儿个却一个个霜打的茄子,蔫巴巴的。

第六章　黄水"1·17"：伤心之地的无望追踪

无望冲刺

没多久，周头儿要我去他办公室。

进门一看，总队的"琦哥"也在。琦哥四十出头，满头白发，皮肤也松松垮垮的，属于男人中最不耐看的，偏偏还取了个女人名。要是脾气性格不好，又长得这么磕碜，一定是很不待见的人了。还好，琦哥对人一派和气，从不颐指气使，在万州很有人缘。"1·17"案发后他一直待在万州，他出现在周头儿办公室，一定是和"1·17"有关了。果然，"樊哈儿"有线索了，让我随琦哥去四川青县。线索是啥样，为啥去青县，两人都没说，我也不多问。该问的问，不该问的不问，这个规矩得讲。

樊哈儿真名樊奇杭，曾用名樊华，沙河子五梁桥人。"1·17"案发，民间版的凶手就是樊华和吴川江。吴川江是白羊镇武装部部长的独儿，打小娇生惯养，长大调皮捣蛋，十来岁便去沙河子操社会，结识了沙河子混混儿樊华、贺林一伙人，成天价打架捅刀子调戏妇女，进公安局派出所是家常便饭。还不犯啥上得了条款的法，总是不在拘留所就在去拘留所的路上。"1·17"案发前几天，凉水、白羊有不少人见吴川江、樊华几个人开着辆白色桑塔纳在现场附近来来往往好几趟。案发后，吴川江、樊华几个人做了"1·17"的说法甚嚣尘上。以至于有受害人家属直接到指挥部质问为什么一直不抓这几个人，一些喜欢"主持公道"的带头大哥四处写信上访，要求尽快缉拿凶手。"盗亦有道"，蛇有蛇孔鼠有鼠洞，内行人

我的刑警往事

是不会相信樊华、吴川江做下"1·17"案的，因为那绝对是两股道上跑的车走的不是一条路。民间却越传越邪，最后让传这谣的人自己也深信不疑了。警方不能不有所动作，抓捕樊华、吴川江、贺林等人上升到当务之急。贺林不久在万州被抓，刑总负责审讯。招数使尽，贺林死不承认，最后只得放人。根据他提供的一些断断续续的线索，刑警支队曾经在一年前抓到过吴川江，同样是榨油一般榨了一遍又一遍，没榨出啥东西来。唯一有用的东西是，那天去黄水、白羊是樊华提出来的。樊华说要到丁家楼子的茶山上打斑鸠，在丁家楼子一查，确实有几个小青年拿气枪来打过斑鸠。丁家楼子在万州云阳交界处的山梁上，和黄水相距十来里路，前后不靠。按理说，这条线索完全可以否定了。问题是案子太大，谁也不敢拍板。可以无限遐想的是，他们几个也完全可能借打斑鸠的名义踩点呀？樊华没抓到，完全可能是樊华一个人邀约的凶手呀。这是个不是疑点的大疑点。再能确定的是，樊华是吴川江、贺林的老大，两个人能步步坐大，樊华是幕后推手。樊华因一起抢劫案负案在逃，合理推断，他的嫌疑也的确不能被合理排除。毕竟一个通缉犯案发前出现在现场附近，应该抓住他查个水落石出。"2·10"案侦破后，"1·17"案一度沉寂。如今旧话重提，樊华更是传得神乎其神了。樊华在郑州当兵时是在一个特务连站岗。部队的特务连说白了就是勤务连，干的是打杂跑腿的活，到民间却成了电影电视上的特务，飞檐走壁百步穿杨本领大到不行。说白了说的还是樊华做下个"1·17"案简直不费吹灰之力。

其实，樊华几斤几两重我是清楚的。早年前他还是于老鸦手下

第六章 黄水"1·17":伤心之地的无望追踪

一个小混混,我带人去沙河子附近的五梁桥抓过他。樊华躲在南浦酒厂宿舍区一个二楼的天楼上,楼道和天楼被一道破木门隔断,换平时,这种门一脚便能踹开。那天也怪,我和另外一个侦查员打头,我俩轮番踹了好几脚才破了门。冲上天楼,樊华已经站在女儿墙上准备往下跳了。兴许是害怕吧?脑袋往外探了几探也没敢往下跳,我们举枪喝令他下来。他往后一仰,叮咚一声重重砸到天楼的隔热板上了。我们冲过去想摁住他,却发现他一动不动。原来樊华被摔岔了气。我们七手八脚摆弄了好一会儿,樊华才一口气回了来。天楼离下面的麦地也就四五米高,换于老鸦这样的硬角儿,只怕我们还在踹第二脚门时,早一个箭步飞下去了。因为我是为数不多抓过樊华的人,后来每次抓捕他总也少不了我。

"哎,真是不到黄河不死心!"我虽不问不该问的事,怨气还是想发泄一下,"樊华不是'1·17'这条河的鱼,偏偏要淘神费力去抓,简直是无用功嘛!"

"朱儿!你哪来那么多卖儿卖女的话?这叫啥?这叫一查到底!"周头儿嗔怒道,"好生做你的活路,少给老子发牢骚!"

"好好好!"我做投降状,不再废话。

青县在成都西北百公里外,从重庆上成渝高速绕道绵阳方向,到达青县也就十来个小时车程。早有情报显示,樊华已经逃到成都,但在青县出现还是第一次听说。毕竟离成都不远,樊华这种亡命天涯的家伙,出现在青县也不稀奇。听琦哥一介绍,倒也奇了。原来,青县一个姓卿的离休老警察,发现和自己女儿同居的一个叫

我的刑警往事

黄美军的男朋友有些可疑,深居简出,行动诡异。担心女儿吃亏,暗地复印了黄美军的身份证,找人一查发现是套用重庆开县一个同名同姓人的假证件。老先生随即向青县公安局报了警。刑警大队用这个黄美军的照片和重庆籍在逃人员模拟比对,和樊华很相似。青县公安局不好贸然行动,直接向重庆刑总通报了这个情况。刑总让青县传了照片一比对还真是樊华,忙让青县警方停止行动,等他们到了再说。殊不知,就在这等的两天时间,这个黄美军脚底抹油跑了。

琦哥要求青县警方只派一个可靠的同志协助,其余一概不问。"1·17"案是公安部挂牌督办案件,青县警方自然知道轻重,便不多问,只派了刑警大队侦查员小熊配合。小熊接着我们,直接去一个叫桃溪的镇子。卿老先生的女儿叫卿田,在桃溪卫生院当医生。卿田和那个叫黄美军的人在镇上租房住,生下一个女儿,月子刚坐完。琦哥意思是让我一会儿先和卿田摆谈,我和樊华都是万县口音,卿田一听我口音,下意识会有亲近感。小熊二十来岁,长得眉清目秀,男生女相,看着顺眼。"桃溪?这名字很美的嘛!这条河该不是就叫桃溪吧?"我有心和小熊说说话,便指着窗外一条秀丽蜿蜒的小河问道。

"这条河正叫桃溪,西流五十多公里到岷江了。"小熊笑盈盈说,"有关这桃溪,我们《青县县志》是这样说的:'一溪列阵,上桃下岷,可灌可沿;众峰巍绝,如削如画,亦峡郡之桃源也。'我们青县古时候叫桃源的。"

"嗨!一直叫桃源多好,倒比青县这名字好多了。"我看看小

第六章 黄水"1·17":伤心之地的无望追踪

熊,夸赞说,"小熊,我看你岁数也不大嘛。这年头能把地方沿革、风土人情说出些道道来的年轻人太稀少了。"

"朱大队,你过奖了。"小熊平淡说,接着介绍道,"我有个大学同学在万州区法院,刑庭的。早上我们刚通过一个电话,他还说起你写过的一些文章呢。"

"是吗?"一问,我和他说的那同学有过一面之缘,喝过一台酒。有了这层关系,气氛便生动了。小熊毕业于西南政法学院法律系,平日也喜欢点文学啥的。虽是这样,不便多谈,怕冷落了琦哥。说话间,桃溪到了。桃溪派出所一个副所长直接把我们带到镇子外一个山庄,领我们上楼,推开房门便告辞了。

房间一张桌子边端坐着一个女子。猛一眼看见,一股冷艳之气突兀地逼仄而来,该是卿田了。我径直过去,似有若无打量起卿田来。她皮肤白皙而细腻,清秀的眉宇间散发出一股山泉般的清洌,礼貌地站起身,修长匀称的身材略显丰腴。或许是给孩子哺乳的缘故,她的胸脯格外地浑圆饱满,散发出淡淡的乳香。我忙让她坐下。在我和琦哥两双老辣的目光注视下,卿田低眉蹙额,神情局促不安,稍嫌丰厚苍白的嘴唇微微抖动着,想说什么却不好启齿一般。真是我见犹怜,樊华这狗日的真是害人不浅啊!心里叹骂。转而又想,凭面相上看,这姑娘该是那种一根筋的人,表面上的孱弱掩盖着的很可能是一颗铁石心肠。想到这,不禁暗吸一口凉气。该跟她说说什么呢?我脑子里过了下电。想着如果我是樊华的话,会管她叫什么呢?用合适的叫法能让她迅速进入我们的节奏。这是审讯之道。

我的刑警往事

"小妹,"我用标准的万县口音叫了声,卿田立即触电般直勾勾望着我了,我迎着她的目光往下说,"小妹,我们从重庆来。想问问樊华去哪儿了?"

"樊华?"卿田望望我,一头雾水却分明察觉到啥,愣怔着问,"你问的是'小哥',美军么?"

"是的,你叫的这位小哥,他不叫黄美军,真名叫樊奇杭,也叫樊华!"我把通缉令推了过去,待她细细看了,这才冷冷地说,"小妹,不管过去你们发生了什么,这就是事实,我不能对你撒谎。我们需要找到他。这个道理你懂,你父亲肯定也给你说过。"

"别提我爸爸好吗?"卿田眼眶红了,泪水却始终没有流下来。半响,她吸溜下鼻涕,拿手帕擦了,问:"我能问问,他犯了啥罪吗?"

我看看琦哥,细着嗓子说:"罪也不大,几年牢是要坐的。当然,前提是他不要再干傻事。"

"小哥肯定是家庭所迫,是让坏人给带坏了,误入歧途了……"果如我所料,卿田听罢,非但没有触动,反而替樊华叫起屈来。她嘤嘤说:"他不会干坏事,他连鸡都不敢杀的……我生樱子他都不敢看的……他对我那么好,我们说好要相守一辈子的……"

"樊哈儿在重庆成都女崽儿多的是,他啥能够和你相守一辈子嘛?你醒醒吧!"琦哥没了耐心,满嘴重庆腔骂了句。卿田猛听得这话,不知是没听懂琦哥的话,还是突然听得樊华还有其他女人,一时又错愕了。这样也好,用女人最不能容忍最忌讳的话题切断她的退路,也不失为捷径,至少我可以更进一步做她工作。换我,我还真不忍心把这话一下子挑明的。琦哥继续揭樊华的老底也一点点戳着卿田的伤口,"樊哈儿走一路骗一路,到哪儿都在骗你这样的不长脑壳的女娃娃……"

"这我知道。"卿田伸手顺了下鬓发,略显窘迫地喃喃道,"小哥说过,他生活所迫,打工期间让那些不怀好意的女人给勾引了……他对我是真心的……"

"卿田,我们先不说你们之间的感情好嘛!"不能在这个话题上打转,必须尽快进入快车道。待卿田稍稍平复,我还是盯着她问:"你的小哥在青县在成都有活干么?"

"没有!他说他正在成都找工作,找到了……"卿田突然发觉说漏了嘴,忙转移说,"现在就靠我的工资,我爸爸偶尔给我点……日子苦点,只要两个人好……"

卿田继续回到感情的话题上,我不得不再次把她拽回来,说:"卿田,事到如今,你得配合我们。我们需要找到他,让他给我们一个交代,也是给你一个交代呢!你爸爸是个老警察,你不会不知道他继续躲下去的后果和你的后果吧?"

"别提我爸爸好吗?"卿田抬头望望窗外,眼里的泪水眼看要滴落下来。

"好吧,说说这个小哥。"我重浊道,"如果是我,我应该恨他的,他欺骗了你的感情,还有你的女儿。"我也想着要剔掉蒙在她心头的那层痂垢了。

"不……"卿田珍珠般釉亮洁白的牙齿咬咬嘴唇,喃喃说,"我没有这感觉……相信樱子将来也不会有……"

我的刑警往事

"你别做梦了！樊哈儿不会有好结果了。"琦哥完全没了信心，起身嚷道。

"就算他犯了死罪，我也认了。"卿田仰起头，迎着琦哥的目光，镇定地说。她的泪水还是没流出来，反倒是脸愈发地苍白，仿佛身体里的某个脏器大出血了，满腔的热血正一点点流尽，而眼光却始终空漠而自若……我知道，再说无益。

"妈的！要不是正在哺乳期，一定得把她弄到看守所审她几天几夜。"往回走路上，琦哥狠狠啐了口说。

"哈哈，内心执拗的女人是最可怕的！"我料到会是这个结果，并不讶然。我劝慰说："琦哥，说实在，我高度怀疑这个卿田是不是真知道樊华的下落。说不定我们一走，她就要千里寻夫了。"

"完全有可能，只是这下一步我们咋办呢？"琦哥稍稍宽心，问。

"应该会会这个卿老爷子！"我侧脸问小熊，"说说这个老爷子咋样，你了解多少？"

"这个卿老爷子在青县算得上一个传奇人物了。"小熊向前排的琦哥探探头，娓娓道来，"卿老爷子叫卿石，西北野战军的南下干部，外号叫'卿连长'。卿连长的由来有人说他解放青县时是解放军一个连长，也有人说他睡过的女人有一个连，我猜两方面的意思可能都有吧。老爷子解放后就在青县公安局工作，一直做到退休也才是公安局一个副局长。我了解不多，听人讲，原因正在女人身上。卿石南下时做过文艺兵，人长得英俊魁梧，自然招女人喜欢。刚进城就让城里最大商号的老板给看上，把女儿嫁了他。成分一高，后来的仕途便步步不顺。加上绯闻总是不断，历次运动挨的批斗也不

第六章 黄水"1·17":伤心之地的无望追踪

少。也因为只是绯闻,倒也没受啥大的冲击,安安生生离了休。卿田是他最后一个妻子在他五十多岁时生的。老伴早几年前过世了,现在据说和我们县原川剧团的当红花旦'小桃红'住在一起……"

小熊说到这儿,没再多说。懂得及时刹住话,看看听话的人感不感兴趣,这是交往之道,小熊做得不错倒也不赖。小熊这么一说,倒吊起我的胃口,想马上会会这个卿石了。琦哥自打到青县,一直情绪不高心事重重,这会儿打个哈欠说:"今天困了,明天再说。"

很多人都有怯铺的毛病,我却是越换地方越睡得香,兴许是常年出差的缘故吧。夜宿青县,照样早早睡踏实了。恍惚中,听得琦哥老在隔壁房间说话走动,终没完全吵醒。窗外透进晨曦,我才醒了。起床上洗手间,见门缝边有张纸条。捡起一看,是琦哥写的一张便条。大意是主城发生一起大案,领导要他火速赶回。青县的事交给我处理,务求找到樊华。看罢纸条,隐隐不快。进卫生间洗把脸,又想通了。一个人留青县也好,看这小城也秀雅,查一查樊华,溜达溜达也不错,忙里偷闲岂不美事一桩?这么想着便故意打电话请示周头儿下步咋办。周头儿嗔怪道:"这事你也请示?'鼻涕擤了脑壳轻',这个樊华不逮到,我们交不了差。你就一个人查下去,未必还要我给你派个搭伴的来么?""呵呵,我晓得就行了。"我高兴说。

吃了早餐下楼,小熊已经候在大堂。见面便说:"朱大队,你分析得对,昨晚卿田果真带着孩子寻夫去了。""呃?这么快?咋知道的?"我问。小熊说是今早桃溪派出所的同志给他打电话说的。卿田给卫生院院长留了张假条,没说到哪里只说一个星期准时回来。听说琦哥回重庆留我一人在青县,小熊脸露喜色,说:"这样也好。卿老爷子是个儒雅的人,兴许不习惯琦哥的大腔大调呢!"

"你这话没错!我们做刑警的总是要看人说话,不可以老是以武会友的。"我讪笑说,"小熊,你只管叫我朱哥好了。在万州,知道的人都这么叫的。"

"好的,朱哥!"小熊发动汽车,改口说。小熊真是个可靠的小伙子,昨晚上联系好了卿石,约好在他小区楼下的桂园见面。"桂园是我们青县的一个市民广场,因为栽了好多桂花树得名的。说是广场,倒像个假山包。"

"呵呵,是吗?"我打趣说,"我们万州也有个小山包,长有几根要死不活的红橘树,也叫作橘园了。"

小熊笑了,转眼到了桂园。广场倒也不小,栽了不少桂花,细细一看最多的还是木樨。木樨和大叶桂花长得差不多,老百姓分不清都叫作桂花了。我说了我的发现,小熊说:"还真是!朱哥这么一说,这儿该叫'樨园',倒比桂园雅致。"我拊掌一笑。这个小熊,不是俗人,假以时日细心栽培,一定前途无量。听得不远处有人唱川剧,便朝那儿走去。刚刚走近,圈子里走出一个银发朗目精神矍铄的老汉,伸手过来先和我握了,朗声说:"小朱吧?我是卿石。"我忙问好:"老前辈好,打搅打搅!""我们到家说话,这儿不是方便之处。"卿石文雅说。

卿石引我们上他家,确切说是上那小旦小桃红的家。一进屋,

第六章　黄水"1·17"：伤心之地的无望追踪

卿石便奔里屋拉开抽屉找啥东西。趁这工夫，我仔细打量起这老公母的爱巢来。客厅里挂了不少一眼看得出是女人摆弄的书画，一幅幅歪瓜裂枣，很不养眼，却都齐齐整整地装裱好用上好的画框装着。这两人，一个敝帚自珍，一个爱屋及乌，也真是凑齐了。墙上仅有一幅卿石写的行书："百鬼狰狞上帝无言"。算不上大家，用笔倒也潇洒恬淡，清俊飘逸，一如卿石含蓄风流的性格。"百鬼狰狞上帝无言"八个字像在哪里见过，细细一想，好像出自贾平凹的《废都》。贾平凹在《废都》的后记里说过："鬼魅狰狞，上帝无言。奇才是冬雪夏雷，大才是四季转换。我已是四十岁的人……而舍去了一般人能享受的升官发财、吃喝嫖赌，那么搔秃了头发，淘虚了身子，仍没美文出来，是我真个没有夙命吗？"卿石用老贾这话以讽喻言志，倒也新鲜。卿石出来，见我眼瞅着这幅字，正要卖弄几句。我说了我的发现，顿时把我上下打量，像见着外星人似的。

"卿老局长，朱大队是重庆一个剧作家呢！我们青县台播过的《重案大队》就是他写的。"小熊介绍说。

"嗬嗬，今天碰着奇人啦！"卿石忙拉我坐到沙发上，顾不得手上的一些纸片话单啥的，愤愤然说，"你这个剧作家好，我们需要的就是自己的剧作家。依我看，现在警察的形象不好和电影电视有很大关系。你看那个叫什么《永不瞑目》的电视，好好一个男孩子，因为暗恋一个警察姐姐，就稀里糊涂地给公安局当了卧底。卧底不说又被毒贩头子的女儿看上，结果是学业荒废了，还染上了毒瘾，一步步走向了死亡之路。你们说，全国人民看了能不骂那个警察姐姐缺德吗？再说广东拍的那部什么？濮存昕演的……《英雄无悔》

我的刑警往事

吧？都说好，我看不行。那个公安局长落了难，倒有三四个不同身份不同职业的美女轮番来安慰他。成天价和这个公安局长拉拉扯扯的，这公安局长生活作风这么糜烂，老百姓会怎么想？更有一个记不得名字的片子，居然让一个年轻貌美的女警察爱上了一个大毒枭，还和他发生了男女关系，生下毒枭的种……哎呀呀，真是气人得很。"

卿石越扯越远，还不好马上打断。听了几句，我倒也乐了。这卿石点评《英雄无悔》里的高天，说的正是他自己的事啊！好不容易插上话，我说："卿老前辈说的在理，我受教了。改日有空，我再专门讨教。今天还是先说说这个黄美军吧。"

卿石听得，像败了好大兴一样。好歹收起笑容，戴上老花镜，摊开他拿出的材料向我一一介绍他的发现。他逐张逐条分析，说得满嘴白沫。我早已得出结论，樊华应该在成都的青羊宫附近有住处。半年前卿石去华西医科大学检查肺病，快出院时有个操重庆口音的樊华的朋友开车来接卿石到青羊宫附近一个茶馆吃茶餐。卿石亲眼见樊华从一个小区里钻出来，直接上茶馆来的。这个情况很重要，顶得上卿石一大堆材料了。我不想再听下去，正想着该如何告一段落时，那个小桃红却又回来了。

"哎哟！老卿！真有两个小帅哥来我们家呀？"小桃红莺燕婉转说着，几步踱到卿石身边，攀着卿石肩膀问，"你说的那个书法后生是谁啊？"

卿石立马脸红了。我顿时明白过来，忙起身解围说："阿姨，我就是！今天专门来拜访卿老前辈的。"

第六章 黄水"1·17":伤心之地的无望追踪

"呃!那正好!"小桃红起身,袅袅婷婷踅进里间,边走边说,"我正好有两篇习作给你们看看呢。"

"你桃红阿姨就这样,老来俏!"卿石向我俏皮地竖了下大拇指,轻声说,"你们耐心点,待会儿我们楼下接着说。"卿石一俏皮,还真是个可爱的小老头了。

"老前辈好福气!"我也向卿石竖了下大拇指。看这阿姨,虽已是六十出头,从后面看,身姿依然曼妙无比。心想现如今还有这般风韵,当年该不知有多少故事。难怪卿田说起卿石,总要岔开话题。一想起卿田,胸口像面牛皮鼓,让鼓槌敲了几下,咚咚直跳,这么好个女子却让樊华这样的人糟践了。正胡思乱想着,小桃红拿了两幅字出来,我们便凑拢过去,细细品读。我拣些美言可劲地夸赞,说得小桃红眉开眼笑。好不容易脱身,卿石卖个关子送我们下楼。

下到桂园,卿石真心说:"小朱,难得公安有你这样还能写一写的人。我老卿过去也是个喜欢动笔的,有机会我们聊聊多好。"

"嗨!现成不就有机会么?"我早想到这成都看来是必须去的了,找到那个茶楼和小区,八成还有机会。便试探着问:"老前辈身体许可的话,我们去趟成都如何?费用由我负责。我也想和老前辈聊聊呢!"

"这个、这……"兴许是一点没思想准备,卿石一下子愣住,我跟了句说,"您要是想带上桃红阿姨也行!"

"卿田可能去了成都呢!"小熊不失时机提醒说。

"嗨!办正经事带个拖斗干啥?"卿石大手一挥说。只一挥,当年西北野战军连长的架势依稀可见了。

我的刑警往事

翌日上桂园等卿石。卿石是离休干部，出门有专车接送，反倒我搭他顺风车了。候到日上三竿，卿石才和小桃红下楼。小桃红全然没了昨天的欢喜劲儿，眼泡子红红的。送到车边，还扯扯卿石衣领袖口，扒拉扒拉随身行李，总不撒手。卿石也像一下子空落落的一样，手脚都变形了，咧嘴一笑，像被人扯开嘴巴似的。顿时，我感到身边一股似水若烟的东西悄无声息飘泻过来。我这是要去成都青羊，吴童正是在青羊区啊！吴童去成都后，还真没再给我打过电话写过信。两年前一天出差回来，正是春节，收了一大堆明信片，也没细看胡乱扔进抽屉里。过很久了收拾办公桌，无意掉落一张，字体隽秀一眼看出是吴童寄来的。只有一句诗："欲寄彩笺无尺素，山长水阔知何处。"心动一阵，久久难以平复。再细看明信片，在下方邮政编码方格里填的并不是成都的编码，倒像是一个电话号码。邮戳盖的是成都市青羊区。一直没试过这号码。有约在先，宁可她打破，我是不好打破的。今天看眼前的卿石，不过末路夫妻，还这样手挥目送久久不舍，相比之下我倒是没心没肺的了。

我找人在成都的文庙后街省公安厅接待站订了房间。中午到达，直接住了进去。进门前，卿石怏怏说："小朱，这两天你别管我我不管你好吗？我四处走走，会会朋友老领导啥的。要是寻着卿田或是找到那小区了，我会提前告诉你。你订的这地方好哇！当年常到省厅开会，这一带是常走的。"

"我也是估摸着您当年在文庙后街一定是常来往，住这地方能让您心情舒畅一些的。"我替卿石打开房门，放好行李，歉疚说，"老

第六章 黄水"1·17"：伤心之地的无望追踪

前辈，我感觉我是不是太唐突，让您费心了？"

"你不要这么见外！"卿石把我拍到门边，说，"是卿田给你们添乱了。你放心，我会打听到她下落的。"

接下来，卿石果然不再找我。我去青羊分局刑警大队，找协外的同志介绍了案情递了协查通报通缉令，留了我的电话号码。从刑警大队出来，我给万州江湖人物陈胜打电话，只说我在成都有事，想会会锥子，就今明两天约个时间地点。陈胜在和平广场经营着一家茶馆，三教九流红黑白几道都吃得开，人还热心，道上的人凡事也都喜欢找他商量商量。陈胜接了我电话，并不问啥事，只让我稍等一会儿。过一阵陈胜回电话，约好明天上午在人民公园附近一个叫骑士的咖啡屋和锥子见面。

再没啥事，剩下的就是等了。成都这几年变化不大，变化不大的城市我总是喜欢。本想去西门外"狗公馆"看看，在青羊分局一问，成都警犬队早几年前就搬到郫县去了，现在的西门外营门口早已是一片高楼。只一听，没了兴致。这个季节成都多雨，多雨的成都更是懒散得让人发闷。午觉醒来，听见窗外淅淅沥沥的雨点打在楼下雨篷上，滴答滴答格外的响。推开窗户，猛地灌进的空气里满是荒凉的味道，让人觉得不是身处嘈杂喧闹的都市一样。这样的天气总是让我沮丧，让我想就这么混混沌沌睡上两天，单等卿石回话或是青羊分局刑警大队的兄弟倾尽全力把樊华给挖出来，拱手相送。胡思乱想间，透过雨帘，看见楼下文翁石室和石室中学的牌子，顿时眼睛一亮。石室中学就在省公安厅旁边，当年常来省厅出差办事，总要从旁边路过，一直没近距离参观过。石室中学是四川

我的刑警往事

乃至全国教育的活化石。它的前身是西汉景帝末年蜀郡太守文翁创建的"石室精舍",这被公认为是世界上最古老的"官学",历经千年,校名校址一步没挪过,堪称绝无仅有。郭沫若、李劼人、周太玄这些大名鼎鼎的人物都在这个学校读过书。穿好衣服,下楼走到学校门前,想进去一看究竟,却被把门的保安拦住。好说歹说不行,灰头土脸走了。

胡乱在蜀都广场闲逛了半天,傍晚在街边买了几只老妈兔头,半只烤鸭一瓶文君,回到房间小口啃着小口喝着。待迷迷瞪瞪了也不洗漱,钻被窝睡了。恍惚中,一忽儿仿佛吴童在和我说:"你要是真心对我好,现在就走吧!你再不走,一会儿恐怕我连叫你走的力气都没有了!"一忽儿好像又是卿田在说:"他不会干坏事,他连鸡都不敢杀的……我生樱子他都不敢看的……他对我那么好,我们说好要相守一辈子的……"喉咙里火烧火燎,胸膛像要爆裂一样。虚幻很快风一样刮走了,代之而来的是真切清晰的呻吟。那呻吟渐次尖厉、恣肆,如炫耀、如搏击、如狼嚎,欲仙欲死高亢惨烈。我呼地坐起,怀里的被子已经被揉做一团。浑身大汗淋漓,燥热难耐。把手指插进头发使劲篦了篦,稍稍回过神,这才听出呻吟声是隔壁传过来的。我想,这声音今晚怕是不得消停了。烦闷不已,战战兢兢从床头柜上取了剩下的小半瓶文君喝了两口。还是不行,又起身去浴室,把淋浴器开到最大,让密匝匝的水线像子弹一样喷射在身上,一会儿全身就有了麻痹的凉意,人也终于疲软下来了。回到床上,抽了支烟,空漠地望着天花板。枕边的电话蓝荧荧闪着光,诱惑着我没了根须的思维。我拿过电话,任由指头摁下那组时常萦绕

第六章　黄水"1·17":伤心之地的无望追踪

在脑海里的数字。"你好？你谁呀？"吴童软绵绵的声音雨雾般潮潮地飘了过来。我吓了一跳，手一抖，话筒咔嗒一声掉下稳稳挂了电话。没勇气再挂电话。心里想着，要是吴童打过来的话，一定要把积压在心头这么多年的话说给她听，不管她老公在不在枕边。电话一直没响。我重又陷入黝黑的无边无际的泥沼之中。思绪辘辘，辗转反复……

折腾一晚，眼睛涩涩的。天不亮踱到旁边府南河散步，毛毛雨还下个不停。信步向青羊宫方向走去。走着走着，突然想，吴童大概也常常在这样的雨雾里没头没脑地走着吧？她走着的时候是不是也会像我一样想起过去在城口在任河边那些有雨有我的日子呢？这么想着，觉得刚刚还有的一丝冰凉被一种温柔的力量包裹着。深深吸口潮乎乎的空气，心绪像冬日暖阳下缓缓流淌的河流一样平静了。

捱到时间差不多了，我打车到人民公园。一眼瞧见骑士咖啡屋，便走了过去。一看时间，正好十点。我并不认识锥子，知道他也曾是董家帮一个挂得上号的人。锥子小时候在皮鞋厂打过小工，做的是拿鞋锥上线的活儿，诨名由此得来。锥子二十来岁时接他老汉的班在奉节县做过一段时间的协警，后来在出警时受了伤。受伤后锥子到县里地区上访无数，吵着闹着要按工伤处理，事情一直没有结果。锥子后来到了万县，先是和董家帮混了一段时间，再后来上了成都，据说发展得还不错。锥子在董家是和冉瘸子混的，冉瘸子和于老鸦是死对头。理论上讲，让他打探樊华的下落应该算一条捷径，他也会乐于干这件事的。心里还是没底，又没更好的办法，只有试一试了。进了咖啡屋，临窗一排火车座，稀稀拉拉坐了些

我的刑警往事

人。一个敦实的男人独坐一角，脖子手腕都缠了硕大的黄澄澄的金链子。一定是锥子。我顿了顿，径直过去对面坐了。

"怎么认出我的？"果然是锥子。大方脸，青皮圆脑袋，一双眼皮松弛的眯眯眼乜了我一眼，微推了下桌上一包万宝路，一口成都腔问。

我自己掏了包烟轻放到桌上，点燃后说："味儿！一股土豪味儿！"

"土豪味儿？有意思。"锥子打了个响指，招呼服务小姐过来，脸却朝我问，"你喝点什么？我是不喝咖啡的。"

我瞟了眼锥子面前的啤酒，说："就喝你这个，德国的必特堡吧？"

"是的。听我一个花子说，这啤酒是专门给闯荡世界却一事无成的男人喝的。"锥子粲然一笑，摸了两张百元券让小姐上一打，说，"我并不想来见你，就算是胜哥打招呼也不会来。"

我打开一瓶啤酒，问："为啥？"

锥子拿手里的啤酒和我碰了下瓶颈，说："我发过誓，不是万不得已，不会和警察打交道了。"

我问："为啥又来了呢？"

锥子说："我打听过，你们正被黄水'1·17'案搞得焦头烂额。'1·17'和我毛关系没有，我也想听听稀奇。"

我揶揄一笑说："我也打听过，你父亲过去是区公所的公安员，你接他的班后，一直在镇治安室做治安员，后来调到派出所当协警兼司机。和公安渊源这么深，怎么赌咒发誓不和警察打交道了呢？"

第六章 黄水"1·17":伤心之地的无望追踪

"爱之深,恨之切。"锥子喝了一大口酒,说,"不错,我像狗一样为你们工作了十几年,最后还是让你们像狗一样一脚踢开了。"

"如果换过去,我倒愿意听听这个故事,只是现在奉节不归我们管了,我听了也没用。"我不想在这件事上过度纠结,"再说,要真按工伤给你处理了,你现在不过还是一个跑二排的协警,哪有这排场?"

锥子愣怔了下,反诘道:"你是咋知道我这件伤心往事的呢?"

我神秘一笑,说:"我带专案组进驻董家大半年,抓了于老鸦也抓了冉瘸子,捎带问问锥哥你的情况有啥稀奇的吗?"

这么一说,锥子刚才的气派减了不少,主动问:"莫非你大老远来成都也是为了董家帮啥事?"

"算是也不是。胜哥常提起你,说你最耿直最义气,我有心结识一下。"我奉承几句,见他受用了才又说,"当然也还有点小事,和'1·17'案子有点关系。我想找到樊哈儿。"

锥子恍然,把啤酒瓶推到一边,凑过头来和我说话。这一凑,原来那个治安员、协警的底子就露出来了。我便作古正经谈了樊华,只是没说去青县这事。樊华谈完,再没啥说的了。锥哥也没说给我打听还是不打听,只说万州到成都来的人不少,大都发了财。成都人懒,钱掉地上了也没人捡。我只听,做一副惊讶的样子。心里说成都人鬼精鬼精,人家是善于动脑子你锥哥不过是动腿子而已。不须辩驳,任他说好了。眼看午饭时间快到,我看看时间装模作样说:"锥哥!我得走了,事情就拜托给你。中午省厅有个同学要和我吃顿饭呢。"

"哎呀,那咋行呢?我怎么也得尽个地主之谊嘛!"锥子着急说,"我下午要去都江堰跑趟业务,三五几天回不来。中午你不给我这机会,胜哥要怪我了。"

"这必特堡也是请呀?"我扬扬啤酒瓶说。这个锥子也学成都人的圆滑了。成都人不轻易请客吃饭,偏偏还要把原因归到你这儿。这种话我听多了,见怪不怪,便举了啤酒瓶和锥哥再碰了下瓶颈,说:"其实,你不应该再喝必特堡,因为你已经是成功人士了。"

锥子哈哈一笑,说:"如果你不是挖苦我的话,我愿意说,我之所以还一直喝着必特堡是因为我记着列宁说的一句话,'忘记过去就意味着背叛'!"

"这我倒糊涂了,你说的过去是指你在董家帮混的时候还是和公安混的时候呢?"我哂笑着举起啤酒瓶子,说,"当然,这并不重要了!现在流行朝前看,连两边都是不能看的。"

锥子脸上掠过一丝忧郁,突然又笑了,不着边际说:"为了我那段做狗的日子吧?!"

我俩都笑,仰脖子咕嘟嘟喝了。

傍晚,卿石回来了。刚见面,卿石兴冲冲说:"小朱!找地方我们爷俩喝杯酒去。"

"好咧!您呐。"我用标准的北方话答。早上在府南河就看到一家小店,门口挑了条"瑶池鸽庄"的酒望子。外面看去干净利落,也不像附近几家那样打拥堂,就这家好了。刚迈进门,一个穿了蓝底白花对襟子衣服,一副村姑扮相的小姐迎过来,热情招呼:"两位老板,靠窗坐吧。"还没落座,小姐麻利地倒上茶水,递上菜单。我

第六章 黄水"1·17":伤心之地的无望追踪

扫了眼菜单,要了白果炒乳鸽、鸽肉山珍汤锅,另点了份水煮花生和干豇豆拌鸽杂佐酒。卿石直说别点多了,两个人吃不了多少的。我想这是最简单的了,再简单,小姐就要给脸色了。凉菜上来,小姐问喝什么酒。没等我开口,卿石说:"来瓶竹叶青,低度的。"

我听错了一样,问:"前辈,您喝白酒么?"

"对!白酒。过去卿田她妈管着,后来卿田管着,现如今你桃红阿姨管着。今天机会难得,我们爷俩好好喝几杯。"卿石开了酒瓶,笑眯眯说。见我还在犹豫,他举起杯子说:"小朱,别忘了我是山西人。过去南征北战,喝酒也是把好手。来!先润润嗓子。"

我只得和卿石碰了杯,仰脖子喝了。待倒第二杯,我握了酒瓶,认真说:"前辈,今晚我陪您喝就是了。不过先得说好,总量控制就这一瓶。您身体要有个一差二错,我没法交代。"

卿石美滋滋拈了颗水煮花生,讪笑说:"小朱,你倒婆婆妈妈的了。这竹叶青以汾酒为底酒,添了砂仁、紫檀、当归、陈皮这些中药材。又用冰糖、蛋青配伍。舒肝益脾、顺气补血,原本就是养生的哟!"

"强词夺理了不是?养生酒也是酒喔。"我给卿石续上酒,说,"不管怎样,先吃东西垫垫底。"

正说着,汤锅也上来了。憨实的土钵里满满盛着一锅絮白沸腾的浓汤,两只澄黄油亮的乳鸽被几种野山菌缠裹着上下翻滚。小姐给每人舀了一小碗汤,夹了些鸽肉,撒了几颗香菜粒和葱末。没等入口,诱人的鲜香早已沁人心脾了。卿石埋头喝了几口汤汁,叫好不迭。喝完一碗汤,我这才举起杯子,作古正经敬了卿石。我说:

我的刑警往事

"老前辈,天地良心,晚辈我对老同志老前辈一直是怀有一颗敬畏之心的。这次也是小朱和您有缘,因为这么件事给认识了。还这么叨扰您到成都跑一趟,实在是不好意思!来,我敬您一杯!"

"客气话多了点!"卿石拿杯子和我碰了,笑眯眯说,"真心说,现在像你这样的警察不多了。总一副行伍像,殊不知毛主席是这样说的,'没文化的军队是愚蠢的军队'。一支队伍,还是要讲文化的。"

"对!我们为文化干杯!"我担心卿石跑题太远,还记着事情究竟咋样了,便岔开话说。

"呃,对了!一会儿喝多了,耽搁正事。"卿石又放了杯子,取出张纸条递给我,说,"青羊宫附近的玉林小区,茶馆叫'有朋',我转了两天才找到。"

"哎呀!真让您吃苦了。"我心头一热,端了酒杯毕恭毕敬再和卿石碰了。

一瓶酒见底,卿石还真不要酒了。溜达回宾馆,我取了些白天买的水果送卿石房间。进门一看,卿石已经睡去,香甜如婴儿一样。这个老爷子,倒是个性情中人,讨人喜欢啊!轻轻掩上门。回房给琦哥去了电话,说了情况,琦哥懒洋洋说晓得了。再给周头儿、骏哥去电话,都让我先回万州,回来再说。

回万州没多久,锥子打来电话,说樊华在成都一个叫锦都的夜总会当经理,位置更准了。天城分局刑警大队差不多同时也得到这条线索,于是仍由琦哥带队,已升任天城分局副局长的伟哥带了五

第六章　黄水"1·17"：伤心之地的无望追踪

六个侦查员随同前往成都。临走，伟哥非要拉上我同去。我兴趣不大，抹不开情面和他去了。路上我向伟哥建议，既然已经有确切方位，不要扭扭捏捏，守住玉林小区和锦都，发现樊华迅速下手。伟哥担心说："我也是这么想啊，只是这次行动还由琦哥牵头，到时候由不得我们说话哟！""他是个空军，我们手里有人，谁听谁的还说不定呢！"我有些不悦地说。

到成都一会合，琦哥却带了两个人来。两个兄弟身材魁梧，目光如炬，一眼看出是两个武艺兄弟。互相一介绍，果然是两个特警，得过散打摔跤射击冠军啥的。我暗自好笑。我介绍过百八十回，樊华不过是小混混一个，连我这样文弱的人抓他都懒得动刀动枪，没必要搞那么大阵仗。总没人信，宁可把他描述成凶神恶煞。再说，蹲坑跟踪这种事需要的是头脑敏锐沉得住气的侦查员，特别是需要有大众化的、随便往哪个人堆里一扔都不能一眼认出来、普通得不能再普通的侦查员。"凶犯如果在被你制服的一瞬间流露出难以置信且似曾相识的眼神，你就是个完美的警探。"这话好像是民国某位名探说的。这两个武艺兄弟显然更适合演电影电视，不适合出现在这样精细的抓捕现场。见这架势，伟哥也没了信心。琦哥已经向锦都所在的锦江分局通报了樊华行踪，锦江警方已经对锦都严加布控，一旦樊华出现，立即出动特警配合我们实施抓捕。我和伟哥互看一眼，暗叫不好。锦都是成都欢场上的老字号，背景深厚，树大根深。谁都知道，做这行业在红黑白几道没有头脸那是混不下去也混不大的。这样按程序走，只怕没戏唱了。琦哥也是见过六月见过冬的人，不会只有这悟性吧？伟哥和我都想着咋提醒提醒时，琦

我的刑警往事

哥却说了:"你们担心啥我清楚。前不久成都的黑道和警方刚刚发生过一起枪战,警匪双方这段时间都紧绷绷的,担心弄不好再来一次对射啥的。锦都地处繁华地段,每晚上的驻场小姐就多达四五百人,你们想想人流量是多大?不可以贸然进去抓捕人的。"他这一说,倒显得我们幼稚没有高度了。我说:"我们还可以在玉林小区蹲守呀。""这我想到了,还没征求你们的意见。我们也到玉林去选个茶馆,把人分成两组,轮流蹲守。双管齐下,不愁抓不到他。"琦哥信心满满说。

伟哥仍不死心,让我继续和锥哥联系,争取在外围解决。我给锥哥打了个电话,没说琦哥这一出戏,只说我们的人到了,让锥哥这几天替我们把细点。茶馆很快选好了,五人一组轮流进包房喝茶,一个人死盯小区大门,四个人正好凑齐一桌麻将。有麻将混着,这次蹲坑倒也不枯燥,时间混得也快。我素来不喜欢麻将,便包了盯人的活儿。随身刚好带了本才买的张抗抗的《作女》挨窗边坐了有搭无搭看着。

包房斜对着小区大门,正对着的正是那个叫有朋的茶馆。樊华真要气数尽了,从玉林小区进出的话,也不是不可以撞上我们枪口的。老祖宗发明麻将这玩意儿也真有趣,麻将一摸爹妈都不认了。刚见面还生分的两拨人很快成了牌友,无话不说插科打诨。麻将麻将,多少时间假汝之名而打发哟!我又走起神来。

盯到第三天,锦江方向没任何动静。我却发现小区渐渐不对劲了。从早上开始,有一台不常见的商务车进进出出好几趟。车窗贴了深色车膜,看不清里面都有些啥人,停放的位置却正好能观察到

第六章 黄水"1·17":伤心之地的无望追踪

我们包房。前两天很少来续水添茶的服务小姐似乎也来得多了。响午时分,一个面生的小姐进来添水,短发黑脸,对襟子布衣套在身上,明显不合身。给我添水时我留神看了她一眼,她的眼神明显游离而冷漠,我警觉起来。下意识感到我们像被反监视了,是黑道还是警察我拿不准。未必这个樊华真的像传说中的那么邪乎了?我不禁倒吸了口凉气。还不能马上给琦哥伟哥说,假若只是个错觉,岂不笑话了?我决定下楼看看,试探试探。推说下去买张报纸,我下楼从后门出去,想溜到那辆商务车后面看个究竟。

茶馆后面是条背街小巷,一时辨不清方向。拐过街角,正要横穿马路,突然我的左右胳膊同时被一双手铁钳般抓住,腰间随即被一根硬硬的东西给顶住,左边腋下的手枪几乎同时被下了。"不许出声!"有人低声喝令,并推着我往前走。我脑子瞬间空白,随即高速转动起来。是黑社会还是警察?我就这么栽了?不会是黑社会!身法这么专业应该是警察吧?从我背后捅上一刀才是黑社会的搞法。脑子还在转着,商务车呼地停到跟前,我被一把推上了车,滑拉门哗一声关上了。我被掼到后座,这才看清楚,车里还坐着几个荷枪实弹防弹背心上刷有SWAT的特警,刚才那个送水的女特警正在检查我那把六四式手枪。我更放心,朝跟前的特警咧嘴一笑,轻声说:"各位兄弟,好像有些误会。我上衣左边口袋有证件,请你们过下目。"跟前的特警便松了我手臂,从衣袋里掏出我的警官证和持枪证。一个队长模样的特警拿过证件,往手提电脑里输了我的警官证持枪证号码,然后满口成都腔咕哝道:"妈哟!硬是撞鬼了嗦?大水冲了龙王庙嘛!"接着用对讲机呼叫:"行动取消!行动取消!"

我的刑警往事

车内气氛顿时轻松下来。我活动活动酸麻的双臂，向车里的人介绍了情况。队长挪过电脑，调了帧视频，讪笑说："哥老倌！你自己看嘛！你们做得也太不小心了！我们盯你们都两天了。"我一看，顿时恍然大悟。视频应该是那个女特警密拍的，拍的是那张麻将桌，有条小腿出现在画面里。有只手无意间撩了撩裤腿，脚腕上的手枪和枪套赫然露了出来。正是其中一个武艺兄弟的小腿。"给各位添麻烦了，我们也是太不小心了。"我不好深说，拱手道歉。队长说："也请哥老倌你原谅。这段时间我们成都的水紧得很，草木皆兵了。还好，再晚一点，那就闹出八路军打新四军的笑话了。"

回到茶楼，悄悄向伟哥说了这则故事。伟哥汗颜，嘀咕说："看来彻底泡汤了！这事不能说出去，说出去闹笑话了。"我们商量该和锥哥见上一面，从长计议。约好还在骑士见面，锥哥如约到了。没等我开口，锥哥满脸不快说："你这次带的一帮啥人哟？婆婆妈妈的。樊华早醒了。搭火烧铺盖，连万州方向过来的人都跑了。这不像是你们的风格呀！"我再三编故事诳住锥哥，说了下文匆匆走了。

行动已经暴露，一合计，决定撤离。琦哥也不明白问题到底出在哪儿，只说这樊哈儿真是手眼通天了，下次务必小心。我和伟哥也不多说，带上人马怏怏不快离开了成都。

大家都淡忘了樊华的时候，我却接到青羊分局的电话，樊华在他们手里了。樊华开一辆丰田花冠在青羊宫附近和一辆自行车擦挂，双方发生口角，巡警过来调处，一查身份证驾驶证，樊华露了馅儿。送分局一审查，正是我们布置要抓捕的逃犯。请示骏哥，骏哥让我带几个侦查员去成都押解,先审一审再说。赶到成都市看守所,先提樊华出来确认身份。几年不见,也没变啥样子。他也认出我来,直说又见面了。我单刀直入说:"樊华!你砍王敏那小事我就不问了,直接说说,'1·17'案子你怎么看?"

"朱大队,这两年我差点就直接来给你们一个交代了。"樊华无奈一笑,反问道,"你相信我樊华会做这事吗?"

我揶揄道:"我个人不相信你会做这事!你能给个理由吗?"

"很简单,"樊华咽口口水,说,"这种下三滥的案子我哪看得上?翻墙揭瓦,杀那么多人搞个几万十万的有意思么?我随便接一笔收账的业务,喊两个崽儿提把杀猪刀火罐儿啥的,神不知鬼不觉就能有十万八万的进账。你信不信呢?"

"这我相信。"隔着铁栏杆,我递过一支烟,问,"既然这样,你干吗不向我们投案自首呢?"

"朱大队,你当我樊哈儿真的傻么?"樊华狠狠吸了几口烟,坏坏地说,"我要主动向你们投降,我面子就没了。再说,有万州和'1·17'免费给我做广告,何乐而不为呢?越把我樊华说得三头六臂我樊华的业务就越多越大。没这广告,我得费多大的力气才做到这步哟?"

"我猜你也是这么想的。"我灰灰一笑,说,"回到'1·17'吧。空口无凭,我总不能拿你这个说法否定你和吴川江他们做了这案子吧?要有依据,这个你懂。"

"哈哈,你还是那么认真。"樊华掐了烟头,认真看了我一眼说,"实话说吧,那天晚上我在长城长宾馆请几个朋友提前团年,通宵在那儿喝酒唱歌。登记簿上也能查到我和我一个花子的名字，这依据应该足够了吧？"

我点头默认。冷了会儿场，我突然问："樊华！你不该伤害青县那姑娘的，你知道吗？人家还痴痴地想着你呢！"

"呃！你说的是卿田呀？"樊华脸上掠过一丝愧色，随即又玩世不恭了。他吐了口口水，轻蔑地道，"花子嘛，傻！经不住好听的话。相信这个你也懂。不过，你对她们娘儿俩不错，她记得你。"

这么说来，我们走后，卿田是见过樊华了的。这个鬼迷心窍的痴心女人。一种说不清道不明的怨懑水蛭样叮到心上，好想发作！想樊华说的到底是娘儿俩，心头一潮，不想理论这事了。樊华有这一丝愧色有这一句话，卿田也不枉傻痴痴一场了。

……樊华押解回万州后，琦哥一行来审了几天，连DNA啥的都做了，最后还是彻底否认了樊华、吴川江作案的可能。因为是已判决案件，樊华被直接起诉，法院很快判了他两年徒刑，在三合监狱坐了一年多的牢。樊华减刑出狱，然后改到重庆发展……

回头说说王敏那个案子。1991年5月，冉瘸子和于老鸦一言不合，双方火拼。于老鸦在沙河子发现冉瘸子和一个叫王敏的人坐一辆出租车往万县市方向走。情急之中喊上樊华几个小喽啰拦了辆出租车追赶，在三马路与校场坝岔路口追上冉瘸子。车刚逼停，冉瘸子下车逃跑。于老鸦追赶不及，盛怒之下持刀把王敏砍伤。王敏送医院救治，失血过多死了。樊华当时还嫩，只追了几步冉瘸子也没有回头砍杀王敏，事后照于老鸦吩咐去医院打听了一下王敏的伤势。按律不该科以重刑，法院判他两年徒刑也中规中矩。传到坊间

第六章　黄水"1·17"：伤心之地的无望追踪

又变了味儿。说他手眼通天，本该判死刑的却象征性给判了两年。樊华由此更添光彩，越发不可收拾了。

所谓上帝让人灭亡必先让其疯狂。2009年6月3日，樊华、龚刚模策划指使吴川江和另外一名万州籍黑道人物张孟军在重庆江北爱丁堡小区门口截住另一名黑道人物李明航，吴川江手持一支捷克造CZ275式手枪连开数枪，将李明航当场打死。

樊华、吴川江被执行死刑，"1·17"案依旧石沉大海，线索全无。"1·17"案十周年那天，夜半时分，骏哥突然打电话喊我和他出去转转。车到黄水，我俩摸黑爬上石岭，在一块冰冷的石板坡上坐下。远远望去，信用社小楼像一只黑黢黢的黑猫蹲踞在乡场边，窗户洞开。冷风刮过，窗叶子关关合合活像一双深邃诡异的眼睛一眨一眨的。唐贵家窗檐下居然还有一块当年的腊肉不可思议地顽强挂着，寒风刮过，摇来晃去……我和骏哥啥也没说，只一支接一支地抽烟，直抽到嘴皮发麻，浑身透心的凉……

第七章

冬至深寒：
道别总艰难

第七章 冬至深寒:道别总艰难

"1·17"案彻底石沉大海后,我奉命带领刑警一大队、四大队腾出手对付这几年沉渣泛起的新田黑帮和新疆来的玉素甫·买买提、帕提古丽·买买提跨省盗窃团伙。两个团伙从前期侦查到彻底摧毁几乎耗费了差不多三年时间,费尽周折,千辛万苦。也就在这两三年时间,我的刑警生涯开始了悄无声息的改变。

玉素甫·买买提、帕提古丽·买买提团伙被成功打掉后,我随骏哥去市局刑警总队汇报工作。由骏哥一朋友招待,我们下榻雾都酒店。晌午时分,我接到一个尾数有五个4的电话号码。电话虽陌生,对这五个4的无限遐想让我还是接了。电话那头声音沙哑如水若烟,似曾相识。只说是一个老朋友,西餐厅等你。听没两句,我咯噔一下想到是谁了。踱到西餐厅,有服务生殷勤引进一间雅座。一个穿着阿玛尼休闲套衫的中年男人正斜靠在窗边品茶,正是齐云。十年没见,并没多大改变,只是一张嘴,满嘴黑黄色的牙齿已经少了两颗。他没有和我握手的意思,只微微欠身,向对面抬了抬手。

"你还是老样子!第一眼总是疑惑,满脸的疑问,像满世界都有人盘算你或是需要你盘算似的。"我刚坐下,想着问个好呀啥的,齐云从面前的矮桌上推过万宝路,先揶揄我说,"你们这朋友和我也是朋友,我碰巧在重庆,就这么简单。"

"那太巧了。"我掩饰着扯了根万宝路点上。没待我再说啥,齐云挪过菜单,点了翡翠煎红鲑鱼、鲜蚝皇干烧鸡翅、茄汁牛肉,然后把菜单往桌上一扔,问服务生有什么好酒。我听得酒字,吓了一跳,说:"齐云,就吃饭好了,怎么好喝酒呢?"齐云对服务生叨了声十年绍兴花雕,这才嘀咕说:"我要的是花雕,不是酒。堂堂雾都,二十年的也没有。""你这话倒像是孔乙己的'窃书不算偷',典型的强盗逻辑!"我想缓缓气氛,讥讽说。齐云不接我话茬,埋头拿手指在iPhone 4的屏幕上划拉着。直到花雕上来,齐云这才住了手,挥手让服务生走开,自己熟练地烫起酒来,待酒烫好,随手递我一小盅。见我犹豫,他微微摇头,说:"你真没趣,十年过去没个改变!喝这两口犯不了天条。再说,你们这次是给领导长脸,一点小毛病不会计较吧?!"齐云一说,我赌气一口闷了。

我们接下来小口呷酒,差不多大半瓶花雕喝下,齐云这才重又点上一支烟,隔着烟雾打量着我,自言自语般说:"……先说说殷勇一家子吧?!老前辈六年前去世了,心梗,没半点痛苦。我把他和殷勇葬在了一起,那是竹溪县风水最好的公墓……殷勇儿子考上了刑警学院,现在在深圳海关做缉私警察。开始这小子死活不当警察,经不住我软磨硬泡,最后答应了!"

"后来你再回过红卫山么?"说到殷勇儿子,齐云露出少有的微笑。他呷口酒,顿了顿问我。见我摇头,他接着娓娓道:"我倒是回去过几趟。殷勇被追认为烈士、二级英模,名字刻在了英模墙上……我的名字却不让铲……我问他们,连英模墙上某个师兄的浮雕都铲了为啥我的名字不让铲?你猜他们怎么说?说我的名字无所谓!真是奇了怪了,我的名字都刻上英模墙了咋还无所谓呢?"

"应该说是没必要或是不重要吧?再说,往事如烟,二十多年足以让人忘掉很多事的!"我见齐云很纠结,随口说道。

"师兄!你倒说了句实话。"齐云第一次举酒盅和我碰了下,意味深长地望着我,几乎是望得我犯怵时才邪性一笑说,"我说说你好

第七章 冬至深寒:道别总艰难

吧?如果我没说错,燕小七案后,你上了一起通天大案,十八般武艺使尽不了了之……接着你升了副支队长,在这个位置上再没往前一步!你离了婚,经历了一次失败的二婚,现在重又回到起点……不出一个月,你将连刑警也做不长了,是吗?往事如烟烟消云散,这就是我们的警察人生。没人在乎你从哪里来也没人在乎你将去往何方,即便你是曾经所谓的英雄!与其说是我齐云的名字无所谓了倒不如说我们警察的历史本身就不重要了!这才是我的名字为什么不能从那面墙上被铲掉的原因啊!"

"老弟!你约我来,不是叙旧也不该谈这些沉重的话题吧?"我点上一支烟,同样意味深长地打量起齐云来。

"当然不是!"齐云微微抬腕,扫了眼腕上的劳力士,捏了酒盅,正色道,"师兄!别说我多嘴!作为一个警察一个刑警,你尽力了!依我说,你是时候离开刑警了!你文笔不错,应该为红卫山为警察写点啥东西!让大家都能记住点啥。我相信你们那地方也不缺你这样一个差不多过了气的刑警了……我要赶两点的飞机,失陪了!"

齐云说完,慎重和我碰了酒盅,起身和我握手。手刚握住,早有一个穿着剪裁得体的套装,美艳如花的年轻女子过来麻利地拾掇了齐云的东西,朝我浅浅一笑,转身袅袅娜娜走了。我愣怔有顷,放了齐云的手。

步出雾都去往市局,炫目的阳光直射着我的脸,我的心情却晦暗到不行。骏哥只当我为可能调离刑警支队心情糟糕,安慰我说:"'人盘活,树挪死',三十年没挪过窝,换换岗位也好!玉素甫案

我的刑警往事

大量的取证工作和几个罪犯的追捕都在新疆南疆的喀什、巴楚和和田一带,会后你带专案组去趟新疆,顺便调整调整吧?!"

我踏上了去新疆的列车,心里是满满的惆怅。早在年初,有关我可能调离刑警支队的消息已经传开了。"'人盘活,树挪死',三十年没挪过窝,换换岗位也正常。"向骏哥求证,骏哥宽我心说。

去新疆最好的出行方式应该是坐火车去。五十多个小时的车程虽是辛苦,但单调的景色密闭的空间却足可以让任何一颗坏到掉渣的心一点一点地平复。火车一早从重庆菜园坝站出发,第二天拂晓能到达甘肃的张掖酒泉地带。车出嘉峪关由星星峡进入新疆,列车像一个硕大无朋的蠕虫开始在漫漫黄沙和大地像在一口大铁锅中翻炒了一遍的黑戈壁中蠕动爬行。大漠烈日下,天地间只有一些叫得出名或叫不出名的刺或是草的东西偶尔从眼前一掠而过,让人不禁感叹生命的顽强和奇妙。那是骆驼刺、白刺、芨芨草、梭梭草、沙芦草……烈日曝晒,暑气蒸腾,远方会时不时出现些虚无缥缈的海市蜃楼,幻化之妙直让人虚脱。视野里也不完全是荒芜空漠的景象,车过哈密、吐鲁番,渐渐能看到葱绿的绿洲,特别是达坂城一带简直就是辽阔的草原了。蓝天白云下,无边的翠绿和微风撩起的阵阵草浪中,徜徉着一群群黑白相间的羊,穿着俗花旧绿的牧羊女游弋在绿草花丛中,一个个美若天仙。那种宁静安逸和满足,直让人觉得"我愿做一只小羊,跟在她身旁"了。

路上接到小阙电话,张口说你好像忘了件事呢。我还没问啥事,小阙淡淡地说,瞎子今年都十年了,忘了吧?我心一沉。紧赶

第七章　冬至深寒:道别总艰难

慢赶忙了一个多月,新疆的工作才算结束。专案组押几个逃犯乘火车回重庆,我从乌鲁木齐直飞成都,转车到巴州,小阙接着,径直到葛都。

车到洪椿坪,七弯八拐翻上一道山峦,前面出现一片荒坡。高高低低的矮树和荒草中,大大小小的坟堆隐没其间。鬼月不久,纸钱香烛烧过的灰烬随处可见。小阙来过两回,熟门熟路来到陈君的坟前。坟头倒比四周的稍稍高大一些,青石垒成的坟券上长满青苔和石韦。墓碑上刻着父亲陈君之墓几个字,落款是儿子陈留,两旁的对联正是我写的"御风而行人太聪明天亦妒,破壁以去生何眷恋死何悲"。我放上两瓶白酒,两包香烟几只苹果,点上一支烟插在墓碑下。这才看到,墓碑下没有纸钱和香烛烧过的痕迹,便嘀咕道:"中元节也没个人来烧烧纸呀?""林大夫哪还有心思烧纸?瞎子留下的傻儿子就够她累的了。"小阙眼眶红红,沙沙地说。我沉吟着哦了声,明白过来。陈君和林大夫相处那阵,酒喝得一定很猛,酒精儿会有个好么?这么一想,当年在红卫山转山那阵的点点滴滴裹着近乎酷烈的痛楚潮一般涌上心头,鼻子一酸,差不多想要抱着墓碑痛哭一场了。到底忍住,拍拍石碑轻声说:"瞎子呀瞎子!你倒好,一了百了了呀!"仰天长叹一声。这一仰头,便见着不远处有株皂角一般的树了。细细一看,却又不像。虽都是梳子一样碧绿纤秀的树叶,却又开着一簇一簇粉红色绒线一般的花蕊。

那是株合欢,也叫马缨花,不觉心里一热。心想这株马缨花长得倒好,有这株很有些讲究的马缨花陪着,生前酸文假醋的陈君倒也不寂寞。

我的刑警往事

不好久留,拍拍小阙让她离开。走了没几步,小阙突然蹲下去,双手捂脸哭了。我呆呆站着,不知道该怎样劝她,任由她抽泣。回头望望陈君的坟头,忍不住心生一种怪怪的念头。早年听母亲讲,鬼月的十四这天晚上,百鬼都要出来游行。鬼们从奈何桥上浩浩荡荡走过,冥司会高举起明晃晃的火烛灯笼引领它们走向阳界。果真这样,人天永隔的人就真能在这天相见了。胡思乱想间,小阙却越发哭得昏天黑地。到底女人家心慈,哪像我,还没走出坟地便心猿意马了。

"阙婆婆,你也别哭了。看见那株花树了么?"这样下去终归不是办法。我想了想,弯腰拍拍小阙,指指那株马缨花说,"晓得那叫啥花吗?这花长得真是好哇。"

小阙抬起泪眼,可怜巴巴问:"不就一棵皂角树嘛!逗我干啥?"

"哈哈!要真是棵皂角树,那也俗了。"我轻轻一笑,说,"皂角树哪有那般好看的花?那可是株马缨花哟!晓得有首诗不?元代诗人虞集写的,'钱塘江上是奴家,郎若闲时来喝茶。黄土筑墙茅盖屋,门前一树马缨花。'想不到这荒山野岭有棵这样暧昧的树,瞎子有福啊!"

小阙愠怒道:"师兄!都这田地了,你还幽瞎子的默?你这样神神叨叨的,倒像另一个瞎子了。"

"你看看!我只说了一层意思,你就捡半截跑了。"我拉起小阙,认真说,"我说瞎子有福是有来历的。民国有个叫朱湘的诗人,写有《葬我》一诗,有一句说:'葬我于马缨花下,永做芬芳的梦。'你看这花多有诗意多有意境?朱湘三十岁不到投江而死,我想

第七章　冬至深寒：道别总艰难

他可是没瞎子这样的好福气真就能安葬在马缨花下的哟。"

"真有这回事呀？"小阙似信非信看着我，嘟囔道，"你不会骗我吧？"

我肯定地点了点头。小阙重又看了看那株马缨花，噼里啪啦拍拍屁股上的草屑，赌气一般走了。我没骗小阙，只没说的是那个朱湘。和陈君一样，早年丧父失母，孤苦无助，长大后孤傲、偏激而敏感，最是个命运多舛神神叨叨的人了。

小阙一路还是沉闷，我担心到通渠后见着林大夫，场面一定难看。谁知道，一进通渠，小阙像换了个人似的，一直拿电话和啥人开着些不荤不素的玩笑。车过一家商场，小阙停了车，一溜烟跑了进去，约摸半个时辰出来，换了身光鲜的新衣服，脸上大概也处理了一下，刚才那个老态毕现的半老徐娘一下变成个风韵犹存的少妇了。"别拿这眼神瞪我，待会儿我去见'井伤心'，你一个人去见林大夫。"小阙挥挥手说。井伤心真名井上清，红卫山和小阙同班。陈君死后，为他是不是因公死亡的事小阙和林大夫跑了不少的路，裘老头那儿总卡着，没有结果。井上清从邻近县局调通渠当局长，小阙上门找过两回，问题很快解决了。见我一脸狐疑，小阙讪笑道："你别往歪里想，我让你一个人去见林大夫，是让你独享这份同学之情。我要陪你一道去，你朱哥这趟通渠之行就大打折扣了。""歪理邪说了不是？我一个人去就是了。只是你别告诉井上清我到了通渠，实在是想起陈君，没心情喝酒了。"我懒洋洋说。小阙突然停了车，一脸肃然说："师兄，一会儿见着林大夫给她提个醒，凡事都要适可而止。瞎子能搞个因公死亡,说到底真有些名不正言不顺。至于其他要求,最好别再提了,井上清也有他的难处,哪能没完没了的呢?"

我一下恍然了。小阙让我到通渠,或许本来就不是为了陈君十周年,甚至就是井上清的主意呢。心下这么一想,不禁灰灰的了。

车到一个还算秀雅的小区,小阙从后备箱里提了些礼物给我,说了林大夫的电话和楼层号码。拿了东西,走到楼下才拨电话。电话通了,我等着那个幽幽怨怨的声音响起,却先听到一阵咯咯的笑声。"你好?谁呀?"我疑心打错,迟疑着说:"你好,林大夫,我是朱哥,万州朱哥。"那边也迟疑了一下才说:"朱哥呀?你在哪里?"我忙说我在通渠,想到家里坐坐,不知道方便不?那边忙说方便方便,你住哪里我来接你。我说我已经在你楼下,一会儿上来。

挂了电话,走进楼里,才发现没有电梯。寻到楼梯间,一级一级往上走。小阙也不知道买了些啥,死沉死沉的,没走两楼已经累得不行。快到五楼,一个中年男人扛了个煤气罐从上面下来,和我擦身而过时特别在意地瞥了我一眼。我留意到他穿着休闲西装,细细刮过胡须的脸颊上铁青铁青的,身上有股淡淡的碘酒味儿。上到六楼,林大夫已经站在楼梯口,接过东西时顺便往楼下望了望。只一望,我便明白了。进了房间,趁林大夫放东西倒茶的机会,草草扫视了一下房间。房间陈设简单,收拾得利利索索,茶几上放着几样水果,也放着一只烟缸。林大夫穿着一套浅蓝色的职业装,脚上却套着拖鞋,脸也红扑扑的,当年那个凄婉哀艳的妇人已然不见了。她坐到我旁边,拿了水果刀给我削苹果,开口问:"朱哥!小阙

第七章 冬至深寒：道别总艰难

没一道来么？"

"哦！我一个人来的。"没想到她开口问的是这话，我顿了顿说。也问："陈留没在？""哦！送他外婆家去了。"林大夫大概也没想到我会先问这话，也顿了顿答，然后问，"你知道他叫陈留？"我笑笑说："我来通渠的时候先去了葛都，去了洪椿坪。那地儿还不错，山清水秀的。"

"唉！啥山清水秀的？去一次我都瘆得慌，当初真不该把他送回洪椿坪。"林大夫把苹果递给我，说，"我在通渠南山寺的祈福塔给他买了个寄名灵牌，用不着再去爬那个荒山了。喏，就在那里。"林大夫边说边向窗外指了指。

我顺着她手指的方向望去，远远有一座金碧辉煌的塔楼灯塔一般矗立在城边一座山上，俯瞰着通渠。我暗自一哂。万州北山也矗立着这么一座专门供奉骨灰和灵牌的祈福塔，高高大大耸立在长江北岸，后面是清清秀秀的都历山。祈福塔每天晚上都要大开灯火，外地人不知道的，以为是万州一处地标建筑，游船一过，纷纷拿这塔做背景狠狠地拍照。不好讥笑，干脆拿了苹果踱到窗边眺望起来。"难得朱哥还挂记着他，通渠都没啥人提起他了。小阙倒是来过，也只是劝我别再给他单位找麻烦啥的了。"林大夫站到我身边，幽幽地说。

林大夫这一说，我倒没了辙。想了想，一咬牙说："林大夫！你还别怪小阙，小阙也是为你好呢。有些事你要老放心上，还真累人，凡事还是要朝前看才好。"说着说着，自己也觉得枯燥乏味，再不想说。林大夫是个明白人，她不会不知道我说这话的意思，甚至能猜得到我登门拜访的真实意图，藏着掖着反倒不好。

"我何尝不想把这一页尽快翻过去呢？"林大夫招呼我回到沙发上，颤声说，"过去我也是老想不通，只想着给陈君讨个说法了。接着我就后悔了。我爸我妈说得好，我自己不会也不能让陈留一辈子生活在陈君的阴影里，何必一次次揭开这块伤疤呢？只是我得让人知道，陈君曾经是公安队伍里的一员，他曾经为了这个事业努力过奉献过。他不是傻子不是病人，不是他们眼里的疯子啊！"

我挤着笑脸，干巴巴说："林大夫，你能想到尽快翻开这一页最好了。说句不当的话你别往心里去。现在，井局长把陈君的事也办得差不多了，沟通渠道也畅通。假若纠缠某些事，那就是给他添堵了，你说是不是这个理？"

林大夫望望我，沮丧说："哎，朱哥，你倒是真像陈君说的那样，一个单纯纯粹的人。不管裘老头还是井上清，他们代表的是组织是公安啊！陈君死后，我希望有一份有关他死亡的详细报告，是不是死在工作岗位上，这个要求一点也不高啊！他们为什么不给答复？人死了，只有最亲的人能理解那种痛的。说到底，这一切又岂止是什么因公死亡、抚恤啥的所能补偿得了的呢……对不起，都过去这么多年了，我给你说这些还有什么用呢？"

"倒也是，我还常常生生地想起瞎子，想起和他在红卫山转山的那些快乐日子……"我窘迫地说了几句不着边际的话，看看林大夫，说，"你过去做的那一切都是值得的。如果没给瞎子讨个说法，我们也是过意不去的……听朱哥一句话，尽量忘了一切与公安局的不快。过你自己的生活，将来告诉陈留，他曾经有怎样一个父亲，一个警察父亲。这样最好,是吗?"

"朱哥,瞎子没看错,你是个善良人!善良的人会脸红的。"林大夫异样地望着我,待看得我心里发毛时,咧嘴一笑说。

我一时愣住,尴尬道:"林大夫,我不是个纯粹的人,不如瞎子的。"

"哎!不管怎样,我要谢谢你和小阙。时间不早了,你请回吧。"林大夫起身说。我忙起身,走到门边,林大夫突然说你等等。我站门边一会儿,林大夫拿着一个影集样的东西过来递给我,嘤嘤道:"他的好多怪七怪八的东西我都扔了,这件东西一直没丢,我想留给你最合适。"

"哦,谢谢!"想到一定是陈君一件啥东西,不禁悲从中来。万难忍住,再挤一丝笑意说:"我也还想着该要件啥东西留个念想呢,你倒细心。"

"哎!"林大夫再叹口气,凄婉道,"我不送你了。朱哥,我知道你还在干刑警。那是个危险的活儿,别怪我多嘴,小心点!好好活着,替家人替朋友活着。"

"谢谢,我会再来通渠的。"我扬扬手,想要离开。林大夫却一把抓住我的手,手滚烫滚烫却旋即放开。转头进门,砰一声关了。

回到宾馆,不待洗漱,忙打开本子。还真是个破旧的影集,只是里面没有照片,全是一些花朵、树叶的标本。一朵朵一叶叶细心捋平,镶嵌在胶纸里。认得出的有夹竹桃、桉树叶、洋槐叶还有枫叶,枯萎的花难认些,能辨别出的有槐花、桃花、美人蕉、山茶野菊和柑橘花,还有红卫山漫山遍野的牵牛花和野百合……没有一个字，只在末页贴着一张黑白照片。那是不知从哪个角度仰拍的整个红卫山的全景，因为曝光过度，或者是有意为之，只是一道轮廓剪影。回翻几页，再看那片枫叶，却依旧泛着血一样的红。这片叶子该是在癞疙宝上，陈君翻身下去，冒险采摘的那一片吧？不敢久看，啪一声合上本子。

踱到窗边，依旧能看见远远的祈福塔。不知什么时候，天边响起闷雷声，窗外渐渐渐渐沥沥下起雨来。闪电扯过祈福塔，明晃晃地照耀着略显阴暗的通渠城。想这瞎子，生前苦寒，死后却能往生福地，舒舒服服住在高高的祈福塔上，俯瞰脚下的芸芸众生，他能心安理得么？……雷声轰鸣，电光闪裂。我好一阵没挪步。感觉自己空落落的心游丝样被人生生地扯出来，飘荡在狂风乱雨里，消逝在漠漠夜色中去了……

万难收回心绪，看电话上有短信提示。打开一看，却是小阙发来的："官情纸薄，明早早走！"我不想给她留个伤心人的印象，便发了个英文"yes"。小阙似乎意犹未尽，再发一句说："会English了？"想这女子到底还是担心我心情会不好，想开开玩笑，便想起一则短信，依着这English发了过去：

"小时候，把English读成'阴沟里洗'的同学长大后当了菜贩子；把English读成'因果关系'的同学长大后当了哲学老师；把English读成'应给利息'的同学长大后成了银行家；把English读成'英国里去'的同学长大后去英国留了学；我一不小心把English读成了'应该累死'，长大后做了刑警！"

小阙回了个"呵呵，bye bye。"再不说话。我随手把影集放在靠

第七章 冬至深寒:道别总艰难

窗边的桌子上,点上一支烟。这会儿风雨却又停了,房间里静得出奇,只有中央空调吹出的细微的风声。隐隐听得铛铛的钟声从祈福塔方向传来。我心里一痛。想这祈福塔,一般人也是消费不起的。陈君生前穷酸饿醋,死后和那些腰缠万贯的富豪权贵高高在上挤在一起,又该是怎样的无奈和落魄哟?人天永隔,无从知晓。心灰意冷,索性扯过被子睡了……

躺在母亲坟前软绵绵的草地上,像儿时依偎在母亲温暖宽厚的胸膛!眼前是一望无垠的狗尾巴草,狗尾巴花随风摇曳,浪一样翻滚着;天上飘着棉絮样的白云,蔚蓝的天幕灼刺得让人睁不开眼。红卫山的天空一样湛蓝!恍惚间,自己被那些狗尾巴花托举起来,晃晃悠悠、飘飘荡荡,飞毯样在云海里穿行,飞向深邃无涯的晴空……"呵呵……"我欢叫起来……如飘似浮间,一朵黑云扑面而来,转眼间化作一只硕大无朋的黑猫。黑猫龇着利齿,纵身一跃,蹿到我身上,抓扯撕咬起来。任凭手脚并用,掀不动也甩不开,眼睁睁看着黑猫在胸膛上火烧火燎地抓出一道道血印……"啊!啊……"我痉挛似的大叫着、电击样地扑腾着……云朵打了个旋儿,忽地飘走了。我张开双手,落叶样向地面荡去……稳稳地落在狗尾巴草上。头枕着母亲软软的臂弯,母亲轻轻抚拍着后背,梦呓样唱着摇篮曲:"……摇啊摇,摇啊摇!宝宝快睡觉!摇啊摇,摇啊摇!宝宝快睡觉……"……仰望天空,两只火红色的凤凰一只驮着范洪友,一只驮着陈君,扑棱着翅膀,半空中上下翻飞。我却和吴童在一片黑漆漆的陡坡上爬行,陡坡上荆棘丛生,我们的手被划出一道道血淋淋的口子。爬呀爬呀,陡坡总也没有尽头。两只狗踞坐在我们头顶，嚯嚯笑着。却是海啸和黑儿。一会儿，那只黑猫又眼露凶光，嘴里呼哧呼哧喘着粗气，猛地向我和吴童扑来。我大声叫着："海啸！黑儿！救我……"海啸、黑儿飞跑过来，只一扑，黑猫黑雾一般飘走了……我又躺在了红卫山的那块癞疙宝上，身边的范洪友和陈君在下象棋。范洪友使的棋子是军功章，陈君使的棋子却是脚踏风琴的琴键，范洪友吃掉一颗琴键随手往山下一扔，陈君吃掉一颗军功章也是随手往山下一扔……一阵狂风吹过，漫山红叶飞舞起来，红叶噼噼啪啪抽打着我的脸，抽得我生疼……

猛醒过来，满身已是汗水。外面漆黑一片，还刮着风下着雨，窗帘被风刮起一下下扫着我的脸。一道金色的闪电划过夜空，穿过窗帘落在那本影集上，白惨惨的……只一闪，我拿定主意了。

回到万州，我先到长江边。寻块干净的石头放好影集，淋上一瓶白酒，拿打火机点了。和当年扔掉吴童的那盆黄桷兰一样，当灰烬一点点随风飘散，我的心拔凉拔凉的。

……朱孝才当了30年刑警，四季春秋跑了不少地方，也遇到过各种风雨寒暑，没想到这次在铁炉峰上，却结结实实被寒夜的下霜天狠狠地冻了一回，冷得嘴发紫，手脚僵硬。

这天是冬至，在高耸的大山上，在阴森的荒坡里，寒风呼呼地刮，高山上的树枝、草丛都挂了一层厚厚的霜，朱孝才冷得发抖。他很苍然地望着黑茫茫、朦胧胧的远山，心情也一点一点地冰凉，一派萧瑟。一堆人体器官，内脏、大肠、手脚、头颅……摆在黑夜中的上坡上，篝火摇曳着诡异的火苗，映着那一堆变黑了的血糊糊

第七章　冬至深寒:道别总艰难

的人体器官,令人毛骨悚然。时任重庆市万州区公安局刑警支队副支队长的朱孝才不能不为之心颤,山村荒野,愚昧农民,偷汉奸情……这像是一幕恐怖电影中的场面,又如同一场荒诞离奇的闹剧;但又确是一首让人摇头叹息的悲歌,怎么看,都让朱孝才感到凉飕飕地……

公安部《人民公安》杂志2010年第1期以《揭开神秘失踪背后的血案》为题报道了万州一起杀人碎尸案件的侦破。我用这起案子给我三十年的刑警生涯画上了一个不算精彩却还算完美的句号。

侦破新疆玉素甫·买买提、帕提古丽·买买提团伙案表彰会结束,局党委对刑警支队班子调整的初步方案已经浮出水面。我和另外几个在刑侦队伍干了快三十年的副支队长、大队长都将调离刑警支队。一代新人换旧人,剩下的只有那一纸调令。初冬时节,阴雨绵绵,空气潮乎乎湿漉漉像能拧出水来,这样齁人的天气枯坐在办公室实在是件难受的事。正想着该往哪儿走走,支队周政委敲门进来了。周政委为人和善,没半点架子。他找人谈工作从不让人到他办公室,一般都是亲自上门。

"大哥,找我谈心么?"我玩笑问,"这鬼天气霉得脑袋上长绿毛了。"

"糠箩箩跳米箩箩,谈哪门子心?"周政委笑眯眯说,"请你站最后一班岗呢!后山派出所报告,元河村三组有个叫杨光洪的村民无缘无故失踪了,村里人村里村外、山上山下找了三天,踪影全无。眼下正是镇乡换届选举关键时期,镇里担心村民情绪不稳,影响选举，一定要派出所查个水落石出呢。"

我揶揄道："政委，这找人的事用不着我去吧？"

周政委点点我脑门说："真要只是个找人的事，也简单了。派出所去过元河两次，查不出个所以然来。一个大男人，平白无故不见了，总是不寻常。我们刑警队站的角度高度不一样，办法也多点，我找你就怕是高射炮打蚊子呢。"

我慌忙起身说："大哥，你这样说，我无地自容了。我带两个人去就是了。"

周政委呵呵一笑说："兄弟，这就对了！你就当烟瘾犯了捡烟屁股吃，再过一阵子，兴许烟屁股也没得你捡的了。"

我乐呵呵道："俗话说'三个烟屁股，当个肥鸡母'。我这就捡烟屁股去。"

后山乡是个小乡场，原归老万县桥亭区管辖。过去的桥亭管辖现在的余家、后山、弹子、铁炉、关龙等几个公社，有顺口溜"踩不断的桥亭、背不动的后山、挑不动的弹子、烧不烂的铁炉、年轻的邵家、胆大的关龙、好吃的余家"，编排的便是传统桥亭区幅员面积的辽阔。如今传统的桥亭早已不复存在。起先是把过去的区公所所在地余家设成镇，下辖后山等几个乡，接着这几个乡又独立设镇。我和四大队大队长陈国辉、侦查员崔坤祥去后山，后山刚刚由乡改镇，派出所还没跟上，由余家派出所代管，设了个警务室对外称派出所。余家派出所所长薛小海、民警卿海川领我们到后山，路上的话题差不多都围绕着桥亭区这段绕口令一般的区划沿革了。

副所长张强和驻村民警陈庆早候在后山警务室了。他们一早上

第七章　冬至深寒：道别总艰难

元河村，带了个副村长到警务室，准备向我们介绍情况。副村长穿着破旧单薄，叼着叶子烟，身边一坐，浑身是冲人的烟锅巴味儿。这么一看，这个元河村一定是很苦寒的了。副村长一直在表白，这几天村干部带着村民一口气也没歇，把铁炉峰像拿篦子一样梳了一遍又一遍，还专门派了一路人沿着往开县岳溪方向的小路找了个来回，依然没有杨光洪的任何踪迹。有些事不好当副村长的面讲，副村长出了警务室，我们几个警察接着商量。

"朱支队、陈大队，这个杨光洪消失得还真有点蹊跷呢。"张强打开笔记本说，"杨光洪今年59岁，住在元河村三组，家里有一个患老年痴呆多年的老汉，还有一个12岁的儿子，在后山小学读住读，妻子和女儿长年在广东东莞打工，逢年过节才回家。杨光洪失踪的确切时间是12月8号的晚上，这天是个星期五，小儿子从学校回来换洗衣服，带下一周的大米咸菜。杨光洪煮好饭菜，服侍老汉吃了饭，让儿子收拾碗筷，自己拿着手电筒出门，说是到村里一户人家'坐夜'。第二天，爷孙俩左等右等直到天黑杨光洪也没回来。村干部听说后，先到死了人的那家问，杨光洪根本没去坐夜，附近亲戚朋友家也没见着他。村干部忙找了些人四处寻找，先是怀疑杨光洪走夜路失足落了水或是滚下山崖，这种意外过去没少出过。可山塘水沟、岩坎陡坡寻了一天还是不见人影。村干部忙给杨光洪老婆打电话，杨妻在电话里说杨光洪不会走远，前两天还和她商量儿子转学的事呢。这么说来，杨光洪也没理由离家出走或是想不开自杀啥的，总之就这么不明不白地人间蒸发了。"

张强说完，卿海川、陈庆补充介绍说杨光洪没有离家出走的先兆和理由。杨光洪是个孝子，他老汉痴呆多年，生活不能自理，全靠他一人伺候。走亲串友从不在外面过夜，总惦记着家里的老汉。失踪那天上午他去赶后山场，买了六条鲤鱼说是回家给老汉儿子熬汤，和同路人有说有笑，不像心里有事的样子。元河村山高坡陡，各家各户大都分散独居，前坡后坡人虽有些矛盾，但杨光洪为人低调，人缘不错，看不出跟谁有啥深仇大恨。

"等等！你们说的前坡后坡人有些矛盾，啥意思？"我打断问。

"这个情况我来介绍吧，这也是镇里非要我们找到杨光洪下落的原因。"小海对我说，"元河村是整个余家也是整个后山最偏远的一个自然村，过去只有两条山路分别和后山场还有开县的岳溪场相通。遇上暴风雨雪、泥石流啥的整个村和外面就会断了音讯。前两年乡镇下了很大的决心才挖了条机耕道跟山外的公路接通，路况太差，勉强可以跑农用四轮车啥的。村子以铁炉峰为界，靠后山场这边的叫前坡，大都姓杨，靠岳溪场那边的叫后坡，大都姓柳。前后两坡杨柳两家长期因为争水争地争柴山啥的争来吵去，矛盾不断。经济上不去，也没什么经济好抓，村干部就'槽内无食猪拱猪'。你整我我害你，整来害去，矛盾越来越深。这样一来，每一届的村支两委换届选举都是乡镇上最头疼的事，谁上谁下谁也不服。于是搞轮流坐庄，前坡人这届当支书后坡人当村长，下届后坡人当支书前坡人当村长。今年这届本来轮前坡人当村长后坡人当支书了，偏偏出了杨光洪这事。前坡人认为是后坡人害了杨光洪，后坡人不服，说前坡人为了赖在支书的位子上，故意唆使杨光洪外出，造出个杨光洪被人害了的假象嫁祸给后坡人……"

第七章　冬至深寒：道别总艰难

待小海说完，我说："从换届选举的高度上讲，这些情况应该引起重视，但单从是不是一起案子或是某人可能做了这起案子上讲，我觉得前坡后坡没啥实质关联。杨光洪失踪无非四种情况：离家出走、意外死亡、自杀或是被害。哪种情况目前都没可能也都有可能，可时间已经过去差不多十天，假若是一起案子，我们已经丧失很多有价值的线索了。我看这样，既然来了，不妨到元河看看。小海事多先回所里，告诉镇领导，说我们公安方面高度重视，改派刑警上山调查去了。所长的难处我还是理解的，我们上了元河你就好向他们交代了。"

预料到上元河的路不好走，没想到会这么难走。三菱越野一路号叫着在泥潭乱石间摇摇晃晃颠来簸去，硬生生把屁股给搓磨得麻木了才到了村里。前面是一道几乎笔直的泥泞陡坡，国辉摇摇头，再不敢往前开了。下车沿泥泞小道往杨光洪家走，一路摔着跤，到杨光洪家时，浑身上下糊满了泥浆。

"早该劝你们从小路上来的，这公路倒把好好的村子开膛破肚，搞得稀泥巴满坡了。"一个穿着红色羽绒服，长得还周正的妇女迎上来，抱歉说。张强低声介绍，杨光洪的妻子，昨晚从东莞赶回来的。

顾不上休息打理，我让杨妻打开房门进去看看。杨妻一边开门一边说："我在东莞接到电话，马上让他妹妹来把老汉和娃儿接到她家，一把锁把现场锁了。光洪不是那种随便出门的人，一定是出啥事了。"

我和国辉、坤祥、陈庆进屋里，张强留外面和杨妻拉拉家常。

我的刑警往事

房屋青瓦土墙，木格子窗户用塑料纸遮着。灶屋弥漫着一股浓烈的酸馊味儿，揭开锅盖，一锅猪食焖在铁锅里，红苕藤掺和包谷面，看样子是煮好后留锅里，第二天一早喂猪的。灶头一角放着一只大号的玻璃瓶，旋开瓶盖，凑鼻子前闻闻，正是腊猪油炒老咸菜，这是留给杨光洪儿子带学校的。国辉正察看墙角的一只潲水桶，用火钳扒拉一阵，招手让我过去。我过去一看，国辉已经把一些鱼骨头夹出来了。细细一拼，拼出三个鱼头三个鱼尾巴来。我俩对视一眼，心照一笑。灶屋紧连着卧房，还在门口，尿膻味儿霉臭味儿直往鼻子里钻，连打几个喷嚏，开了电筒进去。屋里有两张木床，都挂着蚊帐，墙角放着尿壶。靠窗的地方放着一张课桌，一看就是从哪个小学堂搬来的。桌上胡乱放着些药瓶药盒子报纸书本，半条二十块钱一条的宏声香烟，显眼的是一部半导体收音机，试着打开，还能收听。杨妻不知啥时候钻进屋，介绍说："他四十岁时买的，走哪儿都带在身上。最喜欢评书和天气预报。"

我随口问道："如果那天他真是去坐夜，他会带收音机吗？"

"想来不会吧，人家办丧事，让人说闲话了。"杨妻不假思索答道，又迟疑说，"死人的那家和我家没啥人情往来，按说老杨不会去他家。再说那天不是大夜，不是至亲也不会随便去的。"

国辉在看几张手机的话费单子，嘀咕说："杨光洪的话费一个月也不少哇。"

陈庆过去看看，解释说："元河太偏僻，山高坡陡，电信不愿意来架线，整个村都没有座机。全是用手机通话。"

"杨光洪最后通话的时间是多久？"国辉问。

第七章 冬至深寒：道别总艰难

"第二天早上八点，我儿子打他电话就不通了。"杨妻接嘴说。

国辉收了话费单子，我们踱出屋外。院子里摆满柴垛，枯草，几只鸡在柴草间胡乱刨着。鸡窝旁靠墙处放着两根木棍，一长一短一粗一细，看样子用了不少时间，棍子上摩挲起一层淡淡的油光。我信手拿起一根，掂量一下很称手。杨妻也拿起一根，微微伤感说："两爷子走路用的。山里人，打狗打露水上坡下坎离不得呢。"

"呃！"我沉吟一下，轻声问杨妻，"老杨身体还行吧？我说的是各方面。"

杨妻脸上稍稍起了点红晕，低声说："要说身体，恐怕四十来岁的人也赶不上他呢。坡上坡下栽秧打谷，就他一个人。他兄弟不见了，兄弟媳妇家稍稍重点的活路也随时找他。"

"他兄弟不见了？"我狐疑道，"咋回事呢？"

杨妻低眉顺眼说："我没在屋，不清楚具体咋回事。"

陈庆替杨妻说："他兄弟叫杨光青，三年前从深圳打工回来过年。那边说回了万州，这边却总不见回家，后来就'生不见人死不见尸'了。"

"这倒也怪了。"我看看国辉，侧脸望望杨妻道，"大嫂，你回来也有几天了，听到啥风声没有？"

"哎！我们这一个村，不是男人就是女人在外头打工，在家的人帮人、户帮户也是常有的事。"杨妻眼眶里第一次有了泪光，叹口气说，"农村人，哪有人后不说人的呢？就说老杨，别人说他跟兄弟媳妇有一腿，这不是嚼牙根子吗？兄弟屋里还有个七十岁的老娘，娃儿也有七八岁了，吃饭一张桌睡觉一张床，哪儿靠哪儿呢？"

我的刑警往事

我想安慰安慰妇人，再问些想问的话，陈庆过来和国辉耳语两句。原来是村干部请去吃晚饭了。看看天色，早已是暮色四合，山里山外黑魆魆的了。

晚饭在前坡的村支书家，离杨光洪家也就两三里地，我们电筒火把都用上，深一脚浅一脚走了快一个小时才走到，背心也汗涔涔的了。支书姓杨，五十来岁，长得又黑又瘦，一顶棉军帽扣在小脑袋上，仿佛风一吹帽子便会打旋儿一样。杨支书喊了好几个妇女来张罗饭菜，我们一到，每个妇人人手拿张干毛巾不由分说撩开我们衣服往后背里塞，嘴里直说"隔隔汗！"一下让我回到三十年前在万县下乡的日子。汗隔了，杨支书殷勤引我们入席。桌上炒的炖的满满一大桌，盘盘钵钵装的大都是些黑乎乎的菜肴，却是香喷喷的。支书家一看也不是很宽裕，这从两口子的穿着打扮和屋里屋外的陈设便可以看得出来。上首坐了，心里却暗叫不好。刚才上坡时我留意过，周围三五里没听见狗叫也没看见灯火。支书家单家独户，我们这六七条汉子晚上该往哪儿躺呢？正担心着，却望见支书去一边屋里弯腰趴在米柜边往外掏酒瓶，我忙跑过去，扯住支书的胳膊。支书手里已经有了瓶胶瓶盖的文君酒，尚不知何年何月放柜子里的。我并非怕喝了支书压箱子的一点瓶装酒，实在是过去上过一次当，喝着假酒，差点要了命。山里人待客，总觉得包了装的都是好的，这不奇怪。我认真说："支书，你要真心招待我们，我看你碗柜里泡着的药酒，好像是拐枣吧？我有好些年没吃过这东西了，倒些给我们，倒比你这酒稀罕。"

陈庆和支书熟人熟事，随便一些，这时候也过来直呼支书的小

第七章 冬至深寒：道别总艰难

名说："杨薅薅，按朱支队说的做，就你那拐枣酒，也不当真喝，当真喝，把你家当卖了也招待不好，只当驱驱寒气罢了。"

杨支书苦着脸望望陈庆，摇着小脑袋从碗柜里取了酒坛子，每人倒了一碗拐枣酒。又累又饿加上寒气逼人，一口喝下，倒真比茅台五粮液还香醇。山里人做菜，虽是水煮盐相，却平添不少野趣，一个个吃得喷喷香。惦记着晚上还要扯案子，一个个都推说酒足饭饱，纷纷放了筷子。碗一放，不待支书开口，我直接说："支书，兴许你安排了我们床铺的，不好意思让你费心了。我们准备晚上就在你家扯扯案子，将就打发一晚上，明天接着工作。"

支书为难说："那怎么行？我家就一个床铺，还是辛苦你们动动步，到附近几家借住一宿，床单被褥都换了新的呢！"

几个妇人也帮腔说："杨支书说的实话，我们里里外外换了新的，你们莫嫌弃。"

"你们误解我们的意思了。"我忙赔笑脸，作古正经说，"我们刑警队就这样，住得五星级酒店也睡得牛圈猪圈。真不是嫌弃也不是怕走路，实在是工作要紧。你要真心，就把你这一个床铺留给我们，你两口子动动步，我们借你家扯扯案子上的事。好不？"

支书还在犹豫，张强开口说："就这么定了！工作要紧，将就灶孔里的木炭在屋里生堆火，我们边烤火边扯工作。也没几个时辰的事，将就算了。"

支书无奈，只好催促妇人们抓紧收拾碗筷，自己麻利地生起一堆火来。不一会儿，收拾停当，支书老婆和一帮妇人打着火把先走了。支书最后走，道不尽的歉意。我拍他出门，递了支烟，低声

我的刑警往事

问:"杨支书,杨光洪这事你是咋看的?"

支书看我半响,像得到天大信任似的说:"这不癞子头上的虱子——明摆着的吗?八成凶多吉少,只是这敏感时期,这话不能由我们村干部特别是我这个前坡的支书说出口。"

"呃?你也这么看?"我盯了盯支书,烟头一暗一灭中,眼前的支书细小的眼睛闪着幽幽的光,却是个明白人,便有意问道,"若依你说,为了啥呢?"

"这个我不好讲,人命关天,不是随便说的,也怕误了你们的思路。"支书滴水不漏,末了突然呵呵一笑说,"巴掌大块地方天大的坑呢!"

"哈哈,支书你有数。"支书这话我懂,便哈哈一笑,随即正色说,"明天你们村里继续加大搜索力度,尽量把阵仗搞大点。好吗?"

"朱支队是要我给你们打掩护?这你放心。"支书伸出手和我握了,"保证让你们走哪哪不晓得。"

我踅进门,张强们已经找了一张破沙发,两把躺椅放火塘边,几条汉子这么蜷一夜,没啥问题了。国辉在查看手机上的彩信,上面是一长串话单。分析话单是国辉的强项,一定是刚才瞅空子调了谁的话单传过来了。多年兄弟搭档彼此默契,不须多说。我伸火塘边搓搓手,边搓边问陈庆:"庆,这个'杨薅薅'有啥说道?"

"嗨!这人喜欢斗地主,还喜欢薅牌,十回倒有九回输,诨名就这么来了。"陈庆嬉笑说。

"这人斗地主不咋样,倒是个明白人哟。"我坐到沙发上,提提嗓门说,"来吧,酒也喝了,火也烤了,这条猪儿咋刨呢?"

第七章 冬至深寒：道别总艰难

几个人拿眼看我，只国辉埋头在翻话单，不时记上几笔。不打扰他，我嘿嘿一笑说："好吧，我先起个头。先不说这杨光洪咋样了，我们不妨先把杨光洪失踪这天的活动像放电影一样回放一遍。早上七点，杨光洪起床喂猪煮饭，经佑老汉吃了早饭，八点出门到后山，买了六条鲤鱼后回家。下午去红苕地里挖了两背篼红苕回来，儿子也放学回来了，这时候大概是傍晚五点半。五点半天已擦黑，他回家用酸萝卜煮了三条鱼，用腊猪油炒了咸菜，爷孙三个吃了。吃饭期间他煮了锅猪食，然后出门，这时候差不多是晚上九点。他拿了电筒，没带收音机也没带啥钱，连打狗棍也没带。他为什么不带打狗棍？可能的解释是，他一手要拿电筒，另一只手要提剩下的三条鱼……我感觉这三条鱼就是杨光洪失踪的死结，捏住它解开它，死结或许就打开了。大家想想，山里农村，没啥节庆没啥贵客谁会舍得买鱼吃？奢侈不说，单单做条鱼吃就很烦琐。杨光洪几乎是鳏夫一个，老少两张嘴还有两条猪都指着他煮来吃，屋里屋外的活儿还等着他，淘神费力弄鱼干啥？只有一种解释：这几条鱼原本就不是买回家，而是送人的。送谁？送去后又发生了什么？这就是我们要解决的问题。"

张强赞同说："我也觉得这鱼很蹊跷。从元河到后山场，一去一来要三四个小时，为几条鱼去赶趟场太不划算。"

"朱哥说的有道理，不过有一点我不太赞同。"坤祥看看我，然后才说，"为啥不可以说另外三条鱼杨光洪根本就没提回去呢？假若这六条鱼都提回去了，晚上出门再带三条走，杨光洪的儿子肯定会看见。要知道，杨光洪走的时候是撒谎说到别人家坐夜的。试想，有提着三条鱼去坐夜的吗？所以，只有一种可能，这三条鱼在回来的路上就送了谁了。"

"嗯，坤祥说的非常有道理。"我赞许道，"照你这么推断，杨光洪是先去了某个地方给了鱼，然后再去这地方。这地方他常去，所以不需要打狗棍，咳声嗽或者这家的狗听到脚步声也能不出声更不会咬人，是吗？"

陈庆压压嗓门说："按这么推测，杨光洪一定是去他兄弟媳妇张明琼家了。张明琼家在前坡，小地名叫皂角垭口，杨光洪从后山走路回家，这儿是必经之路。杨光青失踪几年，他家的重活累活都是杨光洪在做，村里人早有闲话了。"

"如果这个张明琼是个合理推断，那也只是一种可能。"我看看大家，进一步诱导道，"假设杨光洪那天就是去了张明琼家，然后下落不明了，我们再大胆假设他就是在张明琼家被杀了。她为了啥？她能做啥？"

张强沉吟道："是啊，这个张明琼我见过，个子小小的，看上去本本分分，不像是个做得出这种事的人。再说，她图什么呀？没有深仇大恨，谁会对一个大活人痛下杀手呢？"

这么一想，又冷场了。犯罪动机、犯罪的时空条件是一切合理推理的基础，这个基础要没有，只剩下偶发或突发因素。

"我们先不谈动机或者可能。让我们先回到起点。"我给每个人散了支烟，说，"单单围绕这晚杨光洪是不是去了张明琼家来讨论，有什么直接的客观的依据？"

"有倒是有，不过也不是好直接。"国辉收了电话，慢条斯理

第七章　冬至深寒：道别总艰难

说。他总是这样慢吞吞的，是火星子掉脚背了也不会跳起来，而是弯下腰拿手去掸掉的那种人。待我想发火时，国辉挪过那张写得密密麻麻的单子说："我找人调了杨光洪这个月的话单，话单上通话最多的就是张明琼。当然，单单和谁通话最多并不说明啥问题。问题是12月7号前几天两人的通话每天保持在十次以上，还都在十分钟左右。8号早上有两次通话，正是推测杨光洪出门赶场的时间。接着在下午一点有过一次通话，通话时间有一分半钟，然后再没有通话，直到杨光洪失踪。从以往两人的通话频率和规律上推断，8号这天张明琼应该知道杨光洪的活动轨迹，晚上应该是在一起或是出现不需要通电话的情况。"

"哎呀！国辉，你来个痛快的。这张明琼有什么可疑的通话情况吗？"我愠怒道，"我知道你一直在做功课，我们着急死了你来个死不着急。"

"莫着急嘛，我这不还在整话单嘛！"国辉说完，继续低头分析那些号码去了。

我情知国辉会有新发现，也不着急，任他写写画画，一摸烟却没了。坤祥几个一摸，也都没了。这个时候可以没吃的没喝的唯一不可以没烟，没烟抽那可是要命的。"这个杨薅薅，咋不买几盒烟放屋头嘛！"陈庆在屋里翻了几番，责骂道。屋外墙上晒着些生烟叶，陈庆寻得几匹稍稍干一些的，回火塘边细细烤了，用手指捻碎，找笔录纸裹了几支，先递我一支说："朱哥莫嫌臭，救救急。"

"'破鼓能救天边月'，今晚咱们就抽这叶子烟。"我说。

抽上叶子烟，国辉那头好像有发现了。他扯过话单，慢条斯理说："张明琼事发前长期和村里一个叫柳国华的人有通话，时间还大都集中在夜里。事发当天白天有五次通话，每次还都在五六分钟，夜里十二点过，张明琼还和他有过一次通话，时间长达十一分钟。然后没了通话，从第二天开始，直到现在，奇怪的是再没任何通话。"

我接着问陈庆："前期调查，张明琼是个啥情况？"

陈庆说："张明琼单家独户，家里有个七十多岁的老娘，一个八岁半的儿子，在关龙小学读走读。杨光青失踪有快三年时间，其间张明琼没出去打听过，后来就传出她和杨光洪有一腿的传言。眼下农村缺劳力，这种你帮我我帮你的事并不奇怪，加上杨光洪毕竟是张明琼的大伯子，帮帮忙也正常。就算有那一腿，也是肥水不流外人田，一个老婆不在家一个男人没下落，你情我愿的。"

"十杀九奸！未必不会呢。"张强插话说。

"问题是从我们掌握的情况看，两人没啥矛盾呀。"陈庆有些不相信说，"如果按我们现在分析的那样，这天杨光洪不是还在给她送鱼吗？"

坤祥反对说："如果张明琼安心做这事，这鱼正好是个借口呢。"

国辉说："假若我们一定要打个独碰子，坤祥说的有道理。张明琼要干这事，那一定是要请一个人帮忙的。这个人就一定是柳国华，如果是柳国华，那他一定和张明琼有啥共同的利益，或者说有一个共同的目标就是要杨光洪的命。"

我又问陈庆："这个柳国华你们掌握多少？"

陈庆翻翻本子，说："柳国华家住后坡，在铁炉峰一个叫双飞燕

第七章 冬至深寒:道别总艰难

的煤厂挖煤,个把星期回来一次。没听说他和张明琼有啥关系,唯一的关系是他每次回家都要从皂角垭口路过,偶尔会给张明琼带三五十斤煤炭,是送还是卖没查过。"

"好啦!"我看看时间,已经是后半夜三点。火塘里的柴块加了两三次,屋外刮起了寒风。我说:"时间不早了!大家都打个盹儿,天亮继续工作。我们分两路,一路继续收集查找杨光洪失踪的各种信息,加大搜索范围,陈庆、坤祥负责。剩下的人全部围绕这个张明琼、柳国华做文章,这个独碰子必须打。既然是打独碰子,那就单刀直入,一针见血,没必要绕弯子。直接接触,先礼后兵,错了再起炉灶。要打准了,这事也就结了。大家觉得如何?"

大家精神一振,都说要得。没啥新的意见,大家也都困了,脑袋一歪眼睛一闭,鼾声一个接一个响了起来。我拉国辉和张强出门,重又点了支叶子烟,再把明天如何审查张明琼、柳国华的细节扯了一遍。寒风刺骨,冷月凄凉。不敢久站,溜进门,我靠破沙发上沉沉睡了。

天大亮后,方才把元河村全貌看了个遍。放眼望去,水田旱地斗笠盖一丘、蓑衣搭一块的,都高高低低披挂在七齿八牙的山坡谷底上。一间间破破烂烂的瓦房砖房茅草屋赘疣一般依傍在田边地角,鸡鸣犬吠隐隐约约,互无干涉。皂角垭紧靠着一片枞树林,一条鸡肠子一般的小路一头连着树林一头连着垭口,翻过山垭沿着一道几乎笔直的山脊穿过铁炉峰大梁就是开县岳溪的东阳乡地界了。张明琼的家是一座半边瓦半边茅草的土坯房,离那条鸡肠子样的小

我的刑警往事

路还有四五十米，要没啥事，过路人是不会轻易绕道到张明琼家坐坐的。还没走拢屋子，两条脏兮兮的瘦狗恶狠狠叫着冲了过来，国辉一跺脚，又都夹着尾巴溜一边去了。一个女人随即从屋子一角的猪圈钻了出来，皲裂的双手一手拎了只猪食桶一手握着只龇牙咧嘴的木瓢。女人高不过一米五，黑黑瘦瘦，眉眼倒还耐看，只是嘴一张露出两颗白白的虎牙，让人一瘆。"张明琼，把活路儿放下，我们找你摆摆龙门阵。"张强打招呼说。

张明琼也不慌乱，拖了两根凳子，拿围裙麻利地抹了抹。一个穿着黑棉袄的老太太，扶着门框墙壁颤巍巍走了出来。张明琼数落两句，老太太缩回屋去了。国辉、张强和张明琼摆谈，我溜一边四处看看。屋里屋外没啥归纳，鸡鸭鹅东刨西啄，两条狗进进出出，更加脏乱。堂屋、卧房、灶屋看了个遍，没啥蹊跷处。还真像杨妻说的那样，家里就一张大红木床，两头各一个枕头，要来个啥人还真没地方可以挤一下。灶屋边是个茅草做顶的偏房，猪圈牛圈混做一处，张明琼刚才就是从这里钻出来的。进里面一看，两头还算肥硕的大黑猪正吧嗒吧嗒争着食，一头黄牯牛躺在一角有搭无搭在反刍。别无长物，只有一把矮木梯，斜搭在猪栏边的墙角里。木梯一般不会放猪圈里吧？我一诧，不觉多留意看了几眼。猪圈顶上还搭着一层柴楼一样的窝棚，扯过楼梯一搭，高度正和棚子沿口一般高，像是专为这棚子定做的。我沿梯子爬上去，一股不同于牲口的汗臭味儿扑鼻而来。这儿竟是个睡人的地方。一条黑不溜秋的毛毯铺在稻草上，一角还塞着一床花棉被和一个黑不溜秋的枕头。窝棚不到一米高，只能容一人匍匐进去，却可以让两个人并排躺着。扯

第七章 冬至深寒:道别总艰难

扯棉被,扯出一个打火机一个罐头瓶。瓶子里有七八个烟头,顺手扯根木棍扒拉几下,有两种烟,一种是宏声一种是攀西。都二十来块一包,能闻出鸡粪味儿的那种。我从衣兜里摸出包纸巾,抽了纸,把两种烟头塞到了塑料袋里。这个张明琼和杨柳二人都有一腿,这儿就是她精心打造的销魂窝哟!

下到猪圈,放好楼梯,回到国辉这边。张明琼好像正在回答国辉他们有关柳国华的问题,脑袋直晃,说的也振振有词:"……哎!你们也相信这些嚼舌根子的话呀?别人说'寡妇门前是非多',我男人还没说是死了,这闲话也这么多了,真是气人。退万步讲,就算我男人死了,我守了寡,柳国华看我可怜,我求他帮个忙也不是啥丢人的事吧?你们'称二两棉花访(纺)一访(纺)',这元河村前坡后坡,柳国华来来去去也不止给我张明琼送过煤炭,都是一手交钱一手拿货,力钱一分没短他的,到我这儿就成闲话了?要真这样,大伯子帮不得忙,左邻右舍的也不能帮忙,还要不要人活了哟?"说着说着,一把鼻涕一把泪的了。

"张明琼,我们没说他们帮忙帮错了,你自己往歪里想。"张强提高调门说,"杨光洪下落不明,你和他联系这么多,我们是要问一问来龙去脉嘛。"

张明琼还是眼泪汪汪说:"我现在横竖是说不清楚了,我咋这么命苦呃?自家男人走得不明不白,这下他哥哥也走这条路了。"

"张明琼!你跟这事有没有关系我们会搞清楚的。"国辉一字一句说,"'心中无冷病,不怕吃西瓜',你和杨光洪没啥关系,为啥回避你们见过面呢?"

我的刑警往事

"哎！"张明琼两手一摊，说，"我是确实记不起那天他大伯来过的了。你们说来过就来过嘛！反正脚长他身上，我是不晓得他去哪儿了。"

我一直细细在看张明琼的眼神，疲惫却透澈，几乎看不出一丝惶恐和慌乱，甚至带着些迷惘和无奈，似乎还有一种想替我们找出答案的焦灼一样。可是，这个女人分明又可能同时和两个男人偷着情，甚至有可能杀死了其中一个呢。更大胆地推测，她口口声声中的自家男人也难说不是她下了毒手哇！这会不会是一个有着蛇蝎心肠的毒妇呢？果真这样，这个女人不是心理素质超乎寻常便是这穷乡僻壤孳生出的麻木和愚昧哟！我心一缩，背上也凉飕飕的了。

该走下一步棋了。我给国辉使个眼色，三个人起身离开。张明琼送我们到皂角垭口，我们走出好远，她还在那儿呆望着。"这个女人不简单啊！"我望望垭口，把我的发现说给国辉和张强听。

"如果真是她干的，也够可怜的了。"张强叹口气说。

我们开始沿山脊向铁炉峰大梁攀爬，气也有些出不匀了。我喘着粗气说："我猜张明琼这会儿一定在看我们，见我们往双飞燕煤厂走，一定会急得不行，待会儿肯定是要给柳国华打电话的。到底是妇道人家，心再黑也会打抖。"

"说真的，到现在我还宁愿相信杨光洪是出了啥意外。"张强擤着鼻涕，脸上虚汗直流。早两天他就感冒了，昨晚一折腾，鼻子更来不了气，说话闷沉沉的。

"张强，你倒是怜香惜玉了。"我停住脚，脱了外套，玩笑道，"俗话说，'青竹蛇儿口，黄蜂尾上针，两般皆不毒，最毒妇人心'

第七章 冬至深寒:道别总艰难

呢。"

说罢,都笑了起来。说话间爬上铁炉峰大梁,脚下的元河村还有更远的关龙、后山依稀可见。冬至时节,万木凋零,大梁上却满眼净是耐寒的松树、枞树,倒显得层峦叠翠,生机勃勃。

双飞燕煤厂洞口在后山地界,坑道却远远深入东阳境内。有了这层关系,煤厂由两家出资,私人承包。这几年煤炭行情看涨,煤厂倒也红火。挖煤工虽是个体力活危险活,收入却是一般靠出卖体力为生的下力汉没法比的。工人黑白两班倒,一班睡觉一班下井,一周休息一天接着黑白班颠倒继续轮。我们穿过煤场向厂部走去。煤场不小,到处是散落的煤渣、矸石、腐烂的枕木和废电缆破纸壳,污泥浊水四处横流,小轨道横穿其中,推车、卡车进进出出,整个煤场成了一个巨大的搅拌场,煤尘飞扬,浮土浪烟如平地起了沙尘暴。

厂长没在矿上,安排了个姓刘的矿长带我们去柳国华的宿舍。宿舍是一间大房子两排通铺,铺上每人一床草垫一床褥子一床棉被。山里夏天凉快,冬天有火炕,这一套卧具寒来暑往够用四季了。水靴、雨衣、胶壳帽、棉袄棉裤啥的都胡乱挂在墙上,靠墙放着一口小木箱,大都是矿上的炸药箱子,放些换洗衣服手套电筒这些零碎物件。柳国华的床铺算干净一点的,箱子没上锁,随手打开,一股香皂味儿溢出来,混杂在满屋的煤烟烟草味儿中,闻上去倒觉得怪怪的。再细看,又觉得不对劲,箱子里是全套簇新的洗漱用具、换洗衣服和一条攀西香烟,一支锈迹斑斑的手机端端正正放在方方正正的衣服上。国辉随手取过手机,上面有好几个未接电话,正是张明琼刚才打来的。"这家伙的'老约方'又打电话来了。"刘矿长凑过来看看,邪性笑着。

"你们都晓得么?"我淡淡地问。万县人管老情人叫"老约方",这么说,柳国华和张明琼约上,在这里早不是什么秘密了。

"煤厂人有四大:烟瘾大,酒瘾大,力气大,骚劲大!又都是死了没埋的人,闲钱儿也不少,屋头那把老咸菜揉来揉去哪经揉?还不都在外头找一个两个的打打平伙?反正现在农村有的是守空房的婆娘。一个出一样,两不亏!"刘矿长见怪不怪说。

"倒也是。"我敷衍句刘矿长,一边拍张强一边说,"柳国华已经警觉了,我们得马上找到他。"

张强颔首说:"好,我让刘矿长安排。"

刘矿长大概看出点名堂,忙安排我们穿戴好下井用的行头,坐上矿车往井下走。一进井口,一下仿佛进入了黑洞一样,刘矿长高声叮嘱我们低下头,手莫往外伸。只听得车轮和铁轨咣当咣当碰撞着,暖湿的风呼呼吹着……一会儿,矿车拐了个弯开始往下坠,像要掉进黑洞洞的深渊一般。我用力睁大眼睛,却什么也看不到,似乎矿车在前进,又似乎巷道在倒退……就像坐过山车,既想享受刺激又想尽快结束一样。

终于看见灯光,矿车停了下来,掌子面快到了。我们下车,打开矿灯向前又走了段路,转弯进入了一个更狭窄的巷道,一股股污浊潮湿的暖气流迎面扑来,空气闷热,感觉呼吸困难,有一种窒息的感觉。走没几步,一根枕木绊了一下,差点摔倒。慢慢适应环境

第七章 冬至深寒：道别总艰难

后，我环顾一下巷道，洞壁上窄下宽，用工字钢和木棒做成的支架支撑着，从下面走过必须弯腰低头，稍不留神就会撞上安全帽。有的支架被压得变了形，好像轻轻一碰便会突然断裂，把人活活埋在里面一样。"都说煤矿工人是死了没埋，这话真的不假。"我心里叹说，只想赶快找到柳国华把他带出去，我好重见天日。终于到了掌子面，巷道旁边往里挖了个猫耳朵样的小洞，洞里挂着盏小灯，地上堆放着铁锤、洋镐、铲子、千斤顶啥的采煤工具。有个工人在收拾工具，一件件往身边的筐子里放。刘矿长扯扯我衣角，朝那人努了努嘴，那人该就是柳国华了。来得还真不是时候，这人手里攥着这么多铁家伙，任操一件，我们对付起来还真没啥胜算呢。我悄悄摸了摸腰间的手枪。张强把我往身后拽了拽，弯腰过去一手拍着柳国华的肩膀凑他耳边说话，一手顺便把筐子扯到了一边。柳国华抬眼看看我们，扯下脖子上的黑窑巾抹抹汗水，句话不说乖乖跟我们走了。

矿车驶出井口，炫目的光线猛一下刺得我们睁不开眼睛。长吐口气，宛若重生。柳国华站一边，待我们出匀气了才怯生生说："我洗个澡好不？"

这个理由还真不能拒绝，可也不好跟到澡堂子去吧？脑子一转，和国辉、张强互看一眼，脸上也都花一道黑一道，身上汗蒸了一般，我呵呵一笑说："怎么样，我们都去泡个澡如何？"

还没到下班时间，澡堂热气蒸腾，却没几个人洗澡。我们不熟悉流程，也有意让柳国华先下池子，便让他先脱衣服。柳国华也不说啥，三两下脱了衣服，先到一排蓬蓬头下冲了身上的煤渣粉尘，

我的刑警往事

然后下到大池子里细细泡着搓着。我们几个脱了衣服，让刘矿长看着衣服和枪支，也照着柳国华的流程下到池子。破天荒第一次当这么多人面脱得精光，开始还真不习惯。到了池子，滚烫的水一泡，很快忘了难堪。先到的几个矿工或泡着或斜靠着池子边闭目养神，有人还给柳国华递过一支烟，说着荤话。只当我们几个是来矿上检查安全生产啥的人，并不见外。我们没敢多泡，重又到蓬蓬头下冲了冲，穿好衣服，柳国华也从池子里爬起来了。

我先出澡堂，站在门口长长地伸了个懒腰，清冷的山风吹过，感觉筋骨都通泰活泛了。国辉、张强带着柳国华也出来了。穿戴齐整，这才看清楚柳国华的本来面目。长得也敦实，略高的身量，匀称的身板，四方脸大刀眉，比见着的几个矿工倒也白净些，只是从见着我们开始便低眉顺眼，从不多说半句话。再回宿舍，柳国华提起箱子，往腋下一夹，眼睛迎着一个呆立在一边的工人，闷声说："黑子，过几天我家里人来收拾东西，帮我清一下！黄崩牙欠我一百二十块钱，让他还我婆娘。"

我们穿过煤场，沿一条小路往公路方向斜插下去。走出几里路，路边有座废弃的煤窑，窑洞前有一片空坝。我招呼大家停下，各自找了块石板坐好。我给柳国华递过一支烟，柳国华愣了下，接过来点上了。

抽了小半支烟，我开口问道："柳国华，晓得我们找你干啥吗？"

柳国华没有回答，只一口口吸着烟。吸完我给的那支，又掏出自己的攀西对上火再抽。抽完烟，双手抱着膝盖，两只眼睛空漠地望着天空。我低声说："这么说吧，不管你做了些啥，总是错了。人

第七章 冬至深寒：道别总艰难

土为安，总不能让别人成个孤魂野鬼吧？"

柳国华还是木鸡般呆望着天，差不多让我们不耐烦时，他长叹一口气，自言自语道："哎，'屙是一个鬼！日了要后悔哟'！"

我和国辉、张强心照一望。我淡淡地跟了句："老柳，说说这个'屙'怎样？"

"张明琼咋说？"柳国华收回望天的脸，低下头，半晌才转脸问我。

"你别管张明琼咋说，我们要听你咋说。"我提提嗓门说。

"这么说来，你们还没找张明琼是不？"柳国华仿佛很沮丧地把我们三个一一看了，怏怏道，"我不能说在张明琼前头，那样我就对不住人了。"

国辉正色道："柳国华，轮不着你讲价还钱，还是争取主动吧！"

柳国华重又望起了天空。从他的视线望去，铁炉峰大梁上天高云淡，一只岩鹰正翱翔在天空，自由而舒展。半晌，他认真说："你们别逼我，我该说的时候一定会说。只是我真的不好意思说在张明琼前头，那样我就真的对不住人……我是站起屙尿的人！我赌过死咒的！"

柳国华近乎傲慢的态度让张强不爽，正要发作，我摆了摆手。我凑近柳国华，盯着他眼睛，一字一顿说："老柳，你确认要等张明琼交代了才说，是吗？"

柳国华看着我，认真点点头。

"如果那样，你会吃些亏的。懂我说的啥意思吗？"我继续看着柳国华，柳国华还是肯定地点着头。我掏出电话，看看信号尚好，

我的刑警往事

便拨了坤祥的电话，让他马上把张明琼带到后山。

听到我说这话，柳国华站起身，脸上竟有了如释重负的样子。继续下山，张强给柳国华戴上手铐，走没多远，张强有意落到后面。悄声对我说："这家伙该不会耍啥花招吧？我们该在这山里让他开口的。"

"他早已经料到会有今天，要耍花招早耍了。"我拍拍张强，低声安慰说，"肉放篮子头了，是炒是炖还不一样？"

太阳偏西，我们回到后山，坤祥已经下好套子。我们拿柳国华的外套搭在他手腕上，下车向警务室走去。离警务室还有十来米，坤祥、陈庆带着张明琼从警务室大门出来，向三菱越野走去。张明琼手上戴着手铐，倏然看见我们带着柳国华走来，愣怔一下，被坤祥推进了车里。柳国华呆了片刻，嘴唇打起了哆嗦。

折腾一天，还没吃饭，警务室端来一大盆肉丝面，我们呼哧呼哧吃了。端给柳国华，柳国华勉力吃了几口放了筷子。吃完饭，烤上火，重又点上烟。国辉主审，单刀直入说："柳国华，该拿话出来说了吧？"

"我没杀杨光洪。"柳国华幽幽道，"我只帮了张明琼一个忙，你们信不？"

国辉烤着手，看也不看说："你说只帮了一个忙，那就说帮忙的事吧。"

柳国华像是很艰难地咽了口口水，说："我帮张明琼把杨光洪丢了。"

第七章 冬至深寒:道别总艰难

"呃?你把杨光洪丢了?"国辉这才装一副感兴趣的样子,问,"咋丢的?死的还是活的?囫囵的还是零碎的哟?"

"零碎的,几大坨!"柳国华嘟囔两句,突然女人样号哭了起来,"我真的没杀人!张明琼喊我去的时候杨光洪就是几大坨了!这个女人太歹毒了,我真的不该上她的铺呀!我婆娘对我其实很好的,又勤快又老实,我们也吵架也打架,都是床头吵架床边好,我糊涂呀!"

"一个大男人,拿得起放得下,哭啥哭!哭得出后悔药?"国辉拍拍柳国华,往他手里塞了支烟,待柳国华稍稍平复下来,依旧慢条斯理说,"你说的那几大坨都丢哪儿了?"

"大梁过去煤洞头丢了几坨,脑壳丢千口岩下头了。"柳国华打了个寒噤,哆哆嗦嗦抽了几口烟,可怜巴巴问,"公安同志,我会不会跟到张明琼抵命呀?"

国辉看看我,我淡淡说:"说的是实话,找得着那几大坨,你不会抵命。"

"我找得着、找得着。你们带我去,我指路,一定找得着。"柳国华乞求道,接着又泄气般说,"要是遭野物拖走了,我该咋办哟。"

"麻雀飞过影子在,你把我们带到地方,我们自有办法。"国辉掐灭烟头,紧盯了柳国华一眼,正色道,"前提是你得说实话,配合好。你做得到吗?"

柳国华看着国辉,重重地点了点头。

这么说来,假若柳国华没撒谎的话,杨光洪应该是被张明琼杀了碎尸了,找到杨光洪哪怕一星半点肉呀骨头啥的这事就水落石出了,

我的刑警往事

这是王道！我把椅子往前靠了靠，问："柳国华，说说那几大坨吧！"

柳国华重又咽了咽口水，开始交代。他和张明琼是一年多前勾搭上的，这之前他也听说过张明琼和杨光洪早搞上了的。反正萝卜扯了眼子在，只要两个人撞不上车就行。柳国华手头宽裕些，也舍得给张明琼花钱，每次上门也没空着手，张明琼对柳国华就更喜欢些。那杨光洪除了下力还是下力，舍不得给张明琼拿东西更舍不得给张明琼零花钱。张明琼渐渐开始冷落杨光洪，杨光洪察觉张明琼和柳国华好上后也开始对张明琼不是打就是骂，关系更不好了。从今年割谷子那季节开始，张明琼在窝棚里开始唠叨哪天把杨光洪给除脱算了。柳国华只当张明琼是说气话，也没当真。杨光洪失踪后，柳国华打电话问张明琼是不是真的把杨光洪给除脱了。张明琼满口说没有，还让柳国华帮忙找找。警察到元河后，张明琼突然一天几个电话打给他，要他到她家有事商量。柳国华在12号晚上到了张明琼家，窝棚里做了爱后，张明琼说她把杨光洪给杀了，人被砍成几坨埋在垭口边的林子里，要他想法子把这几坨东西背远些丢了。柳国华将信将疑，和张明琼带了锄头背了背篓到了那片枞树林，林子里果然有块新翻的土。张明琼让他拿锄头刨开新土，没几下就露出几大坨用胶纸裹得严严实实的东西，摸上去肉肉的。两坨大的一坨小的，小的一坨圆不溜秋，一摸就晓得是脑壳。两人商量往哪儿丢，柳国华说他小时候在大梁上面一个煤洞挖过野煤，煤洞是解放前开挖的，出过些狗屎煤。洞子有几丈深，只容得下一个人钻进去，塞里面肯定没人发现。没再多说，张明琼背了一坨大的，柳国华背了一大一小两坨，一口气爬上大梁。找到那个洞子后，柳

第七章 冬至深寒:道别总艰难

国华把两坨软的拖到洞里，塞到洞子尽头的石头缝里，用片石堵了退出来。另外一坨脑壳背到附近的千口岩边，连同背篼丢到了悬崖下，隐约听到"咚咚"的落地声后，两人才摸黑下了山。"就在千口岩边，张明琼还要我和她再做一回。也不知咋的，我也来劲儿了。我们使劲做了半个多小时才起来，她把我脑壳都抓烂了。"柳国华最后说。似乎是想要印证他没说假话，扒开头发让我们看他的脑瓜皮。果然，在他头顶上，还真有一道道结了痂的血印。

柳国华说完，已是掌灯时分。国辉出门给坤祥打电话，让他和陈庆抓紧突审张明琼。为稳妥起见，让张强给杨支书打电话，让他马上带人去皂角垭口那片林子找找，看是不是有块挖过的新土。一小时后，杨支书回话，还真有一块新翻过的土。初步得到印证，我打电话给分管刑侦的局长助理张扬全，简单说了情况。扬全听罢，玩笑说："朱哥，你要在离开刑警之前把一起不是案子的案子搞成案子么？好吧，我马上派法医、痕迹和照相的同志到后山。"

老余带着何大华和几个技术员赶到后山时，已经是晚上九点。后山乡政府听说我们要连夜上铁炉峰，提前给我们准备了几大捆绳子、几把电筒和编织袋，又喊了两个当地村民带了砍刀背篼来候着，一来带路二来背东西。准备停当，张强兴冲冲过来说，从后山到大梁正在修一条机耕道，毛路已经挖好，拉石料的农用车也跑了不少趟。乡上建议我们坐农用车上去，可以节省两个多小时时间。光线视线都不太好，走的又是条毛路，危险有一些，不过值得一试。我让老余做主，老余呵呵一笑说："别人走得我们未必走不得?"当下说定走这条毛路。

不一会儿,两台农用车开来了,还都是上过大梁的驾驶员。听说上去是找尸体,稀罕得不行,工钱不谈,只要求一块去看看热闹。这不是问题,马上出发。农用车突突突一路颠来倒去,开上铁炉峰山顶附近,只用了个多小时。再不能冒险往前走,一行人下车往大梁前进。路上张强一直在和柳国华谈话,给他松包袱。杀人犯指认现场时自己跳崖甚至拉上个警察一块儿跳崖的事也不是没有先例。好在一路上柳国华的情绪还算稳定,边走边辨别方向,生怕走错路的样子。

爬上大梁,风越刮越大。稍一歇脚,寒风钻进衣襟,刺得人针扎样疼。林子间的小路鸡肠子一般,走的人少了,荆棘茅草遮挡着,每走一步总像有人拉着扯着一样。七弯八拐,我早已辨不清方向。柳国华却在一平坦处停了下来,我手举电筒四下望望,惊讶道:"这不是白天我们歇气的地方么?"

柳国华点点头,拿过一把电筒射向一处密不通风的灌木丛,嘟囔说:"钻过去有个洞子,就那里有两坨。"

柳国华一说,站洞子这边的村民下意识往后面靠了靠。老余们打开强光电筒和勘查灯,两道雪亮的灯光射进灌木丛,里面隐隐约约有一个洞子,洞口湿漉漉的飘着潮气,像一头龇牙哈气的怪兽大张着的嘴巴。"难怪白天柳国华一直望着天,他是不敢直视这洞子呀!"我心里说。老余们开始有条不紊地拿相机噼噼啪啪拍概貌,闪光灯刺破寒夜和密林,更显得铁炉峰顶阴森诡异。拍完照,我和老余、何大华先靠近洞子,吩咐后面的人砍一条小路来。接近洞口,

第七章 冬至深寒:道别总艰难

我不禁倒吸一口凉气。这洞子实在是太小了。洞口是拱圈状的,扯卷尺一量,高不足50宽不足40公分。"妈的!这样的洞子只够条狗钻进去了。"我啐了口道。

"人和猫一样,脑袋能进去身子就能进去。这家伙能把尸块塞进去,我们也能把它拖出来。"老余匍匐在洞口,拿电筒往里面射了一阵,好像很有信心地说。

"别忘了他是挖煤的,专业!我们是活生生往里钻哟?"我担心说。

老余不再说话,吩咐何大华脱掉外面的棉衣,自己也脱了外套。他们两个人在我们中间是最瘦的,一个验尸一个照相,正好齐了。只是我老大不好意思,问我需不需要进去。"得了吧!你这身板进去,一旦卡住,进退不得不是添乱啊?"老余咕哝道。

说话间,何大华和老余一前一后匍匐进洞子里去了。整个洞子有近二十米深,十来分钟后,里面一闪一闪,有了闪光灯白晃晃的亮光。"看来发现东西了!"我心一喜。接着又犯愁了,进去两个净人尚且这么难,还不知张明琼把杨光洪砍成了多少坨,要把这百多斤零零碎碎的人肉内脏一坨一坨扒拉出来,拼接成个人形,可是件很困难很恶心的事哟!来看热闹的几个村民不敢近前。柳国华却开了腔:"队长!你们找根棍子,棍子一头缠个钩子送进去,再派两个人进去,一坨一坨往外顺。过去挖野煤就是这样做的。"他这一说,还真提醒了我们。照他说的这样做,不一会儿,洞子里开始往外送出第一块尸块,是一只胳膊。

送出来的尸块一块块拿到空坝,等老余他们出来后拼接。尸块

我的刑警往事

捂在暖湿的洞子里,已经沤臭沤烂,虽然都戴了双重口罩,还是恶臭无比。一会儿,洞子里传出阵阵干哕声,接着有人开始呕吐。我守在洞口,真替洞里的几个人捏把汗。差不多快两个小时后,洞子里面的人一个个往后退了出来。一出洞,每个人都瘫坐在地上,刚出水的鲤鱼般大口大口贪婪地呼吸着寒冷的空气。

空坝这边,张强让跟来的村民用柴刀砍出一块平地,两个驾驶员跑了好几里路到开县地界,敲开一个村民的家,背来两大捆干柴。两个鬼灵精怪的家伙还找那家人买了十来节香肠、几块豆腐干,两瓶白酒,要了个破瓷盆子。"你们太辛苦了!烤烤火,喝点酒驱驱寒气。"老余他们刚出洞,这边便生起了篝火。已经是凌晨四点,漆黑黏稠的夜幕笼罩着黑黢黢的山野,熊熊的篝火照亮身边这一片草地树林,显得整个铁炉峰愈发的空旷和寂寥。老余们打开勘查灯,将一坨坨一块块肢体登记、拼接。寒风一阵紧似一阵,灯光、火光掩映中,松树枞树针叶婆娑、人影幢幢,铁炉峰的寒夜血裹腥弥……忙碌到凌晨五点过,杨光洪没有头颅的身躯渐渐显露出来,狰狞可怖地平躺在草地上。一个认识杨光洪的村民抖抖颤颤过来看看,颤声说:"像!这身板像!"

这时,坤祥打来电话,张明琼招了。张明琼交代说,早还在杨光青在外地打工时,她和杨光洪就好上了。刚开始还顾忌家人,多是偷偷摸摸在山坡上树林里搞。杨光青失踪后,杨光洪开始堂而皇之上门了。不好当老娘儿子的面,杨光洪在猪圈顶上搭了个逍遥窝,两人做起了露水夫妻。张明琼讲,她和杨光洪虽然有多年关系,但时常却为些鸡毛蒜皮的事扯皮不断。杨光洪想长期霸占她,

第七章　冬至深寒:道别总艰难

不准她和别的男人交往,有钱也不给她用,让她很不舒服。她和柳国华搞上后,就开始讨厌杨光洪了,想把他弄死。一个月前,她在后山场买了几包市面上早已禁绝的毒鼠强,回家藏好。过了没几天,张明琼约杨光洪到家挖红苕,故意拖到老娘、娃儿都睡了才给杨光洪煮了碗面吃,悄悄抖了包毒鼠强在碗里。谁知道杨光洪没吃几口就责怪张明琼面煮生了,气冲冲把面倒进猪槽里,碗一丢走了。人没毒着,倒差点把两条肥猪给毒死了。张明琼还是不死心,12月7号这天,她撒谎说她老娘这阵子嘴淡,想吃鱼了,让杨光洪到场上买几条鱼回来做酸辣鱼。杨光洪不知是计,满口应承下来。午后时分,杨光洪买了六条鱼从皂角垭过路,把三条大点的给了张明琼,约好晚上来家。晚上张明琼果真做了酸辣鱼,服侍老娘娃儿吃了睡了,锅里另盛了一碗,抖了半包毒鼠强单等杨光洪来家。夜里九点过,杨光洪来了。张明琼格外殷勤,端了那碗鱼,又倒了一小碗药酒给杨光洪。浓烈的酸辣盖住了毒鼠强的怪味儿,加上几口酒喝下,一会儿药性发作,杨光洪直喊头晕。张明琼扶着杨光洪摇摇晃晃来到猪圈,刚进屋,杨光洪便一头倒在地上,剧烈地抽搐起来。张明琼狠心看着杨光洪在地上痛苦挣扎,想起平日里杨光洪的种种不是,心一横,随手扯下墙上挂着的蓑衣捂在杨光洪头上,双脚上去踩住。不一会儿,杨光洪再不动弹。张明琼扯下蓑衣,踢了杨光洪几脚,确认杨光洪真的死了,自己也实在累了,便把杨光洪的尸体往草堆里胡乱一塞,径直回房睡了。三天头上,村里开始四处找寻杨光洪,张明琼想这杨光洪老放在草堆里也不是长久之计,该把他埋了。深夜,张明琼把杨光洪拖到林子里,回家拿了斧头、

我的刑警往事

菜刀和柴刀，提了几条又大又厚的塑料袋和锄头回到林子。她在杨光洪身子下铺了块塑料纸，脱光杨光洪衣服。用柴刀斧头把杨光洪肢解了，待装好三坨物件，张明琼累了。坐到这堆骨肉边喘口气，突然又想起杨光洪平日里的好处，不禁潸然泪下，一把鼻涕一把泪地数落了一阵。眼看东山开了亮口，再拖不得。张明琼再起身，三下五除二挖出一个大坑，把三大坨骨肉拖进坑里，草草埋了。急匆匆把杨光洪的衣服连同血水用塑料纸包好，背到皂角垭口一块旱田里，扯堆稻草一把火烧了。张明琼原以为这么杀了杨光洪，杨光洪一失踪，顶齐天也就村里人四处找找问问，时间一久，也像自己丈夫一样石沉大海，无人再问。殊不知，这次村里人找了没几天便报了警，派出所的警察来了不算，听说还要喊上头的警察来破案，警犬也要来。警犬的鼻子灵得很，杨光洪埋得不深，肯定能找到。这么一想，就想到该把杨光洪丢远些，也想到了柳国华。"枉做了是个站起屙尿的人，这么不经扛。"交代到最后，张明琼一个劲埋怨柳国华，愤愤不平。

"坤祥，张明琼这么歹毒，作案时这么平静，兴许杨光青也是她杀了的呀。"我提醒坤祥。坤祥直说好。以后坤祥们铆足了劲审讯张明琼，张明琼始终矢口否认，直到被枪毙。唯一接近真相的是张明琼被处决前的晚上，凄然对同仓室的一个女犯说："还好，我没按警察说的交代。我若那样交代了，我儿子不得到我坟面前给我烧纸了。"

通完电话，篝火那边老余们也忙活完了。火边已烤好几串吃的，一群人连同柳国华围坐火边，两只酒瓶轮流在手里传着。老余们单独传一瓶，大家终归还是犯腻。没人动那些香肠豆腐干，实在让人想起跟前那些东西来。风越来越大，一个个哈出的气白花花

第七章 冬至深寒:道别总艰难

的,附近的林子开始结霜。我们要捱到天亮,再去旁边不远的千口岩,杨光洪的脑袋还没找到呢……黎明前的黑暗悄悄降临,篝火虽然还燃着,但每个人还是打起了哆嗦。

1939年1月,东北抗联第六军十二团西征嫩江,露营林海雪原。篝火旁,六军政委李兆麟将军有感而发,写下著名的《露营之歌》:"……朔风怒吼,大雪飞扬,征马蹄蹣,寒气侵人难入眠。火烤前胸暖,风吹背后寒,战士们!精诚奋发横扫嫩江原!"

"好个'火烤前胸暖,风吹背后寒'!比起当年抗联战士,我们体会这么一回又算什么?"见大家有些衰惫萎顿,我讲了这个故事,大声武气说。

天边终于有了鱼肚白,深青浅黛的大山渐渐显露出轮廓,我们开始向千口岩转移。刚到崖边,东山顶上升腾起大片大片橘红色的朝霞,朝霞透过山岚,泼洒在千口岩上,像泼洒下无边无际的血。照柳国华指点的位置,探身向下望去,悬崖下密密匝匝的灌木荆棘望不到底。几棵火棘顽强地扎在悬崖边上,寒风刮过,火星样跳动着……

随同来的村民自告奋勇下到崖下搜寻杨光洪的人头,闻讯后赶来的杨光洪亲戚们也跟着下去了。山岚散尽,远山近水一览无余。我独自踱到一边的山顶,寻块苔藓斑驳的石板坐下。纵目远望,老家背后的凤凰山依稀可见,烟锁雾罩之处,骆特派带我打响了人生的第一枪。千口岩下是分水地界,临风俯瞰,当年我带海啸第一次出现场的荆竹村就在脚下,菜畦稻田,连陌如云,村舍星罗棋布,

我的刑警往事

芷溪河玉带一般蜿蜒向东。三十年过去，烟村人家没啥变化，变化的只有我自己。离开这个碎尸现场，我的刑警生涯就该到头了。虽然工作生活还将继续下去，但我心目中真正意义的警察生涯到此也算结束了。从今以后，警察这个职业对自己来说，除了生计别无意义！理论上讲，回到区里，我将不能再配枪了，不再配枪的警察还算不算得上真正的警察呢？我的回答是否定的。不知啥时候，我已经把我那把珍爱的六四式手枪掂在手上了。这把枪伴随我差不多十年了。它身上有我的体臭有我的温度，每每摸到它温润的枪身，闻着它带着钢铁特有的土腥味儿，我都能感到一种冲动一种力量，更多的是一种责任。枪管上錾着它的号码：20021676。有枪号，我就从不怀疑它的身份它的生命和它的心跳脉动。

"一个军人！最好的归宿就是在最后一场战斗中被最后一颗子弹打死！"三十年前，在红卫山上，我曾经把巴顿将军的这段话工工整整记在笔记本上。三十年后，我早过了矫情犯傻的年龄，我再不会想要在执行最后一次任务中被最后一颗子弹打死，但有时候还是想把自己的刑警责任尽到退休或是生命的最后一刻。我没有想到会中途离开或是放弃。但当离开和放弃作为一个选择摆在我面前时，我没有选择坚持，甚至丝毫的犹豫也没有！

"找到了！"千口岩下突然响起一片惊呼声。国辉跑过来，迭声说，"找到了！杨光洪的脑壳找到了！"

"找到了？那我们得庆祝一下！"我站起身呵呵一笑，推弹上膛，朝天空连开几枪。

尖啸声划过长空，很快归于寂静。太阳升起，满山生辉。

向少年英雄的我学习致敬
（代后记）

我16岁进警校读书，那是现在无法想象的事情。说来可笑，我竟是受一部由峨眉电影制片厂拍摄、著名导演毛玉勤执导的公安题材影片《神圣的使命》所"毒害"，稀里糊涂就报考了当时的四川省公安学校中专班的。招考的人大概也稀里糊涂地就将我这个当时身高不足1.60米、体重不足45公斤、视力不足1.0，明显营养不良的乡村少年给录取了。后来，毛导戏剧性地导演了我编剧拍摄的一部电视剧《警犬海啸》。我向他提起此事，毛导叹曰："万幸万幸！你要是没被录取，会恨一辈子电影的。"

其实，我是不会责怪电影的。要责怪的话，也应该是电影里那些近乎高大全的英雄人物。

20世纪80年代初，作为伤痕文学的一部分，中国公安题材电影先后推出了《神圣的使命》、《戴手铐的旅客》、《405谋杀案》、《第十个弹孔》等一大批以"文革"历史生活为背景的优秀作品。在电视机还没完全走入寻常百姓家的时候，也有了至今还让我们无数警察、老百姓热血沸腾、耳熟能详的电视剧《便衣警察》和它的主题歌《少年壮志不言愁》。

那样的花季少年赶上那样一个精神饥渴却又心田肥腴的年代，英雄主义的种子播撒下去，想不发芽疯长都难！我痴迷地一场接一

我的刑警往事

场反反复复看这些电影，尽可能多地收集与电影里英雄主人公相关的所有东西：电影海报、插曲、连环画、原著小说、电影评论，等等。《神圣的使命》里的王公伯、《戴手铐的旅客》里的刘杰、《405谋杀案》里的陈明辉、《第十个弹孔》里的鲁泓等主人公的剧照是我藏品中的珍品。毋庸置疑，这些电影里的公安老前辈，他们听从正义和良知的召唤、经受住人生信念的巨大考验，在那个是非颠倒、人妖混淆的年代同暴戾邪恶顽强抗争，他们的形象到现在还闪耀着人道主义、英雄主义的光辉，远非时下铺天盖地的警匪片、公安片、谍战片中那些装腔作势、低级媚俗的"英雄"所能比拟的。那个时候，我就是那好龙的叶公，课本扉页贴着、蚊帐里面挂着、影集里面夹着、日记里面记着的尽都是这些英雄的形象。上课、训练、吃喝拉撒常常有一股压抑不住的冲动，幻想着能置身于这些英雄人物所处的险恶不测之地、像这些英雄人物一样和敌人一决高下，以至不惜慷慨就义！现在想来还真有些后怕，倘若那时候凑巧赶上这样的机会，死了也就死了。亲戚或余悲，自己却是含笑九泉、快哉快哉了！

30年后，已是一级警督、副处级支队长的我，花掉全部积蓄在江边买了套房子。乔迁之时弃旧图新，从单位福利房里翻出一红漆木箱，箱里捡出一札当年的珍藏。纸张已发黄发脆，唯有王公伯、刘杰、陈明辉、鲁泓们依然丰神秀逸、熠熠生辉……英雄人物们的缝隙间密密麻麻写着些"励志"类的文字："生当作人杰，死亦为鬼雄"、"进了公安门，埋座公安坟"、"一切都会过去，唯有真理永存"、"忘记过去就意味着背叛"、"自古英雄出少年"，等等。字字稚拙、牛头不对马嘴。我忍不住哂笑了好一阵，接着又突生一种时空错乱的感觉。我不认识这个无知少年了！你这人是谁呀？你累不累呀？你搞的什么东西呀？

这扎破旧的故纸让我不齿、让我发笑。惊醒之后，我又顿生莫状凄怆、今昔之慨。哎呀！不是你不认识这个信奉英雄主义的少年了，而是苟活30年后，你目睹了太多身边的英雄主义如何一头撞倒在世俗、木讷、冷漠的铜墙铁壁下而粉身碎骨！太多身边的英雄人物最终蜕变成了粉饰太平、装点门面、贪图功名利禄的道具傀儡！你不会做狗熊，但也不屑做英雄了。转而我又自我安慰，你大小也还做了些和英雄沾边带角的事情，比狗熊败类还是好了不少，当年那个在清清沱江水、高高红卫山上的警校校园里做着英雄梦的无知少年，他猛吸的那几口英雄主义的精神鸦片，多多少少让你现在还有些痴痴迷迷，从而不必营营役役、猎食终日吧！

黎巴嫩诗人纪伯伦说："我们已经走得太远，以至于忘记了当初为什么而出发。"这么想来，我对这个昔日的英雄少年油然而生凭吊式的崇敬。我想，我得向这个少年英雄学习致敬了！

为了不能忘记的出发，我写下了这些往事。